岩 波 文 庫

31-090-8

晩　　　年

太宰　治作

岩 波 書 店

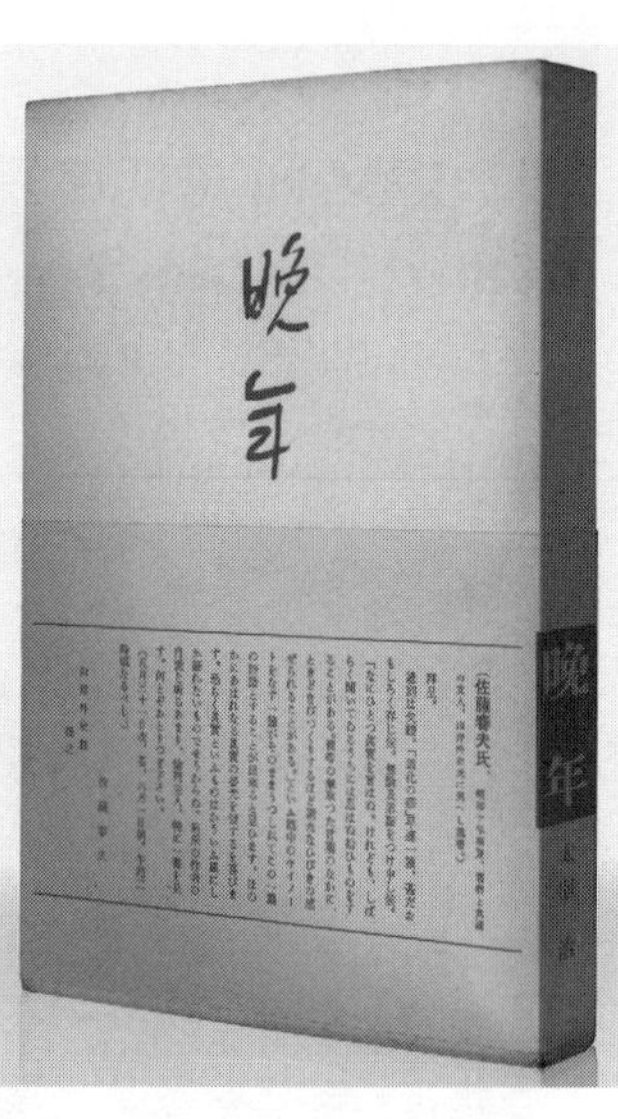

(上) 『晩年』初版本(砂子屋書房, 昭和 11 年). 表側の帯には佐藤春夫による「道化の華」の評が載る. 前頁の肖像写真はこの初版本の口絵.

(下) 砂子屋書房刊行の雑誌『文筆』創刊号(昭和 11 年 8 月)は『晩年』特集. 裏表紙に広告を掲載.

目　次

晩年

葉

*撰(えら)ばれてあることの
恍惚(こうこつ)と不安と
二つわれにあり

ヴェルレエヌ

死のうと思っていた。ことしの正月、よそから着物を一反(いったん)もらった。お年玉としてである。着物の布地は麻(あさ)であった。鼠色(ねずみいろ)のこまかい縞目(しまめ)が織りこめられていた。これは夏に着る着物であろう。夏まで生きていようと思った。

*ノラもまた考えた。廊下へ出てうしろの扉をばたんとしめたときに考えた。帰ろうかしら。

私がわるいことをしないで帰ったら、妻は笑顔をもって迎えた。

*

その日その日を引きずられて暮しているだけであった。下宿屋で、たった独りして酒を飲み、独りで酔い、そうしてこそこそ蒲団を延べて寝る夜はことにつらかった。夢をさえ見なかった。疲れ切っていた。何をするにも物憂かった。「汲み取り便所は如何に改善すべきか?」という書物を買って来て本気に研究したこともあった。彼はその当時、従来の人糞の処置には可成まいっていた。

新宿の歩道の上で、こぶしほどの石塊がのろのろ這って歩いているのを見たのだ。石が這って歩いているな。ただそう思うていた。しかし、その石塊は彼のまえを歩いている薄汚い子供が、糸で結んで引摺っているのだということが直ぐに判った。

子供に欺かれたのが淋しいのではない。そんな天変地異をも平気で受け入れ得た彼自身の自棄が淋しかったのだ。

そんなら自分は、一生涯こんな憂鬱と戦い、そうして死んで行くということに成るんだな、と思えばおのが身がいじらしくもあった。青い稲田が一時にぽっと霞んだ。泣いたのだ。彼は狼狽えだした。こんな安価な殉情的な事柄に涕を流したのが少し恥かしかったのだ。

電車から降りるとき兄は笑うた。

「莫迦にしょげてるな。おい、元気を出せよ。」

そうして龍の小さな肩を扇子でポンと叩いた。夕闇のなかでその扇子が恐ろしいほど白っぽかった。龍は頬のあからむほど嬉しくなった。兄に肩をたたいて貰ったのが有難かったのだ。いつもせめて、これぐらいにでも打ち解けて呉れるといいが、と果敢なくも願うのだった。

訪ねる人は不在であった。

兄はこう言った。「小説を、くだらないとは思わぬ。おれには、ただ少しまだるっこいだけである。たった一行の真実を言いたいばかりに百頁の雰囲気をこしらえている。」私は言い憎そうに、考え考えしながら答えた。「ほんとうに、言葉は短いほどよい。それだけで、信じさせることができるならば。」

また兄は、自殺をいい気なものとして嫌った。けれども私は、自殺を処世術みたいな打算的なものとして考えていた矢先であったから、兄のこの言葉を意外に感じた。

白状し給え。え？　誰の真似なの？

*水到りて渠成る。

　彼は十九歳の冬、「*哀蚊」という短篇を書いた。それは、よい作品であった。同時に、それは彼の生涯の渾沌を解くだいじな鍵となった。形式には、「*雛」の影響が認められた。けれども心は、彼のものであった。原文のまま。

　おかしな幽霊を見たことがございます。あれは、私が小学校にあがって間もなくのことでございますから、どうせ幻燈のようにとろんと霞んでいるに違いございませぬ。いいえ、でも、その青蚊帳に写した幻燈のような、ぼやけた思い出が奇妙にも私には年一年と愈々はっきりして参るような気がするのでございます。

　なんでも姉様がお婿をとって、あ、ちょうどその晩のことでございます。御祝言の晩のことでございました。芸者衆がたくさん私の家に来て居りまして、ひとりのお綺麗な*半玉さんに紋附の綻びを縫って貰ったりしましたのを覚えて居りますし、父様が離座敷の真暗な廊下で脊のお高い芸者衆とお相撲をお取りになっていらっしゃったのもあの晩のことでございました。父様はその翌年お歿くなりになられ、今では私の家の客間の壁の大きな御写真のなかに、おはいりになって居られるのでございますが、私はこの御写真を見るたびごとに、あの晩のお相撲のことを必ず思い出すのでございます。私の父様は、弱い人をいじめるようなことは決してなさらないお方でございましたから、あのお相撲も、きっと芸者衆が何かひどくいけないことをなしたので父様はそれをお懲しめになっていらっしゃったのでございましょう。

それやこれやと思い合せて見ますと、確かにあれは御祝言の晩に違いございませぬ。ほんとうに申し訳がございませぬけれど、なにもかも、まるで、青蚊帳の幻燈のような、そのような有様でございますから、どうで御満足の行かれますようお話ができかねるのでございます。てもなく夢物語、いいえ、でも、あの晩に哀蚊の話を聞かせて下さったときの婆様の御めめと、それから、幽霊、とだけは、あれだけは、どなたがなんと仰言ったとて決して決して夢ではございませぬ。夢だなぞとおろかなこと、もうこれ、こんなにまざまざ眼先に浮んで参ったではございませんか。あの婆様の御めめと、それから。

さようでございます。私の婆様ほどお美しい婆様もそんなにあるものではございませぬ。昨年の夏お歿くなりになられましたけれど、その御死顔と言ったら、すごいほど美しいとはあれでございましょう。白蠟の御両頬には、あの夏木立の影も映らんばかりでございました。そんなにお美しくていらっしゃるのに、縁遠くて、*一生鉄漿をお附けせずにお暮しなさったのでございます。

「わしという万年白歯を餌にして、この百万の身代ができたのじゃぞえ。」

*富本でこなれた渋い声で御生前よくこう言い言いして居られましたから、いずれこれには面白い因縁でもあるのでございましょう。どんな因縁なのだろうなどと野暮なお探りはお止しなさいませ。婆様がお泣きなさるでございましょう。と申しますのは、私の婆様は、それはそれは粋なお方で、ついに一度も*縮緬の縫紋の御羽織をお離しになったことがございませんでした。お師匠をお部屋へお呼びなされて富本のお稽古をお始めになられたのも、よほど昔からのことでございましたでしょう。私なぞも物心地が附いてからは、日がな一日、婆様の*老松やら浅間やらの咽び泣くような哀調のなかにうっとりしているときがままございました程で、世間様から隠居芸者とはやされ、婆様御自身もそれをお耳にしては美しくお笑いになって居られたようでございました。いかなることか、私は幼いときからこの婆様が大好きで、乳母から離れるとすぐ婆様の御懐に飛び込んでしまったのでございます。もっとも私の母様は御病身でございました故、子供には余り構うて呉れなかったのでございます。父様も母様も婆様のほんとうの御子ではございませぬから、婆様はあまり母様のほうへお遊びに参りませず四六時中、離座敷のお

部屋にばかりいらっしゃいますので、私も婆様のお傍にくっついて三日も四日も母様のお顔を見ないことは珍らしゅうございませんでした。それゆえ婆様も、私の姉様なぞよりずっと私のほうを可愛がって下さいまして、毎晩のように*草双紙を読んで聞かせて下さったのでございます。なかにも、あれあの*八百屋お七の物語を聞いたときの感激は私は今でもしみじみ味うことができるのでございます。そしてまた、婆様がおたわむれに私を「吉三」「吉三」とお呼びになって下さった折のその嬉しさ。らんぷの黄色い燈火の下でしょんぼり草双紙をお読みになっていらっしゃる婆様のお美しい御姿、左様、私はことごとくよく覚えているのでございます。

とりわけあの晩の哀蚊の御寝物語は、不思議と私には忘れることができないのでございます。そう言えばあれは確かに秋でございました。

「秋まで生き残されている蚊を哀蚊と言うのじゃ。蚊燻しは焚かぬもの。不憫の故にな。」

ああ、一言一句そのまんま私は記憶して居ります。婆様は寝ながら滅入るような口調でそう語られ、そうそう、婆様は私を抱いてお寝になられるときには、きまって私の両足を婆様のお脚のあいだに挟んで、温めて下さったものでございます。或る寒い晩なぞ、婆様は私の寝巻をみんなお剝ぎとりになってしまいになり、婆様御自身も輝くほどお綺麗な御素肌をおむきだし下さって、私を抱いてお寝になりお温めなされてくれたこともございました。それほど婆様は私を大切にしていらっしゃったのでございます。

「なんの。哀蚊はわしじゃがな。はかない……」

仰言りながら私の顔をつくづくと見まもりましたけれど、あんなにお美しい御めめもないものでございます。母屋の御祝言の騒ぎも、もうひっそり静かになっていたようでございましたし、なんでも真夜中ちかくでございましたでしょう。秋風がさらさらと雨戸を撫でて、軒の風鈴がその度毎に弱弱しく鳴って居りましたのも幽かに思いだすことができるのでございます。ええ、幽霊を見たのはその夜のことでございます。ふっと眼をさましまして、おしっこ、と私は申しましたのでございます。婆様の御返事がございませんでしたので、寝ぼけながらあたりを見廻しましたけれど、婆様はいらっしゃらなかったのでございます。心細く感じながらも、ひとりでそっと床から脱け出しまして、てらてら黒光りのする欅普請の長い廊下をこわごわお厠のほうへ、足の裏だけは、いやに冷や冷やして居りましたけれど、なにさま眠くって、まるで深い霧のなかをゆらりゆらり泳いでいるような気持ち、そのときです。幽霊を見たのでございます。長い長い廊下の片隅に、白くしょんぼり蹲くまって、かなり遠くから見たのでございますから、ふいるむのように小さく、けれども確かに、確かに、姉様と今晩の御婿様とがお寝になって居られるお部屋を覗いているのでございます。幽霊、いいえ、夢ではございませぬ。

芸術の美は所詮、市民への奉仕の美である。


花きちがいの大工がいる。邪魔だ。


それから、まち子は眼を伏せてこんなことを囁いた。

「あの花の名を知っている？　指をふれればぱちんとわれて、きたない汁をはじきだし、みるみる指を腐らせる、あの花の名が判ったらねえ。」

僕はせせら笑い、ズボンのポケットへ両手をつっ込んでから答えた。

「こんな樹の名を知っている？　その葉は散るまで青いのだ。葉の裏だけがじりじり枯れて虫に食われているのだが、それをこっそりかくして置いて、散るまで青いふりをする。あの樹の名さえ判ったらねえ。」


「死ぬ？　死ぬのか君は？」

ほんとうに死ぬかも知れないと小早川は思った。去年の秋だったかしら、なんでも青井の家に*小作争議が起ったりしていろいろのごたごたが青井の一身上に振りかかったらしいけれど、そのときも彼は薬品の自殺を企て三日も昏睡し続けたことさえあったのだ。またついせんだっても、僕がこんなに放蕩をやめないのもつまりは僕の身体がまだ放蕩に堪え得るからであろう。去勢されたような男にでもなれば僕は始めて一切の感覚的快楽をさけて、闘争への財政的扶助に専心できるのだ、と考えて、三日ばかり続けてP市の病院に通い、その伝染病舎の傍の泥溝の水を掬って飲んだものだそうだ。けれどもちよっと下痢をしただけで失敗さ、とそのことを後で青井が頰あからめて話すのを聞き、小早川は、そのインテリ臭い遊戯をこのうえなく不愉快に感じたが、しかし、それほどまでに思いつめた青井の心が、少からず彼の胸を打ったのも事実であった。

「死ねば一番いいのだ。いや、僕だけじゃない。少くとも社会の進歩にマイナスの働きをなしている奴等は全部、死ねばいいのだ。それとも君、マイナスの者でもなんでも人はすべて死んではならぬという科学的な何か理由があるのかね。」

「ば、ばかな。」

小早川には青井の言うことが急にばからしくなって来た。

「笑ってはいけない。だって君、そうじゃないか。祖先を祭るために生きていなければならないとか、人類の文化を完成させなければならないとか、そんなたいへんな倫理的な義務としてしか僕たちは今まで教えられていないのだ。なんの科学的な説明も与えられていないのだ。そんなら僕たちマイナスの人間は皆、死んだほうがいいのだ。死ぬとゼロだよ。」

「馬鹿！　何を言っていやがる。どだい、君、虫が好すぎるぞ。それは成る程、君も僕もぜんぜん生産にあずかっていない人間だ。それだからとて、決してマイナスの生活はしていないと思うのだ。君はいったい、*無産階級の解放を望んでいるのか。無産階級の大勝利を信じているのか。程度の差はあるけれども、僕たちはブルジョアジイに寄生している。それは確かだ。だがそれはブルジョアジイを支持しているのとはぜんぜん意味が違うのだ。一のプロレタリアアトへの貢献と、九のブルジョアジイへの貢献と君は言ったが、何を指してブルジョアジイへの貢献と言うのだろう。わざわざ資本家の懐を肥してやる点では、僕たちだってプロレタリアアトだって同じことなんだ。資本主義的経済社会に住んでいることが裏切りなら、闘士にはどんな仙人が成るのだ。そんな言葉こそ*ウルトラというものだ。*小児病（キンデルクランクハイト）というものだ。一のプロレタリアアトへの貢献、それで沢山。その一が尊いのだ。その一だけの為に僕たちは頑張って生きていなければならないのだ。そうしてそれが立派にプラスの生活だ。死ぬなんて馬鹿だ。死ぬなんて馬鹿だ。」

生れてはじめて算術の教科書を手にした。小型の、まっくろい表紙。ああ、なかの数字の羅列がどんなに美しく眼にしみたことか。少年は、しばらくそれをいじくっていたが、やがて、巻末のペエジにすべての解答が記されているのを発見した。少年は眉をひそめて呟いたのである。「無礼だなあ。」

外はみぞれ、何を笑うやレニン像。*

叔母の言う。

「お前はきりょうがわるいから、愛嬌だけでもよくなさい。お前はからだが弱いから、心だけでもよくなさい。お前は嘘がうまいから、行いだけでもよくなさい。」

知っていながらその告白を強いる。なんといういんけんな刑罰であろう。

満月の宵。光っては崩れ、うねっては崩れ、逆巻き、のた打つ浪のなかで互いに離れまいとつないだ手を苦しまぎれに俺が故意と振り切ったとき女は忽ち浪に呑まれて、たかく名を呼んだ。俺の名ではなかった。

*われは山賊。うぬが誇をかすめとらん。

「よもやそんなことはあるまい、あるまいけれど、な、わしの銅像をたてるとき、右の足を半歩だけ前へだし、ゆったりとそりみにして、左の手はチョッキの中へ、右の手は書き損じの原稿をにぎりつぶし、そうして首をつけぬこと。いやいや、なんの意味もない。雀の糞を鼻のあたまに浴びるなど、わしはいやなのだ。そうして台石には、こう刻んでおくれ。ここに男がいる。生れて、死んだ。一生を、書き損じの原稿を破ることに使った。」

*メフィストフェレスは雪のように降りしきる薔薇の花弁に胸を頬を掌を焼きこがされて往生したと書かれてある。

留置場で五六日を過して、或る日の真昼、俺はその留置場の窓から脊のびして外を覗くと、中庭は小春の日ざしを一杯に受けて、窓ちかくの三本の梨の木はいずれもほつほつと花をひらき、そのしたで巡査が二三十人して教練をやらされていた。わかい巡査部長の号令に従って、皆はいっせいに腰から捕縄を出したり、呼笛を吹きならしたりするのであった。俺はその風景を眺め、巡査ひとりひとりの家について考えた。

私たちは山の温泉場であてのない祝言をした。母はしじゅうくつくつと笑っていた。宿の女中の髪のかたちが奇妙であるから笑うのだと母は弁明した。嬉しかったのであろう。無学の母は、私たちを炉ばたに呼びよせ、教訓した。お前は十六魂だから、と言いかけて、自信を失ったのであろう、もっと無学の花嫁の顔を覗き、のう、そうでせんか、と同意を求めた。母の言葉は、あたっていたのに。

妻の教育に、まる三年を費やした。教育、成ったころより、彼は死のうと思いはじめた。

病む妻や　とどこおる雲　鬼すすき。

赤え赤え煙こあ、もくらもくらと蛇体みたいに天さのぼっての、ふくれた、ゆららと流れた、のっそらと大浪うった、ぐるっぐるっと渦まえた、間もなくし、火の手あ、ののの荒けなくなり、地ひびきたてたて山ばのぼり始めたずおん。山あ、てっぺらまで、まんどろに明るくなったずおん。どうどうと燃えあがる千本万本の冬木立ば縫い、人を乗せたまっくろい馬こあ、風みたいに馳せていたずおん。（ふるさとの言葉で。）

たった一言知らせて呉れ！　*“Nevermore”

*空の蒼く晴れた日ならば、ねこはどこからかやって来て、庭の山茶花のしたで居眠りしている。洋画をかいている友人は、ペルシャでないか、と私に聞いた。私は、すてねこだろう、と答えて置いた。ねこは誰にもなつかなかった。ある日、私が朝食の鰯を焼いていたら、庭のねこがものうげに泣いた。私も縁側へでて、にゃあ、と言った。ねこは起きあがり、静かに私のほうへ歩いて来た。私は鰯を一尾なげてやった。ねこは逃げ腰をつかいながらもたべたのだ。私の胸は浪うった。わが恋は容れられたり。ねこの白い毛を撫でたく思い、庭へおりた。脊中の毛にふれるや、ねこは、私の小指の腹を骨までかりりと噛み裂いた。

役者になりたい。

むかしの日本橋は、長さが三十七間（けん）四尺五寸あったのであるが、いまは二十七間しかない。それだけ川幅がせまくなったものと思わねばいけない。このように昔は、川と言わず人間と言わず、いまよりはるかに大きかったのである。

この橋は、おおむかしの慶長七年に始めて架けられて、そののち十たびばかり作り変えられ、今のは明治四十四年に落成したものである。大正十二年の震災のときは、橋のらんかんに飾られてある青銅の龍の翼が、焔（ほのお）に包まれてまっかに焼けた。

私の幼時に愛した木版の東海道五十三次道中双六（すごろく）では、ここが振りだしになっていて、幾人ものやっこのそれぞれ長い槍（やり）を持ってこの橋のうえを歩いている画が、のどかにかかれてあった。もとはこんなぐあいに繁華であったのであろうが、いまは、たいへんさびれてしまった。魚河岸（うおがし）が築地（つきじ）へうつってからは、いっそう名前もすたれて、げんざいは、たいていの東京名所絵葉書から取除（とりのぞ）かれている。

ことし、十二月下旬の或る霧のふかい夜に、この橋のたもとで異人の女の子がたくさんの乞食（こじき）の群からひとり離れて佇（たたず）んでいた。花を売っていたのは此（こ）の女の子である。

三日ほどまえから、黄昏（たそがれ）どきになると一束の花を持ってここへ電車でやって来て、東京市の丸い紋章にじゃれついている青銅の唐獅子の下で、三四時間ぐらい黙って立っているのである。

日本のひとは、おちぶれた異人を見ると、きっと白系の露西亜人にきめてしまう憎い習性を持っている。いま、この濃霧のなかで手袋のやぶれを気にしながら花束を持って立っている小さい子供を見ても、おおかたの日本のひとは、ああロシヤがいる、と楽な気持で呟くにちがいない。しかも、チェホフ*を読んだことのある青年ならば、父は退職の陸軍二等大尉、母は傲慢な貴族、とうっとりと独断しながら、すこし歩をゆるめるであろう。また、ドストエーフスキイ*を覗きはじめた学生ならば、おや、ネルリ*！と声を出して叫んで、あわてて外套の襟を掻きたてるかも知れない。けれども、それだけのことであって、そのうえ女の子に就いてのふかい探索をして見ようとは思わない。

しかし、誰かひとりが考える。なぜ、日本橋をえらぶのか。こんな、人通りのすくないほの暗い橋のうえで、花を売ろうなどというのは、よくないことなのに、――なぜ？

その不審には、簡単ではあるが頗るロマンチックな解答を与え得るのである。それは、彼女の親たちの日本橋に対する幻影に由来している。ニホンでいちばんにぎやかな良い橋はニホンバシにちがいない、という彼等のおだやかな判断に他ならぬ。

女の子の日本橋でのあきないは非常に少なかった。第一日目には、赤い花が一本売れた。お客は踊子である。踊子は、ゆるく開きかけている赤い蕾を選んだ。

「咲くだろうね。」

と、乱暴な聞きかたをした。

女の子は、はっきり答えた。

「咲キマス。」

二日目には、酔いどれの若い紳士が、一本買った。このお客は酔っていながら、うれい顔をしていた。

「どれでもいい。」

女の子は、きのうの売れのこりのその花束から、白い蕾をえらんでやったのである。紳士は盗むように、こっそり受け取った。

あきないはそれだけであった。三日目は、即ちきょうである。つめたい霧のなかに永いこと立ちつづけていたが、誰もふりむいて呉れなかった。

橋のむこう側にいる男の乞食が、松葉杖つきながら、電車みちをこえてこっちへ来た。女の子に縄張りのことで言いがかりをつけたのだった。女の子は三度もお辞儀をした。松葉杖の乞食は、まっくろい口髭を嚙みしめながら思案したのである。

「きょう切りだぞ。」

とひくく言って、また霧のなかへ吸いこまれていった。

女の子は、間もなく帰り仕度をはじめた。花束をゆすぶって見た。花屋から屑花を払いさげてもらって、こうして売りに出てから、もう三日も経っているのであるから花はいい加減にしおれていた。重そうにうなだれた花が、ゆすぶられる度毎に、みんなあたまを顫わせた。

それをそっと小わきにかかえ、ちかくの支那蕎麦の屋台へ、寒そうに肩をすぼめながらはいって行った。

三晩つづけてここで雲呑を食べるのである。そこのあるじは、支那のひとであって、女の子を一人並の客として取扱った。彼女にはそれが嬉しかったのである。

あるじは、雲呑の皮を巻きながら尋ねた。

「売レマシタカ。」

眼をまるくして答えた。

「イイエ。……カエリマス。」

この言葉が、あるじの胸を打った。帰国するのだ、きっとそうだ、と美しく禿げた頭を二三度かるく振った。自分のふるさとを思いつつ釜から雲呑の実を掬っていた。

「コレ、チガイマス。」

あるじから受け取った雲呑の黄色い鉢を覗いて、女の子が当惑そうに呟いた。

「カマイマセン。チャシュウワンタン。ワタシノゴチソウデス。」

あるじは固くなって言った。

雲呑は十銭であるが、叉焼雲呑は二十銭なのである。

女の子は暫くもじもじしていたが、やがて、雲呑の小鉢を下へ置き、肘のなかの花束からおおきい蕾のついた草花を一本引き抜いて、差しだした。くれてやるというのである。

彼女がその屋台を出て、電車の停留場へ行く途中、しなびかかった悪い花を三人のひとに手渡したことをちくちく後悔しだした。突然、道ばたにしゃがみ込んだ。胸に十字を切って、わけの判らぬ言葉でもって烈しいお祈りをはじめたのである。

おしまいに日本語を二言囁いた。

「咲クヨウニ。咲クヨウニ。」

安楽なくらしをしているときは、絶望の詩を作り、ひしがれたくらしをしているときは、生のよろこびを書きつづる。

春ちかきや?*

どうせ死ぬのだ。ねむるようなよいロマンスを一篇だけ書いてみたい。男がそう祈願しはじめたのは、彼の生涯のうちでおそらくは一番うっとうしい時期に於いてであった。男は、あれこれと思いをめぐらし、ついにギリシャの女詩人、サフォ*に黄金の矢を放った。あわれ、そのかぐわしき才色を今に語り継がれているサフォこそ、この男のもやもやした胸をときめかす唯一の女性であったのである。

男は、サフォに就いての一二冊の書物をひらき、つぎのようなことがらを知らされた。けれどもサフォは美人でなかった。色が黒く歯が出ていた。ファオンと呼ぶ美しい青年に死ぬほど惚れた。ファオンには詩が判らなかった。恋の身投をするならば、よし死にきれずとも、そのこがれた胸のおもいが消えうせるという迷信を信じ、リュウカディアの岬から怒濤めがけて身をおどらせた。

生活。

よい仕事をしたあとで

一杯のお茶をすする
お茶のあぶくに
きれいな私の顔が
いくつもいくつも
うつっているのさ

どうにか、なる。

思い出

一章

黄昏のころ私は叔母と並んで門口に立っていた。叔母は誰かをおんぶしているらしく、ねんねこを着て居た。その時の、ほのぐらい街路の静けさを私は忘れずにいる。叔母は、てんしさまがお隠れになったのだ、と私に教えて、生き神様、と言い添えた。いきがみさま、と私も興深げに呟いたような気がする。それから、私は何か不敬なことを言ったらしい。叔母は、そんなことを言うものでない、お隠れになったと言え、と私をたしなめた。どこへお隠れになったのだろう、と私は知っていながら、わざとそう尋ねて叔母を笑わせたのを思い出す。

私は明治四十二年の夏の生れであるから、此の大帝崩御のときは数えどしの四つをすこし越えていた。多分おなじ頃の事であったろうと思うが、私は叔母とふたりで私の村から二里ほどはなれた或(あ)る村の親類の家へ行き、そこで見た滝を忘れない。滝は村にちかい山の中にあった。青々と苔(こけ)の生えた崖から幅の広い滝がしろく落ちていた。知らない男の人の肩車に乗って私はそれを眺めた。何かの社(やしろ)が傍にあって、その男の人が私にそこのさまざまな絵馬を見せたが私は段々とさびしくなって、*がちゃ、がちゃ、と泣いた。私は叔母をがちゃと呼んでいたのである。叔母は親類のひとたちと遠くの窪地(くぼち)に毛(もう)氈(せん)を敷いて騒いでいたが、私の泣き声を聞いて、いそいで立ち上った。そのとき毛氈が足にひっかかったらしく、お辞儀でもするようにからだを深くよろめかした。他のひとたちはそれを見て、酔った、酔ったと叔母をはやしたてた。私は遥かはなれてこれを見おろし、口惜(くや)しくて口惜(くや)しくて、いよいよ大声を立てて泣き喚(わめ)いた。またある夜、叔母が私を捨てて家を出て行く夢を見た。叔母の胸は玄関のくぐり戸いっぱいにふさがっていた。その赤くふくれた大きい胸から、つぶつぶの汗がしたたっていた。叔母は、お前がいやになった、とあらあらしく呟くのである。私は叔母のその乳房に頰をよせて、そうしないでけんせ、と願いつつしきりに涙を流した。叔母が私を揺り起した時は、私は床(とこ)の中で叔母の胸に顔を押しつけて泣いていた。眼が覚(さ)めてからも、私はまだまだ悲しくて永いことすすり泣いた。けれども、その夢のことは叔母にも誰にも話さなかった。

　叔母についての追憶はいろいろとあるが、その頃の父母の思い出は生憎(あいにく)と一つも持ち合せない。曽祖母、祖母、父、母、兄三人、姉四人、弟一人、それに叔母と叔母の娘四人の大家族だった筈であるが、叔母を除いて他のひとたちの事は私も五六歳になるまでは殆ど知らずにいたと言ってよい。広い裏庭に、むかし林檎の大木が五六本あったようで、どんよりと曇った日、それらの木に女の子が多人数で昇って行った有様や、そのおなじ庭の一隅に菊畑があって、雨の降っていたとき、私はやはり大勢の女の子らと傘さし合って菊の花の咲きそろっているのを眺めたことなど、幽かに覚えて居るけれど、あの女の子らが私の姉や従姉たちだったかも知れない。

　六つ七つになると思い出もはっきりしている。私がたけ*という女中から本を読むことを教えられ二人で様々の本を読み合った。たけは私の教育に夢中であった。私は病身だったので、寝ながらたくさん本を読んだ。読む本がなくなればたけは村の日曜学校などから子供の本をどしどし借りて来て私に読ませた。私は黙読することを覚えていたので、いくら本を読んでも疲れないのだ。たけは又、私に道徳を教えた。お寺へ屢々連れて行って、*地獄極楽の御絵掛地を見せて説明した。火を放けた人は赤い火のめらめら燃えている籠を脊負わされ、めかけ持った人は二つの首のある青い蛇にからだを巻かれて、せつながっていた。血の池や、針の山や、無間奈落という白い煙のたちこめた底知れぬ深い穴や、到るところで、蒼白く痩せたひとたちが口を小さくあけて泣き叫んでいた。嘘を吐けば地獄へ行ってこのように鬼のために舌を抜かれるのだ、と聞かされたときには恐ろしくて泣き出した。

そのお寺の裏は小高い墓地になっていて、山吹かなにかの生垣に沿うてたくさんの卒堵婆が林のように立っていた。卒堵婆には、満月ほどの大きさで車のような黒い鉄の輪のついているのがあって、その輪をからから廻して、やがて、そのまま止ってじっと動かないならその廻した人は極楽へ行き、一旦とまりそうになってから、又からんと逆に廻れば地獄へ落ちる、とたけは言った。たけが廻すと、いい音をたててひとしきり廻って、かならずひっそりと止るのだけれど、私が廻すと後戻りすることがたまたまあるのだ。秋のころと記憶するが、私がひとりでお寺へ行ってその金輪のどれを廻して見ても皆言い合せたようにからんからんと逆廻りした日があったのである。私は破れかけるかんしゃくだまを抑えつつ何十回となく執拗に廻しつづけた。日が暮れかけて来たので、私は絶望してその墓地から立ち去った。

父母はその頃東京にすまっていたらしく、私は叔母に連れられて上京した。私は余程ながく東京に居たのだそうであるが、あまり記憶に残っていない。その東京の別宅へ、ときどき訪れる婆のことを覚えているだけである。私は此の婆がきらいで、婆の来る度毎に泣いた。婆は私に赤い郵便自動車の玩具をひとつ呉れたが、ちっとも面白くなかったのである。

やがて私は故郷の小学校へ入ったが、追憶もそれと共に一変する。たけは、いつの間にかいなくなっていた。或漁村へ嫁に行ったのであるが、私がそのあとを追うだろうという懸念からか、私には何も言わずに突然いなくなった。その翌年だかのお盆のとき、たけは私のうちへ遊びに来たが、なんだかよそよそしくしていた。私に学校の成績を聞いた。私は答えなかった。ほかの誰かが代って知らせたようだ。たけは、油断大敵でせえ、と言っただけで格別ほめもしなかった。

同じ頃、叔母とも別れなければならぬ事情が起った。それまでに叔母の次女は嫁ぎ、三女は死に、長女は歯医者の養子をとっていた。叔母はその長女夫婦と末娘とを連れて、遠くのまちへ分家したのである。私もついて行った。それは冬のことで、私は叔母と一緒に橇の隅へうずくまっていると、橇の動きだす前に私のすぐ上の兄が、婿、婿と私を罵って橇の幌の外から私の尻を何辺もつついた。私は歯を食いしばって此の屈辱にこらえた。私は叔母に貰われたのだと思っていたが、学校にはいるようになったら、また故郷へ返されたのである。

学校に入ってからの私は、もう子供でなかった。裏の空屋敷には色んな雑草がのんのんと繁っていたが、夏の或る天気のいい日に私はその草原の上で弟の子守から息苦しいことを教えられた。私が八つぐらいで、子守もそのころは十四五を越えていまいと思う。苜蓿を私の田舎では「ぼくさ」と呼んでいるが、その子守は私と三つちがう弟に、ぼくさの四つ葉を捜して来い、と言いつけて追いやり私を抱いてころころと転げ廻った。それからも私たちは蔵の中だの押入の中だのに隠れて遊んだ。弟がひどく邪魔であった。押入のそとにひとり残された弟が、しくしく泣き出した為、私のすぐの兄に私たちのことを見つけられてしまった時もある。兄が弟から聞いて、その押入の戸をあけたのだ。子守は、押入へ銭を落したのだ、と平気で言っていた。

嘘は私もしじゅう吐いていた。小学二年か三年の雛祭りのとき学校の先生に、うちの人が今日は雛さまを飾るのだから早く帰れと言っている、と嘘を吐いて授業を一時間も受けずに帰宅し、家の人には、きょうは桃の節句だから学校は休みです、と言って雛を箱から出すのに要らぬ手伝いをしたことがある。また私は小鳥の卵を愛した。雀の卵は蔵の屋根瓦をはぐと、いつでもたくさん手にいれられたが、さくらどりの卵やからすの卵などは私の屋根に転ってなかったのだ。その燃えるような緑の卵や可笑しい斑点のある卵を、私は学校の生徒たちから貰った。その代り私はその生徒たちに私の蔵書を五冊十冊とまとめて与えるのである。集めた卵は綿でくるんで机の引き出しに一杯しまって置いた。すぐの兄は、私のその秘密の取引に感づいたらしく、ある晩、私に西洋の童話集ともう一冊なんの本だか忘れたが、その二つを貸して呉れと言った。私は兄の意地悪さを憎んだ。私はその両方の本とも卵に投資して了ってないのであった。兄は私がないと言えばその本の行先を追及するつもりなのだ。私は、きっとあった筈だから捜して見る、と答えた。私は、私の部屋は勿論、家中いっぱいランプをさげて捜して歩いた。兄は私についてあるきながら、ないのだろう、と言って笑っていた。私は、ある、と頑強に言い張った。台所の戸棚の上によじのぼってまで捜した。兄はしまいに、もういい、と言った。

　学校で作る私の綴方も、ことごとく出鱈目であったと言ってよい。私は私自身を神妙ないい子にして綴るよう努力した。そうすれば、いつも皆にかっさいされるのである。剽窃さえした。当時傑作として先生たちに言いはやされた「弟の影絵」というのは、なにか少年雑誌の一等当選作だったのを私がそっくり盗んだものである。先生は私にそれを毛筆で清書させ、展覧会に出させた。あとで本好きのひとりの生徒にそれを発見され、私はその生徒の死ぬことを祈った。やはりそのころ「秋の夜」というのも皆の先生にほめられたが、それは、私が勉強して頭が痛くなったから縁側へ出て庭を見渡した、月のいい夜で池には鯉や金魚がたくさん遊んでいた、私はその庭の静かな景色を夢中で眺めていたが、隣部屋から母たちの笑い声がどっと起ったので、はっと気がついたら私の頭痛がなおって居た、という小品文であった。此の中には真実がひとつもないのだ。庭の描写は、たしか姉たちの作文帳から抜き取ったものであったし、だいいち私は頭のいたくなるほど勉強した覚えなどさっぱりないのである。私は学校が嫌いで、したがって学校の本など勉強したことは一回もなかった。娯楽本ばかり読んでいたのである。うちの人は私が本さえ読んで居れば、それを勉強だと思っていた。

しかし私が綴方へ真実を書き込むと必ずよくない結果が起ったのである。父母が私を愛して呉れないという不平を書き綴ったときには、*受持訓導に教員室へ呼ばれて叱られた。「もし戦争が起ったなら。」という題を与えられて、地震雷火事親爺、それ以上に怖い戦争が起ったなら先ず山の中へでも逃げ込もう、逃げるついでに先生をも誘おう、先生も人間、僕も人間、いくさの怖いのは同じであろう、と書いた。此の時には校長と次席訓導とが二人がかりで私を調べた。どういう気持で之を書いたか、と聞かれたので、私はただ面白半分に書きました、といい加減なごまかしを言った。次席訓導は手帖へ、「好奇心」と書き込んだ。それから私と次席訓導とが少し議論を始めた。先生も人間、僕も人間、と書いてあるが人間というものは皆おなじものか、と彼は尋ねた。そう思う、と私はもじもじしながら答えた。私はいったいに口が重い方であった。それでは僕と此の校長先生とは同じ人間でありながら、どうして給料が違うのだ、と彼に問われて私は暫く考えた。そして、それは仕事がちがうからでないか、と答えた。鉄縁の眼鏡をかけ、顔の細い次席訓導は私のその言葉をすぐ手帖に書きとった。私はかねてから此の先生に好意を持っていた。それから彼は私にこんな質問をした。君のお父さんと僕たちとは同じ人間か。私は困って何とも答えなかった。

私の父は非常に忙しい人で、うちにいることがあまりなかった。うちにいても子供らと一緒には居らなかった。私は此の父を恐れていた。父の万年筆をほしがっていながらそれを言い出せないで、ひとり色々と思い悩んだ末、或る晩に床の中で眼をつぶったまま寝言のふりして、まんねんひつ、まんねんひつ、と隣部屋で客と対談中の父へ低く呼びかけた事があったけれど、勿論それは父の耳にも心にもはいらなかったらしい。私と弟とが米俵のぎっしり積まれたひろい米蔵に入って面白く遊んでいると、父が入口に立ちはだかって、坊主、出ろ、出ろ、と叱った。光を脊から受けているので父の大きい姿がまっくろに見えた。私は、あの時の恐怖を惟うと今でもいやな気がする。

母に対しても私は親しめなかった。乳母の乳で育って叔母の懐で大きくなった私は、小学校の二三年のときまで母を知らなかったのである。下男がふたりかかって私にそれを教えたのだが、ある夜、傍に寝ていた母が私の蒲団の動くのを不審がって、なにをしているのか、と私に尋ねた。私はひどく当惑して、腰が痛いからあんまやっているのだ、と返事した。母は、そんなら揉んだらいい、たたいて許りいたって、と眠そうに言った。私は黙ってしばらく腰を撫でさすった。母への追憶はわびしいものが多い。私が蔵から兄の洋服を出し、それを着て裏庭の花壇の間をぶらぶら歩きながら、私の即興的に作曲する哀調のこもった歌を口ずさんでは涙ぐんでいた。私はその身装で帳場の書生と遊びたく思い、女中を呼びにやったが、書生は仲々来なかった。私は裏庭の竹垣を靴先でからからと撫でたりしながら彼を待っていたのであるが、とうとうしびれを切らして、ズボンのポケットに両手をつっ込んだまま泣き出した。私の泣いているのを見つけた母は、どうした訳か、その洋服をはぎ取って了って私の尻をぴしゃぴしゃとぶったのである。私は身を切られるような恥辱を感じた。

　私は早くから服装に関心を持っていたのである。シャツの袖口にはボタンが附いていないと承知できなかった。白い*フランネルのシャツを好んだ。*襦袢の襟も白くなければいけなかった。えりもとからその白襟を一分か二分のぞかせるように注意した。十五夜のときには、村の生徒たちはみんな晴衣を着て学校へ出て来るが、私も毎年きまって茶色の太い縞のある本ネルの着物を着て行って、学校の狭い廊下を女のようになよなよと小走りにはしって見たりするのであった。私はそのようなおしゃれを、人に感附かれぬようひそかにやった。うちの人たちは私の容貌を兄弟中で一番わるいわるい、と言っていたし、そのような悪いおとこが、こんなおしゃれをすると知られたら皆に笑われるだろう、と考えたからである。私は、かえって服装に無関心であるように振舞い、しかもそれは或る程度まで成功したように思う。誰の眼にも私は鈍重で野暮臭く見えたにちがいないのだ。私が兄弟たちとお膳のまえに坐っているときなど、祖母や母がよく私の顔のわるい事を真面目に言ったものだが、私にはやはりくやしかった。私は自分をいいおとこだと信じていたので、女中部屋なんかへ行って、兄弟中で誰が一番いいおとこだろう、とそれとなく聞くことがあった。女中たちは、長兄が一番で、その次が治ちゃだ、と大抵そう言った。私は顔を赤くして、それでも少し不満だった。長兄よりもいいおとこだと言って欲しかったのである。

私は容貌のことだけでなく、不器用だという点で祖母たちの気にいらなかった。箸の持ちかたが下手で食事の度毎に祖母から注意されたし、私のおじぎは尻があがって見苦しいとも言われた。私は祖母の前にきちんと坐らされ、何回も何回もおじぎをさせられたけれど、いくらやって見ても祖母は上手だと言って呉れないのである。

祖母も私にとって苦手であったのだ。村の芝居小屋の舞台開きに東京の雀三郎一座というのがかかったとき、私はその興業中いちにちも欠かさず見物に行った。その小屋は私の父が建てたのだから、私はいつでもただでいい席に坐れたのである。学校から帰るとすぐ、私は柔い着物と着換え、端に小さい鉛筆をむすびつけた細い銀鎖を帯に吊りさげて芝居小屋へ走った。生れて始めて歌舞伎というものを知ったのであるし、私は興奮して、狂言を見ている間も幾度となく涙を流した。その興行が済んでから、私は弟や親類の子らを集めて一座を作り自分で芝居をやって見た。私は前からこんな催物が好きで、下男や女中たちを集めては、昔話を聞かせたり、幻燈や*活動写真を映して見せたりしたものである。そのときには、「*山中鹿之助」と「*鳩の家」と「*かっぽれ」と三つの狂言を並べた。山中鹿之助が谷河の岸の或る茶店で、早川鮎之助という家来を得る条を或る少年雑誌から抜き取って、それを私が脚色した。拙者は山中鹿之助と申すものであるが、――という長い言葉を歌舞伎の七五調に直すのに苦心をした。「鳩の家」は私がなんべん繰り返して読んでも必ず涙の出た長篇小説で、その中でも殊に哀れな所を二幕に仕上げたものであった。「かっぽれ」は雀三郎一座がおしまいの幕の時、いつも楽屋総出でそれを踊ったものだから、私もそれを踊ることにしたのである。五六にち稽古して愈々その日、文庫蔵のまえの広い廊下を舞台にして、小さい引幕などをこしらえた。昼のうちからそんな準備をしていたのだが、その引幕の針金に祖母が顎をひっかけて了った。祖母は、此の針金でわたしを殺すつもりか、*河原乞食の真似糞はやめろ、と言って私たちをののしった。それでもその晩はやはり下男や女中たちを十人ほど集めてその芝居をやってみせたが、祖母の言葉を考えると私の胸は重くふさがった。私は山中鹿之助や「鳩の家」の男の子の役をつとめ、かっぽれも踊ったけれど少しも気乗りがせずたまらなく淋しかった。そののちも私はときどき「*牛盗人」や「*皿屋敷」や「*俊徳丸」などの芝居をやったが、祖母はその都度(つど)にがにがしげにしていた。

私は祖母を好いてはいなかったが、私の眠られない夜には祖母を有難(ありがた)く思うことがあった。私は小学三四年のころから不眠症にかかって、夜の二時になっても三時になっても眠れないで、よく寝床のなかで泣いた。寝る前に砂糖をなめればいいとか、時計のかちかちを数えろとか、水で両足を冷せとか、ねむのきの葉を枕のしたに敷いて寝るといいとか、さまざまの眠る工夫をうちの人たちから教えられたが、あまり効目(ききめ)がなかったようである。私は苦労性であって、いろんなことをほじくり返して気にするものだから、尚(なお)のこと眠れなかったのであろう。父の鼻眼鏡をこっそりいじくって、ぽきっとその硝子(ガラス)を割ってしまったときには、幾夜もつづけて寝苦しい思いをした。一軒置いて隣りの小間物屋(こまものや)では書物類もわずか売っていて、ある日私は、そこで婦人雑誌の口絵などを見ていたが、そのうちの一枚で黄色い人魚の水彩画が欲しくてならず、盗もうと考えて静かに雑誌から切り離していたら、そこの若主人に、治(おさ)こ、治(おさ)こ、と見とがめられ、その雑誌を音高く店の畳(たたみ)に投げつけて家まで飛んではしって来たことがあったけれど、そういうやりそこないもまた私をひどく眠らせなかった。私は又、寝床の中で火事の恐怖に理由なく苦しめられた。此の家が焼けたら、と思うと眠るどころではなかったのである。いつかの夜、私が寝しなに厠へ行ったら、その厠と廊下ひとつ隔てた真暗い帳場の部屋で、書生がひとりして活動写真をうつしていた。白熊の、氷の崖から海へ飛び込む有様が、部屋の襖へマッチ箱ほどの大きさでちらちら映っていたのである。私はそれを覗いて見て、書生のそういう心持が堪らなく悲しく思われた。床に就いてからも、その活動写真のことを考えると胸がどきどきしてならぬのだ。書生の身の上を思ったり、また、その映写機のフィルムから発火して大事になったらどうしようとそのことが心配で心配で、その夜はあけがた近くになる迄まどろむ事が出来なかったのである。祖母を有難く思うのはこんな夜であった。

まず、晩の八時ごろ女中が私を寝かして呉れて、私の眠るまではその女中も私の傍に寝ながら附いていなければならなかったのだが、私は女中を気の毒に思い、床につくとすぐ眠ったふりをするのである。女中がこっそり私の床から脱け出るのを覚えつつ、私は睡眠できるようひたすら念じるのである。十時頃まで床のなかで転輾してから、私はめそめそ泣き出して起き上る。その時分になると、うちの人は皆寝てしまっていて、祖母だけが起きているのだ。祖母は夜番の爺と、台所の大きい囲炉裏を挟んで話をしている。私はたんぜんを着たままその間にはいって、むっつりしながら彼等(かれら)の話を聞いているのである。彼等はきまって村の人々の噂話(うわさばなし)をしていた。或る秋の夜更(よふけ)に、私は彼等のぼそぼそと語り合う話に耳傾けていると、遠くから*虫おくり祭の太鼓の音がどんどんと響いて来たが、それを聞いて、ああ、まだ起きている人がたくさんあるのだ、とずいぶん気強く思ったことだけは忘れずにいる。

　音に就(つ)いて思い出す。私の長兄は、そのころ東京の大学にいたが、暑中休暇になって帰郷する度毎(たびごと)に、音楽や文学などのあたらしい趣味を田舎へひろめた。長兄は劇を勉強していた。或る郷土の雑誌に発表した*「奪い合い」という一幕物は、村の若い人たちの間で評判だった。それを仕上げたとき、長兄は数多くの弟や妹たちにも読んで聞かせた。皆、判(わか)らない判らない、と言って聞いていたが、私には判った。幕切の、くらい晩だなあ、という一言に含まれた詩をさえ理解できた。私はそれに「奪い合い」でなく「あざみ草」と言う題をつけるべきだと考えたので、あとで、兄の書き損じた原稿用紙の隅へ、その私の意見を小さく書いて置いた。兄は多分それに気が附かなかったのであろう、題名をかえることなくその儘(まま)発表して了(しま)った。レコオドもかなり集めていた。私の父は、うちで何かの饗応(きょうおう)があると必ず、遠い大きなまちからはるばる芸者を呼んで、私も五つ六つの頃から、そんな芸者たちに抱かれたりした記憶があって、「むかしむかしそのむかし」だの「*あれは紀のくにみかんぶね」だのの唄や踊りを覚えているのである。そういうことから、私は兄のレコオドの洋楽よりも邦楽の方に早くなじんだ。ある夜、私が寝ていると、兄の部屋からいい音が漏れて来たので、枕から頭をもたげて耳をすました。あくる日、私は朝早く起き兄の部屋へ行って手当り次第あれこれとレコオドを掛けて見た。そしてとうとう私は見つけた。前夜、私を眠らせぬほど興奮させたそのレコオドは、*蘭蝶だった。

　私はけれども長兄より次兄に多く親しんだ。次兄は東京の商業学校を優等で出て、そのまま帰郷し、うちの銀行に勤めていたのである。次兄も亦うちの人たちに冷く取扱われていた。私は、母や祖母が、いちばん悪いおとこは私で、そのつぎに悪いのは次兄だ、と言っているのを聞いた事があるので、次兄の不人気もその容貌がもとであろうと思っていた。なんにも要らない、おとこ振りばかりでもよく生れたかった、なあ治、と半分は私をからかうように呟いた次兄の冗談口を私は記憶している。しかし私は次兄の顔をよくないと本心から感じたことが一度もないのだ。あたまも兄弟のうちではいい方だと信じている。次兄は毎日のように酒を呑んで祖母と喧嘩した。私はそのたんびひそかに祖母を憎んだ。

　末の兄と私とはお互いに反目していた。私は色々な秘密を此の兄に握られていたので、いつもけむったかった。それに、末の兄と私の弟とは、顔のつくりが似て皆から美しいとほめられていたし、私は此のふたりに上下から圧迫されるような気がしてたまらなかったのである。その兄が東京の中学に行って、私はようやくほっとした。弟は、末子で優しい顔をしていたから父にも母にも愛された。私は絶えず弟を嫉妬していて、ときどきなぐっては母に叱られ、母をうらんだ。私が十か十一のころのことと思う。私のシャツや襦袢の縫目へ胡麻をふり撒いたようにしらみがたかった時など、弟がそれを鳥渡笑ったというので、文字通り弟を殴り倒した。けれども私は矢張り心配になって、弟の頭に出来たいくつかの瘤へ*不可飲という薬をつけてやった。

私は姉たちには可愛がられた。いちばん上の姉は死に、次の姉は嫁ぎ、あとの二人の姉はそれぞれ違うまちの女学校へ行っていた。私の村には汽車がなかったので、三里ほど離れた汽車のあるまちと往き来するのに、夏は馬車、冬は橇、春の雪解けの頃や秋のみぞれの頃は歩くより他なかったのである。姉たちは橇に酔うので、冬やすみの時も歩いて帰った。私はそのつどつど村端れの材木が積まれてあるところまで迎えに出たのである。日がとっぷり暮れても道は雪あかりで明るいのだ。やがて隣村の森のかげから姉たちの提燈がちらちら現れると、私は、おう、と大声あげて両手を振った。

上の姉の学校は下の姉の学校よりも小さいまちにあったので、お土産も下の姉のそれに較(くら)べていつも貧しげだった。いつか上の姉が、なにもなくてえ、と顔を赤くして言いつつ線香花火を五束(いつたば)六束(むたば)バスケットから出して私に与えたが、私はそのとき胸をしめつけられる思いがした。此の姉も亦(また)きりょうがわるいとうちの人たちからいわれいわれしていたのである。

この姉は女学校へはいるまでは、曽祖母とふたりで離座敷に寝起(ねおき)していたものだから、曽祖母の娘だとばかり私は思っていたほどであった。曽祖母は私が小学校を卒業する頃なくなったが、白い着物を着せられ小さくかじかんだ曽祖母の姿を納棺の際ちらと見た私は、この姿がこののちながく私の眼にこびりついたらどうしようと心配した。

私は程(ほど)なく小学校を卒業したが、からだが弱いからと言うので、うちの人たちは私を高等小学校に一年間だけ通わせることにした。からだが丈夫になったら中学へいれてやる、それも兄たちのように東京の学校では健康に悪いから、もっと田舎の中学へいれてやる、と父が言っていた。私は中学校へなどそれほど入りたくなかったのだけれどそれでも、からだが弱くて残念に思う、と綴方へ書いて先生たちの同情を強いたりしていた。

この時分には、私の村にも町制が敷かれていたが、その高等小学校は私の町と附近の五六ヶ村と共同で出資して作られたものであって、まちから半里も離れた松林の中に在(あ)った。私は病気のためにしじゅう学校をやすんでいたのだけれどその小学校の代表者だったので、他村からの優等生がたくさん集る高等小学校でも一番になるよう努めなければいけなかったのである。しかし私はそこでも相変らず勉強をしなかった。いまに中学生に成るのだ、という私の自矜が、その高等小学校を汚く不愉快に感じさせていたのだ。私は授業中おもに連続の漫画をかいた。休憩時間になると、声色をつかってそれを生徒たちへ説明してやった。そんな漫画をかいた手帖が四五冊もたまった。机に頬杖ついて教室の外の景色をぼんやり眺めて一時間を過すこともあった。私は硝子窓の傍に座席をもっていたが、その窓の硝子板には蠅がいっぴき押しつぶされてながいことねばりついたままでいて、それが私の視野の片隅にぼんやりと大きくはいって来ると、私には雉か山鳩かのように思われ、幾たびとなく驚かされたものであった。私を愛している五六人の生徒たちと一緒に授業を逃げて、松林の裏にある沼の岸辺に寝ころびつつ、女生徒の話をしたり、皆で着物をまくってそこにうっすり生えそめた毛を較べ合ったりして遊んだのである。

　その学校は男と女の共学であったが、それでも私は自分から女生徒に近づいたことなどなかった。私は欲情がはげしいから、懸命にそれをおさえ、女にもたいへん臆病になっていた。私はそれまで、二人三人の女の子から思われたが、いつでも知らない振りをして来たのだった。帝展の入選画帳を父の本棚から持ち出しては、その中にひそめられた白い画に頰をほてらせて眺めいったり、私の飼っていたひとつがいの兎にしばしば交尾させ、その雄兎の脊中をこんもりと丸くする容姿に胸をときめかせたり、そんなことで私はこらえていた。私は見え坊であったから、あの、あんまをさえ誰にも打ちあけなかった。その害を本で読んで、それをやめようとさまざまな苦心をしたが、駄目であった。そのうちに私はそんな遠い学校へ毎日あるいてかよったお陰で、からだも太って来た。額の辺にあわつぶのような小さい吹出物がでてきた。之も恥かしく思った。私はそれへ宝丹膏という薬を真赤に塗った。長兄はそのとし結婚して、祝言の晩に私と弟とはその新しい嫂の部屋へ忍んで行ったが、嫂は部屋の入口を脊にして坐って髪を結わせていた。私は鏡に映った花嫁のほのじろい笑顔をちらと見るなり、弟をひきずって逃げ帰った。そして私は、たいしたもんでねえでば！　と力こめて強がりを言った。薬で赤い私の額のためによけい気もひけて、尚のことこんな反撥をしたのであった。

　冬ちかくなって、私も中学校への受験勉強を始めなければいけなくなった。私は雑誌の広告を見て、東京へ色々の参考書を注文した。けれども、それを本箱に並べただけで、ちっとも読まなかった。私の受験することになっていた中学校は、県でだいいちのまちに在って、志願者も二三倍は必ずあったのである。私はときどき落第の懸念に襲われた。そんな時には私も勉強をした。そして一週間もつづけて勉強すると、すぐ及第の確信がついて来るのだ。勉強するとなると、夜十二時ちかくまで床につかないで、朝はたいてい四時に起きた。勉強中は、たみという女中を傍に置いて、火をおこさせたり茶をわかさせたりした。たみは、どんなにおそくまで宵っぱりしても翌る朝は、四時になると必ず私を起しに来た。私が算術の鼠が子を産む応用問題などに困らされている傍で、たみはおとなしく小説本を読んでいた。あとになって、たみの代りに年とった肥えた女中が私へつくようになったが、それが母のさしがねである事を知った私は、母のその底意を考えて顔をしかめた。

その翌春、雪のまだ深く積っていた頃、私の父は東京の病院で血を吐いて死んだ。ちかくの新聞社は父の訃を号外で報じた。私は父の死よりも、こういうセンセイションの方に興奮を感じた。遺族の名にまじって私の名も新聞に出ていた。父の死骸は大きい寝棺に横たわり橇に乗って故郷へ帰って来た。私は大勢のまちの人たちと一緒に隣村近くまで迎えに行った。やがて森の蔭から幾台となく続いた橇の幌が月光を受けつつ滑って出て来たのを眺めて私は美しいと思った。

つぎの日、私のうちの人たちは父の寝棺の置かれてある仏間に集った。棺の蓋が取りはらわれるとみんな声をたてて泣いた。父は眠っているようであった。高い鼻筋がすっと青白くなっていた。私は皆の泣声を聞き、さそわれて涙を流した。

私の家はそのひとつきもの間、火事のような騒ぎであった。私はその混雑にまぎれて、受験勉強を全く怠(おこた)ったのである。高等小学校の学年試験にも殆ど出鱈目な答案を作って出した。私の成績は全体の三番かそれくらいであったが、これは明らかに受持訓導の私のうちに対する遠慮からであった。私はそのころ既に記憶力の減退を感じていて、したしらべでもして行かないと試験には何も書けなかったのである。私にとってそんな経験は始めてであった。

二章

いい成績ではなかったが、私はその春、中学校*へ受験して合格をした。私は、新しい袴(はかま)と黒い沓下(くつした)とあみあげの靴をはき、いままでの毛布をよして羅紗(ラシャ)*のマントを洒落者(しゃれもの)らしくボタンをかけずに前をあけたまま羽織(はお)って、その海のある小都会へ出た。そして私のうちと遠い親戚にあたるそのまちの呉服店で旅装を解いた。入口にちぎれた古いのれんをさげてあるその家へ、私はずっと世話になることになっていたのである。

私は何ごとにも有頂天(うちょうてん)になり易(やす)い性質を持っているが、入学当時は銭湯へ行くのにも学校の制帽を被(かぶ)り、袴をつけた。そんな私の姿が往来の窓硝子にでも映ると、私は笑いながらそれへ軽く会釈をしたものである。

それなのに、学校はちっとも面白くなかった。校舎は、まちの端れにあって、しろいペンキで塗られ、すぐ裏は海峡に面したひらたい公園で、浪の音や松のざわめきが授業中でも聞えて来て、廊下も広く教室の天井も高くて、私はすべてにいい感じを受けたのだが、そこにいる教師たちは私をひどく迫害したのである。

私は入学式の日から、或る体操の教師にぶたれた。私が生意気だというのであった。この教師は入学試験のとき私の口答試問の係りであったが、お父さんがなくなってよく勉強もできなかったろう、と私に情ふかい言葉をかけて呉れ、私もうなだれて見せたその人であっただけに、私のこころはいっそう傷けられた。そののちも私は色んな教師にぶたれた。にやにやしているとか、あくびをしたとか、さまざまな理由から罰せられた。授業中の私のあくびが大きいので職員室で評判である、とも言われた。私はそんな莫迦げたことを話し合っている職員室を、おかしく思った。

私と同じ町から来ている一人の生徒が、或る日、私を校庭の砂山の陰に呼んで、君の態度はじっさい生意気そうに見える、あんなに殴られてばかりいると落第するにちがいない、と忠告して呉れた。私は愕然とした。その日の放課後、私は海岸づたいにひとり家路を急いだ。靴底を浪になめられつつ溜息ついて歩いた。洋服の袖で額の汗を拭いていたら、鼠色のびっくりするほど大きい帆がすぐ眼の前をよろよろとおって行った。

　私は散りかけている花弁であった。すこしの風にもふるえおののいた。人からどんな些細なさげすみを受けても死なん哉と悶えた。私は、自分を今にきっとえらくなるものと思っていたし、英雄としての名誉をまもって、たとい大人の侮りにでも容赦できなかったのであるから、この落第という不名誉も、それだけ致命的であったのである。その後の私は兢兢として授業を受けた。授業を受けながらも、この教室のなかには眼に見えぬ百人の敵がいるのだと考えて、少しも油断をしなかった。朝、学校へ出掛けしなには、私の机の上へトランプを並べて、その日いちにちの運命を占った。ハアトは大吉であった。ダイヤは半吉、クラブは半凶、スペエドは大凶であった。そしてその頃は、来る日も来る日もスペエドばかり出たのである。

　それから間もなく試験が来たけれど、私は博物でも地理でも修身でも、教科書の一字一句をそのまま暗記して了うように努めた。これは私のいちかばちかの潔癖から来ているのであろうが、この勉強法は私の為によくない結果を呼んだ。私は勉強が窮屈でならなかったし、試験の際も、融通がきかなくて、殆ど完璧に近いよい答案を作ることもあれば、つまらぬ一字一句につまずいて、思索が乱れ、ただ意味もなしに答案用紙を汚している場合もあったのである。

しかし私の第一学期の成績はクラスの三番であった。操行も甲であった。落第の懸念に苦しまされていた私は、その通告簿を片手に握って、もう一方の手で靴を吊り下げたまま、裏の海岸まではだしで走った。嬉しかったのである。

一学期をおえて、はじめての帰郷のときは、私は故郷の弟たちに私の中学生生活の短い経験を出来るだけ輝かしく説明したく思って、私がその三四ヶ月間身につけたすべてのもの、座蒲団のはてまで行李につめた。

馬車にゆられながら隣村の森を抜けると、幾里四方もの青田の海が展開して、その青田の果てるあたりに*私のうちの赤い大屋根が聳えていた。私はそれを眺めて十年も見ない気がした。

私はその休暇のひとつきほど得意な気持でいたことがない。私は弟たちへ中学校のことを誇張して夢のように物語った。その小都会の有様をも、つとめて幻妖に物語ったのである。

私は風景をスケッチしたり昆虫の採集をしたりして、野原や谷川をはしり廻った。水彩画を五枚えがくのと珍らしい昆虫の標本を十種あつめるのとが、教師に課された休暇中の宿題であった。私は捕虫網を肩にかついで、弟にはピンセットだの毒壺だののはいった採集鞄を持たせ、もんしろ蝶やばったを追いながら一日を夏の野原で過した。夜は庭園で焚火をめらめらと燃やして、飛んで来るたくさんの虫を網や箒で片っぱしからたたき落した。末の兄は美術学校の塑像科へ入っていたが、まいにち中庭の大きい栗の木の下で粘土をいじくっていた。もう女学校を卒えていた私のすぐの姉の胸像を作っていたのである。私も亦その傍で、姉の顔を幾枚もスケッチして、兄とお互いの出来上り案配をけなし合った。姉は真面目に私たちのモデルになっていたが、そんな場合おもに私の水彩画の方の肩を持った。この兄は若いときはみんな天才だ、などと言って、私のあらゆる才能を莫迦にしていた。私の文章をさえ、小学生の綴方、と言って嘲っていた。私もその当時は、兄の芸術的な力をあからさまに軽蔑していたのである。

　ある晩、その兄が私の寝ているところへ来て、治、珍動物だよ、と声を低くして言いながら、しゃがんで蚊帳の下から鼻紙に軽く包んだものをそっと入れて寄こした。兄は、私が珍らしい昆虫を集めているのを知っていたのだ。包の中では、かさかさと虫のもがく足音がしていた。私は、そのかすかな音に、肉親の情を知らされた。私が手暴くその小さい紙包をほどくと、兄は、逃げるぜえ、そら、そら、と息をつめるようにして言った。見ると普通のくわがたむしであった。私はその鞘翅類をも私の採集した珍昆虫十種のうちにいれて教師へ出した。

　休暇が終りになると私は悲しくなった。故郷をあとにし、その小都会へ来て、呉服商の二階で独りして行李をあけた時には、私はもう少しで泣くところであった。私は、そんな淋しい場合には、本屋へ行くことにしていた。そのときも私は近くの本屋へ走った。そこに並べられたかずかずの刊行物の背を見ただけでも、私の憂愁は不思議に消えるのだ。その本屋の隅の書棚には、私の欲しくても買えない本が五六冊あって、私はときどき、その前へ何気なさそうに立ち止っては膝をふるわせながらその本の頁を盗み見たものだけれど、しかし私が本屋へ行くのは、なにもそんな医学じみた記事を読むためばかりではなかったのである。その当時私にとって、どんな本でも休養と慰安であったからである。

　学校の勉強はいよいよ面白くなかった。白地図に山脈や港湾や河川を水絵具で記入する宿題などは、なによりも呪わしかった。私は物事に凝るほうであったから、この地図の彩色には三四時間も費やした。歴史なんかも、教師はわざわざノオトを作らせてそれへ講義の要点を書き込めと言いつけたが、教師の講義は教科書を読むようなものであったから、自然とそのノオトへも教科書の文章をそのまま書き写すよりほかなかったのである。私はそれでも成績にみれんがあったので、そんな宿題を毎日せい出してやったのである。秋になると、そのまちの中等学校どうしの色色なスポオツの試合が始った。田舎から出て来た私は、野球の試合など見たことさえなかった。小説本で、満塁とか、アタックショオトとか、中堅(センタア)とか、そんな用語を覚えていただけであって、やがて其(そ)の試合の観方をおぼえたけれど余り熱狂できなかった。野球ばかりでなく、庭球でも、柔道でも、なにか他校と試合のある度に私も応援団の一人として、選手たちに声援を与えなければならなかったのであるが、そのことが尚(なお)さら中学生生活をいやなものにして了(しま)った。応援団長というのがあって、わざと汚い恰好(かっこう)で日の丸の扇子(せんす)などを持ち、校庭の隅の小高い岡にのぼって演説をすれば、生徒たちはその団長の姿を、むさい、むさい、と言って喜ぶのである。試合のときは、ひとゲエムのあいまあいまに団長が扇子をひらひらさせて、オオル・スタンド・アップと叫んだ。私たちは立ち上って、紫(むらさき)の小さい三角旗を一斉にゆらゆら振りながら、よい敵よい敵けなげなれども、という応援歌をうたうのである。そのことは私にとって恥しかった。私は、すきを見ては、その応援から逃げて家へ帰った。

しかし、私にもスポオツの経験がない訳ではなかったのである。私の顔が蒼黒くて、私はそれを例のあんまの故(ゆえ)であると信じていたので、人から私の顔色を言われると、私のその秘密を指摘されたようにどぎまぎした。私は、どんなにかして血色をよくしたく思い、スポオツをはじめたのである。

私はよほど前からこの血色を苦にしていたものであった。小学校四五年のころ、末の兄からデモクラシイという思想を聞き、母までデモクラシイのため税金がめっきり高くなって作米の殆どみんなを税金に取られる、と客たちにこぼしているのを耳にして、私はその思想に心弱くうろたえた。そして、夏は下男たちの庭の草刈に手つだいしたり、冬は屋根の雪おろしに手を貸したりなどしながら、下男たちにデモクラシイの思想を教えた。そうして、下男たちは私の手助けを余りよろこばなかったのをやがて知った。私の刈った草などは後からまた彼等が刈り直さなければいけなかったらしいのである。私は下男たちを助ける名の陰で、私の顔色をよくする事をも計っていたのであったが、それほど労働してさえ私の顔色はよくならなかったのである。

　中学校にはいるようになってから、私はスポオツに依(よ)っていい顔色を得ようと思いたって、暑いじぶんには、学校の帰りしなに必ず海へはいって泳いだ。私は胸泳(きょうえい)といって雨蛙(あまがえる)のように両脚をひらいて泳ぐ方法を好んだ。頭を水から真直に出して泳ぐのだから、波の起伏のこまかい縞目(しまめ)も、岸の青葉も、流れる雲も、みんな泳ぎながらに眺められるのだ。私は亀のように頭をすっとできるだけ高くのばして泳いだ。すこしでも顔を太陽に近寄せて、早く日焼がしたいからであった。

　また、私のいたうちの裏がひろい墓地だったので、私はそこへ百米(メートル)の直線コオスを作り、ひとりでまじめに走った。その墓地はたかいポプラの繁みで囲まれていて、はしり疲れると私はそこの卒堵婆の文字などを読み読みしながらぶらついた。*月穿潭底とか、*三界唯一心とかの句をいまでも忘れずにいる。ある日私は、銭苔のいっぱい生えている黒くしめった墓石に、寂性清寥居士という名前を見つけてかなり心を騒がせ、その墓のまえに新しく飾られてあった紙の蓮華の白い葉に、*おれはいま土のしたで蛆虫とあそんでいる、と或る仏蘭西の詩人から暗示された言葉を、泥を含ませた私の人指ゆびでもって、さも幽霊が記したかのようにほそぼそとなすり書いて置いた。そのあくる日の夕方、私は運動にとりかかる前に、先ずきのうの墓標へお参りしたら、朝の驟雨で亡魂の文字はその近親の誰をも泣かせぬうちに跡かたもなく洗いさらわれて、蓮華の白い葉もところどころ破れていた。

　私はそんな事をして遊んでいたのであったが、走る事も大変巧くなったのである。両脚の筋肉もくりくりと丸くふくれて来た。けれども顔色は、やっぱりよくならなかったのだ。黒い表皮の底には、濁った蒼い色が気持悪くよどんでいた。

　私は顔に興味を持っていたのである。読書にあきると手鏡をとり出し、微笑んだり眉をひそめたり頬杖ついて思案にくれたりして、その表情をあかず眺めた。私は必ずひとを笑わせることの出来る表情を会得した。目を細くして鼻を皺め、口を小さく尖らすと、児熊のようで可愛かったのである。私は不満なときや当惑したときにその顔をした。私のすぐの姉はそのじぶん、まちの県立病院の内科へ入院していたが、私は姉を見舞いに行ってその顔をして見せると、姉は腹をおさえて寝台の上をころげ廻った。姉はうちから連れて来た中年の女中とふたりきりで病院に暮していたものだから、ずいぶん淋しがって、病院の長い廊下をのしのし歩いて来る私の足音を聞くと、もうはしゃいでいた。私の足音は並はずれて高いのだ。私が若し一週間でも姉のところを訪れないと、姉は女中を使って私を迎いによこした。私が行かないと、姉の熱は不思議にあがって容態がよくない、とその女中が真顔で言っていた。

その頃はもう私も十五六になっていたし、手の甲には静脈の青い血管がうっすりと透いて見えて、からだも異様におもおもしく感じられていた。私は同じクラスのいろの黒い小さな生徒とひそかに愛し合った。学校からの帰りにはきっと二人してならんで歩いた。お互いの小指がすれあってさえも、私たちは顔を赤くした。いつぞや、二人で学校の裏道の方を歩いて帰ったら、芹やはこべの青々と伸びている田溝の中にいもりがいっぴき浮いているのをその生徒が見つけ、黙ってそれを掬って私に呉れた。私は、いもりは嫌いであったけれど、嬉しそうにはしゃぎながらそれを手巾へくるんだ。うちへ持って帰って、中庭の小さな池に放した。いもりは短い首をふりふり泳ぎ廻っていたが、次の朝みたら逃げて了っていなかった。

私はたかい自矜の心を持っていたから、私の思いを相手に打ち明けるなど考えもつかぬことであった。その生徒へは普段から口もあんまり利かなかったし、また同じころ隣の家の痩せた女学生をも私は意識していたのだが、此の女学生とは道で逢っても、ほとんどその人を莫迦にしているようにぐっと顔をそむけてやるのである。秋のじぶん、夜中に火事があって、私も起きて外へ出て見たら、つい近くの社の陰あたりが火の粉をちらして燃えていた。社の杉林がその焔を囲うようにまっくろく立って、そのうえを小鳥がたくさん落葉のように狂い飛んでいた。私は、隣のうちの門口から白い寝巻の女の子が私の方を見ているのを、ちゃんと知っていながら、横顔だけをそっちにむけてじっと火事を眺めた。焔の赤い光を浴びた私の横顔は、きっときらきら美しく見えるだろうと思っていたのである。こんな案配であったから、私はまえの生徒とでも、また此の女学生とでも、もっと進んだ交渉を持つことができなかった。けれどもひとりでいるときには、私はもっと大胆だった筈である。鏡の私の顔へ、片眼をつぶって笑いかけたり、机の上に小刀で薄い唇をほりつけて、それへ私の唇をのせたりした。この唇には、あとで赤いインクを塗ってみたが、妙にどすぐろくなっていやな感じがして来たから、私は小刀ですっかり削りとって了った。

私が三年生になって、春のあるあさ、登校の道すがらに朱で染めた橋のまるい欄干へもたれかかって、私はしばらくぼんやりしていた。橋の下には隅田川に似た広い川がゆるゆると流れていた。全くぼんやりしている経験など、それまでの私にはなかったのである。うしろで誰か見ているような気がして、私はいつでも何かの態度をつくっていたのである。私のいちいちのこまかい仕草にも、彼は当惑して掌を眺めた、彼は耳の裏を搔きながら呟いた、などと傍から傍から説明句をつけていたのであるから、私にとって、ふと、とか、われしらず、とかいう動作はあり得なかったのである。橋の上での放心から覚めたのち、私は寂しさにわくわくした。そんな気持のときには、私もまた、自分の来しかた行末を考えた。橋をかたかた渡りながら、いろんな事を思い出し、また夢想した。そして、おしまいに溜息ついてこう考えた。えらくなれるかしら。その前後から、私はこころのあせりをはじめていたのである。私は、すべてに就いて満足し切れなかったから、いつも空虚なあがきをしていた。私には十重二十重の仮面がへばりついていたので、どれがどんなに悲しいのか、見極めをつけることができなかったのである。そしてとうとう私は或るわびしいはけ口を見つけたのだ。創作であった。ここにはたくさんの同類がいて、みんな私と同じように此のわけのわからぬおののきを見つめているように思われたのである。作家になろう、作家になろう、と私はひそかに願望した。弟もそのとし中学校へはいって、私とひとつ部屋に寝起きしていたが、私は弟と相談して、初夏のころに五六人の友人たちを集め同人雑誌*をつくった。私の居るうちの筋向いに大きい印刷所があったから、そこへ頼んだのである。表紙も石版でうつくしく刷らせた。クラスの人たちへその雑誌を配ってやった。私はそれへ毎月ひとつずつ創作を発表したのである。はじめは道徳に就いての哲学者めいた小説を書いた。一行か二行の断片的な随筆をも得意としていた。この雑誌はそれから一年ほど続けたが、私はそのことで長兄と気まずいことを起してしまった。

　長兄は私の文学に熱狂しているらしいのを心配して、郷里から長い手紙をよこしたのである。化学には方程式あり幾何（きか）には定理があって、それを解する完全な鍵（かぎ）が与えられているが、文学にはそれがないのです、ゆるされた年齢、環境に達しなければ文学を正当に摑（つか）むことが不可能と存じます、と物堅い調子で書いてあった。私もそうだと思った。しかも私は、自分をその許された人間であると信じた。私はすぐ長兄へ返事した。兄上の言うことは本当だと思う、立派な兄を持つことは幸福である、しかし、私は文学のために勉強を怠ることがない、その故にこそいっそう勉強しているほどである、と誇張した感情をさえところどころにまぜて長兄へ告げてやったのである。

　なにはさてお前は衆にすぐれていなければいけないのだ、という脅迫めいた考えからであったが、じじつ私は勉強していたのである。三年生になってからは、いつもクラスの首席であった。てんとりむしと言われずに首席になることは困難であったが、私はそのような嘲りを受けなかった許りか、級友を手ならす術まで心得ていた。蛸というあだなの柔道の主将さえ私には従順であった。教室の隅に紙屑入の大きな壺があって、私はときたまそれを指さして、蛸もつぼへはいらないかと言えば、蛸はその壺へ頭をいれて笑うのだ。笑い声が壺に響いて異様な音をたてた。クラスの美少年たちもたいてい私になついていた。私が顔の吹出物へ、三角形や六角形や花の形に切った絆創膏をてんてんと貼り散らしても誰も可笑しがらなかった程なのである。

私はこの吹出物には心をなやまされた。そのじぶんにはいよいよ数も殖えて、毎朝、眼をさますたびに掌で顔を撫でまわしてその有様をしらべた。いろいろな薬を買ってつけたが、ききめがないのである。私はそれを薬屋へ買いに行くときには、紙きれへその薬の名を書いて、こんな薬がありますかって、と他人から頼まれたふうにして言わなければいけなかったのである。私はその吹出物を欲情の象徴と考えて眼の先が暗くなるほど恥しかった。いっそ死んでやったらと思うことさえあった。私の顔に就いてのうちの人たちの不評判も絶頂に達していた。他家へとついでいた私のいちばん上の姉は、治のところへは嫁に来るひとがあるまい、とまで言っていたそうである。私はせっせと薬をつけた。

弟も私の吹出物を心配して、なんべんとなく私の代りに薬を買いに行って呉れた。私と弟とは子供のときから仲がわるくて、弟が中学へ受験する折にも、私は彼の失敗を願っていたほどであったけれど、こうしてふたりで故郷から離れて見ると、私にも弟のよい気質がだんだん判って来たのである。弟は大きくなるにつれて無口で内気になっていた。私たちの同人雑誌にもときどき小品文を出していたが、みんな気の弱々した文章であった。私にくらべて学校の成績がよくないのを絶えず苦にしていて、私がなぐさめでもするとかえって不気嫌になった。また、自分の額の生えぎわが富士のかたちに三角になって女みたいなのをいまいましがっていた。額がせまいから頭がこんなに悪いのだと固く信じていたのである。私はこの弟にだけはなにもかも許した。私はその頃、人と対するときには、みんな押し隠して了うか、みんなさらけ出して了うか、どちらかであったのである。私たちはなんでも打ち明けて話した。

秋のはじめの或る月のない夜に、私たちは港の桟橋へ出て、海峡を渡ってくるいい風にはたはたと吹かれながら赤い糸について話合った。それはいつか学校の国語の教師が授業中に生徒へ語って聞かせたことであって、私たちの右足の小指に眼に見えぬ赤い糸がむすばれていて、それがするすると長く伸びて一方の端がきっと或る女の子のおなじ足指にむすびつけられているのである、ふたりがどんなに離れていてもその糸は切れない、どんなに近づいても、たとい往来で逢っても、その糸はこんぐらかることがない、そうして私たちはその女の子を嫁にもらうことにきまっているのである。私はこの話をはじめて聞いたときには、かなり興奮して、うちへ帰ってからもすぐ弟に物語ってやったほどであった。私たちはその夜も、波の音や、かもめの声に耳傾けつつ、その話をした。お前のワイフは今ごろどうしてるべなあ、と弟に聞いたら、弟は桟橋のらんかんを二三度両手でゆりうごかしてから、庭あるいてる、ときまり悪げに言った。大きい庭下駄をはいて、団扇をもって、月見草を眺めている少女は、いかにも弟と似つかわしく思われた。私のを語る番であったが、私は真暗い海に眼をやったまま、赤い帯しめての、とだけ言って口を噤んだ。海峡を渡って来る連絡船が、大きい宿屋みたいにたくさんの部屋部屋へ黄色いあかりをともして、ゆらゆらと水平線から浮んで出た。

これだけは弟にもかくしていた。私がそのとしの夏休みに故郷へ帰ったら、浴衣に赤い帯をしめたあたらしい小柄な小間使が、乱暴な動作で私の洋服を脱がせて呉れたのだ。みよと言った。

私は寝しなに煙草を一本こっそりふかして、小説の書き出しなどを考える癖があったが、みよはいつの間にかそれを知って了って、ある晩私の床をのべてから枕元へ、きちんと煙草盆を置いたのである。私はその次の朝、部屋を掃除しに来たみよへ、煙草はかくれてのんでいるのだから煙草盆なんか置いてはいけない、と言いつけた。みよは、はあ、と言ってふくれたようにしていた。同じ休暇中のことだったが、まちに浪花節(なにわぶし)の興行物が来たとき、私のうちでは、使っている人たち全部を芝居小屋へ聞きにやった。私と弟も行けと言われたが、私たちは田舎の興行物を莫迦にして、わざと蛍(ほたる)をとりに田圃(たんぼ)へ出かけたのである。隣村の森ちかくまで行ったが、あんまり夜露がひどかったので、二十そこそこを、籠にためただけでうちへ帰った。浪花節へ行っていた人たちもそろそろ帰って来た。みよに床をひかせ、蚊帳をつらせてから、私たちは電燈を消してその蛍を蚊帳のなかへ放した。蛍は蚊帳のあちこちをすっすっと飛んだ。みよも暫く蚊帳のそとに佇(たたず)んで蛍を見ていた。私は弟と並んで寝ころびながら、蛍の青い火よりもみよのほのじろい姿をよけいに感じていた。浪花節は面白かったろうか、と私はすこし堅くなって聞いた。私はそれまで、女中には用事以外の口を決してきかなかったのである。みよは静かな口調で、いいえ、と言った。私はふきだした。弟は、蚊帳の裾(すそ)に吸いついている一匹の蛍を団扇でばさばさ追いたてながら黙っていた。私はなにやら工合(ぐあい)がわるかった。

そのころから私はみよを意識しだした。赤い糸と言えば、みよのすがたが胸に浮んだ。

三章

四年生になってから、私の部屋へは毎日のようにふたりの生徒が遊びに来た。私は葡萄酒と鯣をふるまった。そうして彼等に多くの出鱈目を教えたのである。炭のおこしかたに就いて一冊の書物が出ているとか、＊「けだものの機械」という或る新進作家の著書に私がべたべたと機械油を塗って置いて、こうして発売されているのだが、珍らしい装幀でないかとか、「＊美貌の友」という翻訳本のところどころカットされて、そのブランクになっている箇所へ、私のこしらえたひどい文章を、知っている印刷屋へ秘密にたのんで刷りいれてもらって、これは奇書だとか、そんなことを言って友人たちを驚かせたものであった。

みよの思い出も次第にうすれていたし、そのうえに私は、ひとつうちに居る者どうしが思ったり思われたりすることを変にうしろめたく感じていたし、ふだんから女の悪口ばかり言って来ている手前もあったし、みよに就いて譬えほのかにでも心を乱したのが腹立しく思われるときさえあったほどで、弟にはもちろん、これらの友人たちにもみよの事だけは言わずに置いたのである。

ところが、そのあたり私は、ある*露西亜の作家の名だかい長編小説を読んで、また考え直して了った。それは、ひとりの女囚人の経歴から書き出されていたが、その女のいけなくなる第一歩は、彼女の主人の甥にあたる貴族の大学生に誘惑されたことからはじまっていた。私はその小説のもっと大きなあじわいを忘れて、そのふたりが咲き乱れたライラックの花の下で最初の接吻を交したペエジに私の枯葉の枝折をはさんでおいたのだ。私もまた、すぐれた小説をよそごとのようにして読むことができなかったのである。私には、そのふたりがみよと私とに似ているような気分がしてならなかった。私がいま少しすべてにあつかましかったら、いよいよ此の貴族とそっくりになれるのだ、と思った。そう思うと私の臆病さがはかなく感じられもするのである。こんな気のせせこましさが私の過去をあまりに平坦にしてしまったのだと考えた。私自身で人生のかがやかしい受難者になりたく思われたのである。

私は此のことをまず弟へ打ち明けた。晩に寝てから打ち明けた。私は厳粛な態度で話すつもりであったが、そう意識してこしらえた姿勢が逆に邪魔をして来て、結局うわついた。私は、頸筋をさすったり両手をもみ合せたりして、気品のない話かたをした。そうしなければかなわぬ私の習性を私は悲しく思った。弟は、うすい下唇をちろちろ舐めながら、寝がえりもせず聞いていたが、けっこんするのか、と言いにくそうにして尋ねた。私はなぜだかぎょっとした。できるかどうか、とわざとしおれて答えた。弟は、恐らくできないのではないかという意味のことを案外なおとなびた口調でまわりくどく言った。それを聞いて、私は自分のほんとうの態度をはっきり見つけた。私はむっとして、たけりたけったのである。蒲団から半身を出して、だからたたかうのだ、たたかうのだ、と声をひそめて強く言い張った。弟は更紗染めの蒲団の下でからだをくねくねさせて何か言おうとしているらしかったが、私の方を盗むようにして見て、そっと微笑んだ。私も笑い出した。そして、門出だから、と言いつつ弟の方へ手を差し出した。弟も恥しそうに蒲団から右手を出した。私は低く声を立てて笑いながら、二三度弟の力ない指をゆすぶった。

しかし、友人たちに私の決意を承認させるときには、こんな苦心をしなくてよかった。友人たちは私の話を聞きながら、あれこれと思案をめぐらしているような恰好をして見せたが、それは、私の話がすんでからそれへの同意に効果を添えようためのものでしかないのを、私は知っていた。じじつその通りだったのである。

四年生のときの夏やすみには、私はこの友人たちふたりをつれて故郷へ帰った。うわべは、三人で高等学校*への受験勉強を始めるためであったが、みよを見せたい心も私にあって、むりやりに友をつれて来たのである。私は、私の友がうちの人たちに不評判でないように祈った。私の兄たちの友人は、みんな地方でも名のある家庭の青年ばかりだったから、私の友のように金釦のふたつしかない上着などを着てはいなかったのである。

裏の空屋敷には、そのじぶん大きな鶏舎が建てられていて、私たちはその傍の番小屋で午前中だけ勉強した。番小屋の外側は白と緑のペンキでいろどられて、なかは二坪ほどの板の間で、まだ新しいワニス塗の卓子や椅子がきちんとならべられていた。ひろい扉が東側と北側に二つもついていたし、南側にも洋ふうの開窓があって、それを皆いっぱいに明け放すと、風がどんどんはいって来て書物のペエジがいつもぱらぱらとそよいでいるのだ。まわりには雑草がむかしのままに生えしげっていて、黄いろい雛が何十羽となくその草の間に見えかくれしつつ遊んでいた。

私たち三人はひるめしどきを楽しみにしていた。その番小屋へ、どの女中が、めしを知らせに来るかが問題であったのである。みよでない女中が来れば、私たちは卓をぱたぱた叩いたり舌打したりして大騒ぎをした。みよが来ると、みんなしんとなった。そして、みよが立ち去るといっせいに吹き出したものであった。或る晴れた日、弟も私たちと一緒にそこで勉強をしていたが、ひるになって、きょうは誰が来るだろう、といつものように皆で語り合った。弟だけは話からはずれて、窓ぎわをぶらぶら歩きながら英語の単語を暗記していた。私たちは色んな冗談を言って、書物を投げつけ合ったり足踏して床を鳴らしていたが、そのうちに私は少しふざけ過ぎて了った。私は弟をも仲間にいれたく思って、お前はさっきから黙っているが、さては、と唇を軽くかんで弟をにらんでやったのである。すると弟は、いや、と短く叫んで右手を大きく振った。持っていた単語のカアドが二三枚ぱっと飛び散った。私はびっくりして視線をかえた。そのとっさの間に私は気まずい断定を下した。みよの事はきょう限りよそうと思った。それからすぐ、なにごともなかったように笑い崩れた。

その日めしを知らせに来たのは、仕合せと、みよでなかった。母屋へ通る豆畑のあいだの狭い道を、てんてんと一列につらなって歩いて行く皆のうしろへついて、私は陽気にはしゃぎながら豆の丸い葉を幾枚も幾枚もむしりとった。

犠牲などということは始めから考えてなかった。ただいやだったのだ。ライラックの白い茂みが泥を浴びせられた。殊にその悪戯者が肉親であるのがいっそういやであった。

それからの二三日は、さまざまに思いなやんだ。みよだって庭を歩くことがあるでないか。彼は私の握手にほとんど当惑した。要するに私はめでたいのではないだろうか。私にとって、めでたいという事ほどひどい恥辱はなかったのである。

おなじころ、よくないことが続いて起った。ある日の昼食の際に、私は弟や友人たちといっしょに食卓へ向っていたが、その傍でみよが、紅い猿の面の絵団扇でぱさぱさと私たちをあおぎながら給仕していた。私はその団扇の風の量で、みよの心をこっそり計っていたものだ。みよは、私よりも弟の方を多くあおいだ。私は絶望して、カツレツの皿へぱちっとフオクを置いた。

みんなして私をいじめるのだ、と思い込んだ。友人たちだってまえから知っていたに違いない、と無闇に人を疑った。もう、みよを忘れてやるからいい、と私はひとりできめていた。

また二三日たって、ある朝のこと、私は、前夜ふかした煙草がまだ五六ぽん箱にはいって残っているのを枕元へ置き忘れたままで番小屋へ出掛け、あとで気がついてうろたえて部屋へ引返して見たが、部屋は綺麗に片づけられ箱がなかったのである。私は観念した。みよを呼んで、煙草はどうした、見つけられたろう、と叱るようにして聞いた。みよは真面目な顔をして首を振った。そしてすぐ、部屋のなげし*の裏へ脊のびして手をつっこんだ。金色の二つの蝙蝠*が飛んである緑いろの小さな紙箱はそこから出た。

私はこのことから勇気を百倍にもして取りもどし、まえからの決意にふたたび眼ざめたのである。しかし、弟のことを思うとやはり気がふさがって、みよのわけで友人たちと騒ぐことをも避けたし、そのほか弟には、なにかにつけていやしい遠慮をした。自分から進んでみよを誘惑することもひかえた。私はみよから打ち明けられるのを待つことにした。私はいくらでもその機会をみよに与えることができたのだ。私は屢々みよを部屋へ呼んで要らない用事を言いつけた。そして、みよが私の部屋へはいって来るときには、私はどこかしら油断のあるくつろいだ恰好をして見せたのである。みよの心を動かすために、私は顔にも気をくばった。その頃になって私の顔の吹出物もどうやら直っていたが、それでも惰性で、私はなにかと顔をこしらえていた。私はその蓋のおもてに蔦のような長くくねった蔓草がいっぱい彫り込まれてある美しい銀のコンパクトを持っていた。それでもって私のきめを時折うめていたのだけれど、それを尚すこし心をいれてしたのである。

　これからはもう、みよの決心しだいであると思った。しかし、機会はなかなか来なかったのである。番小屋で勉強している間も、ときどきそこから脱け出て、みよを見に母屋へ帰った。殆どあらっぽい程ばたんばたんとはき掃除しているみよの姿を、そっと眺めては唇をかんだ。

　そのうちにとうとう夏やすみも終りになって、私は弟や友人たちとともに故郷を立ち去らなければいけなくなった。せめて此のつぎの休暇まで私を忘れさせないで置くような何か鳥渡した思い出だけでも、みよの心に植えつけたいと念じたが、それも駄目であった。

出発の日が来て、私たちはうちの黒い箱馬車へ乗り込んだ。うちの人たちと並んで玄関先へ、みよも見送りに立っていた。みよは、私の方も弟の方も、見なかった。はずした萌黄のたすきを珠数のように両手でつまぐりながら下ばかりを向いていた。いよいよ馬車が動き出してもそうしていた。私はおおきい心残りを感じて故郷を離れたのである。

秋になって、私はその都会から汽車で三十分ぐらいかかって行ける*海岸の温泉地へ、弟をつれて出掛けた。そこには、私の母と病後の末の姉とが家を借りて湯治していたのだ。私はずっとそこへ寝泊りして、受験勉強をつづけた。私は秀才というぬきさしならぬ名誉のために、どうしても、中学四年から高等学校へはいって見せなければならなかったのである。私の学校ぎらいはその頃になって、いっそうひどかったのであるが、何かに追われている私は、それでも一途に勉強していた。私はそこから汽車で学校へかよった。日曜毎に友人たちが遊びに来るのだ。私たちは、もう、みよの事を忘れたようにしていた。私は友人たちと必ずピクニックにでかけた。海岸のひらたい岩の上で、肉鍋をこさえ、葡萄酒をのんだ。弟は声もよくて多くのあたらしい歌を知っていたから、私たちはそれらを弟に教えてもらって、声をそろえて歌った。遊びつかれてその岩の上で眠って、眼がさめると潮が満ちて陸つづきだった筈のその岩が、いつか離れ島になっているので、私たちはまだ夢から醒めないでいるような気がするのである。

私はこの友人たちと一日でも逢わなかったら淋しいのだ。そのころの事であるが、或る野分のあらい日に、私は学校で教師につよく両頰をなぐられた。それが偶然にも私の仁俠的な行為からそんな処罰を受けたのだから、私の友人たちは怒った。その日の放課後、四年生全部が博物教室へ集って、その教師の追放について協議したのである。ストライキ、ストライキ、と声高くさけぶ生徒もあった。私は狼狽した。もし私一個人のためを思ってストライキをするのだったら、よして呉れ、私はあの教師を憎んでいない、事件は簡単なのだ、簡単なのだ、と生徒たちに頼みまわった。友人たちは私を卑怯だとか勝手だとか言った。私は息苦しくなって、その教室から出て了った。温泉場の家へ帰って、私はすぐ湯にはいった。野分にたたかれて破れつくした二三枚の芭蕉の葉が、その庭の隅から湯槽のなかへ青い影を落していた。私は湯槽のふちに腰かけながら生きた気もせず思いに沈んだ。

恥しい思い出に襲われるときにはそれを振りはらうために、ひとりして、さて、と呟く癖が私にあった。簡単なのだ、簡単なのだ、と囁いて、あちこちをうろうろしていた自身の姿を想像して私は、湯を掌で掬ってはこぼし掬ってはこぼししながら、さて、さて、と何回も言った。

あくる日、その教師が私たちにあやまって、結局ストライキは起らなかったし、友人たちともわけなく仲直り出来たけれど、この災難は私を暗くした。みよのことなどしきりに思い出された。ついには、みよと逢わねば自分がこのまま堕落してしまいそうにも、考えられたのである。

ちょうど母も姉も湯治からかえることになって、その出立の日が、あたかも土曜日であったから、私は母たちを送って行くという名目で、故郷へ戻ることが出来た。友人たちには秘密にしてこっそり出掛けたのである。弟にも帰郷のほんとのわけは言わずに置いた。言わなくても判っているのだと思っていた。

みんなでその温泉場を引きあげ、私たちの世話になっている呉服商へひとまず落ちつき、それから母と姉と三人で故郷へ向った。列車がプラットフオムを離れるとき、見送りに来ていた弟が、列車の窓から青い富士額を覗かせて、がんばれ、とひとこと言った。私はそれをうっかり素直に受けいれて、よしよし、と気嫌よくうなずいた。

馬車が隣村を過ぎて、次第にうちへ近づいて来ると、私はまったく落ちつかなかった。日が暮れて、空も山もまっくらだった。稲田が秋風に吹かれてさらさらと動く声に、耳傾けては胸を轟かせた。絶えまなく窓のそとの闇に眼をくばって、道ばたのすすきのむれが白くぽっかり鼻先に浮ぶと、のけぞるくらいびっくりした。

玄関のほの暗い軒燈（けんとう）の下でうちの人たちがうようよ出迎えていた。馬車がとまったとき、みよもばたばた走って玄関から出て来た。寒そうに肩を丸くすぼめていた。

その夜、二階の一間に寝てから、私は非常に淋しいことを考えた。凡俗（ぼんぞく）という観念に苦しめられたのである。みよのことが起ってからは、私もとうとう莫迦になって了（しま）ったのではないか。女を思うなど、誰にでもできることである。しかし、私のはちがう、ひとくちには言えぬがちがう。私の場合は、あらゆる意味で下等でない。しかし、女を思うほどの者は誰でもそう考えているのではないか。しかし、と私は自身のたばこの煙にむせびながら強情を張った。私の場合には思想がある！

私はその夜、みよと結婚するに就いて、必ずさけられないうちの人たちとの論争を思い、寒いほどの勇気を得た。私のすべての行為は凡俗でない、やはり私はこの世のかなりな単位にちがいないのだ、と確信した。それでもひどく淋しかった。淋しさが、どこから来るのか判らなかった。どうしても寝つかれないので、あのあんまをした。みよの事をすっかり頭から抜いてした。みよをよごす気にはなれなかったのである。

朝、眼をさますと、秋空がたかく澄んでいた。私は早くから起きて、むかいの畑へ葡萄を取りに出かけた。みよに大きい竹籠を持たせてついて来させた。私はできるだけ気軽なふうでみよにそう言いつけたのだから、誰にも怪しまれなかったのである。葡萄棚は畑の東南の隅にあって、十坪ぐらいの大きさにひろがっていた。葡萄の熟すころになると、よしずで四方をきちんと囲った。私たちは片すみの小さい潜戸(くぐりど)をあけて、かこいの中へはいった。なかは、ほっかりと暖かった。二三匹の黄色いあしながばちが、ぶんぶん言って飛んでいた。朝日が、屋根の葡萄の葉と、まわりのよしずを透して明るくさしていて、みよの姿もうすみどりいろに見えた。ここへ来る途中には、私もあれこれと計画して、悪党らしく口まげて微笑んだりしたのであったが、こうしてたった二人きりになって見ると、あまりの気づまりから殆ど不気嫌になって了(しま)った。私はその板の潜戸をさえわざとあけたままにしていたものだ。

私は脊が高かったから、踏台なしに、ぱちんぱちんと植木鋏(うえきばさみ)で葡萄のふさを摘んだ。そして、いちいちそれをみよへ手渡した。みよはその一房一房の朝露を白いエプロンで手早く拭きとって、下の籠にいれた。私たちはひとことも語らなかった。永い時間のように思われた。そのうちに私はだんだん怒りっぽくなった。葡萄がやっと籠いっぱいになろうとするころ、みよは、私の渡す一房へ差し伸べて寄こした片手を、ぴくっとひっこめた。私は、葡萄をみよの方へおしつけ、おい、と呼んで舌打した。

みよは、右手の附根を左手できゅっと握っていきんでいた。刺されたべ、と聞くと、ああ、とまぶしそうに眼を細めた。ばか、と私は叱って了(しま)った。みよは黙って、笑っていた。これ以上私はそこにいたたまらなかった。くすりつけてやる、と言ってそのかこいから飛び出した。すぐ母屋へつれて帰って、私はアンモニアの瓶を帳場の薬棚から捜してやった。その紫の硝子瓶を、出来るだけ乱暴にみよへ手渡したきりで、自分で塗ってやろうとはしなかった。

その日の午後に、私は、近ごろまちから新しく通い出した灰色の幌のかかってあるそまつな乗合自動車にゆすぶられながら、故郷を去った。うちの人たちは馬車で行け、と言ったのだが、定紋のついて黒くてかてか光ったうちの箱馬車は、殿様くさくて私にはいやだったのである。私は、みよとふたりして摘みとった一籠の葡萄を膝の上にのせて、落葉のしきつめた田舎道を意味ふかく眺めた。私は満足していた。あれだけの思い出でもみよに植えつけてやったのは私として精いっぱいのことである、と思った。みよはもう私のものにきまった、と安心した。

そのとしの冬やすみは、中学生としての最後の休暇であったのである。帰郷の日のちかくなるにつれて、私と弟とは幾分の気まずさをお互いに感じていた。

いよいよ共にふるさとの家へ帰って来て、私たちは先ず台所の石の炉ばたに向いあってあぐらをかいて、それからきょろきょろとうちの中を見わたしたのである。みよがいないのだ。私たちは二度も三度も不安な瞳をぶっつけ合った。その日、夕飯をすませてから、私たちは次兄に誘われて彼の部屋へ行き、三人して火燵にはいりながらトランプをして遊んだ。私にはトランプのどの札もただまっくろに見えていた。話の何かいいついでがあったから、思い切って次兄に尋ねた。女中がひとり足りなくなったようだが、と手に持っている五六枚のトランプで顔を被うようにしつつ、余念なさそうな口調で言った。もし次兄が突っこんで来たら、さいわい弟も居合せていることだし、はっきり言ってしまおうと心をきめていた。

次兄は、自分の手の札を首かしげかしげしてあれこれと出し迷いながら、みよか、みよは婆様と喧嘩して里さ戻った、あれは意地っぱりだぜえ、と呟いて、ひらっと一枚捨てた。私も一枚投げた。弟も黙って一枚捨てた。

それから四五日して、私は鶏舎の番小屋を訪れ、そこの番人である小説の好きな青年から、もっとくわしい話を聞いた。みよは、ある下男にたったいちどよごされたのを、ほかの女中たちに知られて、私のうちにいたたまらなくなったのだ。男は、他にもいろいろ悪いことをしたので、そのときは既に私のうちから出されていた。それにしても、青年はすこし言い過ぎた。みよは、やめせ、やめせ、とあとで囁いた、とその男の手柄話まで添えて。

正月がすぎて、冬やすみも終りに近づいた頃、私は弟とふたりで、文庫蔵へはいってさまざまな蔵書や軸物を見てあそんでいた。高いあかり窓から雪の降っているのがちらちら見えた。父の代から長兄の代にうつると、うちの部屋部屋の飾りつけから、こういう蔵書や軸物の類まで、ひたひたと変って行くのを、私は帰郷の度毎に、興深く眺めていた。私は長兄がちかごろあたらしく求めたらしい一本の軸物をひろげて見ていた。山吹が水に散っている絵であった。弟は私の傍へ、大きな写真箱を持ち出して来て、何百枚もの写真を、冷くなる指先へときどき白い息を吐きかけながら、せっせと見ていた。しばらくして、弟は私の方へ、まだ台紙の新しい手札型の写真をいちまいのべて寄こした。見ると、みよが最近私の母の供をして、叔母の家へでも行ったらしく、そのとき、叔母と三人してうつした写真のようであった。母がひとり低いソファに坐って、そのうしろに叔母とみよが同じ脊たけぐらいで並んで立っていた。背景は薔薇の咲き乱れた花園であった。私たちは、お互いの頭をよせつつ、なお鳥渡の間その写真に眼をそそいだ。私は、こころの中でとっくに弟と和解をしていたのだし、みよのあのことも、ぐずぐずして弟にはまだ知らせてなかったし、わりにおちつきを装うてその写真を眺めることが出来たのである。みよは、動いたらしく顔から胸にかけての輪廓がぼっとしていた。叔母は両手を帯の上に組んでまぶしそうにしていた。私は、似ていると思った。

*魚服記

一

本州の北端の山脈は、*ぼんじゅ山脈というのである。せいぜい三四百米ほどの丘陵が起伏しているのであるから、ふつうの地図には載っていない。むかし、このへん一帯はひろびろした海であったそうで、*義経が家来たちを連れて北へ北へと亡命して行って、はるか蝦夷の土地へ渡ろうとここを船でとおったということである。そのとき、彼等の船が此の山脈へ衝突した。突きあたった跡がいまでも残っている。山脈のまんなかごろのこんもりした小山の中腹にそれがある。約一*畝歩ぐらいの赤土の崖がそれなのであった。

小山は*馬禿山と呼ばれている。ふもとの村から崖を眺めるとはしっている馬の姿に似ているからと言うのであるが、事実は老いぼれた人の横顔に似ていた。

馬禿山はその山の陰の景色がいいから、いっそう此の地方で名高いのである。麓(ふもと)の村は戸数もわずか二三十でほんの寒村であるが、その村はずれを流れている川を二里ばかりさかのぼると馬禿山の裏へ出て、そこには十丈ちかくの滝がしろく落ちている。夏の末から秋にかけて山の木々が非常によく紅葉するし、そんな季節には近辺のまちから遊びに来る人たちで山もすこしにぎわうのであった。滝の下には、ささやかな茶店さえ立つのである。

ことしの夏の終りごろ、此の滝で死んだ人がある。故意に飛び込んだのではなくて、まったくの過失からであった。植物の採集をしにこの滝へ来た色の白い都の学生である。このあたりには珍らしい羊歯(しだ)類が多くて、そんな採集家がしばしば訪れるのだ。

滝壺は三方が高い絶壁で、西側の一面だけが狭くひらいて、そこから谷川が岩を嚙(か)みつつ流れ出ていた。絶壁は滝のしぶきでいつも濡(ぬ)れていた。羊歯類は此の絶壁のあちこちにも生えていて、滝のとどろきにしじゅうぶるぶるとそよいでいるのであった。

学生はこの絶壁によじのぼった。ひるすぎのことであったが、初秋の日ざしはまだ絶壁の頂上に明るく残っていた。学生が、絶壁のなかばに到達したとき、足だまりにしていた頭ほどの石ころがもろくも崩れた。崖から剝(は)ぎ取られたようにすっと落ちた。途中で絶壁の老樹の枝にひっかかった。枝が折れた。すさまじい音をたてて淵(ふち)へたたきこまれた。

滝の附近に居合せた四五人がそれを目撃した。しかし、淵のそばの茶店にいる十五になる女の子が一番はっきりとそれを見た。

いちど、滝壺ふかく沈められて、それから、すらっと上半身が水面から躍(おど)りあがった。眼をつぶって口を小さくあけていた。青色のシャツのところどころが破れて、採集かばんはまだ肩にかかっていた。

それきりまたぐっと水底へ引きずりこまれたのである。

二

*春の土用(どよう)から秋の土用にかけて天気のいい日だと、馬禿山から白い煙の幾筋も昇っているのが、ずいぶん遠くからでも眺められる。この時分の山の木には精気が多くて炭をこさえるのに適しているから、炭を焼く人達も忙しいのである。

馬禿山には炭焼小屋が十いくつある。滝の傍にもひとつあった。此の小屋は他の小屋と余程(よほど)はなれて建てられていた。小屋の人がちがう土地のものであったからである。茶店の女の子はその小屋の娘であって、スワという名前である。父親とふたりで年中そこへ寝起しているのであった。

スワが十三の時、父親は滝壺のわきに丸太とよしずで小さい茶店をこしらえた。ラムネと塩せんべいと水無飴とそのほか二三種の駄菓子をそこへ並べた。

夏近くなって山へ遊びに来る人がぼつぼつ見え初めるじぶんになると、父親は毎朝その品物を手籠へ入れて茶店迄はこんだ。スワは父親のあとからはだしでぱたぱたついて行った。父親はすぐ炭小屋へ帰ってゆくが、スワは一人いのこって店番するのであった。遊山の人影がちらとでも見えると、やすんで行きせえ、と大声で呼びかけるのだ。父親がそう言えと申しつけたからである。しかし、スワのそんな美しい声も滝の大きな音に消されて、たいていは、客を振りかえさすことさえ出来なかった。一日五十銭と売りあげることがなかったのである。

黄昏時になると父親は炭小屋から、からだ中を真黒にしてスワを迎えに来た。

「なんぼ売れた。」

「なんも。」

「そだべ、そだべ。」

父親はなんでもなさそうに呟きながら滝を見上げるのだ。それから二人して店の品物をまた手籠へしまい込んで、炭小屋へひきあげる。

そんな日課が霜のおりるころまでつづくのである。

スワを茶店にひとり置いても心配はなかった。山に生れた鬼子*であるから、岩根を踏みはずしたり滝壺へ吸いこまれたりする気づかいがないのであった。天気が良いとスワは裸身になって滝壺のすぐ近くまで泳いで行った。泳ぎながらも客らしい人を見つけると、あかちゃけた短い髪を元気よくかきあげてから、やすんで行きせえ、と叫んだ。

雨の日には、茶店の隅でむしろをかぶって昼寝をした。茶店の上には樫の大木がしげった枝をさしのべていていい雨よけになった。

つまりそれまでのスワは、どうどうと落ちる滝を眺めては、こんなに沢山水が落ちてはいつかきっとなくなって了うにちがいない、と期待したり、滝の形はどうしてこういつも同じなのだろう、といぶかしがったりしていたものであった。

それがこのごろになって、すこし思案ぶかくなったのである。

滝の形はけっして同じでないということを見つけた。しぶきのはねる模様でも、滝の幅でも、眼まぐるしく変っているのがわかった。果ては、滝は水でない、雲なのだ、ということも知った。滝口から落ちると白くもくもくふくれ上る案配からでもそれと察しられた。だいいち水がこんなにまでしろくなる訳はない、と思ったのである。

スワはその日もぼんやり滝壺のかたわらに佇んでいた。曇った日で秋風が可成りいたくスワの赤い頬を吹きさらしているのだ。

むかしのことを思い出していたのである。いつか父親がスワを抱いて炭窯の番をしながら語ってくれたが、それは、三郎と八郎というきこりの兄弟があって、弟の八郎が或る日、谷川でやまべというさかなを取って家へ持って来たが、兄の三郎がまだ山からかえらぬうちに、其のさかなをまず一匹焼いてたべた。食ってみるとおいしかった。二匹三匹とたべてもやめられないで、とうとうみんな食ってしまった。そうするとのどが乾いて乾いてたまらなくなった。井戸の水をすっかりのんで了って、村はずれの川端へ走って行って、又水をのんだ。のんでるうちに、体中へぶつぶつと鱗が吹き出た。三郎があとからかけつけた時には、八郎はおそろしい大蛇になって川を泳いでいた。八郎やあ、と呼ぶと、川の中から大蛇が涙をこぼして、三郎やあ、とこたえた。兄は堤の上から弟は川の中から、八郎やあ、三郎やあ、と泣き泣き呼び合ったけれど、どうする事も出来なかったのである。

スワがこの物語を聞いた時には、あわれであわれで父親の炭の粉だらけの指を小さな口におしこんで泣いた。

スワは追憶からさめて、不審げに眼をぱちぱちさせた。滝がささやくのである。八郎やあ、三郎やあ、八郎やあ。

父親が絶壁の紅い蔦の葉を搔きわけながら出て来た。

「スワ、なんぼ売れた。」

スワは答えなかった。しぶきにぬれてきらきら光っている鼻先を強くこすった。父親はだまって店を片づけた。

炭小屋までの三町程の山道を、スワと父親は熊笹を踏みわけつつ歩いた。

「もう店しまうべえ。」

父親は手籠を右手から左手へ持ちかえた。ラムネの瓶がからから鳴った。

「秋土用すぎで山さ来る奴もねえべ。」

日が暮れかけると山は風の音ばかりだった。楢や樅の枯葉が折々みぞれのように二人のからだへ降りかかった。

「お父。」

スワは父親のうしろから声をかけた。

「おめえ、なにしに生きでるば。」

父親は大きい肩をぎくっとすぼめた。スワのきびしい顔をしげしげ見てから呟いた。

「判らねぢゃ。」

スワは手にしていたすすきの葉を嚙みさきながら言った。

「くたばった方あ、いいんだに。」

父親は平手をあげた。ぶちのめそうと思ったのである。しかし、もじもじと手をおろした。スワの気が立って来たのをとうから見抜いていたが、それもスワがそろそろ一人前のおんなになったからだな、と考えてそのときは堪忍してやったのであった。

「そだべな、そだべな。」

スワは、そういう父親のかかりくさのない返事が馬鹿くさくて馬鹿くさくて、すすきの葉をべっべっと吐き出しつつ、

「阿呆、阿呆。」

と呶鳴った。

三

ぼんが過ぎて茶店をたたんでからスワのいちばんいやな季節がはじまるのである。

父親はこのころから四五日置きに炭を脊負って村へ売りに出た。人をたのめばいいのだけれど、そうすると十五銭も二十銭も取られてたいしたついえであるから、スワひとりを残してふもとの村へおりて行くのであった。

スワは空の青くはれた日だとその留守に蕈(きのこ)をさがしに出かけるのである。父親のこさえる炭は一俵で五六銭も儲(もう)けがあればいい方だったし、とてもそれだけではくらせないから、父親はスワに蕈を取らせて村へ持って行くことにしていた。

なめこというぬらぬらした豆きのこは大変ねだんがよかった。それは羊歯(しだ)類の密生している腐木へかたまってはえているのだ。スワはそんな苔(こけ)を眺めるごとに、たった一人のともだちのことを追想した。蕈のいっぱいつまった籠の上へ青い苔をふりまいて、小屋へ持って帰るのが好きであった。

父親は炭でも蕈でもそれがいい値で売れると、きまって酒くさいいきをしてかえった。たまにはスワへも鏡のついた紙の財布やなにかを買って来て呉(く)れた。

凩(こがらし)のために朝から山があれて小屋のかけむしろがにぶくゆすられていた日であった。父親は早暁(そうぎょう)から村へ下りて行ったのである。

スワは一日じゅう小屋へこもっていた。めずらしくきょうは髪をゆってみたのである。ぐるぐる巻いた髪の根へ、父親の土産(みやげ)の浪模様(なみもよう)がついた*たけながをむすんだ。それから焚火(たきび)をうんと燃やして父親の帰るのを待った。木々のさわぐ音にまじってけだものの叫び声が幾度もきこえた。

日が暮れかけて来たのでひとりで夕飯を食った。*くろいめしに焼いた味噌(みそ)を*かてて食った。

夜になると風がやんでしんしんと寒くなった。こんな妙に静かな晩には山できっと不思議が起るのである。＊天狗の大木を伐り倒す音がめりめりと聞えたり、小屋の口あたりで、誰かのあずきをとぐ気配がさくさくと耳についたり、遠いところから山人の笑い声がはっきり響いて来たりするのであった。

父親を待ちわびたスワは、わらぶとん着て炉ばたへ寝てしまった。うとうと眠っていると、ときどきそっと入口のむしろをあけて覗き見するものがあるのだ。山人が覗いているのだ、と思って、じっと眠ったふりをしていた。

白いもののちらちら入口の土間へ舞いこんで来るのが燃えのこりの焚火のあかりでおぼろに見えた。初雪だ！　と夢心地ながらうきうきした。

疼痛。からだがしびれるほど重かった。ついであのくさい呼吸を聞いた。

「阿呆。」

スワは短く叫んだ。

ものもわからず外へはしって出た。

吹雪！　それがどっと顔をぶった。思わずめためた坐って了った。みるみる髪も着物もまっしろになった。

スワは起きあがって肩であらく息をしながら、むしむし歩き出した。着物が烈風で揉(も)みくちゃにされていた。どこまでも歩いた。

滝の音がだんだんと大きく聞えて来た。ずんずん歩いた。てのひらで水洟(みずばな)を何度も拭(ぬぐ)った。ほとんど足の真下で滝の音がした。

狂い唸(うな)る冬木立(ふゆこだち)の、細いすきまから、

「おど！」

とひくく言って飛び込んだ。

四

気がつくとあたりは薄暗いのだ。滝の轟(とどろ)きが幽(かす)かに感じられた。ずっと頭の上でそれを感じたのである。からだがその響きにつれてゆらゆら動いて、みうちが骨まで冷たかった。

ははあ水の底だな、とわかると、やたらむしょうにすっきりした。さっぱりした。

ふと、両脚をのばしたら、すすと前へ音もなく進んだ。鼻がしらがあやうく岸の岩角

へぶっつかろうとした。

大蛇！

大蛇になってしまったのだと思った。うれしいな、もう小屋へ帰れないのだ、とひとりごとを言って口ひげを大きくうごかした。

小さな鮒（ふな）であったのである。ただ口をぱくぱくとやって鼻さきの疣（いぼ）をうごめかしただけのことであったのに。

鮒は滝壺のちかくの淵をあちこちと泳ぎまわった。胸鰭（むなびれ）をぴらぴらさせて水面へ浮んで来たかと思うと、つと尾鰭（おびれ）をつよく振って底深くもぐりこんだ。

水のなかの小えびを追っかけたり、岸辺の葦（あし）のしげみに隠れて見たり、岩角の苔をすすったりして遊んでいた。

それから鮒はじっとうごかなくなった。時折、胸鰭をこまかくそよがせるだけである。なにか考えているらしかった。しばらくそうしていた。

やがてからだをくねらせながらまっすぐに滝壺へむかって行った。たちまち、くるくると木の葉のように吸いこまれた。

列車

一九二五年に*梅鉢工場という所でこしらえられた*C五一型のその機関車は、同じ工場で同じころ製作された三等客車三輛（りょう）と、食堂車、二等客車、二等寝台車、各々一輛ずつと、ほかに郵便やら荷物やらの貨車三輛と、都合九つの箱に、ざっと二百名からの旅客と十万を越える通信とそれにまつわる幾多の胸痛む物語とを載せ、雨の日も風の日も午後の二時半になれば、ピストンをはためかせて上野から青森へ向けて走った。時に依（よ）って万歳の叫喚で送られたり、手巾（ハンカチ）で名残（なごり）を惜（おし）まれたり、または嗚咽（おえつ）でもって不吉な餞（はなむけ）を受けるのである。列車番号は一〇三。

番号からして気持が悪い。一九二五年からいままで、八年も経っているが、その間にこの列車は幾万人の愛情を引き裂いたことか。げんに私が此（こ）の列車のため、ひどくからい目に遭わされた。

つい昨年の冬、汐田（しおた）がテツさんを国元へ送りかえした時のことである。

テツさんと汐田とは同じ郷里で幼いときからの仲らしく、私も汐田と高等学校の寮でひとつ室に寝起していた関係から、折にふれてはこの恋愛を物語られた。テツさんは貧しい育ちの娘であるから、少々*内福な汐田の家では二人の結婚は不承知であって、それゆえ汐田は彼の父親と、いくたびとなく烈しい口論をした。その最初の喧嘩の際、汐田は卒倒せん許りに興奮して、しまいに、滴々と鼻血を流したのであるが、そのような愚直な挿話さえ、年若い私の胸を異様に轟かせたものだ。

そのうちに私も汐田も高等学校を出て、一緒に東京の大学へはいった。それから三年経っている。この期間は、私にとっては困難なとしつきであったけれども、汐田にはそんなことがなかったらしく、毎日をのうのうと暮していたようであった。私の最初間借していた家が大学のじき近くにあったので、汐田は入学当時こそほんの二三回そこへ寄って呉れたが、環境も思想も音を立てつつ離叛して行っている二人には、以前のようなわけへだて無い友情はとても望めなかったのだ。私のひがみからかも知れないが、あのとき若し、テツさんの上京さえなかったなら、汐田はきっと永久に私から遠のいて了うつもりであったらしい。

汐田は私とむつまじい交渉を絶ってから三年目の冬に、突然、私の郊外の家を訪れてテツさんの上京を告げたのである。テツさんは汐田の卒業を待ち兼ねて、ひとりで東京へ逃げて来たのであった。

そのころには私も或る無学な田舎女と結婚していたし、いまさら汐田のその出来事に胸をときめかすような、そんな若やいだ気持を次第にうしないかけていた矢先であったから、汐田のだしぬけな来訪に幾分まごつきはしたが、彼のその訪問の底意を見抜く事を忘れなかった。そんな一少女の出奔を知己の間に言いふらすことが、彼の自尊心をどんなに満足させたか。私は彼の有頂天を不愉快に感じ、彼のテツさんに対する真実を疑いさえした。私のこの疑惑は無残にも的中していた。彼は私にひとしきり、狂喜し感激して見せた揚句、眉間に皺を寄せて、どうしたらいいだろう？　という相談を小声で持ちかけたではないか。私は最早、そのようなひまな遊戯には同情が持てなかったので、君も悧巧になったね、君がテツさんに昔程の愛を感じられなかったなら、別れるほかはあるまい、と汐田の思うつぼを直截に言ってやった。汐田は、口角にまざまざと微笑をふくめて、しかし、しかし、と考え込んだ。

それから四五日して私は汐田から速達郵便を受け取った。その葉書には、友人たちの忠告もあり、お互の将来のためにテツさんをくにへ返す、あすの二時半の汽車で帰る筈だ、という意味のことがらが簡単に認められていた。私は頼まれもせぬのに、テツさんを見送ってやろうと即座に覚悟をきめた。私にはそんな軽はずみなことをしがちな悲しい習性があったのである。

あくる日は朝から雨が降っていた。

私はしぶる妻をせきたてて、一緒に上野駅へ出掛けた。

一〇三号のその列車は、つめたい雨の中で黒煙を吐きつつ発車の時刻を待っていた。

私たちは列車の窓をひとつひとつたんねんに捜して歩いた。テッさんは機関車のすぐ隣の三等客車に席をとっていた。三四年まえに汐田の紹介でいちど逢ったことがあるけれども、あれから見ると顔の色がたいへん白くなって、頤(あご)のあたりもふっくりとふとっているのであった。テッさんも私の顔を忘れずにいて呉(く)れて、私が声をかけたら、すぐ列車の窓から半身乗り出して嬉しそうに挨拶をかえしたのである。私はテッさんに妻を引き合せてやった。私がわざわざ妻を連れて来たのは妻も亦(また)テッさんと同じように貧しい育ちの女であるから、テッさんを慰めるにしても、私などよりなにかきっと適切な態度や言葉をもってするにちがいないと独断したからであった。しかし、私はまんまと裏切られたのである。テッさんと妻は、お互に貴婦人のようなお辞儀を無言で取り交しただけであった。私は、まのわるい思いがして、なんの符号であろうか客車の横腹へしろいペンキで小さく書かれてあるスハフ 134273 という文字のあたりをこつこつと洋傘の柄(え)でたたいたものだ。

テツさんと妻は天候について二言三言話し合った。その対話がすんで了うと、みんなは愈々手持ぶさたになった。テツさんは、窓縁につつましく並べて置いた丸い十本の指を矢鱈にかがめたり伸ばしたりしながら、ひとつ処をじっと見つめているのであった。私はそのような光景を見て居れなかったので、テツさんのところからこっそり離れて、長いプラットフオムをさまよい歩いたのである。列車の下から吐き出されるスチイムが冷い湯気となって、白々と私の足もとを這い廻っていた。

私は電気時計のあたりで立ちどまって、列車を眺めた。列車は雨ですっかり濡れて、黝く光っていた。

三輛目の三等客車の窓から、思い切り首をさしのべて五、六人の見送りの人たちへおろおろ会釈している蒼黒い顔がひとつ見えた。その頃日本では他の*或る国と戦争を始めていたが、それに動員された兵士であろう。私は見るべからざるものを見たような気がして、窒息しそうに胸苦しくなった。

数年まえ私は*或る思想団体にいささかでも関係を持ったことがあって、のちまもなく見映えのせぬ申しわけを立ててその団体と別れてしまったのであるが、いま、こうして兵士を眼の前に凝視し、また、恥かしめられ汚されて帰郷して行くテツさんを眺めては、私のあんな申しわけが立つ立たぬどころでないと思ったのである。

私は頭の上の電気時計を振り仰いだ。発車まで未だ三分ほど間があった。私は堪らない気持がした。誰だってそうであろうが、見送人にとって、この発車前の三分間ぐらい閉口なものはない。言うべきことは、すっかり言いつくしてあるし、ただむなしく顔を見合せているばかりなのである。まして今のこの場合、私はその言うべき言葉さえなにひとつ考えつかずにいるではないか。妻がもっと才能のある女であったならば、私はまだしも気楽なのであるが、見よ、妻はテツさんの傍にいながら、むくれたような顔をして先刻から黙って立ちつくしているのである。私は思い切ってテツさんの窓の方へあるいて行った。

発車が間近いのである。列車は四百五十哩の行程を前にしていきりたち、プラットフォムは色めき渡った。私の胸には、もはや他人の身の上まで思いやるような、そんな余裕がなかったので、テツさんを慰めるのに「災難」という無責任な言葉を使ったりした。しかし、のろまな妻は列車の横壁にかかってある青い鉄札の、水玉が一杯ついた文字を此頃習いたてのたどたどしい智識でもって、FOR A-O-MO-RI とひくく読んでいたのである。

地球図

ヨワン榎（えのき）は*伴天連（バテレン）*ヨワン・バッティスタ・シロオテの墓標である。*切支丹屋敷（キリシタンやしき）の裏門をくぐってすぐ右手にそれがあった。いまから二百年ほどむかしに、シロオテはこの切支丹屋敷の牢（ろう）のなかで死んだ。彼のしかばねは、屋敷の庭の片隅にうずめられ、ひとりの風流な奉行（ぶぎょう）がそこに一本の榎を植えた。榎は根を張り枝をひろげた。としを経て大木になり、ヨワン榎とうたわれた。

ヨワン・バッティスタ・シロオテは、ロオマンの人であって、もともと名門の出であった。幼いときからして天主の法をうけ、学に従うこと二十二年、そのあいだ十六人もの先生についた。三十六歳のとき、本師*キレイメンス十二世から*ヤアパンニアに伝道するよう言いつけられた。西暦一千七百年のことである。

シロオテは、まず日本の風俗と言葉とを勉強した。この勉強に三年かかったのである。

ヒイタサントオルム＊という日本の風俗を記した小冊子と、デキショナアリヨム＊という日本の単語をいちいちロオマンの単語でもって翻訳してある書物と、この二冊で勉強したのであった。ヒイタサントオルムのところどころには、絵をえがきいれた頁（ページ）がさしはさまれていた。

三年研究して自信のついたころ、やはりおなじ師命をうけてペッケン＊におもむくトオマス・テトルノンという人と、めいめいカレイ＊一隻（せき）ずつに乗りつれ、東へ進んだ。ヤネワ＊を経て、カナアリヤに至り、ここでまたフランスヤの海船一隻ずつに乗りかえ、とうとうロクソン＊に着いた。ロクソンの海岸に船をつなぎ、ふたりは上陸した。トオマス・テトルノンは、すぐシロオテと別れてペッケンへむかったが、シロオテはひとりいのこって、くさぐさの準備をととのえた。ヤアパンニアは近いのである。

ロクソンには日本人の子孫が三千人もいたので、シロオテにとって何かと便利であった。シロオテは所持の貨幣を黄金に換えた。ヤアパンニアでは黄金を重宝（ちょうほう）にするという噂話（うわさばなし）を聞いたからであった。日本の衣服をこしらえた。碁盤（ごばん）のすじのような模様がついた浅黄（あさぎ）いろの木綿（もめん）着物であった。刀を買った。刃わたり二尺四寸余の長さであった。

やがてシロオテはロクソンより日本へ向った。海上たちまちに風逆し、浪（なみ）あらく、航海は困難であった。船が三たびも覆（くつがえ）りかけたのである。ロオマンをあとにして三年目のことであった。

　宝永五年の夏のおわりごろ、*大隅の国の屋久島から三里ばかり距てた海の上に、目なれぬ船の大きいのが一隻うかんでいるのを、漁夫たちが見つけた。また、その日の黄昏時、おなじ島の南にあたる尾野間という村の沖に、たくさんの帆をつけた船が、小舟を一隻引きながら、東さしてはしって行くのを、村の人たちが発見し、海岸へ集って罵りさわいだが、漸く沖合いのうすぐらくなるにつれ、帆影は闇の中へ消えた。そのあくる朝、尾野間から二里ほど西の湯泊という村の沖のかなたに、きのうの船らしいものが見えたが、強い北風をいっぱい帆にはらみつつ、南をさしてみるみる疾航し去った。

　その日のことである。屋久島の恋泊村の藤兵衛という人が、松下というところで炭を焼くための木を伐っていると、うしろの方で人の声がした。ふりむくと、刀をさしたさむらいが、夏木立の青い日影を浴びて立っていた。シロオテである。髪を剃って*さかやきをこしらえていた。あの浅黄色の着物を着て、刀を帯び、かなしい眼をして立っていた。

　シロオテは片手あげておいでおいでをしつつ、デキショナアリヨムで覚えた日本の言葉を二つ三つ歌った。しかし、それは不思議な言葉であった。デキショナアリヨムが不完全だったのである。藤兵衛は幾度となく首を振って考えた。言葉より動作が役に立った。シロオテは両手で水を掬って呑む真似を、烈しく繰り返した。藤兵衛は持ち合せの器に水を汲んで、草原の上にさし置き、いそいで後ずさりした。シロオテはその水を一息に呑んでしまって、またおいでおいでをした。藤兵衛はシロオテの刀をおそれて近よらなかった。シロオテは藤兵衛の心をさとったと見えて、やがて刀を鞘ながら抜いて差し出し、また、あやしい言葉を叫ぶのであった。藤兵衛は身をひるがえして逃げた。きのうの大船のものにちがいない、と気附いたのである。磯辺に出て、かなたこなたを見廻したが、あの帆掛船の影も見えず、また、他に人のいるけはいもなかった。引返して村へ駈けこんで、安兵衛という人にたのみ、奇態なものを見つけたゆえ、参り呉れるよう、村中へ触れさせた。

こうしてシロオテは、ヤアパンニアの土を踏むか踏まぬかのうちに、その変装を見破られ、島の役人に捕えられた。ロオマンで三年のとしつき日本の風俗と言葉とを勉強したことが、なんのたしにもならなかったのである。

シロオテは、長崎へ護送された。伴天連らしきものとして長崎の獄舎に置かれたのである。しかし、長崎の奉行たちは、シロオテを持てあましてしまった。阿蘭陀（オランダ）の通事（＊つうじ）たちに、シロオテの日本へ渡って来たわけを調べさせたけれど、シロオテの言葉が日本語のようではありながら発音やアクセントの違うせいか、エド、ナンガサキ、キリシタン、などの言葉しか聞きわけることができなかったのである。阿蘭陀人を背教者（はいきょうしゃ）の故（ゆえ）をもってか、ずいぶん憎がっているような素振りも見えるので、阿蘭陀人をして直接シロオテと対談させることもならず、奉行たちはたいへん困った。ひとりの奉行は、一策として、法廷のうしろの障子（しょうじ）の蔭（かげ）にふとった阿蘭陀人をひそませて置いて、シロオテを訊問（じんもん）してみた。ほかの奉行たちも、これをいい思いつきであるとして期待した。さて、奉行とシロオテとは、わけの判（わか）らぬ問答をはじめた。シロオテは、いかにもしてその思うところを言いあらわし自分の使命を了解させたいとむなしい苦悶（くもん）をしているようであった。よい加減のところで訊問を切りあげてから、奉行たちは障子のかげの阿蘭陀人に、どうだ、と尋（たず）ねた。阿蘭陀人は、とんとわからぬ、と答えた。だいいち阿蘭陀人には、ロオマンの言葉がわからぬうえに、まして、その言うところは半ば日本の言葉もまじっているのであるから、猶々（なおなお）、聞きわけることがむずかしかったのであろう。

　長崎では、とうとう訊問に絶望して、このことを江戸へ上訴（じょうそ）した。江戸でこの取調べに当ったのは、新井白石（＊あらいはくせき）である。

長崎の奉行たちがシロオテを糺問して失敗したのは宝永五年の冬のことであるが、そのうちに年も暮れて、あくる宝永六年の正月に将軍が死に、あたらしい将軍が代ってなった。そういう大きなさわぎのためにシロオテは忘れられていた。ようようその年の十一月のはじめになって、シロオテは江戸へ召喚された。シロオテは長崎から江戸までの長途を駕籠にゆられながらやって来た。旅のあいだは、来る日も来る日も、焼栗四つ、蜜柑二つ、干柿五つ、丸柿二つ、パン一つを役人から与えられて、わびしげに食べていた。

新井白石は、シロオテとの会見を心待ちにしていた。白石は言葉について心配をした。とりわけ、地名や人名または切支丹の教法上の術語などには、きっとなやまされるであろうと考えた。白石は、江戸小日向にある切支丹屋敷から*蛮語に関する文献を取り寄せて、下調べをした。

シロオテは、程なく江戸に到着して切支丹屋敷にはいった。十一月二十二日をもって訊問を開始するようにきめた。ときの切支丹奉行は横田備中守と柳沢八郎右衛門のふたりであった。白石は、まえもってこの人たちと打ち合せをして置いて、当日は朝はやくから切支丹屋敷に出掛けて行き、奉行たちと共に、シロオテの携えて来た法衣や貨幣や刀やその他の品物を検査し、また、長崎からシロオテに附き添うて来た通事たちを招き寄せて、たとえばいま、長崎のひとをして陸奥の方言を聞かせたとしても、十に七八は通じるであろう、ましてイタリヤと和蘭陀とは、私が万国の図を見てしらべたところに依ると、長崎陸奥のあいだよりは相さること近いのであるから、阿蘭陀の言葉でもってイタリヤの言葉を押しはかることもさほどむずかしいとは思われぬ、私もその心して聞こう故、かたがたもめいめいの心に推しはかり、思うところを私に申して呉れ、たとえかたがたの推量に*ひがごとがあっても、それは咎むべきでない、奉行の人たちも通事の誤訳を罪せぬよう、と諭した。人々は、承知した、と答えて審問の席に臨んだ。そのときの大通事は今村源右衛門。稽古通事は品川兵次郎、嘉福喜蔵。

その日のひるすぎ、白石はシロオテと会見した。場所は切支丹屋敷内であって、その法庭の南面に板縁があり、その縁ちかくに奉行の人たちが着席し、それより少し奥の方に白石が坐った。大通事は板縁の上、西に跪き、稽古通事ふたりは板縁の上、東に跪いた。縁から三尺ばかり離れた土間に*榻を置いてシロオテの席となした。やがて、シロオテは獄中から輿ではこばれて来た。長い道中のために両脚が萎えてかたわになっていたのである。歩卒ふたり左右からさしはさみ助けて、榻につかせた。

シロオテのさかやきは伸びていた。薩州の国守からもらった茶色の綿入れ着物を着ていたけれど、寒そうであった。座につくと、静かに右手で十字を切った。

白石は通事に言いつけて、シロオテの故郷のことなど問わせ、自分はシロオテの答える言葉に耳傾けていた。その語る言葉は、日本語にちがいなく、畿内、山陰、西南海道の方言がまじっていて聞きとりがたいところもあったけれど、かねて思いはかっていたよりは了解がやさしいのであった。ヤアパンニアの牢のなかで一年をすごしたシロオテは、日本の言葉がすこし上手になっていたのである。通事との問答を一時間ほど聞いてから、白石みずから問いもし答えもしてみて、その会話にやや自信を得た。白石は、万国の図を取り出して、シロオテのふるさとをたずね問うた。シロオテは板縁にひろげられたその地図を首筋のばして覗いていたがやがて、これは明人のつくったもので意味のないものである、と言って声たてて笑った。地図の中央に薔薇の花のかたちをした大きい国があって、それには「大明」と記入されているのであった。

この日は、それだけの訊問で打ち切った。シロオテは、わずかの機会をもとらえて切支丹の教法を説こうと思ってか、ひどくあせっているふうであったが、白石はなぜか聞えぬふりをするのである。

あくる日の夜、白石は通事たちを自分のうちに招いて、シロオテの言うたことに就き、みんなに復習させた。白石は万国の図がはずかしめられたのを気にかけていた。切支丹屋敷に*ヲヲランド鏤版(ろうばん)の古い図があるということを奉行たちから聞き、このつぎの訊問のときにはひとつそれをシロオテに見せてやるよう、言いつけて散会した。

一日おいて二十五日に、白石は早朝から吟味所へつめかけた。午前十時ごろ、奉行の人たちもみんな出そろって着席した。やがてシロオテも輿ではこばれてやって来た。

きょうは、だいいちばんに、あのヲヲランド鏤版の地図を板縁いっぱいにひろげて、かの地方のことを問いただしたのである。地図のここかしこは破れて、虫に食われた孔(あな)がそちこちにちらばっていた。シロオテはその図を暫(しばら)く眺めてから、これは七十余年まえに作られたものであって、いまでは、むこうの国でも得がたい好地図である、とほめた。ロオマンはどこであるか、と白石も膝(ひざ)をすすめて尋ねた。シロオテは、*チルチヌスがあるか、と言った。通事たちは、ない、と答えた。なにごとか、と白石は通事たちに聞いた。阿蘭陀語ではパッスルと申し、イタリヤ語ではコンパスと申すもののことである、と通事のひとりが教えた。白石は、コンパスというものかどうか知らぬが、地図に用ありげな機械であるから、私がこの屋敷で見つけていま持って来てある、と言いつつ懐中から古びたコンパスを出して見せた。シロオテはそれを受けとり鳥渡(ちょっと)の間いじくりまわしていたが、これはコンパスにちがいないが、ねじがゆるんで用に立たぬ、しかし、ないよりはましかも知れぬ、という意味のことを述べ、その地図のうちに計るべきところをこまかく図してあるところを見て、筆を求め、その字を写しとってから、コンパスを持ち直してその分数をはかりとり、榻に坐ったまま板縁の地図へずっと手をさしのばして、そのこまかく図してあるところより蜘蛛の網のように画かれた線路をたずねながら、かなたこなたへコンパスを歩かせているうちに、手のやっと届くようなところへいって、ここであろう、見給え、と言いコンパスをさし立てた。みんな頭を寄せて見ると、針の孔のような小さいまるにコンパスのさきが止っていた。通事のひとりは、そのまるのかたわらの蕃字をロオマンと読んだ。それから、阿蘭陀や日本の国々のあるところを問うに、また、まえの法のようにして、ひとところもさし損ねることがなかった。日本は思いのほかにせまくるしく、エドは虫に食われて、その所在をたしかめることさえできなかった。

シロオテは、コンパスをあちらこちらと歩かせつつ、万国のめずらしい話を語って聞かせた。黄金の産する国。たんばこの実る国。海鯨の住む大洋。木に棲み穴にいて生れながらに色の黒いくろんぼうの国。長人国。小人国。昼のない国。夜のない国。さては、百万の大軍がいま戦争さいちゅうの曠野。戦船百八十隻がたがいに砲火をまじえている海峡。シロオテは、日の没するまで語りつづけたのである。

日が暮れて、訊問もおわってから、白石はシロオテをその獄舎に訪れた。ひろい獄舎を厚い板で三つに区切ってあって、その西の一間にシロオテがいた。赤い紙を剪って十字を作り、それを西の壁に貼りつけてあるのが、くらがりを通して、おぼろげに見えた。シロオテはそれにむかって、なにやら経文を、ひくく読みあげていた。

白石は家へ帰って、忘れぬうちにもと、きょうシロオテから教わった知識を手帖に書いた。

——大地、*海水と相合うて、その形まどかなること手毬の如くにして、天、円のうちに居る。たとえば、鶏子の黄なる、青きうちにあるが如し。その地球の周囲、九万里にして、上下四旁、皆、人ありて居れり。凡、その地をわかちて、五大州となす。云々。

それから十日ほど経って十二月の四日に、白石はまたシロオテを召し出し、日本に渡って来たことの由をも問い、いかなる法を日本にひろめようと思うのか、とたずねたのである。その日は朝から雪が降っていた。シロオテは降りしきる雪の中で、悦びに堪えぬ貌をして、私が六年さきにヤアパンニアに使するよう本師より言いつけられ、承って万里の風浪をしのぎ来て、ついに国都へついた、しかるに、きょうしも本国にあっては新年の初めの日として、人、皆、相賀するのである、このよき日にわが法をかたがたに説くとは、なんという仕合せなことであろう、と身をふるわせてそのよろこびを述べ、めんめんと宗門の大意を説きつくしたのであった。

デウス*がハライソを作って無量無数のアンゼルスを置いたことから、アダン、エワの出生と堕落について。ノエの箱船のことや、モイセスの十誡のこと。そうしてエイズス・キリストスの降誕、受難、復活のてんまつ。シロオテの物語は、尽きるところなかった。

白石は、ときどき傍見をしていた。はじめから興味がなかったのである。すべて仏教の焼き直しであると独断していた。

白石のシロオテ訊問は、その日を以ておしまいにした。白石はシロオテの裁断について将軍へ意見を言上した。このたびの異人は万里のそとから来た外国人であるし、また、この者と同時に唐へ赴いたものもある由なれば、唐でも裁断をすることであろうし、わが国の裁断をも慎重にしなければならぬ、と言って三つの策を建言した。

第一にかれを本国へ返さるる事は上策也(此事難きに似て易き歟)

第二にかれを囚となしてたすけ置るる事は中策也(此事易きに似て尤難し)

第三にかれを誅せらるる事は下策也（此事易くして易かるべし）

将軍は中策を採って、シロオテをそののち永く切支丹屋敷の獄舎につないで置いた。しかし、やがてシロオテは屋敷の奴婢、長助はる夫婦に法を授けたというわけで、たいへんいじめられた。シロオテは折檻されながらも、日夜、長助はるの名を呼び、その信を固くして死ぬるとも志を変えるでない、と大きな声で叫んでいた。

それから間もなく牢死した。下策をもちいたもおなじことであった。

猿ヶ島

はるばると海を越えて、この島に着いたときの私の憂愁を思い給え。夜なのか昼なのか、島は深い霧に包まれて眠っていた。私は眼をしばたたいて、島の全貌を見すかそうと努めたのである。裸の大きい岩が急な勾配を作っていくつもいくつも積みかさなり、ところどころに洞窟のくろい口のあいているのがおぼろに見えた。これは山であろうか。一本の青草もない。

私は岩山の岸に沿うてよろよろと歩いた。あやしい呼び声がときどき聞える。さほど遠くからでもない。狼であろうか。熊であろうか。しかし、ながい旅路の疲れから、私はかえって大胆になっていた。私はこういう咆哮をさえ気にかけず島をめぐり歩いたのである。

私は島の単調さに驚いた。歩いても歩いても、こつこつの固い道である。右手は岩山であって、すぐ左手には粗い*胡麻石が殆ど垂直にそそり立っているのだ。そのあいだに、いま私の歩いている此の道が、六尺ほどの幅で、坦々とつづいている。道のつきるところまで歩こう。言うすべもない混乱と疲労から、なにものも恐れぬ勇気を得ていたのである。

ものの半里も歩いたろうか。私は、再びもとの出発点に立っていた。私は道が岩山をぐるっとめぐってついてあるのを了解した。おそらく、私はおなじ道を二度ほどめぐったにちがいない。私は島が思いのほかに小さいのを知った。

霧は次第にうすらぎ、山のいただきが私のすぐ額のうえにのしかかって見えだした。峯が三つ。まんなかの円い峯は、高さが三四丈もあるであろうか。様様の色をしたひらたい岩で畳まれ、その片側の傾斜がゆるく流れて隣の小さくとがった峯へ伸び、もう一方の側の傾斜は、けわしい断崖をなしてその峯の中腹あたりにまで滑り落ち、それからまたふくらみがむくむく起って、ひろい丘になっている。断崖と丘の硲から、細い滝がひとすじ流れ出ていた。滝の附近の岩は勿論、島全体が濃い霧のために黝く濡れているのである。木が二本見える。滝口に、一本。樫に似たのが。丘の上にも、一本。えたいの知れぬふとい木が。そうして、いずれも枯れている。

私はこの荒涼の風景を眺めて、暫くぼんやりしていた。霧はいよいようすらいで、日の光がまんなかの峯にさし始めた。霧にぬれた峯は、かがやいた。朝日だ。それが朝日であるか、夕日であるか、私にはその香気でもって識別することができるのだ。それでは、いまは夜明けなのか。

私は、いくぶんすがすがしい気持になって、山をよじ登ったのである。見た眼には、けわしそうでもあるが、こうして登ってみると、きちんきちんと足だまりができていて、さほど難渋（なんじゅう）でない。とうとう滝口にまで這（は）いのぼった。

ここには朝日がまっすぐに当り、なごやかな風さえ頬に感ぜられるのだ。私は樫に似た木の傍へ行って、腰をおろした。これは、ほんとうに樫であろうか、それとも楢（なら）か樅（もみ）であろうか。私は梢（こずえ）までずっと見あげたのである。枯れた細い枝が五六本、空にむかい、手ぢかなところにある枝は、たいていぶざまにへし折られていた。のぼってみようか。

　ふぶきのこえ
　われをよぶ
　とらわれの
　われをよぶ

風の音であろう。私はするするのぼり始めた。

気疲れがひどいと、さまざまな歌声がきこえるものだ。私は梢にまで達した。梢の枯枝を二三度ばさばさゆすぶってみた。

いのちともしき

われをよぶ

足だまりにしていた枯枝がぽきっと折れた。不覚にも私は、ずるずる幹づたいに滑り落ちた。

「折ったな。」

その声を、つい頭の上で、はっきり聞いた。私は幹にすがって立ちあがり、うつろな眼で声のありかを捜したのである。ああ。戦慄が私の背を走る。朝日を受けて金色にかがやく断崖を一匹の猿がのそのそと降りて来るのだ。私のからだの中でそれまで眠らされていたものが、いちどにきらっと光り出した。

「降りて来い。枝を折ったのはおれだ。」

「それは、おれの木だ。」

崖を降りつくした彼は、そう答えて滝口のほうへ歩いて来た。私は身構えた。彼はまぶしそうに額へたくさんの皺をよせて、私の姿をじろじろ眺め、やがて、まっ白い歯をむきだして笑った。笑いは私をいらだたせた。

「おかしいか。」

「おかしい。」彼は言った。「海を渡って来たろう。」

「うん。」私は滝口からもくもく湧いて出る波の模様を眺めながらうなずいた。せま苦しい箱の中で過したながい旅路を回想したのである。

「なんだか知れぬが、おおきい海を。」

「うん。」また、うなずいてやった。

「やっぱり、おれと同じだ。」

彼はそう呟き、滝口の水を掬って飲んだ。いつの間にか、私たちは並んで坐っていたのである。

「ふるさとが同じなのさ。一目、見ると判る。おれたちの国のものは、みんな耳が光っているのだよ。」

彼は私の耳を強くつまみあげた。私は怒って、彼のそのいたずらした右手をひっ掻いてやった。それから私たちは顔を見合せて笑った。私は、なにやらくつろいだ気分になっていたのだ。

けたたましい叫び声がすぐ身ぢかで起った。おどろいて振りむくと、ひとむれの尾の太い毛むくじゃらな猿が、丘のてっぺんに陣どって私たちへ吠えかけているのである。私は立ちあがった。

「よせ、よせ。こっちへ手むかっているのじゃないよ。ほえざるという奴さ。毎朝あんなにして太陽に向って吠えたてるのだ。」

私は呆然と立ちつくした。どの山の峯にも、猿がいっぱいにむらがり、背をまるくして朝日を浴びているのである。

「これは、みんな猿か。」

私は夢みるようであった。

「そうだよ。しかし、おれたちとちがう猿だ。ふるさとがちがうのさ。」

私は彼等を一匹一匹たんねんに眺め渡した。ふさふさした白い毛を朝風に吹かせながら児猿に乳を飲ませている者。赤い大きな鼻を空にむけてなにかしら歌っている者。縞の美事な尾を振りながら日光のなかでつるんでいる者。しかめつらをして、せわしげにあちこちと散歩している者。

私は彼に囁いた。

「ここは、どこだろう。」

彼は慈悲ふかげな眼ざしで答えた。

「おれも知らないのだよ。しかし、日本ではないようだ。」

「そうか。」私は溜息をついた。「でも、この木は木曽樫のようだが。」

彼は振りかえって枯木の幹をぴたぴたと叩き、ずっと梢を見あげたのである。

「そうでないよ。枝の生えかたがちがうし、それに、木肌の日の反射のしかただって鈍いじゃないか。もっとも、芽が出てみないと判らぬけれど。」

私は立ったまま、枯木へ寄りかかって彼に尋ねた。

「どうして芽が出ないのだ。」

「春から枯れているのさ。おれがここへ来たときにも枯れていた。あれから、四月、五月、六月、と三つきも経っているが、しなびて行くだけじゃないか。これは、ことに依ったら挿木でないかな。根がないのだよ、きっと。あっちの木は、もっとひどいよ。奴等のくそだらけだ。」

そう言って彼は、ほえざるの一群を指さした。ほえざるは、もう啼きやんでいて、島は割合に平静であった。

「坐らないか。話をしよう。」

私は彼にぴったりくっついて坐った。

「ここは、いいところだろう。この島のうちでは、ここがいちばんいいのだよ。日が当るし、木があるし、おまけに、水の音が聞えるし。」彼は脚下の小さい滝を満足げに見おろしたのである。「おれは、日本の北方の海峡ちかくに生れたのだ。夜になると波の音が幽かにどぶんどぶんと聞えたよ。波の音って、いいものだな。なんだかじわじわ胸をそそるよ。」

私もふるさとのことを語りたくなった。

「おれには、水の音よりも木がなつかしいな。日本の中部の山の奥の奥で生れたものだから。青葉の香はいいぞ。」

「それあ、いいさ。みんな木をなつかしがっているよ。だから、この島にいる奴は誰にしたって、一本でも木のあるところに坐りたいのだよ。」言いながら彼は股の毛をわけて、深い赤黒い傷跡をいくつも私に見せた。「ここをおれの場所にするのに、こんな苦労をしたのさ。」

私は、この場所から立ち去ろうと思った。「おれは、知らなかったものだから。」

「いいのだよ。構わないのだよ。おれは、ひとりぼっちなのだ。いまから、ここをふたりの場所にしてもいい。だが、もう枝を折らないようにしろよ。」

霧はまったく晴れ渡って、私たちのすぐ眼のまえに、異様な風景が現出したのである。青葉。それがまず私の眼にしみた。私には、いまの季節がはっきり判った。ふるさとでは、椎の若葉が美しい頃なのだ。私は首をふりふりこの並木の青葉を眺めた。しかし、そういう陶酔も瞬時に破れた。私はふたたび驚愕の眼を見はったのである。青葉の下には、水を打った砂利道が涼しげに敷かれていて、白いよそおいをした瞳の青い人間たちが、流れるようにぞろぞろ歩いている。まばゆい鳥の羽を頭につけた女もいた。蛇の皮のふとい杖(つえ)をゆるやかに振って右左に微笑を送る男もいた。

彼は私のわななく胴体をつよく抱き、口早に囁いた。

「おどろくなよ。毎日こうなのだ。」

「どうなるのだ。みんなおれたちを狙(ねら)っている。」山で捕われ、この島につくまでの私のむざんな経歴が思い出され、私は下唇を嚙(か)みしめた。

「見せ物だよ。おれたちの見せ物だよ。だまって見ていろ。面白いこともあるよ。」

彼はせわしげにそう教えて、片手ではなおも私のからだを抱きかかえ、もう一方の手であちこちの人間を指さしつつ、ひそひそ物語って聞かせたのである。あれは人妻と言って、亭主のおもちゃになるか、亭主の支配者になるか、ふたとおりの生きかたしか知らぬ女で、もしかしたら人間の臍(へそ)というものが、あんな形であるかも知れぬ。あれは学者と言って、死んだ天才にめいわくな註釈をつけ、生れる天才をたしなめながらめしを食っているおかしな奴だが、おれはあれを見るたびに、なんとも知れず眠たくなるのだ。あれは女優と言って、舞台にいるときよりも素面(すがお)でいるときのほうが芝居の上手な婆で、おおお、またおれの奥の虫歯がいたんで来た。あれは地主と言って、自分もまた労働しているとしじゅう弁明ばかりしている小胆者だが、おれはあのお姿を見ると、鼻筋づたいに虱が這って歩いているようなもどかしさを覚える。また、あそこのベンチに腰かけている*白手袋の男は、おれのいちばんいやな奴で、見ろ、あいつがここへ現われたら、もはや中天に、臭く黄色い糞の竜巻が現われているじゃないか。

私は彼の饒舌をうつつに聞いていた。私は別なものを見つめていたのである。燃えるような四つの眼を。青く澄んだ人間の子供の眼を。先刻よりこの二人の子供は、島の外廓に築かれた胡麻石の塀からやっと顔だけを覗きこませ、むさぼるように島を眺めまわしているのだ。二人ながら男の子であろう。短い金髪が、朝風にぱさぱさ踊っている。ひとりは、そばかすで鼻がまっくろである。もうひとりの子は、桃の花のような頰をしている。

やがて二人は、同時に首をかしげて思案した。それから鼻のくろい子供が唇をむっと尖らせ、烈しい口調で相手に何か耳うちした。私は彼のからだを両手でゆすぶって叫んだ。

「何を言っているのだ。教えて呉れ。あの子供たちは何を言っているのだ。」

彼はぎょっとしたらしく、ふっとおしゃべりを止し、私の顔と向うの子供たちとを見較べた。そうして、口をもぐもぐ動かしつつ暫く思いに沈んだのだ。私は彼のそういう困却にただならぬ気配を見てとったのである。子供たちが訳のわからぬ言葉をするどく島へ吐きつけて、そろって石塀の上から影を消してしまってからも、彼は額に片手をあてたり尻を掻きむしったりしながら、ひどく躊躇をしていたが、やがて、口角に意地わるげな笑いをさえ含めてのろのろと言いだした。

「いつ来て見ても変らない、とほざいたのだよ。」

変らない。私には一切がわかった。私の疑惑が、まんまと的中していたのだ。変らない。これは批評の言葉である。見せ物は私たちなのだ。

「そうか。すると、君は嘘をついていたのだね。」ぶち殺そうと思った。

彼は私のからだに巻きつけていた片手へぎゅっと力こめて答えた。

「ふびんだったから。」

私は彼の幅のひろい胸にむしゃぶりついたのである。彼のいやらしい親切に対する憤怒よりも、おのれの無智に対する羞恥の念がたまらなかった。

「泣くのはやめろよ。どうにもならぬ。」彼は私の背をかるくたたきながら、ものうげに呟いた。「あの石塀の上に細長い木の札が立てられているだろう？　おれたちには裏の薄汚く赤ちゃけた木目だけを見せているが、あのおもてには、なんと書かれてあるか。人間たちはそれを読むのだよ。耳の光るのが日本の猿だ、と書かれてあるのさ。いや、もしかしたら、もっとひどい侮辱が書かれてあるのかも知れないよ。」

私は聞きたくもなかった。彼の腕からのがれ、枯木のもとへ飛んで行った。のぼった。梢にしがみつき、島の全貌を見渡したのである。日はすでに高く上って、島のここかしこから白い靄（もや）がほやほやと立っていた。百匹もの猿は、青空の下でのどかに日向ぼっこして遊んでいた。私は、滝口の傍でじっとうずくまっている彼に声をかけた。

「みんな知らないのか。」

彼は私の顔を見ずに下から答えてよこした。

「知るものか。知っているのは、おそらく、おれと君とだけだよ。」

「なぜ逃げないのだ。」

「君は逃げるつもりか。」

「逃げる。」

青葉。砂利道。人の流れ。

「こわくないか。」

私はぐっと眼をつぶった。言っていけない言葉を彼は言ったのだ。

はたはたと耳をかすめて通る風の音にまじって、低い歌声が響いて来た。彼が歌っているのであろうか。眼が熱い。さっき私を木から落したのは、この歌だ。私は眼をつぶったまま耳傾けたのである。

「よせ、よせ。降りて来いよ。ここはいいところだよ。日が当るし、木があるし、水の音が聞えるし、それにだいいち、めしの心配がいらないのだよ。」

彼のそう呼ぶ声を遠くからのように聞いた。それからひくい笑い声も。

ああ。この誘惑は真実に似ている。あるいは真実かも知れぬ。私は心のなかで大きくよろめくものを覚えたのである。けれども、けれども血は、山で育った私の馬鹿な血は、やはり執拗に叫ぶのだ。

――否！

一八九六年、六月のなかば、ロンドン博物館附属動物園の事務所に、日本猿の遁走が報ぜられた。行方が知れぬのである。しかも、一匹でなかった。二匹である。

雀こ

*井伏鱒二へ。津軽の言葉で。

長え長え昔噺、*知らへがな。
山の中に橡の木いっぽんあったずおん。
そのてっぺんさ、からす一羽来てとまったずおん。
からすあ、があて啼けば、橡の実あ、一つぽたんて落づるずおん。
また、からすあ、があて啼けば、橡の実あ、一つぽたんて落づるずおん。
また、からすあ、があて啼けば、橡の実あ、一つぽたんて落づるずおん。

……………………

ひとかたまりの童児、広い野はらに火三昧して遊びふけっていたずおん。春になればし、雪こ溶け、ふろいふろい雪の原のあちこちゆ、ふろ野の黄はだの色の芝生こさ青い新芽の萌(も)えいで来るはで、おらの国のわらわ、黄はだの色の古し芝生こさ火をつけ、そればさ野火と申して遊ぶのだおん。そした案配(あんばい)こ、おたがい野火をし距(へだ)て、わらわ、ふた組にわかれていたずおん。かたかたの五六人、声をしそろえて歌ったずおん。

——雀(すずめ)、雀、雀こ、欲うし。

ほかの*方図(ほず)のわらわ、それさ応(こた)え、

——どの雀、欲うし?

て歌ったとせえ。

そこでもってし、雀こ欲うして歌った方図のわらわ、打ち寄り、もめたずおん。

——誰をし貰(も)ればええべがな?

——*はにやすのヒサこと貰れば、どうだべ?

——鼻たれて、きたなきも。

——タキだば、ええねし。

——*女くされ、おかしじゃよ。

——タキは、ええべせえ。

——そうだべがな。

そした案配こ、とうとうタキこと貰るようにきまったずおん。

――右(みぎ)りのはずれの雀こ欲うし。

て、歌ったもんだずおん。

タキの方図では、心根*っこわるくかかったとせえ。

――羽こ、ねえはで呉(く)れらえね。

――羽こ呉れるはで飛んで来い。

こちで歌ったどもし、向うの方図で調子ばあわれに、また歌ったずおん。

――杉の木、火事で行かえない。

したどもし、こちの方図では、やたら欲しくて歌ったとせえ。

――その火事よけて飛んで来い。

向うの方図では、雀こ一羽はなしてよこしたずおん。タキは雀こ、ふたかたの腕こと翼みんたに拡(ひろ)げ、ぱお、ぱお、ぱお、て羽ばたきの音をし口でしゃべりしゃべりて、野火の焔(ほのお)よけて飛んで来たとせえ。

これ、おらの国の、わらわの遊びごとだおん。こうして一羽一羽と雀こ貰るんだどもし、おしめに一羽のこれば、その雀こ、こんど歌わねばなんねのだおん。

――雀、雀、雀こ欲うし。

とっくと分別しねでもわかることだどもし、これや、*うたて遊びごとだまさね。一ばん先に欲しがられた雀こ、*大幅（おおはば）こけるどもし、おしめの一羽は泣いても泣いても足（た）えへんでば。

いつでもタキは、一ばん先に欲しがられるのだずおん。いつでもマロサマは、おしめにのこされるのだずおん。

タキ、よろずよやの一人あねこで、うって勢よく育ったのだずおん。誰にかても負けたことねんだとせえ。冬、どした恐ろしない雪の日でも、*くるめんば被（かぶ）らねで、千成（せんなり）の林檎（りんご）こよりも赤え頬ぺたこ吹きさらし、どこさでも行けたのだずおん。マロサマ、*たかまどのお寺の坊主（ぼんず）こで、からだつきこ細くて*かそぺないはでし、みんなみんな、*やしめていたのだずおん。

さきほどよりし、マロサマ、着物ばはだけて、歌っていたずおん。

――雀、雀、雀こ欲うし。雀、雀、雀こ欲うし。

不憫（ふびん）げらに、これで二度も、売えのこりになっていたのだずおん。

――どの雀、欲うし?

――なかの雀こ欲うし。

タキこと欲しがるのだずおん。なかの雀このタキ、野火の黄色え黄色え焔ごしに、悪*

だまなくこでマロサマば睨めたずおん。

マロサマ、おっとらとした声こで、また歌ったずおん。

——なかの雀こ欲うし。

タキ*は、わらわさ、なにやらし、こちょこちょと言うつけたずおん。わらわ、それ聞き、にくらにくらて*笑い笑い、歌ったのだずおん。

——羽こ、ねえはで呉れらえね。

——羽こ呉れるはで飛んで来い。

——杉の木、火事で行かえない。

——その火事よけて飛んで来い。

マロサマは、タキのぱおぱおて飛んで来るのば、とっけらと*して待づていたずおん。したどもし、向うの方図で、ゆったらと歌るのだずおん。

——川こ大水で、行かえない。

マロサマ、首こかしげて、分別したずおん。なんて歌ったらええべがな、て打って分別して分別して、

——橋こ架けて飛んで来い。

タキは人魂*みんた眼こおかなく燃やし、独りして歌ったずおん。

——橋こ流えて行かえない。

マロサマは、また首こかしげて分別したのだずおん。なかなか分別は出て来ねずおん。そのうちにし、声たてて泣いたのだずおん。泣き泣きしゃべったとせえ。

——あみださまや。

わらわ、みんなみんな、笑ったずおん。

——ぼんずの念仏、雨、降った。

——*もくらもっけの泣けべっちょ。

——西くもて、雨ふった。雨ふって、雪とけた。

そのときにし、よろずよやのタキは、*きずきずと叫びあげたとせえ。

——*マロサマの愛ごこや。わのこころこ知らずて、お念仏。あわれ、ばかくさいじゃよ。

そうしてし、雪だまにぎて、マロサマさぶつけたずおん。雪だま、マロサマの右りの肩さ当り、ぱらぱらて白く砕けたずおん。マロサマ、どってんして、泣くのばやめてし、雪こ溶けかけた黄はだの色のふろ野ば、どんどん逃げていったとせえ。

そろそろと晩げになったずおん。野はら、暗くなり、寒くなったずおん。わらわ、めいめいの家さかえり、めいめい婆(ば)さまのこたつこさもぐり込んだずおん。いつもの晩げのごと、おなじ昔噺(むがしこ)をし、聞くのだずおん。

長え長え昔噺(むがしこ)、知らへがな。

山の中に橡の木いっぽんあったずおん。

そのてっぺんさ、からす一羽来てとまったずおん。

からすあ、があて啼けば、橡の実あ、一つぼたんて落づるずおん。

また、からすあ、があて啼けば、橡の実あ、一つぼたんて落づるずおん。

また、からすあ、があて啼けば、橡の実あ、一つぼたんて落づるずおん。

…………………………

道化の華

「＊ここを過ぎて悲しみの市。」

友はみな、僕からはなれ、かなしき眼もて僕を眺める。友よ、僕と語れ、僕を笑え。ああ、友はむなしく顔をそむける。友よ、僕に問え。僕はなんでも知らせよう。僕はこの手もて、＊園を水にしずめた。僕は悪魔の傲慢さもて、われよみがえるとも園は死ね、と願ったのだ。もっと言おうか。ああ、けれども友は、ただかなしき眼もて僕を眺める。

大庭葉蔵はベッドのうえに坐って、沖を見ていた。沖は雨でけむっていた。

夢より醒め、僕はこの数行を読みかえし、その醜さといやらしさに、消えもいりたい思いをする。やれやれ、大仰きわまったり。だいいち、大庭葉蔵とはなにごとであろう。酒でない、ほかのもっと強烈なものに酔いしれつつ、僕はこの大庭葉蔵に手を拍った。この姓名は、僕の主人公にぴったり合った。大庭は、主人公のただならぬ気魄を象徴してあますところがない。葉蔵はまた、何となく新鮮である。古めかしさの底から湧き出るほんとうの新しさが感ぜられる。しかも、大庭葉蔵とこう四字ならべたこの快い調和。この姓名からして、すでに劃期的ではないか。その大庭葉蔵が、ベッドに坐り雨にけむる沖を眺めているのだ。いよいよ劃期的ではないか。

よそう。おのれをあざけるのはさもしいことである。それは、ひしがれた自尊心から来るようだ。現に僕にしても、ひとから言われたくないゆえ、まずまっさきにおのれのからだへ釘をうつ。これこそ卑怯だ。もっと素直にならなければいけない。ああ、謙譲に。

大庭葉蔵。

笑われてもしかたがない。鵜のまねをする烏。見ぬくひとには見ぬかれるのだ。よりよい姓名もあるのだろうけれど、僕にはちょっとめんどうらしい。いっそ「私」としてもよいのだが、僕はこの春、「私」という主人公の小説を書いたばかりだから二度つづけるのがおもはゆいのである。僕がもし、あすにでもひょっくり死んだとき、あいつは「私」を主人公にしなければ、小説を書けなかった、としたり顔して述懐する奇妙な男が出て来ないとも限らぬ。ほんとうは、それだけの理由で、僕はこの大庭葉蔵をやはり押し通す。おかしいか。なに、君だって。

一九二九年、十二月のおわり、この青松園という海浜の療養院は、葉蔵の入院で、すこし騒いだ。青松園には三十六人の肺結核患者がいた。二人の重症患者と、十一人の軽症患者とがいて、あとの二十三人は恢復(かいふく)期の患者であった。葉蔵の収容された東第一病棟は、謂(い)わば特等の入院室であって、六室に区切られていた。葉蔵の室の両隣りは空室で、いちばん西側のへ号室には、脊と鼻のたかい大学生がいた。東側のい号室とろ号室には、わかい女のひとがそれぞれ寝ていた。三人とも恢復期の患者である。その前夜、*袂(たもと)ヶ浦(うら)で心中があった。一緒に身を投げたのに、男は、帰帆(きはん)の漁船に引きあげられ、命をとりとめた。けれども女のからだは、見つからぬのであった。その女のひとを捜しに半鐘(はんしょう)をながいこと烈(はげ)しく鳴らして村の消防手どものいく艘(そう)もいく艘もつぎつぎと漁船を沖へ乗り出して行く掛声を、三人は、胸とどろかせて聞いていた。漁船のともす赤い火影(ほかげ)が、終夜、江の島の岸を彷徨(さまよ)うた。大学生も、ふたりのわかい女も、その夜は眠れなかった。あけがたになって、女の死体が袂ヶ浦の浪打際(なみうちぎわ)で発見された。短く刈りあげた髪がつやつや光って、顔は白くむくんでいた。

　葉蔵は園の死んだのを知っていた。漁船でゆらゆら運ばれていたとき、すでに知ったのである。星空のしたでわれにかえり、女は死にましたか、とまず尋(たず)ねた。漁夫のひとりは、死なねえ、死なねえ、心配しねえがええずら、と答えた。なにやら慈悲ぶかい口調であった。死んだのだな、とうつつに考えて、また意識を失った。ふたたび眼ざめたときには、療養院のなかにいた。狭くるしい白い板壁の部屋に、ひとがいっぱいつまっていた。そのなかの誰かが葉蔵の身元をあれこれと尋ねた。葉蔵は、いちいちはっきり答えた。夜が明けてから、葉蔵は別のもっとひろい病室に移された。変を知らされた葉蔵の国元で、彼の処置につき、取りあえず青松園へ長距離電話を寄こしたからである。葉蔵のふるさとは、ここから二百里もはなれていた。

東第一病棟の三人の患者は、この新患者が自分たちのすぐ近くに寝ているということに不思議な満足を覚え、きょうからの病院生活を楽しみにしつつ、空も海もまったく明るくなった頃ようやく眠った。

葉蔵は眠らなかった。ときどき頭をゆるくうごかしていた。顔のところどころに白いガアゼが貼りつけられていた。浪にもまれ、あちこちの岩でからだを傷つけたのである。真野という二十くらいの看護婦がひとり附き添っていた。左の眼蓋のうえに、やや深い傷痕があるので、片方の眼にくらべ、左の眼がすこし大きかった。しかし、醜くなかった。赤い上唇がこころもち上へめくれあがり、浅黒い頰をしていた。ベッドの傍の椅子に坐り、曇天のしたの海を眺めているのである。葉蔵の顔を見ぬように努めた。気の毒で見れなかった。

正午ちかく、警察のひとが二人、葉蔵を見舞った。真野は席をはずした。ふたりとも、脊広を着た紳士であった。ひとりは短い口鬚を生やし、ひとりは鉄縁の眼鏡を掛けていた。髭は、声をひくくして園とのいきさつを尋ねた。葉蔵は、ありのままを答えた。髭は、小さい手帖へそれを書きとるのであった。ひととおりの訊問をすませてから、髭は、ベッドへのしかかるようにして言った。「女は死んだよ。君には死ぬ気があったのかね。」

葉蔵は、だまっていた。鉄縁の眼鏡を掛けた刑事は、肉の厚い額に皺を二三本もりあがらせて微笑みつつ、髭の肩を叩いた。「よせ、よせ。可愛そうだ。またにしよう。」髭は、葉蔵の眼つきを、まっすぐに見つめたまま、しぶしぶ手帖を上衣のポケットにしまい込んだ。

その刑事たちが立ち去ってから、真野は、いそいで葉蔵の室へ帰って来た。けれども、ドアをあけたとたんに、嗚咽している葉蔵を見てしまった。そのままそっとドアをしめて、廊下にしばらく立ちつくした。

午後になって雨が降りだした。葉蔵は、ひとりで厠へ立って歩けるほど元気を恢復していた。

友人の飛騨が、濡れた外套を着たままで、病室へおどり込んで来た。葉蔵は眠ったふりをした。

飛騨は真野へ小声でたずねた。「だいじょうぶですか?」

「ええ、もう。」

「おどろいたなあ。」

彼は肥えたからだをくねくねさせてその油土くさい外套を脱ぎ、真野へ手渡した。

飛騨は、名のない彫刻家で、おなじように無名の洋画家である葉蔵とは、中学校時代からの友だちであった。素直な心を持った人なら、そのわかいときには、おのれの身辺ちかくの誰かをきっと偶像に仕立てたがるものであるが、飛騨もまたそうであった。彼は、中学校へはいるとから、そのクラスの首席の生徒をほれぼれと眺めていた。首席は葉蔵であった。授業中の葉蔵の一顰一笑も、飛騨にとっては、ただごとでなかった。また、校庭の砂山の陰に葉蔵のおとなびた孤独なすがたを見つけて、ひとしれずふかい溜息をついた。ああ、そして葉蔵とはじめて言葉を交した日の歓喜。飛騨は、なんでも葉蔵の真似をした。煙草を吸った。教師を笑った。両手を頭のうしろに組んで、校庭をよろよろとさまよい歩く法もおぼえた。芸術家のいちばんえらいわけをも知ったのである。葉蔵は、美術学校へはいった。飛騨は一年おくれたが、それでも葉蔵とおなじ美術学校へはいることができた。葉蔵は洋画を勉強していたが、飛驒は、わざと塑像科をえらんだ。*ロダンのバルザック像に感激したからだと言うのであったが、それは彼が大家になったとき、その経歴に軽いもったいをつけるための余念ない出鱈目であって、まことは葉蔵の洋画に対する遠慮からであった。ひけめからであった。そのころになって、ようやく二人のみちがわかれ始めた。葉蔵のからだは、いよいよ痩せていったが、飛驒は、すこしずつ太った。ふたりの懸隔はそれだけでなかった。葉蔵は、*或る直截な哲学に心をそそられ、芸術を馬鹿にしだした。飛驒は、また、すこし有頂天になりすぎていた。聞くものが、かえってきまりのわるくなるほど、芸術という言葉を連発するのであった。つねに傑作を夢みつつ、勉強を怠っていた。そうしてふたりとも、よくない成績で学校を卒業した。葉蔵は、ほとんど絵筆を投げ捨てた。絵画はポスタアでしかないものだ、と言っては、飛驒をしょげさせた。すべての芸術は社会の経済機構から放たれた屁である。生活力の一形式にすぎない。どんな傑作でも靴下とおなじ商品だ、などとおぼつかなげな口調で言って飛驒をけむに巻くのであった。飛驒は、むかしに変らず葉蔵を好いていたし、葉蔵のちかごろの思想にも、ぼんやりした畏敬を感じていたが、しかし飛驒にとって、傑作のときめきが、何にもまして大きかったのである。いまに、いまに、と考えながら、ただそわそわと粘土をいじくっていた。つまり、この二人は芸術家であるよりは、芸術品である。いや、それだからこそ、僕もこうしてやすやすと叙述できたのであろう。ほんとの市場の芸術家をお目にかけたら、諸君は、三行読まぬうちにげろを吐くだろう。それは保証する。ところで、君、そんなふうの小説を書いてみないか。どうだ。

飛騨もまた葉蔵の顔を見れなかった。できるだけ器用に忍びあしを使い、葉蔵の枕元まで近寄っていったが、硝子戸(ガラスど)のそとの雨脚をまじまじ眺めているだけであった。葉蔵は、眼をひらいてうす笑いしながら声をかけた。「おどろいたろう。」びっくりして、葉蔵の顔をちらと見たが、すぐ眼を伏せて答えた。「うん。」

「どうして知ったの?」

飛騨はためらった。右手をズボンのポケットから抜いてひろい顔を撫(な)でまわしながら、真野へ、言ってもよいか、と眼でこっそり尋ねた。真野はまじめな顔をしてかすかに首を振った。

「新聞に出ていたのかい?」

「うん。」ほんとは、ラジオのニウスで知ったのである。

葉蔵は、飛騨の煮え切らぬそぶりを憎く思った。もっとうち解けて呉(く)れてもよいと思った。一夜あけたら、もんどり打って、おのれを異国人あつかいにしてしまったこの十年来の友が憎かった。葉蔵は、ふたたび眠ったふりをした。

飛騨は、手持ちぶさたげに床をスリッパでぱたぱたと叩いたりして、しばらく葉蔵の枕元に立っていた。

ドアが音もなくあき、制服を着た小柄な大学生が、ひょっくりその美しい顔を出した。飛騨はそれを見つけて、唸るほどほっとした。頰にのぼる微笑の影を、口もとゆがめて追いはらいながら、わざとゆったりした歩調でドアのほうへ行った。

「いま着いたの？」

「そう。」小菅は、葉蔵のほうを気にしつつ、せきこんで答えた。

小菅というのである。この男は、葉蔵と親戚であって、大学の法科に籍を置き、葉蔵とは三つもとしが違うのだけれど、それでも、へだてない友だちであった。あたらしい青年は、年齢にあまり拘泥せぬようである。冬休みで故郷へ帰っていたのだが、葉蔵のことを聞き、すぐ急行列車で飛んで来たのであった。ふたりは廊下へ出て立ち話をした。

「煤がついているよ。」

飛騨は、おおっぴらにげらげら笑って、小菅の鼻のしたを指さした。列車の煤煙が、そこにうっすりこびりついていた。

「そうか。」小菅は、あわてて胸のポケットからハンケチを取りだし、さっそく鼻のしたをこすった。「どうだい。どんな工合いだい。」

「大庭か？　だいじょうぶらしいよ。」

「そうか。——落ちたかい。」鼻のしたをぐっとのばして飛驒に見せた。

「落ちたよ。落ちたよ。うちでは大変な騒ぎだろう。」

ハンケチを胸のポケットにつっこみながら返事した。「うん。大騒ぎさ。お葬いみたいだったよ。」

「うちから誰か来るの？」

「兄さんが来る。親爺さんは、ほっとけ、と言ってる。」

「大事件だなあ。」飛驒はひくい額に片手をあてて呟いた。

「葉ちゃんは、ほんとに、よいのか。」

「案外、平気だ。あいつは、いつもそうなんだ。」

小菅は浮かれてでもいるように口角に微笑を含めて首かしげた。「どんな気持ちだろうな。」

「わからん。——大庭に逢ってみないか。」

「いいよ。逢ったって、話することもないし、それに、——こわいよ。」

ふたりは、ひくく笑いだした。

真野が病室から出て来た。

「聞えています。ここで立ち話をしないようにしましょうよ。」

「あ。そいつあ。」

飛驒は恐縮して、おおきいからだを懸命に小さくした。小菅は不思議そうなおももちで真野の顔を覗いていた。

「おふたりとも、あの、おひるの御飯は?」

「まだです。」ふたり一緒に答えた。

真野は顔を赤くして噴きだした。

三人がそろって食堂へ出掛けてから、葉蔵は起きあがった。雨にけむる沖を眺めたわけである。

「ここを過ぎて空濛の淵。」

それから最初の書きだしへ返るのだ。さて、われながら不手際である。だいいち僕は、このような時間のからくりを好かない。好かないけれど試みた。ここを過ぎて悲しみの市。僕は、このふだん口馴れた地獄の門の詠歎を、栄ある書きだしの一行にまつりあげたかったからである。ほかに理由はない。もしこの一行のために、僕の小説が失敗してしまったとて、僕は心弱くそれを抹殺する気はない。見得の切りついでにもう一言。あの一行を消すことは、僕のきょうまでの生活を消すことだ。

「思想だよ、君、マルキシズムだよ。」

この言葉は間が抜けて、よい。小菅がそれを言ったのである。したり顔にそう言って、ミルクの茶碗を持ち直した。

四方の板張りの壁には、白いペンキが塗られ、東側の壁には、院長の銅貨大の勲章を胸に三つ附けた肖像画が高く掛けられて、十脚ほどの細長いテエブルがそのしたにひっそり並んでいた。食堂は、がらんとしていた。飛驒と小菅は、東南の隅のテエブルに坐り、食事をとっていた。

「ずいぶん、はげしくやっていたよ。」小菅は声をひくめて語りつづけた。「弱いからだで、あんなに走りまわっていたのでは、死にたくもなるよ。」

「行動隊*のキャップだろう。知っている。」飛驒はパンをもぐもぐ嚙みかえしつつ口をはさんだ。飛驒は博識ぶったのではない。左翼の用語ぐらい、そのころの青年なら誰でも知っていた。「しかし、――それだけでないさ。芸術家はそんなにあっさりしたものでないよ。」

食堂は暗くなった。雨がつよくなったのである。

小菅はミルクをひとくち飲んでから言った。「君は、ものを主観的にしか考えれないから駄目だな。そもそも、――そもそもだよ。人間ひとりの自殺には、本人の意識してない何か客観的な大きい原因がひそんでいるものだ、という。うちでは、みんな、女が原因だときめてしまっていたが、僕は、そうでないと言って置いた。女はただ、みちづれさ。別なおおきい原因があるのだ。うちの奴等はそれを知らない。君まで、変なことを言う。いかんぞ。」

飛驒は、あしもとの燃えているストオブの火を見つめながら呟いた。「女には、しかし、亭主が別にあったのだよ。」

ミルクの茶碗をしたに置いて小菅は応じた。「知ってるよ。そんなことは、なんでもないよ。葉ちゃんにとっては、屁でもないことさ。女に亭主があったから、心中するなんて、甘いじゃないか。」言いおわってから、頭のうえの肖像画を片眼つぶって狙って眺めた。「これが、ここの院長かい。」

「そうだろう。しかし、――ほんとうのことは、大庭でなくちゃわからんよ。」

「それあそうだ。」小菅は気軽く同意して、きょろきょろあたりを見廻した。「寒いなあ。君は、きょうここへ泊るかい。」

飛驒はパンをあわてて呑みくだして、首肯いた。「泊る。」

青年たちはいつでも本気に議論をしない。お互いに相手の神経へふれまいふれまいと最大限度の注意をしつつ、おのれの神経をも大切にかばっている。むだな侮り(あなど)を受けたくないのである。しかも、ひとたび傷つけば、相手を殺すかおのれが死ぬるか、きっとそこまで思いつめる。だから、あらそいをいやがるのだ。彼等は、よい加減なごまかしの言葉を数多く知っている。否という一言をさえ、十色くらいにはなんなく使いわけて見せるだろう。議論をはじめる先から、もう妥協の瞳を交しているのだ。そしておしまいに笑って握手しながら、腹のなかでお互いがともにともにこう呟く。低脳め！

さて、僕の小説も、ようやくぼけて来たようである。ここらで一転、パノラマ式の数齣(こま)を展開させるか。おおきいことを言うでない。なにをさせても無器用なお前が。ああ、うまく行けばよい。

翌(あく)る朝は、なごやかに晴れていた。海は凪(な)いで、大島の噴火のけむりが、水平線の上に白くたちのぼっていた。よくない。僕は景色を書くのがいやなのだ。

い号室の患者が眼をさますと、病室は小春の日ざしで一杯であった。附添いの看護婦と、おはようを言い交し、すぐ朝の体温を計った。六度四分あった。それから、食前の日光浴をしにヴェランダへ出た。看護婦にそっと横腹をこ突かれるさきから、もはや、に号室のヴェランダを盗み見していたのである。きのうの新患者は、*紺絣の袷をきちんと着て*籐椅子に坐り、海を眺めていた。まぶしそうにふとい眉をひそめていた。そんなによい顔とも思えなかった。ときどき頬のガアゼを手の甲でかるく叩いていた。日光浴用の寝台に横わって、薄目をあけつつそれだけを観察してから、看護婦に本を持って来させた。*ボヴァリイ夫人。ふだんはこの本を退屈がって、五六頁も読むと投げ出してしまったものであるが、きょうは本気に読みたかった。いま、これを読むのは、いかにもふさわしげであると思った。ぱらぱらとペエジを繰り、百頁のところあたりから読み始めた。よい一行を拾った。「エンマは、炬火の光で、真夜中に嫁入りしたいと思った。」

ろ号室の患者も、眼覚めていた。日光浴をしにヴェランダへ出て、ふと葉蔵のすがたを見るなり、また病室へ駈けこんだ。わけもなく怖かった。すぐベッドへもぐり込んでしまったのである。附添いの母親は、笑いながら毛布をかけてやった。ろ号室の娘は、頭から毛布をひきかぶり、その小さい暗闇のなかで眼をかがやかせ、隣室の話声に耳傾けた。

「美人らしいよ。」それからしのびやかな笑い声が。

飛驒と小菅が泊っていたのである。その隣りの空いていた病室のひとつベッドにふたりで寝た。小菅がさきに眼を覚まし、その細ながい眼をしぶくあけてヴェランダへ出た。葉蔵のすこし気取ったポオズを横眼でちらと見てから、そんなポオズをとらせたもとを捜しに、くるっと左へ首をねじむけた。いちばん端のヴェランダでわかい女が本を読んでいた。女の寝台の背景は、苔（こけ）のある濡れた石垣であった。小菅は、西洋ふうに肩をきゅっとすくめて、すぐ部屋へ引き返し、眠っている飛驒をゆり起した。

「起きろ。事件だ。」彼等は事件を捏造（ねつぞう）することを喜ぶ。「葉ちゃんの大ポオズ。」彼等の会話には、「大」という形容詞がしばしば用いられる。退屈なこの世のなかに、何か期待できる対象が欲しいからでもあろう。

飛驒は、おどろいてとび起きた。「なんだ。」

小菅は笑いながら教えた。

「少女がいるんだ。葉ちゃんが、それへ得意の横顔を見せているのさ。」

飛驒もはしゃぎだした。両方の眉をおおげさにぐっと上へはねあげて尋ねた。「美人か？」

「美人らしいよ。本の嘘読（うそよ）みをしている。」

飛驒は噴きだした。ベッドに腰かけたまま、*ジャケツを着、ズボンをはいてから、叫んだ。

「よし、とっちめてやろう。」とっちめるつもりはないのである。これはただ陰口だ。彼等は親友の陰口をさえ平気で吐く。その場の調子にまかせるのである。「大庭のやつ、世界じゅうの女をみんな欲しがっているんだ。」

すこし経って、い号室の患者は、葉蔵の病室から大勢の笑い声がどっとおこり、その病棟の全部にひびき渡った。い号室の患者は、本をぱちんと閉じて、葉蔵のヴェランダの方をいぶかしげに眺めた。ヴェランダには朝日を受けて光っている白い籐椅子がひとつのこされてあるきりで、誰もいなかった。その籐椅子を見つめながら、うつらうつらまどろんだ。ろ号室の患者は、笑い声を聞いて、ふっと毛布から顔を出し、枕元に立っている母親とおだやかな微笑を交した。へ号室の大学生は、笑い声で眼を覚ました。大学生には、附添いのひともなかったし、下宿屋ずまいのような、のんきな暮しをしているのであった。笑い声はきのうの新患者の室からなのだと気づいて、その蒼黒い顔をあからめた。笑い声を不謹慎とも思わなかった。恢復期の患者に特有の寛大な心から、むしろ葉蔵の元気のよいらしいのに安心したのである。

僕は三流作家でないだろうか。どうやら、うっとりしすぎたようである。パノラマ式などと柄でもないことを企て、とうとうこんなにやにさがった。いや、待ち給え。こんな失敗もあろうかと、まえもって用意していた言葉がある。美しい感情を以て、人は、悪い文学を作る。つまり僕の、こんなにうっとりしすぎたのも、僕の心がそれだけ悪魔的でないからである。ああ、この言葉を考え出した男にさいわいあれ。なんという重宝な言葉であろう。けれども作家は、一生涯のうちにたったいちどしかこの言葉を使われぬ。どうもそうらしい。いちどは、愛嬌である。もし君が、二度三度とくりかえして、この言葉を楯にとるなら、どうやら君はみじめなことになるらしい。

「失敗したよ。」

ベッドの傍のソファに飛驒と並んで坐っていた小菅は、そう言いむすんで、飛驒の顔と、葉蔵の顔と、それから、ドアに倚りかかって立っている真野の顔とを、順々に見まわし、みんな笑っているのを見とどけてから、満足げに飛驒のまるい右肩へぐったり頭をもたせかけた。彼等は、よく笑う。なんでもないことにでも大声たてて笑いこける。笑顔をつくることは、青年たちにとって、息を吐き出すのと同じくらい容易である。いつの頃からそんな習性がつき始めたのであろう。笑わなければ損をする。笑うべきどんな些細な対象をも見落すな。ああ、これこそ貪婪な美食主義のはかない片鱗ではなかろうか。けれども悲しいことには、彼等は腹の底から笑えない。笑いくずれながらも、おのれの姿勢を気にしている。彼等はまた、よくひとを笑わす。おのれを傷つけてまで、ひとを笑わせたがるのだ。それはいずれ例の虚無の心から発しているのであろうが、しかし、そのもういちまい底になにか思いつめた気がまえを推察できないだろうか。犠牲の魂。いくぶんなげやりであって、これぞという目的をも持たぬ犠牲の魂。彼等がたまたま、いままでの道徳律にはかってさえ美談と言い得る立派な行動をなすことのあるのは、すべてこのかくされた魂のゆえである。これらは僕の独断である。しかも書斎のなかの摸索でない。みんな僕自身の肉体から聞いた思念ではある。

　葉蔵は、まだ笑っている。ベッドに腰かけて両脚をぶらぶら動かし、頬のガアゼを気にしいしい笑っていた。小菅の話がそんなにおかしかったのであろうか。彼等がどのような物語にうち興ずるかの一例として、ここへ数行を挿入しよう。小菅がこの休暇中、ふるさとのまちから三里ほど離れた山のなかの或る名高い温泉場へスキイをしに行き、そこの宿屋に一泊した。深夜、厠（かわや）へ行く途中、廊下で同宿のわかい女とすれちがった。それだけのことである。しかし、これが大事件なのだ。小菅にしてみれば、鳥渡（ちょっと）すれちがっただけでも、その女のひとにおのれのただならぬ好印象を与えてやらなければ気がすまぬのである。別にどうしようというあてもないのだが、そのすれちがった瞬間に、彼はいのちを打ちこんでポオズを作る。人生へ本気になにか期待をもつ。その女のひととのあらゆる経緯を瞬間のうちに考えめぐらし、胸のはりさける思いをする。彼等は、そのような息づまる瞬間を、少くとも一日にいちどは経験する。だから彼等は油断をしない。ひとりでいるときにでも、おのれの姿勢を飾っている。小菅が、深夜、厠へ行ったそのときでさえ、おのれの新調の青い外套をきちんと着て廊下へ出たという。小菅がそのわかい女とすれちがったあとで、しみじみ、よかったと思った。外套を着て出てよかったと思った。ほっと溜息ついて、廊下のつきあたりの大きい鏡を覗いてみたら、失敗であった。外套のしたから、うす汚い股引をつけた両脚がにょっきと出ている。

「いやはや、」さすがに軽く笑いながら言うのであった。「股引はねじくれあがり、脚の毛がくろぐろと見えているのさ。顔は寝ぶくれにふくれて。」

葉蔵は、内心そんなに笑ってもいないのである。小菅のつくりばなしのようにも思われた。それでも大声で笑ってやった。友がきのうに変って、葉蔵へ打ち解けようと努めて呉れる、その気ごころに対する返礼のつもりもあって、ことさらに笑いこけてやったのである。葉蔵が笑ったので、飛驒も真野も、ここぞと笑った。

飛驒は安心してしまった。もうなんでも言えると思った。まだまだ、と抑えたりした。ぐずぐずしていたのである。

調子に乗った小菅が、かえって易々と言ってのけた。

「僕たちは、女じゃ失敗するよ。葉ちゃんだってそうじゃないか。」

葉蔵は、まだ笑いながら、首を傾けた。

「そうかなあ。」

「そうさ。死ぬてはないよ。」

「失敗かなあ。」

飛驒は、うれしくてうれしくて、胸がときめきした。いちばん困難な石垣を微笑のうちに崩したのだ。こんな不思議な成功も、小菅のふとどきな人徳のおかげであろうと、この年少の友をぎゅっと抱いてやりたい衝動を感じた。

飛驒は、うすい眉をはればれとひらき、吃りつつ言いだした。

「失敗かどうかは、ひとくちに言えないと思うよ。だいいち原因が判らん。」まずいなあ、と思った。

すぐ小菅が助けて呉れた。「それは判ってる。飛驒と大議論をしたんだ。僕は思想の行きづまりからだと思うよ。飛驒はこいつ、もったいぶってね、他にある、なんて言うんだ。」間髪をいれず飛驒は応じた。「それもあるだろうが、それだけじゃないよ。つまり惚れていたのさ。いやな女と死ぬ筈がない。」

葉蔵になにも臆測されたくない心から、言葉をえらばずにいそいで言ったのであるが、それはかえっておのれの耳にさえ無邪気にひびいた。大出来だ、とひそかにほっとした。

葉蔵は長い睫（まつげ）を伏せた。虚傲（きょごう）。懶惰（らんだ）。阿諛（あゆ）。狡猾（こうかつ）。悪徳の巣。疲労。忿怒（ふんぬ）。殺意。我利我利。脆弱（ぜいじゃく）。欺瞞（ぎまん）。病毒。ごたごたと彼の胸をゆすぶった。言ってしまおうかと思った。わざとしょげかえって呟いた。

「ほんとうは、僕にも判らないのだよ。なにもかも原因のような気がして。」

「判る。判る。」小菅は葉蔵の言葉の終らぬさきから首肯いた。「そんなこともあるな。君、看護婦がいないよ。気をきかせたのかしら。」

僕はまえにも言いかけて置いたが、彼等の議論は、お互いの思想を交換するよりは、その場の調子を居心地よくととのうるためになされる。なにひとつ真実を言わぬ。けれども、しばらく聞いているうちには、思わぬ拾いものをすることがある。彼等の気取った言葉のなかに、ときどきびっくりするほど素直なひびきの感ぜられることがある。不用意にもらす言葉こそ、ほんとうらしいものをふくんでいるのだ。葉蔵はいま、なにもかも、と呟いたのであるが、これこそ彼がうっかり吐いてしまった本音ではなかろうか。彼等のこころのなかには、渾沌（こんとん）と、それから、わけのわからぬ反撥（はんぱつ）とだけがある。或（あ）いは、自尊心だけ、と言ってよいかも知れぬ。しかも細くとぎすまされた自尊心である。どのような微風にでもふるえおののく。侮辱（ぶじょく）を受けたと思いこむやいなや、死なん哉（かな）ともだえる。葉蔵がおのれの自殺の原因をたずねられて当惑するのも無理がないのである。

——なにもかもである。

その日のひるすぎ、葉蔵の兄が青松園についた。兄は、葉蔵に似てないで、立派にふとっていた。袴をはいていた。

院長に案内され、葉蔵の病室のまえまで来たとき、部屋のなかの陽気な笑い声を聞いた。兄は知らぬふりをしていた。

「ここですか?」

「ええ。もう御元気です。」院長は、そう答えながらドアを開けた。

小菅がおどろいて、ベッドから飛びおりた。葉蔵のかわりに寝ていたのである。葉蔵と飛驒とは、ソファに並んで腰かけて、トランプをしていたのであったが、ふたりともいそいで立ちあがった。真野は、ベッドの枕元の椅子に坐って編物をしていたが、これも、間がわるそうにもじもじと編物の道具をしまいかけた。

「お友だちが来て下さいましたので、賑やかです。」院長はふりかえって兄へそう囁きつつ、葉蔵の傍へあゆみ寄った。「もう、いいですね。」

「ええ。」そう答えて、葉蔵は急にみじめな思いをした。

院長の眼は、眼鏡の奥で笑っていた。

「どうです。サナトリアム生活でもしませんか。」

葉蔵は、はじめて罪人のひけ目を覚えたのである。ただ微笑をもって答えた。

兄はそのあいだに、几帳面らしく真野と飛驒へ、お世話になりました、と言ってお辞儀をして、それから小菅へ真面目な顔で尋ねた。「ゆうべは、ここへ泊ったって?」

「そう。」小菅は頭を掻き掻き言った。「となりの病室があいていましたので、そこへ飛驒君とふたり泊めてもらいました。」

「じゃ今夜から私の旅籠へ来給え。江の島に旅籠をとっています。飛驒さん、あなたも。」

「はあ。」飛驒はかたくなっていた。手にしている三枚のトランプを持てあましながら返事した。

兄は、なんでもなさそうにして葉蔵のほうを向いた。

「葉蔵、もういいか。」

「うん。」ことさらに、にがり切って見せながらうなずいた。

兄は、にわかに饒舌になった。

「飛驒さん。院長先生のお供をして、これからみんなでひるめしたべに出ましょうよ。私は、まだ江の島を見たことがないのですよ。先生に案内していただこうと思って。すぐ、出掛けましょう。自動車を待たせてあるのです。よいお天気だ。」

僕は後悔している。二人のおとなを登場させたばかりに、すっかり滅茶滅茶である。葉蔵と小菅と飛驒と、それから僕と四人かかってせっかくよい工合いにもりあげた、いっぷう変った雰囲気も、この二人のおとなのために、見るかげもなく萎えしなびた。僕はこの小説を雰囲気のロマンスにしたかったのである。はじめの数頁でぐるぐる渦を巻いた雰囲気をつくって置いて、それを少しずつのどかに解きほぐして行きたいと祈っていたのであった。不手際をかこちつつ、どうやらここまでは筆をすすめて来た。しかし、土崩瓦解である。

許して呉れ！　嘘だ。とぼけたのだ。みんな僕のわざとしたことなのだ。書いているうちに、その、雰囲気のロマンスなぞということが気はずかしくなって来て、僕がわざとぶちこわしたまでのことなのである。もしほんとうに土崩瓦解に成功しているのなら、それはかえって僕の思う壺だ。悪趣味。いまになって僕の心をくるしめているのはこの一言である。ひとをわけもなく威圧しようとするしつっこい好みをそう呼ぶのなら、或いは僕のこんな態度も悪趣味であろう。僕は負けたくないのだ。腹のなかを見すかされたくなかったのだ。しかし、それは、はかない努力であろう。あ！　作家はみんなこういうものであろうか。告白するのにも言葉を飾る。僕はひとでなしでなかろうか。ほんとうの人間らしい生活が、僕にできるかしら。こう書きつつも僕は僕の文章を気にしている。

なにもかもさらけ出す。ほんとうは、僕はこの小説の一齣一齣の描写の間に、僕という男の顔を出させて、言わでものことをひとくさり述べさせたのにも、ずるい考えがあってのことなのだ。僕は、それを読者に気づかせずに、あの僕でもって、こっそり特異なニュアンスを作品にもりたかったのである。それは日本にまだないハイカラな作風であると自惚れていた。しかし、敗北した。いや、僕はこの敗北の告白をも、この小説のプランのなかにかぞえていた筈である。できれば僕は、もすこしあとでそれを言いたかった。いや、この言葉をさえ、僕ははじめから用意していたような気がする。ああ、もう僕を信ずるな。僕の言うことをひとことも信ずるな。

僕はなぜ小説を書くのだろう。新進作家としての栄光がほしいのか。もしくは金がほしいのか。芝居気を抜きにして答えろ。どっちもほしいと。ほしくてならぬと。ああ、僕はまだしらじらしい嘘を吐いている。このような嘘には、ひとはうっかりひっかかる。嘘のうちでも卑劣な嘘だ。僕はなぜ小説を書くのだろう。困ったことを言いだしたものだ。仕方がない。思わせぶりみたいでいやではあるが、仮に一言こたえて置こう。「復讐。」

つぎの描写へうつろう。僕は市場の芸術家である。芸術品ではない。僕のあのいやらしい告白も、僕のこの小説になにかのニュアンスをもたらして呉れたら、それはもっけのさいわいだ。

葉蔵と真野とがあとに残された。葉蔵は、ベッドにもぐり、眼をぱちぱちさせつつ考えごとをしていた。真野はソファに坐って、トランプを片づけていた。トランプの札を紫の紙箱におさめてから、言った。

「お兄さまでございますね。」

「ああ、」たかい天井の白壁を見つめながら答えた。「似ているかな。」

作家がその描写の対象に愛情を失うと、てきめんにこんなだらしない文章をつくる。いや、もう言うまい。なかなか乙な文章だよ。

「ええ。鼻が。」

葉蔵は、声をたてて笑った。葉蔵のうちのものは、祖母に似てみんな鼻が長かったのである。

「おいくつでいらっしゃいます。」真野も少し笑って、そう尋ねた。

「兄貴か？」真野のほうへ顔をむけた。「若いのだよ。三十四さ。おおきく構えて、いい気になっていやがる。」

真野は、ふっと葉蔵の顔を見あげた。眉をひそめて話しているのだ。あわてて眼を伏せた。

「兄貴は、まだあれでいいのだ。親爺が。」

言いかけて口を噤(つぐ)んだ。葉蔵はおとなしくしている。僕の身代りになって、妥協しているのである。

真野は立ちあがって、病室の隅の戸棚へ編物の道具をとりに行った。もとのように、また葉蔵の枕元の椅子に坐り、編物をはじめながら、真野もまた考えていた。思想でもない、恋愛でもない、それより一歩てまえの原因を考えていた。

僕はもう何も言うまい。言えば言うほど、僕はなんにも言っていない。ほんとうに大切なことがらには、僕はまだちっとも触れていないような気がする。それは当前であろう。たくさんのことを言い落している。それも当前であろう。作家にはその作品の価値がわからぬというのが小説道の常識である。僕は、くやしいがそれを認めなければいけない。自分で自分の作品の効果を期待した僕は馬鹿であった。ことにその効果を口に出してなど言うべきでなかった。口に出して言ったとたんに、また別のまるっきり違った効果が生れる。その効果を凡(およ)そこうであろうと推察したとたんに、また新しい効果が飛び出す。僕は永遠にそれを追及してばかりいなければならぬ愚を演ずる。駄作かそれともまんざらでない出来栄か、僕はそれをさえ知ろうと思うまい。おそらくは、僕のこの小説は、僕の思いも及ばぬたいへんな価値を生むことであろう。これらの言葉は、僕はひとから聞いて得たものである。僕の肉体からにじみ出た言葉でない。それだからまた、たよりたい気にもなるのであろう。はっきり言えば、僕は自信をうしなっている。

電気がついてから、小菅がひとりで病室へやって来た。はいるとすぐ、寝ている葉蔵の顔へおっかぶさるようにして囁いた。

「飲んで来たんだ。真野へ内緒だよ。」

それから、はっと息を葉蔵の顔へつよく吐きつけた。酒を飲んで病室へ出はいりすることは禁ぜられていた。

うしろのソファで編物をつづけている真野をちらと横眼つかって見てから、小菅は叫ぶようにして言った。「江の島をけんぶつして来たよ。よかったなあ。」そしてすぐまた声をひくめてささやいた。「嘘だよ。」

葉蔵は起きあがってベッドに腰かけた。

「いままで、ただ飲んでいたのか。いや、構わんよ。真野さん、いいでしょう?」

真野は編物の手をやすめずに、笑いながら答えた。「よくもないんですけれど。」

小菅はベッドの上へ仰向にころがった。

「院長と四人して相談さ。君、兄さんは策士だなあ。案外のやりてだよ。」

葉蔵はだまっていた。

「あす、兄さんと飛驒が警察へ行くんだ。すっかりかたをつけてしまうんだって。飛驒は馬鹿だなあ。昂奮していやがった。飛驒は、きょうむこうへ泊るよ。僕は、いやだから帰った。」

「僕の悪口を言っていたろう。」

「うん。言っていたよ。大馬鹿だと言ってる。此の後も、なにをしでかすか、判ったものじゃないと言ってた。しかし親爺もよくない、と附け加えた。真野さん、煙草を吸ってもいい？」

「ええ。」涙が出そうなのでそれだけ答えた。

「浪の音が聞えるね。——よき病院だな。」小菅は火のついてない煙草をくわえ、酔っぱらいらしくあらい息をしながらしばらく眼をつぶっていた。やがて、上体をむっくり起した。「そうだ。着物を持って来たんだ。そこへ置いたよ。」顎でドアの方をしゃくった。

葉蔵は、ドアの傍に置かれてある唐草の模様がついた大きい風呂敷包に眼を落し、やはり眉をひそめた。彼等は肉親のことを語るときには、いささか感傷的な面貌をつくる。けれども、これはただ習慣にすぎない。幼いときからの教育が、その面貌をつくりあげただけのことである。肉親と言えば財産という単語を思い出すのには変りがないようだ。

「おふくろには、かなわん。」

「うん、兄さんもそう言ってる。お母さんがいちばん可愛そうだって。こうして着物の心配までして呉れるのだからな。ほんとうだよ、君。――真野さん、マッチない?」

真野からマッチを受け取り、その箱に画かれてある馬の顔を頰ふくらませて眺めた。

「君のいま着ているのは、院長から借りた着物だってね。」

「これか?　そうだよ。院長の息子の着物さ。――兄貴は、その他にも何か言ったろうな。僕の悪口を。」

「ひねくれるなよ。」煙草へ火を点じた。「兄さんは、わりに新らしいよ。君を判っているんだ。いや、そうでもないかな。苦労人ぶるよ、なかなか。君の、こんどのことの原因を、みんなで言い合ったんだが、そのときにね、おお笑いさ。」けむりの輪を吐いた。「兄さんの推測としてはだよ、これは葉蔵が放蕩をして金に窮したからだ。大真面目で言うんだよ。それとも、これは兄として言いにくいことだが、きっと恥*かしい病気にでもかかって、やけくそになったのだろう。」酒でどろんと濁った眼を葉蔵にむけた。「どうだい。いや、案外こいつ。」

今宵は泊るのが小菅ひとりであるし、わざわざ隣りの病室を借りるにも及ぶまいと、みんなで相談して、小菅もおなじ病室に寝ることにきめた。小菅は葉蔵とならんでソファに寝た。緑色の天鵞絨（ビロード）が張られたそのソファには、仕掛がされてあって、あやしげながらベッドにもなるのであった。真野は毎晩それに寝ていた。きょうはその寝床を小菅に奪われたので病院の事務室から薄縁（うすべり）を借り、それを部屋の西北の隅に敷いた。そこはちょうど葉蔵の足の真下あたりであった。それから真野は、どこから見つけて来たものか、二枚折のひくい屏風（びょうぶ）でもってそのつつましい寝所をかこったのである。

「用心ぶかい。」小菅は寝ながら、その古ぼけた屏風を見て、ひとりでくすくす笑った。

「秋の七草が画れてあるよ。」

真野は、葉蔵の頭のうえの電燈を風呂敷で包んで暗くしてから、おやすみなさいを二人に言い、屏風のかげにかくれた。

葉蔵は寝ぐるしい思いをしていた。

「寒いな。」ベッドのうえで輾転（てんてん）した。

「うん。」小菅も口をとがらせて合槌うった。「酔がさめちゃった。」

真野は軽くせきをした。「なにかお掛けいたしましょうか。」

葉蔵は眼をつむって答えた。

「僕か？　いいよ。寝ぐるしいんだ。波の音が耳について。」

小菅は葉蔵をふびんだと思った。それは全く、おとなの感情である。言うまでもないことだろうけれど、ふびんなのはここにいるこの葉蔵ではなしに、葉蔵とおなじ身のうえにあったときの自分、もしくはその身のうえの一般的な抽象である。おとなは、そんな感情にうまく訓練されているので、たやすく人に同情する。そして、おのれの涙もろいことに自負を持つ。青年たちもまた、ときどきそのような安易な感情にひたることがある。おとなはそんな訓練を、まず好意的に言って、おのれの生活との妥協から得たものとすれば、青年たちは、いったいどこから覚えこんだものか。このようなくだらない小説から？

「真野さん、なにか話を聞かせてよ。面白い話がない？」

葉蔵の気持ちを転換させてやろうというおせっかいから、小菅は真野へ甘ったれた。

「さあ。」真野は屏風のかげから、笑い声と一緒にただそう答えてよこした。

「すごい話でもいいや。」彼等はいつも、戦慄したくてうずうずしている。

真野は、なにか考えているらしく、しばらく返事をしなかった。

「秘密ですよ。」そうまえおきをして、声しのばせて笑いだした。「怪談でございますよ。小菅さん、だいじょうぶ？」

「ぜひ、ぜひ。」本気だった。

真野が看護婦になりたての、十九の夏のできごと。やはり女のことで自殺を謀った青年が、発見されて、ある病院に収容され、それへ真野が附添った。患者は薬品をもちいているのであった。からだいちめんに、紫色の斑点がちらばっていた。助かる見込がなかったのである。夕方いちど、意識を恢復した。そのとき患者は、窓のそとの石垣を伝ってあそんでいるたくさんの小さい磯蟹を見て、きれいだなあ、と言った。その辺の蟹は生きながらに甲羅が赤いのである。なおったら捕って家へ持って行くのだ、と言い残してまた意識をうしなった。その夜、患者は洗面器へ二杯、吐きものをして死んだ。国元から身うちのものが来るまで、真野はその病室に青年とふたりでいた。一時間ほどは、がまんして病室のすみの椅子に坐っていた。うしろに幽かな物音を聞いた。じっとしていると、また聞えた。こんどは、はっきり聞えた。足音らしいのである。思い切って振りむくと、すぐうしろに赤い小さな蟹がいた。真野はそれを見つめつつ、泣きだした。

「不思議ですわねえ。ほんとうに蟹がいたのでございますの。生きた蟹。私、そのときは、看護婦をよそうと思いましたわ。私がひとり働かなくても、うちではけっこう暮してゆけるのですし。お父さんにそう言って、うんと笑われましたけれど。――小菅さん、どう？」

「すごいよ。」小菅は、わざとふざけたようにして叫ぶのである。「その病院ていうのは？」

真野はそれに答えず、ごそもそと寝返りをうって、ひとりごとのように呟いた。

「私ね、大庭さんのときも、病院からの呼び出しを断ろうかと思いましたのよ。こわかったですからねえ。でも、来て見て安心しましたわ。このとおりのお元気で、はじめから御不浄へ、ひとりで行くなんておっしゃるんでございますもの。」

「いや、病院さ。ここの病院じゃないかね。」

真野は、すこし間を置いて答えた。

「ここです。ここなんでございますのよ。でも、それは秘密にして置いて下さいましね。信用にかかわりましょうから。」

葉蔵は寝とぼけたような声を出した。「まさか、この部屋じゃないだろうな。」

「いいえ。」

「まさか、」小菅も口真似した。「僕たちがゆうべ寝たベッドじゃないだろうな。」

真野は笑いだした。

「いいえ。だいじょうぶでございますわよ。そんなにお気になさるんだったら、私、言わなければよかった。」

「い号室だ。」小菅はそっと頭をもたげた。「窓から石垣の見えるのは、あの部屋よりほかにないよ。い号室だ。君、少女のいる部屋だよ。可愛そうに。」

「お騒ぎなさらず、おやすみなさいましよ。嘘なんですよ。つくり話なんですよ。」

葉蔵は別なことを考えていた。園の幽霊を思っていたのである。美しい姿を胸に画いていた。葉蔵は、しばしばこのようにあっさりしている。彼等にとって神という言葉は、間の抜けた人物に与えられる揶揄と好意のまじったなんでもない代名詞にすぎぬのだが、それは彼等があまりに神へ接近しているからかも知れぬ。こんな工合いに軽々しく所謂「神の問題」にふれるなら、きっと諸君は、浅薄とか安易とかいう言葉でもってきびしい非難をするであろう。ああ、許し給え。どんなまずしい作家でも、おのれの小説の主人公をひそかに神へ近づけたがっているものだ。されば、言おう。彼こそ神に似ている。寵愛の鳥、梟を黄昏の空に飛ばしてこっそり笑って眺めている智慧の女神のミネルヴァ*に。

翌る日、朝から療養院がざわめいていた。雪が降っていたのである。療養院の前庭の千本ばかりのひくい磯馴松がいちように雪をかぶり、そこからおりる三十いくつの石の段々にも、それへつづく砂浜にも、雪がうすく積っていた。降ったりやんだりしながら、雪は昼頃までつづいた。

葉蔵は、ベッドの上で腹這いになり、雪の景色をスケッチしていた。木炭紙*と鉛筆を真野に買わせて、雪のまったく降りやんだころから仕事にかかったのである。

病室は雪の反射であかるかった。小菅はソファに寝ころんで、雑誌を読んでいた。ときどき葉蔵の画を、首すじのばして覗いた。芸術というものに、ぼんやりした畏敬を感じているのであった。それは、葉蔵ひとりに対する信頼から起った感情である。小菅は幼いときから葉蔵を見て知っていた。いっぷう変っていると思っていた。一緒に遊んでいるうちに、葉蔵のその変りかたをすべて頭のよさであると独断してしまった。おしゃれで嘘のうまい好色な、そして残忍でさえあった葉蔵を、小菅は少年のころから好きだったのである。殊に学生時代の葉蔵が、その教師たちの陰口をきくときの燃えるような瞳を愛した。しかし、その愛しかたは、飛騨なぞとはちがって、観賞の態度であった。つまり利巧だったのである。ついて行けるところまではついて行き、そのうちに馬鹿らしくなり身をひるがえして傍観する。これが小菅の、葉蔵や飛騨よりも更になにやら新しいところなのであろう。小菅が芸術をいささかでも畏敬しているとすれば、それは、れいの青い外套を着て身じまいをただすのとそっくり同じ意味であって、この白昼つづきの人生になにか期待の対象を感じたい心からである。葉蔵ほどの男が、汗みどろになって作り出すのであるから、きっとただならぬものにちがいない。ただ軽くそう思っている。その点、やはり葉蔵を信頼しているのだ。けれども、ときどきは失望する。いま、小菅が葉蔵のスケッチを盗み見しながらも、がっかりしている。木炭紙に画かれてあるものは、ただ海と島の景色である。それも、ふつうの海と島である。

小菅は断念して、雑誌の*講談に読みふけった。病室は、ひっそりしていた。真野は、いなかった。洗濯場で、葉蔵の毛のシャツを洗っているのだ。葉蔵は、このシャツを着て海へはいった。磯の香がほのかにしみこんでいた。

午後になって、飛騨が警察から帰って来た。いきおい込んで病室のドアをあけた。「やあ、」葉蔵がスケッチしているのを見て、大袈裟に叫んだ。「やってるな。いいよ。芸術家は、やっぱり仕事をするのが、つよみなんだ。」

そう言いつつベッドへ近寄り、葉蔵の肩越しにちらと画を見た。葉蔵は、あわててその木炭紙を二つに折ってしまった。それを更にまた四つに折り畳みながら、はにかむようにして言った。

「駄目だよ。しばらく画かないでいると、頭ばかり先になって。」

飛驒は外套を着たままで、ベッドの裾へ腰かけた。

「そうかも知れんな。あせるからだ。しかし、それでいいんだよ。芸術に熱心だからなのだ。まあ、そう思うんだな。――いったい、どんなのを画いたの？」

葉蔵は頰杖ついたまま、硝子戸のそとの景色を顎でしゃくった。

「海を画いた。空と海がまっくろで、島だけが白いのだ。画いているうちに、きざな気がして止した。趣向がだいいち素人くさいよ。」

「いいじゃないか。えらい芸術家は、みんなどこか素人くさい。それでよいんだ。はじめ素人で、それから玄人になって、それからまた素人になる。またロダンを持ち出すが、あいつは素人のよさを覘った男だ。いや、そうでもないかな。」

「僕は画をよそうと思うのだ。」葉蔵は折り畳んだ木炭紙を懐にしまいこんでから、飛驒の話へおっかぶせるようにして言った。「画は、まだるっこくていかんな。彫刻だってそうだよ。」

飛驒は長い髪を搔きあげて、たやすく同意した。「そんな気持ちも判るな。」

「できれば、詩を書きたいのだ。詩は正直だからな。」

「うん。詩も、いいよ。」

「しかし、やっぱりつまらないかな。」なんでもかでもつまらなくしてやろうと思った。「僕にいちばんむくのはパトロンになることかも知れない。金をもうけて、飛驒みたいなよい芸術家をたくさん集めて、可愛がってやるのだ。それは、どうだろう。芸術なんて、恥かしくなった。」やはり頰杖ついて海を眺めながら、そう言い終えて、おのれの言葉の反応をしずかに待った。

「わるくないよ。それも立派な生活だと思うな。そんなひともなくちゃいけないね。じっさい。」言いながら飛驒は、よろめいていた。なにひとつ反駁できぬおのれが、さすがに*幇間じみているように思われて、いやであった。彼の所謂、芸術家としての誇りは、ようやくここまで彼を高めたわけかも知れない。飛驒はひそかに身構えた。このつぎの言葉を！

「警察のほうは、どうだったい。」

小菅がふいと言い出した。あたらずさわらずの答を期待していたのである。

飛驒の動揺はその方へはけぐちを見つけた。

「起訴さ。自殺幇助罪という奴だ。」言ってから悔いた。ひどすぎたと思った。「だが、けっきょく、起訴猶予になるだろうよ。」

小菅は、それまでソファに寝そべっていたのをむっくり起きあがって、手をぴしゃっと拍った。「やっかいなことになったぞ。」茶化してしまおうと思ったのである。しかし駄目であった。

葉蔵はからだを大きく捻って、仰向になった。

ひと一人を殺したあとらしくもなく、彼等の態度があまりにのんきすぎると忿懣を感じていたらしい諸君は、ここにいたってはじめて快哉を叫ぶだろう。ざまを見ろと。しかし、それは酷である。なんの、のんきなことがあるものか。つねに絶望のとなりにいて、傷つき易い道化の華を風にもあてずつくっているこのもの悲しさを君が判って呉れたならば！

飛驒はおのれの一言の効果におろおろして、葉蔵の足を蒲団のうえから軽く叩いた。

「だいじょうぶだよ。だいじょうぶだよ。」

小菅は、またソファに寝ころんだ。

「自殺幇助罪か。」なおも、つとめてはしゃぐのである。「そんな法律もあったかなあ。」

葉蔵は足をひっこめながら言った。

「あるさ。懲役ものだ。君は法科の学生のくせに。」

飛驒は、かなしく微笑んだ。

「だいじょうぶだよ。兄さんが、うまくやっているよ。兄さんは、あれで、有難いところがあるな。とても熱心だよ。」

「やりてだ。」小菅はおごそかに眼をつぶった。「心配しなくてよいかも知れんな。なかなかの策士だから。」

「馬鹿。」飛騨は噴きだした。

ベッドから降りて外套を脱ぎ、ドアのわきの釘へそれを掛けた。

「よい話を聞いたよ。」ドアちかくに置かれてある瀬戸の丸火鉢にまたがって言った。「女のひとのつれあいがねえ、」すこし躊躇してから、眼を伏せて語りつづけた。「そのひとが、きょう警察へ来たんだ。兄さんとふたりで話をしたんだけれどねえ、あとで兄さんからそのときの話を聞いて、ちょっと打たれたよ。金は一文も要らない、ただその男のひとに逢いたい、と言うんだそうだ。兄さんは、それを断った。病人はまだ昂奮しているから、と言って断った。するとそのひとは、情ない顔をして、それでは弟さんによろしく言って呉れ、私たちのことは気にかけず、からだを大事にして、――」口を噤んだ。

おのれの言葉に胸がわくわくして来たのである。そのつれあいのひとが、いかにも失業者らしくまずしい身なりをしていたと、軽侮のうす笑いをさえまざまざ口角に浮べつつ話して聞かせた葉蔵の兄へのこらえにこらえた鬱憤から、ことさらに誇張をまじえて美しく語ったのであった。

「逢わせればよいのだ。要らないおせっかいをしやがる。」葉蔵は、右の掌を見つめていた。

飛驒は大きいからだをひとつゆすった。

「でも、――逢わないほうがいいんだ。やっぱり、このまま他人になってしまったほうがいいんだ。もう東京へ帰ったよ。兄さんが停車場まで送って行って来たのだ。兄さんは二百円の香奠をやったそうだよ。これからはなんの関係もない、という証文みたいなものも、そのひとに書いてもらったんだ。」

「やりてだなあ。」小菅は薄い下唇を前へ突きだした。「たった二百円か。たいしたものだよ。」

飛驒は、炭火のほてりでてらてら油びかりしだした丸い顔を、けわしくしかめた。彼等は、おのれの陶酔に水をさされることを極端に恐れる。それゆえ、相手の陶酔をも認めてやる。努めてそれへ調子を合せてやる。それは彼等のあいだの黙契である。小菅はいまそれを破っている。小菅には、飛驒がそれほど感激しているとは思えなかったのだ。そのつれあいのひとの弱さが歯がゆかったし、それへつけこむ葉蔵の兄も兄だ、と相変らずの世間の話として聞いていたのである。

飛騨はぶらぶら歩きだし、葉蔵の枕元のほうへやって来た。硝子戸に鼻先をくっつけるようにして、曇天のしたの海を眺めた。

「そのひとがえらいのさ。兄さんがやりてだからじゃないよ。そんなことはないと思うなあ。えらいんだよ。人間のあきらめの心が生んだ美しさだ。けさ火葬したのだが、骨壺を抱いてひとりで帰ったそうだ。汽車に乗ってる姿が眼にちらつくよ。」

小菅は、やっと了解した。すぐ、ひくい溜息をもらすのだ。「美談だなあ。」

「美談だろう？　いい話だろう？」飛騨は、くるっと小菅のほうへ顔をねじむけた。気嫌を直したのである。「僕は、こんな話に接すると、生きているよろこびを感ずるのさ。」

思い切って、僕は顔を出す。そうでもしないと、僕はこのうえ書きつづけることができぬ。この小説は混乱だらけだ。僕自身がよろめいている。葉蔵をもてあまし、小菅をもてあまし、飛騨をもてあました。彼等は、僕の稚拙な筆をもどかしがり、勝手に飛翔する。僕は彼等の泥靴にとりすがって、待て待てとわめく。ここらで陣容を立て直さぬことには、だいいち僕がたまらない。

どだいこの小説は面白くない。姿勢だけのものである。こんな小説なら、いちまい書くも百枚書くもおなじだ。しかしそのことは始めから覚悟していた。書いているうちに、なにかひとつぐらい、むきなものが出るだろうと楽観していた。僕はきざだ。きざではあるが、なにかひとつぐらい、いいとこがあるまいか。僕はおのれの調子づいた臭い文章に絶望しつつ、なにかひとつぐらいなにかひとつぐらいとそればかりを、あちこちひっくりかえして捜した。そのうちに、僕はじりじり硬直をはじめた。くたばったのだ。ああ、小説は無心に書くに限る！　美しい感情を以て、人は、悪い文学を作る。なんという馬鹿な。この言葉に最大級のわざわいあれ。うっとりしてなくて、小説など書けるものか。ひとつの言葉、ひとつの文章が、十色くらいのちがった意味をもっておのれの胸へはねかえって来るようでは、ペンをへし折って捨てなければならぬ。葉蔵にせよ、飛驒にせよ、また小菅にせよ、何もあんなにことごとしく気取って見せなくてよい。どうせおさとは知れているのだ。あまくなれ、あまくなれ。無念無想。

その夜、だいぶ更けてから、葉蔵の兄が病室を訪れた。葉蔵は飛驒と小菅と三人で、トランプをして遊んでいた。きのう兄がここへはじめて来たときにも、彼等はトランプをしていた筈である。けれども彼等はいちにちいっぱいトランプをいじくってばかりいるわけでない。むしろ彼等は、トランプをいやがっている程なのだ。よほど退屈したときでなければ持ち出さぬ。それも、おのれの個性を充分に発揮できないようなゲエムはきっと避ける。手品を好む。さまざまなトランプの手品を自分で工夫してやって見せる。そしてわざとその種を見やぶらせてやる。笑う。それからまだある。トランプの札をいちまい伏せて、さあ、これはなんだ、とひとりが言う。スペエドの女王。クラブの騎士。それぞれがおもいおもいに趣向こらした出鱈目を述べる。札をひらく。当ったためしのないのだが、それでもいつかはぴったり当るだろう、と彼等は考える。あたったら、どんなに愉快だろう。つまり彼等は、長い勝負がいやなのだ。いちかばち。ひらめく勝負が好きなのだ。だから、トランプを持ち出しても、十分とそれを手にしていない。一日に十分間。そのみじかい時間に兄が二度も来合せた。

兄は病室へはいって来て、ちょっと眉をひそめた。いつものんきにトランプだ、と考えちがいしたのである。このような不幸は人生にままある。葉蔵は美術学校時代にも、これと同じような不幸を感じたことがある。いつかのフランス語の時間に、彼は三度ほどあくびをして、その瞬間瞬間に教授と視線が合った。たしかにたった三度であった。日本有数のフランス語学者であるその老教授は、三度目に、たまりかねたようにして、大声で言った。「君は、僕の時間にはあくびばかりしている。一時間に百回あくびをする。」教授には、そのあくびの多すぎる回数を事実かぞえてみたような気がしているらしかった。

ああ、無念無想の結果を見よ。僕は、とめどもなくだらだらと書いている。更に陣容を立て直さなければいけない。無心に書く境地など、僕にはとても企て及ばぬ。いったいこれは、どんな小説になるのだろう。はじめから読み返してみよう。

僕は、海浜の療養院を書いている。この辺は、なかなか景色がよいらしい。それに療養院のなかのひとたちも、すべて悪人でない。ことに三人の青年は、ああ、これは僕たちの英雄だ。これだな。むずかしい理窟はくそにもならぬ。僕はこの三人を、主張しているだけだ。よし、それにきまった。むりにもきめる。なにも言うな。

兄は、みんなに軽く挨拶した。それから飛驒へなにか耳打ちした。飛驒はうなずいて、小菅と真野へ目くばせした。

三人が病室から出るのを待って、兄は言いだした。

「電気がくらいな。」

「うん。この病院じゃ明るい電気をつけさせないのだ。坐らない?」

葉蔵がさきにソファへ坐って、そう言った。

「ああ。」兄は坐らずに、くらい電球を気がかりらしくちょいちょいふり仰ぎつつ、狭い病室のなかをあちこちと歩いた。「どうやら、こっちのほうだけは、片づいた。」

「ありがとう。」葉蔵はそれを口のなかで言って、こころもち頭をさげた。

「私はなんとも思っていないよ。だが、これから家へ帰るとまたうるさいのだ。」きょうは袴をはいていなかった。黒い羽織には、なぜか羽織紐がついてなかった。「私も、できるだけのことはするが、お前からも親爺へよい工合いに手紙を出したほうがいい。お前たちは、のんきそうだが、しかし、めんどうな事件だよ。」

葉蔵は返事をしなかった。ソファにちらばっているトランプの札をいちまい手にとって見つめていた。

「出したくないなら、出さなくていい。あさって、警察へ行くんだ。警察でも、いままで、わざわざ取調べをのばして呉れていたのだ。きょうは私と飛驒とが証人として取調べられた。ふだんのお前の素行をたずねられたから、おとなしいほうでしたと答えた。思想上になにか不審はなかったか、と聞かれて、絶対にありません。」

兄は歩きまわるのをやめて、葉蔵のまえの火鉢に立ちはだかり、おおきい両手を炭火のうえにかざした。葉蔵はその手のこまかくふるえているのをぼんやり見ていた。

「女のひとのことも聞かれた。全然知りません、と言って置いた。飛驒もだいたい同じことを訊問されたそうだ。私の答弁と符合したらしいよ。お前も、ありのままを言えばいい。」

葉蔵には兄の言葉の裏が判っていた。しかし、そしらぬふりをしていた。

「要らないことは言わなくていい。聞かれたことだけをはっきり答えるのだ。」

「起訴されるのかな。」葉蔵はトランプの札の縁を右手のひとさし指で撫でまわしながらひくく呟いた。

「判らん。それは判らん。」語調をつよめてそう言った。「どうせ四五日は警察へとめられると思うから、その用意をして行け。あさっての朝、私はここへ迎えに来る。一緒に警察へ行くんだ。」

兄は、炭火へ瞳をおとして、しばらく黙った。雪解けの雫のおとが浪の響にまじって聞えた。

「こんどの事件は事件として、」だしぬけに兄はぽつんと言いだした。「それから、なにげなさそうな口調ですらすら言いつづけた。「お前も、ずっと将来のことを考えて見ないといけないよ。家にだって、そうそう金があるわけでないからな。ことしは、ひどい不作だよ。お前に知らせたってなんにもならぬだろうが、うちの銀行もいま危くなっているし、たいへんな騒ぎだよ。お前は笑うかも知れないが、芸術家でもなんでも、だいいちばんに生活のことを考えなければいけないと思うな。まあ、これから生れ変ったつもりで、ひとふんばつしてみるといい。私は、もう帰ろう。飛驒も小菅も、私の旅籠へ泊めるようにしたほうがいい。ここで毎晩さわいでいては、まずいことがある。」

葉蔵は、わざと真野のほうへ脊をむけて寝ていた。その夜から、真野がもとのように、ソファのベッドへ寝ることになったのである。

「ええ。――小菅さんとおっしゃるかた、」しずかに寝がえりを打った。「面白いかたですわねえ。」

「ああ。あれで、まだ若いのだよ。僕と三つちがうのだから、二十二だ。僕の死んだ弟と同じとしだ。あいつ、僕のわるいとこばかり真似していやがる。飛驒はえらいのだ。もうひとりまえだよ。しっかりしている。」しばらく間を置いて、小声で附け加えた。「僕がこんなことをやらかすたんびに一生懸命で僕をいたわるのだ。僕たちにむりして調子を合せているのだよ。ほかのことにはつよいが僕たちにだけおどおどするのだ。だめだ。」

真野は答えなかった。

「あの女のことを話してあげようか。」

やはり真野へ脊をむけたまま、つとめてのろのろとそう言った。なにか気まずい思いをしたときに、それを避ける法を知らず、がむしゃらにその気まずさを徹底させてしまわなければかなわぬ悲しい習性を葉蔵は持っていた。

「くだらん話なんだよ。」真野がなんとも言わぬさきから葉蔵は語りはじめた。「もう誰かから聞いただろう。園というのだ。銀座のバアにつとめていたのさ。ほんとうに、僕はそこのバアへ三度、いや四度しか行かなかったよ。飛騨も小菅もこの女のことだけは知らなかったのだからな。僕も教えなかったし。」よそうか。「くだらない話だよ。女は生活の苦のために死んだのだ。死ぬる間際(まぎわ)まで、僕たちは、お互いにまったくちがったことを考えていたらしい。園は海へ飛び込むまえに、あなたはうちの先生に似ているなあ、なんて言いやがった。内縁(ないえん)の夫があったのだよ。二三年まえまで小学校の先生をしていたのだって。僕は、どうして、あのひとと死のうとしたのかなあ。やっぱり好きだったのだろうね。」もう彼の言葉を信じてはいけない。彼等は、どうしてこんなに自分を語るのが下手なのだろう。「僕は、これでも左翼の仕事をしていたのだよ。ビラを撒(ま)いたり、デモをやったり、柄(がら)にないことをしていたのさ。滑稽(こっけい)だ。でも、ずいぶんつらかったよ。われは先覚者なりという栄光にそそのかされただけのことだ。柄じゃないのだ。どんなにもがいても、崩れて行くだけじゃないか。僕なんかは、いまに乞食(こじき)になるかも知れないね。家が破産でもしたら、その日から食うに困るのだもの。なにひとつ仕事ができないし、まあ、乞食だろうな。」ああ、言えば言うほどおのれが嘘つきで不正直な気がして来るこの大きな不幸！「僕は宿命を信じるよ。じたばたしない。ほんとうは僕、画をかきたいのだ。むしょうにかきたいよ。」頭をごしごし掻いて、笑った。

「よい画がかけたらねえ。」

　よい画がかけたらねえ、と言った。しかも笑ってそれを言った。青年たちは、むきになっては、何も言えない。ことに本音を、笑いでごまかす。


　夜が明けた。空に一抹(まつ)の雲もなかった。きのうの雪はあらかた消えて、松のしたかげや石の段々の隅にだけ、鼠(ねずみ)いろして少しずつのこっていた。海には靄(もや)がいっぱい立ちこめ、その靄の奥のあちこちから漁船の発動機の音が聞えた。

　院長は朝はやく葉蔵の病室を見舞った。葉蔵のからだをていねいに診察してから、眼鏡の底の小さい眼をぱちぱちさせて言った。

「たいていだいじょうぶでしょう。でも、お気をつけてね。警察のほうへは私からもよく申して置きます。まだまだ、ほんとうのからだではないのですから。真野君、顔の絆創膏(ばんそうこう)は剝(は)いでいいだろう。」

　真野はすぐ、葉蔵のガアゼを剝ぎとった。傷はなおっていた。かさぶたさえとれて、ただ赤白い斑点になっていた。

「こんなことを申しあげると失礼でしょうけれど、これからはほんとうに御勉強なさるように。」

院長はそう言って、はにかんだような眼を海へむけた。

葉蔵もなにやらばつの悪い思いをした。ベッドのうえに坐ったまま、脱いだ着物をまた着なおしながら黙っていた。

そのとき高い笑い声とともにドアがあき、飛驒と小菅が病室へころげこむようにしてはいって来た。みんなおはようを言い交した。院長もこのふたりに、朝の挨拶をして、それから口ごもりつつ言葉を掛けた。

「きょういちにちです。お名残り(なご)おしいですな。」

院長が去ってから、小菅がいちばんさきに口を切った。

「如才(じょさい)がないな。蛸(たこ)みたいなつらだ。」彼等はひとの顔に興味を持つ。顔でもって、そのひとの全部の価値をきめたがる。「食堂にあのひとの画があるよ。勲章をつけているんだ。」

「まずい画だよ。」

飛驒は、そう言い捨ててヴェランダへ出た。きょうは兄の着物を借りて着ていた。茶色のどっしりした布地であった。襟もとを気にしいしいヴェランダの椅子に腰かけた。

「飛騨もこうして見ると、大家の風貌があるな。」小菅もヴェランダへ出た。「葉ちゃん。トランプしないか。」

ヴェランダへ椅子をもち出して三人は、わけのわからぬゲエムを始めたのである。

勝負のなかば、小菅は真面目に呟いた。

「飛騨は気取ってるねえ。」

「馬鹿。君こそ。なんだその手つきは。」

三人はくつくつ笑いだし、いっせいにそっと隣りのヴェランダを盗み見た。い号室の患者も、ろ号室の患者も、日光浴用の寝台に横わっていて、三人の様子に顔をあかくして笑っていた。

「大失敗。知っていたのか。」

小菅は口を大きくあけて、葉蔵へ目くばせした。三人は、思いきり声をたてて笑い崩れた。彼等は、しばしばこのような道化を演ずる。トランプしないか、と小菅が言い出すと、もはや葉蔵も飛騨もそのかくされたもくろみをのみこむのだ。幕切れまでのあらすじをちゃんと心得ているのである。彼等は天然の美しい舞台装置を見つけると、なぜか芝居をしたがるのだ。それは、紀念の意味かも知れない。この場合、舞台の背景は、朝の海である。けれども、このときの笑い声は、彼等にさえ思い及ばなかったほどの大事件を生んだ。真野がその療養院の看護婦長に叱られたのである。笑い声が起って五分も経たぬうちに真野が看護婦長の部屋に呼ばれ、お静かになさいとずいぶんひどく叱られた。泣きだしそうにしてその部屋から飛び出し、トランプよして病室でごろごろしている三人へ、このことを知らせた。

三人は、痛いほどしたたかにしょげて、しばらくただ顔を見合せていた。彼等の有頂天な狂言を、現実の呼びごえが、よせやいとせせら笑ってぶちこわしたのだ。これは、ほとんど致命的でさえあり得る。

「いいえ、なんでもないんです。」真野は、かえってはげますようにして言った。「この病棟には、重症患者がひとりもいないのですし、それにきのうも、ろ号室のお母さまが私と廊下で逢ったとき、賑(にぎ)やかでいいとおっしゃって、喜んで居られましたのよ。毎日、私たちはあなたがたのお話を聞いて笑わされてばかりいるって、そうおっしゃったわ。いいんですのよ。かまいません。」

「いや、」小菅はソファから立ちあがった。「よくないよ。僕たちのおかげで君が恥かいたんだ。婦長のやつ、なぜ僕たちに直接言わないのだ。ここへ連れて来いよ。僕たちをそんなにきらいなら、いますぐにでも退院させればいい。いつでも退院してやる。」

三人とも、このとっさの間に、本気で退院の腹をきめた。殊にも葉蔵は、自動車に乗って海浜づたいに遁走して行くはればれしき四人のすがたをはるかに思った。

飛騨もソファから立ちあがって、笑いながら言った。「やろうか。みんなで婦長のところへ押しかけて行こうか。僕たちを叱るなんて、馬鹿だ。」

「退院しようよ。」小菅はドアをそっと蹴った。「こんなけちな病院は、面白くないや。叱るのは構わないよ。しかし、叱る以前の心持ちがいやなんだ。僕たちをなにか不良少年みたいに考えていたにちがいないのさ。頭がわるくてブルジョア臭いぺらぺらしたふつうのモダンボーイ*だと思っているんだ。」

言い終えて、またドアをまえよりすこし強く蹴ってやった。それから、堪えかねたようにして噴きだした。

葉蔵はベッドへどしんと音たてて寝ころがった。「それじゃ、僕なんかは、さしずめ色白な恋愛至上主義者というようなところだ。もう、いかん。」

彼等は、この野蛮人の侮辱に、尚もはらわたの煮えくりかえる思いをしているのだが、さびしく思い直して、それをよい加減に茶化そうと試みる。彼等はいつもそうなのだ。

けれども真野は率直だった。ドアのわきの壁に、両腕をうしろへまわしてよりかかり、めくれあがった上唇をことさらにきゅっと尖らせて言うのであった。

「そうなんでございますのよ。ずいぶんですわ。ゆうべだって、婦長室へ看護婦をおおぜいあつめて、歌留多なんかして大さわぎだったくせに。」

「そうだ。十二時すぎまできゃっきゃっ言っていたよ。ちょっと馬鹿だな。」

葉蔵はそう呟きつつ、枕元に散らばってある木炭紙をいちまい拾いあげ、仰向に寝たままでそれへ落書をはじめた。

「ご自分がよくないことをしているから、ひとのよいところがわからないんだわ。噂ですけれど、婦長さんは院長さんのおめかけなんですって。」

「そうか。いいところがある。」小菅は大喜びであった。彼等はひとの醜聞を美徳のように考える。たのもしいと思うのである。「勲章がめかけを持ったか。いいところがあるよ。」

「ほんとうに、みなさん、罪のないことをおっしゃっては、お笑いになっていらっしゃるのに、判らないのかしら。お気になさらず、うんとおさわぎになったほうが、ようございますわ。かまいませんとも。きょう一日ですものねえ。ほんとうに誰にだってお叱られになったことのない、よい育ちのかたばかりなのに。」片手を顔へあてて急にひくく泣き出した。泣きながらドアをあけた。

飛騨はひきとめて囁いた。「婦長のとこへ行ったって駄目だよ。よし給え。なんでもないじゃないか。」

顔を両手で覆ったまま、二三度つづけさまにうなずいて廊下へ出た。

「正義派だ。」真野が去ってから、小菅はにやにや笑ってソファへ坐った。「泣き出しちゃった。自分の言葉に酔ってしまったんだよ。ふだんは大人くさいことを言っていても、やっぱり女だな。」

「変ってるよ。」飛驒は、せまい病室をのしのし歩きまわった。「はじめから僕、変ってると思っていたんだよ。おかしいなあ。泣いて飛び出そうとするんだから、おどろいたよ。まさか婦長のとこへ行ったんじゃないだろうな。」

「そんなことはないよ。」葉蔵は平気なおももちを装ってそう答え、落書した木炭紙を小菅のほうへ投げてやった。

「婦長の肖像画か。」小菅はげらげら笑いこけた。

「どれどれ。」飛驒も立ったままで木炭紙を覗きこんだ。「女怪だね。けっさくだよ。これあ。似ているのか。」

「そっくりだ。いちど院長について、この病室へも来たことがあるんだ。うまいもんだなあ。鉛筆を貸せよ。」小菅は、葉蔵から鉛筆を借りて、木炭紙へ書き加えた。「これへこう角を生やすのだ。いよいよ似て来たな。婦長室のドアへ貼ってやろうか。」

「そとへ散歩に出てみようよ。」葉蔵はベッドから降りて脊のびした。脊のびしながら、こっそり呟いてみた。「ポンチ画の大家。」

ポンチ画の大家。そろそろ僕も厭きて来た。これは通俗小説でなかろうか。ともすれば硬直したがる僕の神経に対してでも、また、おそらくはおなじような諸君の神経に対しても、いささか毒消しの意義あれかし、と取りかかった一齣であったが、どうやら、これは甘すぎた。僕の小説が古典になれば、——ああ、僕は気が狂ったのかしら、——諸君は、かえって僕のこんな註釈を邪魔にするだろう。作家の思いも及ばなかったところにまで、勝手な推察をしてあげて、その傑作である所以を大声で叫ぶだろう。ああ、死んだ大作家は仕合せだ。生きながらえている愚作者は、おのれの作品をひとりでも多くのひとに愛されようと、汗を流して見当はずれの註釈ばかりつけている。そして、まずまず註釈だらけのうるさい駄作をつくるのだ。勝手にしろ、とつっぱなす、そんな剛毅な精神が僕にはないのだ。よい作家になれないな。やっぱり甘ちゃんだ。そうだ。大発見をしたわい。しん底からの甘ちゃんだ。甘さのなかでこそ、僕は暫時の憩いをしている。ああ、もうどうでもよい。ほって置いて呉れ。道化の華とやらも、どうやらここでしぼんだようだ。しかも、さもしく醜くきたなくしぼんだ。完璧へのあこがれ。傑作へのさそい。「もう沢山だ。奇蹟の創造主。おのれ！」

真野は洗面所へ忍びこんだ。心ゆくまで泣こうと思った。しかし、そんなにも泣けなかったのである。洗面所の鏡を覗いて、涙を拭き、髪をなおしてから、食堂へおそい朝食をとりに出掛けた。

食堂の入口ちかくのテエブルにへ号室の大学生が、からになったスウプの皿をまえに置き、ひとりくったくげに坐っていた。

真野を見て微笑みかけた。「患者さんは、お元気のようですね。」

真野は立ちどまって、そのテエブルの端を固くつかまえながら答えた。

「ええ、もう罪のないことばかりおっしゃって、私たちを笑わせていらっしゃいます。」

「そんならいい。画家ですって？」

「ええ。立派な画をかきたいって、しょっちゅうおっしゃって居られますの。」言いかけて耳まで赤くした。「真面目なんですのよ。真面目でございますから、真面目でございますからお苦しいこともおこるわけね。」

「そうです。そうです。」大学生も顔をあからめつつ、心から同意した。

大学生はちかく退院できることにきまったので、いよいよ寛大になっていたのである。

この甘さはどうだ。諸君は、このような女をきらいであろうか。畜生（ちくしょう）！　古めかしいと笑い給え。ああ、もはや憩いも、僕にはてれくさくなっている。僕は、ひとりの女をさえ、註釈なしには愛することができぬのだ。おろかな男は、やすむのにさえ、へまをする。

「あそこだよ。あの岩だよ。」

葉蔵は梨（なし）の木の枯枝のあいだからちらちら見える大きなひらたい岩を指さした。岩のくぼみにはところどころ、きのうの雪がのこっていた。

「あそこから、はねたのだ。」葉蔵は、おどけものらしく眼をくるくると丸くして言うのである。

小菅は、だまっていた。ほんとうに平気で言っているのかしら、と葉蔵のこころを忖（そん）度（たく）していた。葉蔵も平気で言っているのではなかったが、しかしそれを不自然でなく言えるほどの伎倆（ぎりょう）をもっていたのである。

「かえろうか。」飛驒は、着物の裾を両手でぱっとはしょった。

三人は、砂浜をひっかえしてあるきだした。海は凪いでいた。まひるの日を受けて、白く光っていた。

葉蔵は、海へ石をひとつ抛った。

「ほっとするよ。いま飛びこめば、もうなにもかも問題でない。借金も、アカデミイも、故郷も、後悔も、傑作も、恥も、マルキシズムも、それから友だちも、森も花も、もうどうだっていいのだ。それに気がついたときは、僕はあの岩のうえで笑ったな。ほっとするよ。」

小菅は、昂奮をかくそうとして、やたらに貝を拾いはじめた。

「誘惑するなよ。」飛驒はむりに笑いだした。「わるい趣味だ。」

葉蔵も笑いだした。三人の足音がさくさくと気持ちよく皆の耳へひびく。

「怒るなよ。いまのはちょっと誇張があったな。」葉蔵は飛驒と肩をふれ合せながらあるいた。「けれども、これだけは、ほんとうだ。女がねえ、飛び込むまえにどんなことを囁いたか。」

小菅は好奇心に燃えた眼をずるそうに細め、わざと二人から離れて歩いていた。

「まだ耳についている。田舎の言葉で話がしたいな、と言うのだ。女の国は南のはずれだよ。」

「いけない！　僕にはよすぎる。」

「ほんと。君、ほんとうだよ。ははん。それだけの女だ。」

大きい漁船が砂浜にあげられてやすんでいた。その傍に直径七八尺もあるような美事な＊魚籃が二つころがっていた。小菅は、その船のくろい横腹へ、拾った貝を、力いっぱいに投げつけた。

三人は、窒息するほど気まずい思いをしていた。もし、この沈黙が、もう一分間つづいたなら、彼等はいっそ気軽げに海へ身を躍らせたかも知れぬ。

小菅がだしぬけに叫んだ。

「見ろ、見ろ。」前方の渚を指さしたのである。「い号室とろ号室だ！」

季節はずれの白い＊パラソルをさして、二人の娘がこっちへそろそろ歩いて来た。

「発見だな。」葉蔵も蘇生の思いであった。

「話かけようか。」小菅は、片足あげて靴の砂をふり落し、葉蔵の顔を覗きこんだ。命令一下、駈けだそうというのである。

「よせ、よせ。」飛驒は、きびしい顔をして小菅の肩をおさえた。

パラソルは立ちどまった。しばらく何か話合っていたが、それからくるっとこっちへ背をむけて、またしずかに歩きだした。

「追いかけようか。」こんどは葉蔵がはしゃぎだした。飛驒のうつむいている顔をちらと見た。「よそう。」

飛驒はわびしくてならぬ。この二人の友だちからだんだん遠のいて行くおのれのしなびた血を、いまはっきりと感じたのだ。生活からであろうか、と考えた。飛驒の生活はややまずしかったのである。

「だけど、いいなあ。」小菅は西洋ふうに肩をすくめた。なんとかしてこの場をうまく取りつくろってやろうと努めるのである。「僕たちの散歩しているのを見て、そそられたんだよ。若いんだものな。可愛そうだなあ。へんな心地になっちゃった。おや、貝をひろってるよ。僕の真似をしていやがる。」

飛驒は思い直して微笑んだ。葉蔵のわびるような瞳とぶつかった。二人ながら頰をあからめた。判っている。お互いがいたわりたい心でいっぱいなんだ。彼等は弱きをいつくしむ。

三人は、ほの温い海風に吹かれ、遠くのパラソルを眺めつつあるいた。

はるか療養院の白い建物のしたには、真野が彼等の帰りを待って立っている。ひくい門柱によりかかり、まぶしそうに右手を額へかざしている。

最後の夜に、真野は浮かれていた。寝てからも、おのれのつつましい家族のことや、立派な祖先のことをながながとしゃべった。葉蔵は夜のふけるとともに、むっつりして来た。やはり、真野のほうへ背をむけて、気のない返事をしながらほかのことを思っていた。

真野は、やがておのれの眼のうえの傷について話だしたのである。

「私が三つのとき、」なにげなく語ろうとしたらしかったが、しくじった。声が喉へひっからまる。「ランプをひっくりかえして、やけどしたんですって。ずいぶん、ひがんだものでございますのよ。小学校へあがっていたじぶんには、この傷、もっともっと大きかったんですの。学校のお友だちは私を、ほたる、ほたる。」すこしとぎれた。「そう呼ぶんです。私、そのたんびに、きっとかたきを討とうと思いましたわ。ええ、ほんとうにそう思ったわ。えらくなろうと思いましたの。」ひとりで笑いだした。「おかしいですのねえ。えらくなれるもんですか。眼鏡かけましょうかしら。眼鏡かけたら、この傷がすこしかくれるんじゃないかしら。」

「よせよ。かえっておかしい。」葉蔵は怒ってでもいるように、だしぬけに口を挟んだ。女に愛情を感じたとき、わざとじゃけんにしてやる古風さを、彼もやはり持っているのであろう。「そのままでいいのだ。目立ちはしないよ。もう眠ったらどうだろう。あしたは早いのだよ。」

真野は、だまった。あした別れてしまうのだ。おや、他人だったのだ。恥を知れ。恥を知れ。私は私なりに誇りを持とう。せきをしたり溜息ついたり、それからばたんばたんと乱暴に寝返りをうったりした。

葉蔵は素知らぬふりをしていた。なにを案じつつあるかは、言えぬ。

僕たちはそれより、浪の音や鷗の声に耳傾けよう。そしてこの四日間の生活をはじめから思い起そう。みずからを現実主義者と称している人は言うかも知れぬ。この四日間はポンチに満ちていたと。それならば答えよう。おのれの原稿が、編輯者の机のうえでおおかた土瓶敷の役目をしてくれたらしく、黒い大きな焼跡をつけられて送り返されたこともポンチ。おのれの妻のくらい過去をせめ、一喜一憂したこともポンチ。質屋の暖簾をくぐるのに、それでも襟元を搔き合せ、おのれのおちぶれを見せまいと風采ただしたこともポンチ。僕たち自身、ポンチの生活を送っている。そのような現実にひしがれた男のむりに示す我慢の態度。君はそれを理解できぬならば、僕は君とは永遠に他人である。どうせポンチならよいポンチ。ほんとうの生活。ああ、それは遠いことだ。僕は、せめて、人の情にみちみちたこの四日間をゆっくりゆっくりなつかしもう。たった四日の思い出の、五年十年の暮しにまさることがある。たった四日の思い出の、ああ、一生涯にまさることがある。

真野のおだやかな寝息が聞えた。葉蔵は沸きかえる思いに堪えかねた。真野のほうへ寝がえりを打とうとして、長いからだをくねらせたら、はげしい声を耳もとへささやかれた。

やめろ！　ほたるの信頼を裏切るな。

夜のしらじらと明けはなれたころ、二人はもう起きてしまった。葉蔵はきょう退院するのである。僕は、この日の近づくことを恐れていた。それは愚作者のだらしない感傷であろう。この小説を書きながら僕は、葉蔵を救いたかった。いや、このバイロン*に化け損ねた一匹の泥狐（どろぎつね）を許してもらいたかった。それだけが苦しいなかの、ひそかな祈願であった。しかしこの日の近づくにつれ、僕は前にもまして荒涼たる気配のふたたび葉蔵を、僕をしずかに襲うて来たのを覚えるのだ。この小説は失敗である。なんの飛躍もない、なんの解脱（げだつ）もない。僕はスタイルをあまり気にしすぎたようである。そのためにこの小説は下品にさえなっている。たくさんの言わでものことを述べた。しかも、もっと重要なことがらをたくさん言い落したような気がする。これはきざな言いかたであるが、僕が長生きして、幾年かのちにこの小説を手に取るようなことでもあるならば、僕はどんなにみじめだろう。おそらくは一頁も読まぬうちに僕は堪えがたい自己嫌悪におののいて、巻を伏せるにきまっている。いまでさえ、僕は、まえを読みかえす気力がないのだ。ああ、作家は、おのれのすがたをむき出しにしてはいけない。それは作家の敗北である。美しい感情を以て、人は、悪い文学を作る。僕は三度この言葉を繰りかえす。そして、承認を与えよう。

僕は文学を知らぬ。もいちど始めから、やり直そうか。君、どこから手をつけていったらよいやら。

僕こそ、渾沌と自尊心とのかたまりでなかったろうか。この小説も、ただそれだけのものでなかったろうか。ああ、なぜ僕はすべてに断定をいそぐのだ。すべての思念にまとまりをつけなければ生きて行けない、そんなけちな根性をいったい誰から教わった？書こうか。青松園の最後の朝を書こう。なるようにしかならぬのだ。

真野は裏山へ景色を見に葉蔵を誘った。

「とても景色がいいんですのよ。いまならきっと富士が見えます。」

葉蔵はまっくろい羊毛の襟巻を首に纏（まと）い、真野は看護服のうえに松葉の模様のある羽織を着込み、赤い毛糸のショオルを顔がうずまるほどぐるぐる巻いて、いっしょに療養院の裏庭へ下駄（げた）はいて出た。庭のすぐ北方には、赭土（あかつち）のたかい崖がそそり立っていて、それへせまい鉄の梯子（はしご）がいっぽんかかっているのであった。真野がさきに、その梯子をすばしこい足どりでするするのぼった。

裏山には枯草が深くしげっていて、霜がいちめんにおりていた。

真野は両手の指先へ白い息を吐きかけて温めつつ、はしるようにして山路をのぼっていった。山路はゆるい傾斜をもってくねくねと曲っていた。葉蔵も、霜を踏み踏みそのあとを追った。凍った空気へたのしげに口笛を吹きこんだ。誰ひとりいない山。どんなことでもできるのだ。真野にそんなわるい懸念を持たせたくなかったのである。窪地へ降りた。ここにも枯れた茅がしげっていた。真野は立ちどまった。葉蔵も五六歩はなれて立ちどまった。すぐわきに白いテントの小屋があるのだ。

真野はその小屋を指さして言った。

「これ、日光浴場。軽症の患者さんたちが、はだかでここへ集るのよ。ええ、いまでも。」

テントにも霜がひかっていた。

「登ろう。」

なぜとは知らず気がせくのだ。

真野は、また駈け出した。葉蔵もつづいた。落葉松の細い並木路へさしかかった。ふたりはつかれて、ぶらぶらと歩きはじめた。

葉蔵は肩であらく息をしながら、大声で話かけた。

「君、お正月はここでするのか。」

振りむきもせず、やはり大声で答えてよこした。

「いいえ。東京へ帰ろうと思います。」

「じゃ、僕のとこへ遊びに来たまえ。飛驒も小菅も毎日のように僕のとこへ来ているのだ。まさか牢屋でお正月を送るようなこともあるまい。きっとうまく行くだろうと思うよ。」

まだ見ぬ検事のすがすがしい笑い顔をさえ、胸に画いていたのである。

ここで結べたら！　古い大家はこのようなところで、意味ありげに結ぶ。しかし、葉蔵も僕も、おそらくは諸君も、このようなごまかしの慰めに、もはや厭きている。お正月も牢屋も検事も、僕たちにはどうでもよいことなのだ。僕たちはいったい、検事のことなどをはじめから気にかけていたのだろうか。僕たちはただ、山の頂上に行きついてみたいのだ。そこに何がある。何があろう。いささかの期待をそれにのみつないでいる。

ようよう頂上にたどりつく。頂上は簡単に地ならしされ、十坪ほどの赭土がむきだされていた。まんなかに丸太のひくいあずまやがあり、庭石のようなものまで、あちこちに据えられていた。すべて霜をかぶっている。

「駄目。富士が見えないわ。」

真野は鼻さきをまっかにして叫んだ。

「この辺に、くっきり見えますのよ。」

東の曇った空を指さした。朝日はまだ出ていないのである。不思議な色をしたきれぎれの雲が、沸きたっては澱み、澱んではまたゆるゆると流れていた。

「いや、いいよ。」

そよ風が頰を切る。

葉蔵は、はるかに海を見おろした。すぐ足もとから三十丈もの断崖になっていて、江の島が真下に小さく見えた。ふかい朝霧の奥底に、海水がゆらゆらうごいていた。

そして、否、それだけのことである。

*猿面冠者

どんな小説を読ませても、はじめの二三行をはしり読みしたばかりで、もうその小説の楽屋裏を見抜いてしまったかのように、鼻で笑って巻を閉じる傲岸不遜の男がいた。ここに*露西亜の詩人の言葉がある。「そもさん何者。されば、わずかにまねごと師。気にするがものもない幽霊か。*ハロルドのマント羽織った莫斯科ッ子。他人の癖の翻案か。はやり言葉の辞書なのか。いやさて、もじり言葉の詩とでもいったところじゃないかよ。」いずれそんなところかも知れぬ。この男は、自分では、すこし詩やら小説やらを読みすぎたと思って悔いている。この男は、思案するときにでも言葉をえらんで考えるのだそうである。心のなかで自分のことを、彼、と呼んでいる。酒に酔いしれて、ほとんど我をうしなっているように見えるときでも、もし誰かに殴られたなら、落ちついて呟く。「あなた、後悔しないように。」*ムイシュキン公爵の言葉である。恋を失ったときには、どう言うであろう。そのときには、口に出しては言わぬ。胸のなかを駈けめぐる言葉。「だまって居れば名を呼ぶし、近寄って行けば逃げ去るのだ。」これはメリメ*のつつましい述懐ではなかったか。夜、寝床にもぐってから眠るまで、彼は、まだ書かぬ彼の傑作の妄想にさいなまれる。そのときには、ひくくこう叫ぶ。「放してくれ！」これはこれ、芸術家*のコンフィテオール。それでは、ひとりで何もせずにぼんやりしているときには、どうであろう。口をついて出るというのである、〝Nevermore〟*という独白が。

そのような文学の糞から生れたような男が、もし小説を書いたとしたなら、いったいどんなものができるだろう。だいいちに考えられることは、その男は、きっと小説を書けないだろうと言うことである。一行書いては消し、いや、その一行も書けぬだろう。彼には、いけない癖があって、筆をとるまえに、もうその小説に謂わばおしまいの磨きまでかけてしまうらしいのである。たいてい彼は、夜、蒲団のなかにもぐってから、眼をぱちぱちさせたり、にやにや笑ったり、せきをしたり、ぶつぶつわけのわからぬことを呟いたりして、夜明けちかくまでかかってひとつの短篇をまとめる。傑作だと思う。それからまた彼は、書きだしの文章を置きかえてみたり、むすびの文字を再吟味してみたりして、その胸のなかの傑作をゆっくりゆっくり撫でまわしてみるのである。そのへんで眠れたらいいのであるが、いままでの経験からしてそんなに工合いがよくいったことはいちどもなかったという。そのつぎに彼は、その短篇についての批評をこころみるのである。誰々は、このような言葉でもってほめて呉れる。誰々は、判らぬながらも、この辺の一箇所をぽつんと突いて、おのれの慧眼を誇る。けれども、おれならば、こう言う。男は、自分の作品についてのおそらくはいちばん適確な評論を組みたてはじめる。この作品の唯一の汚点は、などと心のなかで呟くようになると、もう彼の傑作はあとかたもなく消えうせている。男は、なおも眼をぱちぱちさせながら、雨戸のすきまから漏れて来る明るい光線を眺めて、すこし間抜けづらになる。そのうちにうつらうつらまどろむのである。

けれども、これは問題に対してただしく答えていない。問題は、もし書いたとしたなら、というのである。ここにあります、と言って、ぽんと胸をたたいて見せるのは、なにやら水際だっていいようであるが、聞く相手にしては、たちのわるい冗談としか受けとれまい。まして、この男の胸は、扁平胸といって生れながらに醜くおしつぶされた形なのであるから、傑作は胸のうちにありますという彼のそのせいいっぱいの言葉も、いよいよ芸がないことになる。こんなことからしても、彼が一行も書けぬだろうという解答のどんなに安易であるかが判るのである。もし書いたとしたなら、というのである。問題をもっと考えよくするために、彼のどうしても小説を書かねばならぬ具体的な環境を簡単にこしらえあげてみてもよい。たとえばこの男は、しばしば学校を落第し、いまは彼のふるさとのひとたちに、たからもの、という蔭口をきかれている身分であって、ことし一年で学校を卒業しなければ、彼の家のほうでも親戚のものたちへの手前、月々の送金を停止するというあんばいになっていたとする。また仮にその男が、ことし一年で卒業できそうもないばかりか、どだい卒業しようとする腹がなかったとしたなら、どうであろう。問題をさらに考えよくするために、この男がいま独身でないということにしよう。四五年もまえからの妻帯者である。しかも彼のその妻というのは、とにかく育ちのいやしい女で、彼はこの結婚によって、叔母ひとりを除いたほかのすべての肉親に捨てられたという、月並みのロマンスを匂わせて置いてもよい。さて、このような境遇の男が、やがて来る*自鬻の生活のために、どうしても小説を書かねばいけなくなったとする。しかし、これも唐突である。乱暴でさえある。生活のためには、必ずしも小説を書かねばいけないときまって居らぬ。牛乳配達にでもなればいいじゃないか。しかし、それは簡単に反駁され得る。乗りかかった船、という一言でもって充分であろう。

　いま日本では、*文芸復興とかいう訳のわからぬ言葉が声高く叫ばれていて、いちまい五十銭の稿料でもって新作家を捜しているそうである。この男もまた、この機を逃さず、とばかりに原稿用紙に向った、とたんに彼は書けなくなっていたという。ああ、もう三日、早かったならば。或いは彼も、あふれる情熱にわななきつつ十枚二十枚を夢のうちに書き飛ばしたかも知れぬ。毎夜、毎夜、傑作の幻影が彼のうすっぺらな胸を騒がせては呉れるのであったが、書こうとすれば、みんなはかなく消えうせた。だまって居れば名を呼ぶし、近寄って行けば逃げ去るのだ。メリメは猫と女のほかに、もうひとつの名詞を忘れている。傑作の幻影という重大な名詞を！

男は奇妙な決心をした。彼の部屋の押入をかきまわしたのである。その押入の隅には、彼が十年このかた、有頂天な歓喜をもって書き綴った千枚ほどの原稿が曰くありげに積まれてあるのだそうである。それを片っぱしから読んでいった。ときどき頬をあからめた。二日かかって、それを全部読みおえて、それから、まる一日ぼんやりした。そのなかの「通信」という短篇が頭にのこった。それは、二十六枚の短篇小説であって、主人公が困っているとき、どこからか差出人不明の通信が来てその主人公をたすける、という物語であった。男が、この短篇にことさら心をひかれたわけは、いまの自分こそ、そんなよい通信を受けたいものだと思ったからであろう。これを、なんとかしてうまく書き直してごまかそうと決心したのである。

まず書き直さねばいけないところは、この主人公の職業である。いやはや。主人公は新作家なのである。こう直そうと思った。さきに文豪をこころざして、失敗して、そのとき第一の通信。つぎに革命家を夢みて、敗北して、そのとき第二の通信。いまは、サラリイマンになって家庭の安楽ということにつき疑い悩んで、そのとき第三の通信。こんなふうに、だいたいの見とおしをつけて置く。主人公を、できるだけ文学臭から遠ざけること。そうして革命家をこころざしてからは、文学のブの字も言わせぬこと。自分がそのような境遇にあったとき、心から欲しいと思った手紙なり葉書なり電報なりを、事実、主人公が受けとったことにして書くのだ。これは楽しみながら書かねば損である。甘さを恥かしがらずに平気な顔をして書こう。男は、ふと、「ヘルマンとドロテア」*という物語を思い合せた。つぎつぎと彼を襲うあやしい妄念を、はげしく首振って追い払いつつ、男はいそいで原稿用紙にむかった。もっと小さい小さい原稿用紙だったらいいなと思った。自分にも何を書いているのか判らぬくらいにくしゃくしゃと書けたらいいなと思った。題を「風の便り」とした。書きだしもあたらしく書き加えた。こう書いた。

――諸君は音信をきらいであろうか。諸君が人生の岐路に立ち、哭泣(こっきゅう)*すれば、どこか知らないところから風とともにひらひら机上へ舞い来って、諸君の前途に何か光を投げて呉(く)れる、そんな音信をきらいであろうか。彼は仕合せものである。いままで三度も、そのような胸のときめく風の便りを受けとった。いちどは十九歳の元旦(がんたん)。いちどは二十五歳の早春。いまいちどは、つい昨年の冬。ああ。ひとの幸福を語るときの、ねたみといつくしみの交錯(こうさく)したこの不思議なよろこびを、君よ知るや。十九歳の元旦のできごとから物語ろう。

そこまで書いて、男は、ひとまずペンを置いた。やや意に満ちたようであった。そうだ、この調子で書けばいいのだ。やはり小説というものは、頭で考えてばかりいたって判るものではない。書いてみなければ。男は、しみじみそう心のうちで呟き、そうしてたいへんたのしかったという。発見した、発見した。小説は、やはりわがままに書かねばいけないものだ。試験の答案とは違うのである。よし。この小説は唄(うた)いながら少しずつすすめてゆこう。きょうは、ここまでにして置くのだ。男は、もいちどそっと読みかえしてみてから、その原稿を押入のなかに仕舞い込み、それから、大学の制服を着はじめた。男は、このごろたえて学校へ行かないのであるが、それでも一週間に一二度ずつ、こうして制服を着て、そわそわ外出するのである。彼等(かれら)夫婦は或る勤人の二階の六畳と四畳半との二間を借りて住いしているのであって、男はその勤人の家族への手前をつくろい、ときどきこんなふうに登校をよそうのであった。男には、こんな世間ていを気にする俗な一面もあったわけである。またこの男は、どうやら自分の妻にさえ、ていさいをとりつくろっているようである。その証拠には、彼の妻は、彼がほんとうに学校へ出ているものだと信じているらしいのだ。妻は、まえにも仮定して置いたように、いやしい育ちの女であるから、まず無学だと推測できる。男は、その妻の無学につけこみ、さまざまの不貞を働いていると見てよい。けれども、だいたいは愛妻家の部類なのである。なぜと言うに、彼は妻を安心させるために、ときたま嘘を吐くのである。輝かしい未来を語る。

その日、彼は外出して、すぐ近くの友人の家を訪れた。この友人は、独身者の洋画家であって、彼とは中学校のとき同級であったとか。うちが財産家なので、ぶらぶら遊んでいる。人と話をしながら眉をしじゅうぴりぴりとそよがせるのが自慢らしい。よくある型の男を想像してもらいたい。その友人の許へ、彼は訪れたのである。彼は、もともとこの友人をあまり好きではないのである。そう言えば、彼は、彼のほかの二三の友人たちをもたいして好いてはいないのであるが、ことにこの友人が、相手をいらいらさせる特種の技倆を持っているので、彼はことにも好きになれないのだそうである。彼がでもこの友人を、きょう訪問したのは、まず手近なところから彼の歓喜をわけてやろうという心からにちがいない。この男は、いま、幸福の予感にぬくぬくと温まっているらしいが、そんなときには、人は、どこやら慈悲深くなるものらしい。洋画家は在宅していた。彼は、この洋画家と対座して、開口一番、彼の小説のことを話して聞かせた。おれはこういう小説を書きたいと思っている、とだいたいのプランを語って、うまく行けば売れるかも知れないよ、書きだしはこんな工合いだ、と彼はたったいま書いて来た五六行の文章を、頰をあからめながらひくく言いだしたのである。彼は、いつでも自分の文章をすべて暗記しているのだそうである。洋画家は、れいの眉をふるわせつつ、それはいいと吃るようにして言った。それだけでたくさんなのに、要らないことをせかせか、つぎからつぎとしゃべりはじめた。虚無主義者の神への揶揄であるとか、小人の英雄への反抗であるとか、それから、彼にはいまもってなんのことやら訳がわからぬのであるが、観念の幾何学的構成であるとさえ言った。彼にとっては、ただこの友人が、それはいい、おれもそんな風の便りが欲しいよ、と言って呉れたら満足だったのである。批評を忘れようとして、ことさらに、「風の便り」などというロマンチックな題材をえらんだ筈である。それを、この心なき洋画家に観念の幾何学的構成だとかなんだとか、新聞の一行知識めいた妙な批評をされて、彼はすぐ、これは危いと思った。まごまごして、彼もその批評の遊戯に誘いこまれたなら、「風の便り」も、このあと書きつづけることができなくなる。危い。男は、その友人の許からそこそこにひきあげたという。

そのまま、すぐうちへ帰るのも工合いがわるいし、彼はその足で、古本屋へむかった。

みちみち男は考える。うんといい便りにしよう。第一の通信は、葉書にしよう。少女からの便りである。短い文章で、そのなかには、主人公をいたわりたい心がいっぱいにあふれているようなそんな便りにしたい。「私、べつに悪いことをするのではありませんから、わざと葉書にかきます。」という書きだしはどうだろう。主人公が元旦にそれを受けとるのだから、いちばんおしまいに、「忘れていました。新年おめでとうございます。」と小さく書き加えてあることにしよう。すこし、とぼけすぎるかしら。

男は夢みるような心地で街をあるいている。自動車に二度もひかれそこなった。

第二の通信は、主人公がひところはやりの革命運動をして、牢屋にいれられたとき、そのとき受けとることにしよう。「彼が大学へはいってからは、小説に心をそそられなかった。」とはじめから断って置こう。主人公はもはや第一の通信を受けとるまえに、文豪になりそこねて痛い目に逢っているのだから。男は、もう、そのときの文章を胸のなかに組立てはじめた。「文豪として名高くなることは、いまの彼にとって、ゆめのゆめだ。小説を書いて、たとえばそれが傑作として世に喧伝(けんでん)され、有頂天の歓喜を得たとしても、それは一瞬のよろこびである。おのれの作品に対する傑作の自覚などあり得ない。はかない一瞬間の有頂天がほしくて、五年十年の屈辱の日を送るということは、彼には納得できなかった。」どうやら演説くさくなったな。男はひとりで笑いだした。「彼にはただ、情熱のもっとも直截なはけ口が欲しかったのである。考えることよりも、唄うことよりも、だまってのその実行したほうがほんとうらしく思えた。*ゲエテよりもナポレオン。*ゴリキイよりもレニン。」やっぱり少し文学臭い。この辺の文章には、文学のブの字もなくしなければいけないのだ。まあ、いいようになるだろう。あまり考えすごすと、また書けなくなる。つまり、この主人公は、銅像になりたく思っているのである。このポイントさえはずさないようにして書いたなら、しくじることはあるまい。それから、この主人公が牢屋で受けとる通信であるが、これは長い長い便りにするのだ。われに策あり。たとえ絶望の底にいる人でも、それを読みさえすれば、もういちど陣営をたて直そうという気が起らずにはすまぬ。しかも、これは女文字で書かれた手紙だ。「ああ。様という字のこの不器用なくずしかたに、彼は見覚えがあったのである。五年前の賀状を思い出したのであった。」

　第三の通信は、こうしよう。これは葉書でも手紙でもない、まったく異様な風の便りにしよう。通信文のおれの腕前は、もう見せてあるから、なにか目さきの変ったものにするのだ。銅像になりそこねた主人公は、やがて平凡な結婚をして、サラリイマンになるのであるが、これは、うちの勤人の生活をそのまま書いてやろう。主人公が家庭に倦怠を感じはじめている矢先。冬の日曜の午後あたり、主人公は縁側へ出て、煙草をくゆらしている。そこへ、ほんとうに風とともに一葉の手紙が、彼の手許へひらひら飛んで来た。「彼はそれに眼をとめた。妻がふるさとの彼の父へ林檎が着いたことを知らせにしたためた手紙であった。投げて置かないで、すぐ出すといい。そう呟きつつ、ふと首をかしげた。ああ。様という字のこの不器用なくずしかたに彼は見覚えがあったのである。」このような空想的な物語を不自然でなく書くのには、燃える情熱が要るらしい。こんな奇遇の可能を作者自身が、まじめに信じていなければいけないのだ。できるかどうか、とにかくやってみよう。男は、いきおいこんで古本屋にはいったのである。

ここの古本屋には、「チェホフ書翰集」と「オネーギン」*がある筈だ。この男が売ったのだから。彼はいま、その二冊を読みかえしたく思って、この古本屋へ来たわけである。「オネーギン」にはタチアナのよい恋文がある。二冊とも、まだ売れずにいた。さきに「チェホフ書翰集」を棚からとりだして、そちこち頁をひっくりかえしてみたが、あまり面白くなかった。劇場とか病気とかいう言葉にみちみちているのであった。これは「風の便り」の文献になり得ない。傲岸不遜のこの男は、つぎに「オネーギン」を手にとって、その恋文の条を捜した。すぐ捜しあてた。彼の本であったのだから。「わたしがあなたにお手紙を書くそのうえ何をつけたすことがいりましょう。」なるほど、これでいいわけだ。簡明である。タチアナは、それから、神様のみこころ、夢、おもかげ、囁き、憂愁、まぼろし、天使、ひとりぼっち、などという言葉を、おくめんもなく並べたてている。そうしてむすびには、「もうこれで筆をおきます。読み返すのもおそろしい、羞恥の念と、恐怖の情で、消えもいりたい思いがします。けれども私は、高潔無比のお心をあてにしながら、ひと思いに私の運を、あなたのお手にゆだねます。タチアナより。オネーギン様。」こんな手紙がほしいのだ。はっと気づいて巻を閉じた。危険だ。影響を受ける。いまこれを読むと害になる。はて。また書けなくなりそうだ。男は、あたふたと家へかえって来たのである。

家へ帰り、いそいで原稿用紙をひろげた。安楽な気持で書こう。甘さや通俗を気にせず、らくらくと書きたい。ことに彼の旧稿「通信」という短篇は、さきにも言ったように、謂わば新作家の出世物語なのであるから、第一の通信を受けとるまでの描写は、そっくり旧稿を書きうつしてもいいくらいなのであった。男は、煙草を二三本つづけざまに吸ってから、自信ありげにペンをつまみあげた。にやにやと笑いだしたのである。これはこの男のひどく困ったときの仕草らしい。彼はひとつの難儀をさとったのである。文章についてであった。旧稿の文章は、たけりたけって書かれている。これはどうしたって書き直さねばなるまい。こんな調子では、ひともおのれも楽しむことができない。だいいち、ていさいがわるい。めんどうくさいが、これは書き改めよう。虚栄心のつよい男はそう思って、しぶしぶ書き直しはじめた。

　わかい時分には、誰しもいちどはこんな夕を経験するものである。彼はその日のくれがた、街にさまよい出て、突然おどろくべき現実を見た。彼は、街を通るひとびとがことごとく彼の知合いだったことに気づいた。師走(しわす)ちかい雪の街は、にぎわっていた。彼はせわしげに街を往き来するひとびとへいちいち軽い会釈(えしゃく)をして歩かねばならなかった。とある裏町の曲り角で思いがけなく女学生の一群と出逢ったときなど、彼はほとんど帽子をとりそうにしたほどであった。

　彼はそのころ、北方の或る城下まちの高等学校で英語と独逸(ドイツ)語とを勉強していた。彼は英語の自由作文がうまかった。入学して、ひとつきも経たぬうちに、その自由作文でクラスの生徒たちをびっくりさせた。入学早々、ブルウル氏*という英人の教師が、What is Real Happiness? ということについて生徒へその所信を書くよう命じたのである。ブルウル氏は、その授業はじめに、My Fairyland という題目でいっぷう変った物語をして、その翌(あく)る週には、The Real Cause of War について一時間主張し、おとなしい生徒を戦慄(せんりつ)させ、やや進歩的な生徒を狂喜させた。文部省がこのような教師を雇いいれたことは手柄であった。ブルウル氏は、チェホフに似ていた。鼻眼鏡を掛け短い顎鬚を内気らしく生やし、いつもまぶしそうに微笑んでいた。英国の将校であるとも言われ、名高い詩人であるとも言われ、老けているようであるが、あれでまだ二十代だとも言われ、軍事探偵であるとも言われていた。そのように何やら神秘めいた雰囲気が、ブルウル氏をいっそう魅惑的にした。新入生たちはすべて、この美しい異国人に愛されようとひそかに祈った。そのブルウル氏が、三週間目の授業のとき、だまってボオルド*に書きなぐった文字が What is Real Happiness? であった。いずれはふるさとの自慢の子、えらばれた秀才たちは、この輝かしい初陣に、腕によりをかけた。彼もまた、罫紙*の塵をしずかに吹きはらってから、おもむろにペンを走らせた。Shakespeare said," ——流石におおげさすぎると思った。顔をあからめながら、ゆっくり消した。右から左から前から後から、ペンの走る音がひくく聞えた。彼は頬杖ついて思案にくれた。彼は書きだしに凝るほうであった。どのような大作であっても、書きだしの一行で、もはやその作品の全部の運命が決するものだと信じていた。よい書きだしの一行ができると、彼は全部を書きおわったときと同じようにぼんやりした間抜け顔になるのであった。彼はペン先をインクの壺にひたらせた。なおすこし考えて、それからいきおいよく書きまくった。Zenzo Kasai, one of the most unfortunate Japanese novelists at present, said," ——葛西*

善蔵は、そのころまだ生きていた。いまのように有名ではなかった。一週間すぎて、ふたたびブルウル氏の時間が来た。お互いにまだ友人になりきれずにいる新入生たちは、教室のおのおのの机に坐ってブルウル氏を待ちつつ、敵意に燃える瞳を煙草のけむりのかげからひそかに投げつけ合った。寒そうに細い肩をすぼませて教室へはいって来たブルウル氏は、やがてほろにがく微笑みつつ、不思議なアクセントでひとつの日本の姓名を呟いた。彼の名であった。彼はたいぎそうにのろのろと立ちあがった。頬がまっかだった。ブルウル氏は、彼の顔を見ずに言った。Most Excellent! 教壇をあちこち歩きまわりながらうつむいて言いつづけた。Is this essay absolutely original? 彼は眉をあげて答えた。Of course. クラスの生徒たちは、どっと奇怪な喚声をあげた。ブルウル氏は蒼白の広い額をさっとあからめて彼のほうを見た。すぐ眼をふせて、鼻眼鏡を右手で軽くおさえ、If it is, then it shows great promise and not only this, but shows some brain behind it. と一語ずつ区切ってはっきり言った。彼は、ほんとうの幸福とは、外から得られぬものであって、おのれが英雄になるか、受難者になるか、その心構えこそほんとうの幸福に接近する鍵である、という意味のことを言い張ったのであった。彼のふるさとの先輩葛西善蔵の暗示的な述懐をはじめに書き、それを敷衍しつつ筆をすすめた。彼は葛西善蔵といちども逢ったことがなかったし、また葛西善蔵がそのような述懐をもらしていることも知らなかったのであるが、たとえ嘘でも、それができてあるならば、葛西善蔵はきっと許してくれるだろうと思ったのである。そんなことから、彼はクラスの寵を一身にあつめた。わかい群集は英雄の出現に敏感である。ブルウル氏は、それからも生徒へつぎつぎとよい課題を試みた。Fact and Truth. The Ainu. A Walk in the Hills in Spring. Are We of Today Really Civilised? 彼は力いっぱいに腕をふるった。そうしていつもかなりに報いられるのであった。若いころの名誉心は飽くことを知らぬものである。そのとしの暑中休暇には、彼は見込みある男としての誇りを肩に示して帰郷した。彼のふるさとは本州の北端の山のなかにあり、彼の家はその地方で名の知られた地主であった。父は無類のおひとよしの癖に悪辣ぶりたがる性格を持っていて、そのひとりむすこである彼にさえ、わざと意地わるくかかっていた。彼がどのようなしくじりをしても、せせら笑って彼を許した。そしてわきを向いたりなどしながら言うのであった。人間、気のきいたことをせんと。そう呟いてから、さも抜け目のない男のようにふいと全くちがった話を持ちだすのである。彼はずっと前からこの父をきらっていた。虫が好かないのだった。幼いときから気のきかないことばかりやらかしていたからでもあった。母はだらしのないほど彼を尊敬していた。いまにきっとえらいものになると信じていた。彼が高等学校の生徒としてはじめて帰郷したときにも、母はまず彼の気むずかしくなったのにおどろいたのであったけれど、しかし、それを高等教育のせいであろうと考えた。ふるさとに帰った彼は、怠けてなどいなかった。蔵から父の古い人名辞典を見つけだし、世界の文豪の略歴をしらべていた。*バイロンは十八歳で処女詩集を出版している。*シルレルもまた十八歳、「群盗」に筆を染めた。*ダンテは九歳にして「新生」の腹案を得たのである。彼もまた。小学校のときからその文章をうたわれ、いまは智識ある異国人にさえ若干の頭脳を認められている彼もまた。家の前庭のおおきい栗の木のしたにテエブルと椅子を持ちだし、こつこつと長編小説を書きはじめた。彼のこのようなしぐさは、自然である。それについては諸君にも心あたりがないとは言わせぬ。題を「*鶴（つる）」とした。天才の誕生からその悲劇的な末路にいたるまでの長編小説であった。彼は、このようにおのれの運命をおのれの作品で予言することが好きであった。書きだしには苦労をした。こう書いた。——男がいた。四つのとき、彼の心のなかに野性の鶴が巣くった。鶴は熱狂的に高慢であった。云々（うんぬん）。暑中休暇がおわって、十月のなかば、みぞれの降る夜、ようやく脱稿した。すぐまちの印刷所へ持って行った。父は、彼の要求どおりに黙って二百円送ってよこした。彼はその書留（かきとめ）を受けとったとき、やはり父の底意地のわるさを憎んだ。叱るなら叱るでいい、太腹らしく黙って送って寄こしたのが気にくわなかった。十二月のおわり、「鶴」は菊半裁判、百余頁の美しい本となって彼の机上に高く積まれた。表紙には、鷲に似た妙な鳥がところせましと翼をひろげていた。まず、その県のおもな新聞社へ署名して一部ずつ贈呈した。一朝めざむればわが名は世に高いそうな。彼には、一刻が百年千年のように思われた。五部十部と街じゅうの本屋にくばって歩いた。ビラを貼った。鶴を読め、鶴を読めと激しい語句をいっぱい刷り込んだ五寸平方ほどのビラを、糊のたっぷりはいったバケツと一緒に両手で抱え、わかい天才は街の隅々まで駈けずり廻った。

そんな訳ゆえ、彼はその翌日から町中のひとたちと知合いになってしまったのに何の不思議もなかった筈である。

彼はなおも街をぶらぶら歩きながら、誰かれとなくすべてのひとと目礼を交した。運わるく彼の挨拶がむこうの不注意からそのひとに通じなかったときや、彼が昨晩ほね折って貼りつけたばかりの電柱のビラが無慙にも剝ぎとられているのを発見するときには、ことさらに仰山なしかめつらをするのであった。やがて彼は、そのまちでいちばん大きい本屋にはいって、鶴が売れるかと、小僧に聞いた。小僧は、まだ一部も売れんです、とぶあいそに答えた。小僧は彼こそ著者であることを知らぬらしかった。彼はしょげずに、いやこれから売れると思うよ、となにげなさそうに予言して置いて、本屋を立ち去った。その夜、彼は、流石に幾分わずらわしくなった例の会釈を繰り返しつつ、学校の寮に帰って来たのである。

それほど輝かしい人生の門出の、第一夜に、鶴は早くも辱かしめられた。

彼が夕食をとりに寮の食堂へ、ひとあし踏みこむや、わっという寮生たちの異様な喚声を聞いた。彼等の食卓で「鶴」が話題にされていたにちがいないのである。彼はつつましげに伏目をつかいながら、食堂の隅の椅子に腰をおろした。それから、ひくくせきばらいしてカツレツ＊の皿をつついたのである。彼のすぐ右側に坐っていた寮生がいちまいの夕刊を彼のほうへのべて寄こした。五六人さきの寮生から順々に手わたしされて来たものらしい。彼はカツレツをゆっくり嚙み返しつつ、その夕刊へぼんやり眼を転じた。「鶴」という一字が彼の眼を射た。ああ。おのれの処女作の評判をはじめて聞く、このつきさされるようなおののき。彼は、それでも、あわててその夕刊を手にとるようなことはしなかった。ナイフとフオクでもってカツレツを切り裂きながら、落ちついてその批評を、ちらちらはしり読みするのであった。批評は紙面のひだりの隅に小さく組まれていた。

――この小説は徹頭徹尾、観念的である。肉体のある人物がひとりとして描かれていない。すべて、すり硝子越しに見えるゆがんだ影法師である。殊に主人公の思いあがった奇々怪々の言動は、落丁の多いエンサイクロペジア＊と全く似ている。この小説の主人公は、あしたにはゲエテを気取り、ゆうべにはクライスト*を唯一の教師とし、世界中のあらゆる文豪のエッセンスを持っているのだそうで、その少年時代にひとめ見た少女を死ぬほどしたい、青年時代にふたたびその少女とめぐり逢い、げろの出るほど嫌悪するのであるが、これはいずれバイロン卿あたりの翻案であろう。しかも稚拙な直訳である。だいいち作者は、ゲエテをもクライストをもただ型としての概念でだけ了解しているようである。作者は、ファウスト*の一頁も、ペンテズイレエア*の一幕も、おそらくは、読んだことがないのではあるまいか。失礼。ことにこの小説の末尾には、毛をむしられた鶴のばさばさした羽ばたきの音を描写しているのであるが、作者は或いはこの描写に依って、読者に完璧の印象を与え、傑作の眩惑を感じさせようとしたらしいが、私たちは、ただ、この畸形的な鶴の醜さに顔をそむける許りである。

彼はカツレツを切りきざんでいた。平気に、平気に、と心掛ければ心掛けるほど、おのれの動作がへまになった。完璧の印象。傑作の眩惑。これが痛かった。声たてて笑おうか。ああ。顔を伏せたままの、そのときの十分間で、彼は十年も年老いた。

この心なき忠告は、いったいどんな男がして呉れたものか、彼にもいまもって判らぬのだが、彼はこの屈辱をくさびとして、さまざまの不幸に遭遇しはじめた。ほかの新聞社もやっぱり「鶴」をほめては呉れなかったし、友人たちもまた、世評どおりに彼をあしらい、彼を呼ぶに鶴という鳥類の名で以てした。わかい群集は、英雄の失脚にも敏感である。本は恥かしくて言えないほど僅少の部数しか売れなかった。街をとおる人たちは、もとよりあかの他人にちがいなかった。彼は毎夜毎夜、まちの辻々のビラをひそかに剥いで廻った。

長編小説「鶴」は、その内容の物語とおなじく悲劇的な結末を告げたけれど、彼の心のなかに巣くっている野性の鶴は、それでも、なまなまと翼をのばし、芸術の不可解を嘆じたり、生活の倦怠を託ったり、その荒涼の現実のなかで思うさま懊悩呻吟することを覚えたわけである。

ほどなく冬季休暇にはいり、彼はいよいよ気むずかしくなって帰郷した。眉根に寄せられた皺も、どうやら彼に似合って来ていた。母はそれでも、れいの高等教育を信じて、彼をほれぼれと眺めるのであった。父はその悪辣ぶった態度でもって彼を迎えた。善人どうしは、とかく憎しみ合うもののようである。彼は、父の無言のせせら笑いのかげに、あの新聞の読者を感じた。父も読んだにちがいなかった。たかが十行か二十行かの批評の活字がこんな田舎にまで毒を流しているのを知り、彼は、おのれのからだを岩か牝牛にしたかった。

そんな場合、もし彼が、つぎのような風の便りを受けとったとしたなら、どうであろう。やがて、ふるさとで十八の歳を送り、十九歳になった元旦、眼をさましてふと枕元に置かれてある十枚ほどの賀状に眼をとめたというのである。そのうちのいちまい、差出人の名も記されてないこれは葉書。

――私、べつに悪いことをするのでないから、わざと葉書に書くの。またそろそろおしょげになって居られるころと思います。あなたは、ちょっとしたことにでも、すぐおしょげなさるから、私、あんまり好きでないの。誇りをうしなった男のすがたほど汚いものはないと思います。でもあなたは、けっして御自身をいじめないで下さいませ。あなたには、わるものへ手むかう心と、情にみちた世界をもとめる心とがおありです。それは、あなたがだまっていても、遠いところにいる誰かひとりがきっと知って居ります。あなたは、ただすこし弱いだけです。弱い正直なひとをみんなでかばってだいじにしてやらなければいけないと思います。あなたはちっとも有名でありませんし、また、なんの肩書をもお持ちでございません。でも私、おとといギリシャの神話を二十ばかり読んで、たのしい物語をひとつ見つけたのです。おおむかし、まだ世界の地面は固って居らず、海は流れて居らず、空気は透(す)きとおって居らず、みんなまざり合って渾沌(こんとん)としていたころ、それでも太陽は毎朝のぼるので、或る朝、ジューノー*の侍女の虹(にじ)の女神アイリス*がそれを笑い、太陽どの、太陽どの、毎朝ごくろうね、下界にはあなたを仰ぎ見たてまつる草一本、泉ひとつないのに、と言いました。太陽は答えました。わしはしかし太陽だ。太陽だから昇るのだ。見ることのできるものは見るがよい。私、学者でもなんでもないの。これだけ書くのにも、ずいぶん考えたし、なんどもなんども下書しました。あなたがよい初夢とよい初日出をごらんになって、もっともっと生きることに自信をお持ちなさるよう祈っているもののあることを、お知らせしたくて一生懸命に書きました。こんなことを、だしぬけに男のひとに書いてやるのは、たしなみなくて、わるいことだと思います。でも私、恥かしいことは、なんにも書きませんでした。私、わざと私の名前を書かないの。あなたはいまにきっと私をお忘れになってしまうだろうと思います。お忘れになってもかまわないの。おや、忘れていました。新年おめでとうございます。元旦。

（風の便りはここで終らぬ。）

あなたは私をおだましなさいました。あなたは私に、第二、第三の風の便りをも書かせると約束して置きながら、たっぷり葉書二枚ぶんのおかしな賀状の文句を書かせたきりで、私を死なせてしまうおつもりらしゅうございます。れいのご深遠なご吟味をまたおはじめになったのでございましょうか。私、こんなになるだろうということは、はじめから知っていました。でも私、ひょっとするとあの霊感とやらがあらわれて、どうやら私を生かしきることができるのではないかしら、とあなたのためにも私のためにもそればかりを祈っていました。やっぱり駄目なのね。まだお若いからかしら。いいえ、なんにもおっしゃいますな。いくさに負けた大将は、だまっているものだそうでございます。人の話に依(よ)りますと「ヘルマンとドロテア」も＊「野鴨(のがも)」も＊「あらし」も、みんなその作者の晩年に書かれたものだそうでございます。ひとに憩(いこ)いを与え、光明を投げてやるような作品を書くのに才能だけではいけないようです。もしも、あなたがこれから十年二十年とこのにくさげな世のなかにどうにかして＊炬火きどりで生きとおして、それから、もいちど忘れずに私をお呼びくだされたなら、私、どんなにうれしいでしょう。きっときっと参ります。約束してよ。さようなら。あら、あなたはこの原稿を破るおつもり？　およしなさいませ。このような文学に毒された、もじり言葉の詩とでもいったような男が、もし小説を書いたとしたなら、まずざっとこんなものだと素知らぬふりして書き加えでもして置くと、案外、世のなかのひとたちは、あなたの私を殺しっぷりがいいと言って、喝采を送るかも知れません。あなたのよろめくおすがたがさだめし大受けでございましょう。そしておかげで私の指さきもそれから脚も、もう三秒とたたぬうちに、みるみる冷くなるでございましょう。ほんとうは怒っていないの。だってあなたはわるくないし、いいえ、理窟はないんだ。ふっと好きなの。ああああ。あなた、仕合せは外から？　さようなら、坊ちゃん。もっと悪人におなり。

男は書きかけの原稿用紙に眼を落してしばらく考えてから、題を猿面冠者とした。それはどうにもならないほどしっくり似合った墓標である、と思ったからであった。

逆行

蝶蝶

老人ではなかった。二十五歳を越しただけであった。けれどもやはり老人であった。ふつうの人の一年一年を、この老人はたっぷり三倍三倍にして暮したのである。二度、自殺をし損った。そのうちの一度は情死であった。三度、留置場にぶちこまれた。思想の罪人としてであった。ついに一篇も売れなかったけれど、百篇にあまる小説を書いた。しかし、それはいずれもこの老人の本気でした仕業(しわざ)ではなかった。謂(い)わば道草であった。いまだにこの老人のひしがれた胸をとくとく打ち鳴らし、そのこけた頰をあからめさせるのは、酔いどれることと、ちがった女を眺めながらあくなき空想をめぐらすことと、二つであった。いや、その二つの思い出である。ひしがれた胸、こけた頰、それは嘘(うそ)でなかった。老人は、この日に死んだのである。老人の永い生涯に於(お)いて、嘘でなかったのは、生れたことと、死んだことと、二つであった。死ぬる間際まで嘘を吐いていた。老人は今、病床にある。遊びから受けた病気であった。老人には暮しに困らぬほどの財産があった。けれどもそれは、遊びあるくのには足りない財産であった。老人は、いま死ぬることを残念であるとは思わなかった。ほそぼそとした暮しは、老人には理解できないのである。

ふつうの人間は臨終ちかくなると、おのれの両のてのひらをまじまじと眺めたり、近親の瞳をぼんやり見あげているものであるが、この老人は、たいてい眼をつぶっていた。ぎゅっと固くつぶってみたり、ゆるくあけて瞼をぷるぷるそよがせてみたり、おとなしくそんなことをしているだけなのである。蝶蝶が見えるというのであった。青い蝶や、黒い蝶や、白い蝶や、黄色い蝶や、むらさきの蝶や、水色の蝶や、数千数万の蝶蝶がすぐ額のうえをいっぱいにむれ飛んでいるというのであった。わざとそういうのであった。十里とおくは蝶の霞。百万の羽ばたきの音は、真昼のあぶの唸りに似ていた。これは合戦をしているのであろう。翼の粉末が、折れた脚が、眼玉が、触角が、長い舌が、降るように落ちる。

食べたいものは、なんでも、と言われて、あずきかゆ、と答えた。老人が十八歳で始めて小説というものを書いたとき、臨終の老人が、あずきかゆ、を食べたいと呟くところの描写をなしたことがある。

あずきかゆは作られた。それは、お粥にゆで小豆を散らして、塩で風味をつけたものであった。老人の田舎のごちそうであった。眼をつぶって仰向のまま、二匙すると、もういい、と言った。ほかになにか、と問われ、うす笑いして、遊びたい、と答えた。老人の、ひとのよい無学ではあるが利巧な、若く美しい妻は、居並ぶ近親たちの手前、嫉妬でなく頬をあからめ、それから匙を握ったまま声しのばせて泣いたという。

盗賊

ことし落第ときまった。それでも試験は受けるのである。甲斐ない努力の美しさ。われはその美に心をひかれた。今朝こそわれは早く起き、まったく一年ぶりで学生服に腕をとおし、*菊花の御紋章かがやく高い大きい鉄の門をくぐった。おそるおそるくぐったのである。すぐに銀杏の並木がある。右側に十本、左側にも十本、いずれも巨木である。葉の繁るころ、この路はうすぐらく、地下道のようである。いまは一枚の葉もない。並木路のつきるところ、正面に赤い化粧煉瓦の大建築物。これは講堂*である。われはこの内部を入学式のとき、ただいちど見た。寺院の如き印象を受けた。いまわれは、この講堂の塔の電気時計を振り仰ぐ。試験には、まだ十五分の間があった。探偵小説家の父親の銅像に、いつくしみの瞳をそそぎつつ、右手のだらだら坂を下り、庭園に出たのである。これは、むかし、さるお大名*のお庭であった。池には鯉と緋鯉とすっぽんがいる。五六年まえまでには、ひとつがいの鶴が遊んでいた。いまでも、この草むらには蛇がいる。雁や野鴨の渡り鳥も、この池でその羽を休める。庭園は、ほんとうは二百坪にも足りないひろさなのであるが、見たところ千坪ほどのひろさなのだ。すぐれた造園術のしかけである。われは池畔の熊笹のうえに腰をおろし、背を樫の古木の根株にもたせ、両脚をながながと前方になげだした。小径をへだてて大小凸凹の岩がならび、そのかげからひろびろと池がひろがっている。曇天の下の池の面は白く光り、小波の皺をくすぐったげに畳んでいた。右足を左足のうえに軽くのせてから、われは呟く。

——われは盗賊。

まえの小径を大学生たちが一列に並んで通る。ひきもきらず、ぞろぞろと流れるように通るのである。いずれは、ふるさとの自慢の子。えらばれた秀才たち。ノオトのおなじ文章を読み、それをみんなみんなの大学生が、一律に暗記しようと努めていた。われは、ポケットから煙草を取りだし、一本、口にくわえた。マッチがないのである。

——火を借して呉れ。

ひとりの美男の大学生をえらんで声をかけてやった。うすみどり色の外套にくるまった、その大学生は立ちどまり、ノオトから眼をはなさず、くわえていた*金口の煙草をわれに与えた。与えてそのままのろのろと歩み去った。大学にもわれに匹敵する男がある。われはその金口の外国煙草からおのが安煙草に火をうつして、おもむろに立ちあがり、金口の煙草を力こめて地べたへ投げ捨て靴の裏でにくしみにくしみ踏みにじった。それから、ゆったり試験場へ現れたのである。

試験場では、百人にあまる大学生たちが、すべてうしろへうしろへと尻込みしていた。前方の席に坐るならば、思うがままに答案を書けまいと懸念しているのだ。われは秀才らしく最前列の席に腰をおろし、少し指先をふるわせつつ煙草をふかした。われには机のしたで調べるノオトもなければ、互いに小声で相談し合うひとりの友人もないのである。

やがて、あから顔の教授が、ふくらんだ鞄をぶらさげてあたふたと試験場へ駈け込んで来た。この男は、*日本一のフランス文学者である。われは、きょうはじめて、この男を見た。なかなかの柄であって、われは彼の眉間の皺に不覚ながら威圧を感じた。この男の弟子には、*日本一の詩人と日本一の評論家がいるそうな。日本一の小説家、われはそれを思い、ひそかに頬をほてらせた。教授がボオルドに問題を書きなぐっている間に、われの背後の大学生たちは、学問の話でなく、たいてい満洲の景気の話を囁（ささや）き合（あ）っているのである。ボオルドには、フランス語が五六行。教授は教壇の肘掛椅子（ひじかけいす）にだらしなく坐り、さもさも不気嫌そうに言い放った。

――こんな問題じゃ落第したくてもできめえ。

大学生たちは、ひくく力なく笑った。われも笑った。教授はそれから訳（わけ）のわからぬフランス語を二言三言つぶやき、教壇の机のうえでなにやら書きものを始めたのである。われはフランス語を知らぬ。どのような問題が出ても、*フロオベエルはお坊ちゃんである、と書くつもりでいた。われはしばらく思索にふけったふりをして眼を軽くつぶったり短い頭髪のふけを払い落したり、爪の色あいを眺めたりするのである。やがて、ペンを取りあげて書きはじめた。

――フロオベエルはお坊ちゃんである。弟子の*モオパスサンは大人である。芸術の美は所詮（しょせん）、市民への奉仕の美である。このかなしいあきらめを、フロオベエルは知らなかったしモオパスサンは知っていた。フロオベエルはおのれの処女作、*聖アントワンヌの誘惑に対する不評判の屈辱をそそごうとして、一生を棒にふった。所謂（いわゆる）*刳礫（こたく）の苦労をして、一作、一作を書き終えるごとに、世評はともあれ、彼の屈辱の傷はいよいよ激烈にうずき、痛み、彼の心の満たされぬ空洞が、いよいよひろがり、深まり、そうして死んだのである。傑作の幻影にだまくらかされ、永遠の美に魅せられ、浮かされ、とうとうひとりの近親はおろか、自分自身をさえ救うことができなんだ。*ボオドレエルこそは、お坊ちゃん。以上。

先生、及第させて、などとは書かないのである。二度くりかえして読み、書き誤りを見出さず、それから、左手に外套と帽子を持ち右手にそのいちまいの答案を持って、立ちあがった。われのうしろの秀才は、われの立ったために、あわてふためいていた。われの背こそは、この男の防風林になっていたのだ。ああ。その兎に似た愛らしい秀才の答案には、新進作家の名前が記されていたのである。われはこの有名な新進作家の狼狽を不憫に思いつつ、かのじじむさげな教授に意味ありげに一礼して、おのが答案を提出した。われはしずしずと試験場を、出るが早いかころげ落ちるように階段を駆け降りた。

戸外へ出て、わかい盗賊は、うら悲しき思いをした。この憂愁は何者だ。どこからやって来やがった。それでも、外套の肩を張りぐんぐんと大股つかって銀杏の並木にはさまれたひろい砂利道を歩きながら、空腹のためだ、と答えたのである。二十九番教室の地下に、大食堂がある。われは、そこへと歩をすすめた。

空腹の大学生たちは、地下室の大食堂からあふれ、入口よりして長蛇の如き列をつくり、地上にはみ出て、列の尾の部分は、銀杏の並木のあたりにまで達していた。ここでは、十五銭でかなりの昼食が得られるのである。一丁ほどの長さであった。

——われは盗賊。希代のすね者。かつて芸術家は人を殺さぬ。かつて芸術家はものを盗まぬ。おのれ。ちゃちな小利巧の仲間。

大学生たちをどんどん押しのけ、ようよう食堂の入口にたどりつく。入口には小さい貼紙があって、それにはこう書きしたためられていた。

——きょう、みなさまの食堂も、はばかりながら創業満三箇年の日をむかえました。それを祝福する内意もあり、わずかではございますが、奉仕させていただきたく存じます。

その奉仕の品品が、入口の傍の硝子棚のなかに飾られている。赤い車海老はパセリの葉の蔭に憩い、ゆで卵を半分に切った断面には、青い寒天の「寿」という文字がハイカラにくずされて画かれていた。試みに、食堂のなかを覗くと、奉仕の品品の饗応にあずかっている大学生たちの黒い密林のなかを白いエプロンかけた給仕の少女たちが、くぐりぬけすりぬけしてひらひら舞い飛んでいるのである。ああ、天井には万国旗。

大学の地下に匂う青い花、こそばゆい毒消しだ。よき日に来合せたるもの哉。ともに祝わん。ともに祝わん。

盗賊は落葉の如くはらはらと退却し、地上に舞いあがり、長蛇のしっぽにからだをいれ、みるみるすがたをかき消した。

決闘

それは外国の真似(まね)ではなかった。誇張(こちょう)でなしに、相手を殺したいと願望したからである。けれどもその動機は深遠でなかった。私とそっくりおなじ男がいて、この世にひとつものがふたつ要(い)らぬという心から憎しみ合ったわけでもなければ、その男が私の妻の以前のいろであって、いつもいつもその二度三度の事実をこまかく自然主義*ふうに隣人どもへ言いふらして歩いているというわけでもなかった。相手は、私とその夜はじめてカフェ*で落ち合ったばかりの、犬の毛皮の胴着をつけた若い百姓であった。私はその男の酒を盗んだのである。それが動機であった。

私は北方の城下まちの高等学校の生徒である。遊ぶことが好きなのである。けれども金銭には割にけちであった。ふだん友人の煙草ばかりをふかし、散髪をせず、辛抱(しんぼう)して五円の金がたまれば、ひとりでこっそりまちへ出てそれを一銭のこさず使った。一夜に、五円以上の金も使えなかったし、五円以下の金も使えなかった。しかも私はその五円でもって、つねに最大の効果を収めていたようである。私の貯(た)めた粒粒の小金を、まず友人の五円紙幣と交換するのである。手の切れるほどあたらしい紙幣であれば、私の心はいっそう跳った。私はそれを無雑作らしくポケットにねじこみ、まちへ出掛けるのだ。月に一度か二度のこの外出のために、私は生きていたのである。当時、私は、わけの判らぬ憂愁にいじめられていた。絶対の孤独と一切の懐疑。口に出して言っては汚い！　*ニイチェや*ビロンや*春夫よりも、モオパスサンやメリメや*鷗外のほうがほんものらしく思えた。私は、五円の遊びに命を打ち込む。

　私がカフェにはいっても、決して意気込んだ様子を見せなかった。遊び疲れたふうをした。夏ならば、冷いビールを、と言った。冬ならば、熱い酒を、と言った。私が酒を呑むのも、単に季節のせいだと思わせたかった。いやいやそうに酒を嚙みくだしつつ、私は美人の女給には眼もくれなかった。どこのカフェにも、色気に乏しい慾気ばかりの中年の女給がひとりばかりいるものであるが、私はそのような女給にだけ言葉をかけてやった。おもにその日の天候や物価について話し合った。私は、神も気づかぬ素早さで、呑みほした酒瓶の数を勘定するのが上手であった。テエブルに並べられたビイル瓶が六本になれば、日本酒の徳利が十本になれば、私は思い出したようにふらっと立ちあがり、お会計、とひくく呟くのである。五円を越えることはなかった。私は、わざとほうぼうのポケットに手をつっこんでみるのだ。金の仕舞いどころを忘れたつもりなのである。

いよいよおしまいにかのズボンのポケットに気がつくのであった。私はポケットの中の右手をしばらくもじもじさせる。五六枚の紙幣をえらんでいるかたちである。ようやく、私はいちまいの紙幣をポケットから抜きとり、それを十円紙幣であるか五円紙幣であるか確かめてから、女給に手渡すのである。釣銭は、少いけれど、と言って見むきもせず全部くれてやった。肩をすぼめ、大股をつかってカフェを出てしまって、学校の寮につくまで私はいちども振りかえらぬのである。翌る日から、また粒粒の小銭を貯めにとりかかるのであった。

決闘の夜、私は「ひまわり」というカフェにはいった。私は紺色の長いマントをひっかけ、純白の革手袋をはめていた。私はひとつカフェにつづけて二度は行かなかった。きまって五円紙幣を出すということに不審を持たれるのを怖れたのである。「ひまわり」への訪問は、私にとって二月ぶりであった。

そのころ私のすがたにどこやら似たところのある異国の一青年が、活動役者*として出世しかけていたので、私も少しずつ女の眼をひきはじめた。私がそのカフェの隅の倚子に坐ると、そこの女給四人すべてが、様様の着物を着て私のテエブルのまえに立ち並んだ。冬であった。私は、熱い酒を、と言った。そうしてさもさも寒そうに首筋をすくめた。活動役者との相似が、直接私に利益をもたらした。年若いひとりの女給が、私が黙っていても、煙草をいっぽんめぐんでくれたのである。

「ひまわり」は小さくてしかも汚い。*束髪を結った一尺に二尺くらいの顔の女のぐったりと頰杖をつき、くるみの実ほどの大きな歯をむきだして微笑んでいるポスタアが、東側の壁にいちまい貼られていた。ポスタアの裾には*カブトビイルと横に黒く印刷されてある。それと向い合った西側の壁には一坪ばかりの鏡がかけられていた。鏡は金粉を塗った額縁に収められているのである。北側の入口には赤と黒との縞のよごれた*モスリンのカアテンがかけられ、そのうえの壁に、沼のほとりの草原に裸で寝ころんで大笑いをしている西洋の女の写真がピンでとめつけられていた。南側の壁には、紙の風船玉がひとつ、くっついていた。それがすぐ私の頭のうえにあるのである。腹の立つほど、調和がなかった。三つのテエブルと十脚の椅子。中央にストオヴ。土間は板張りであった。私はこのカフェでは、とうてい落ちつけないことを知っていた。電気が暗いので、まだしも幸いである。

その夜、私は異様な歓待を受けた。私がその中年の女給に酌をされて熱い日本酒の最初の徳利をからにしたころ、さきに私に煙草をいっぽんめぐんで呉れたわかい女給が、突然、私の鼻先へ右のてのひらを差し出したのである。私はおどろかずに、ゆっくり顔をあげて、その女給の小さい瞳の奥をのぞいた。運命をうらなって呉れ、と言うのである。私はとっさのうちに了解した。たとえ私が黙っていても、私のからだから予言者らしい高い匂いが発するのだ。私は女の手に触れず、ちらと眼をくれ、きのう愛人を失った、と呟いた。当ったのである。そこで異様な歓待がはじまった。ひとりのふとった女給は、私を先生とさえ呼んだ。私は、みんなの手相を見てやった。十九歳だ。寅のとし生れだ。よすぎる男を思って苦労している。薔薇の花が好きだ。君の家の犬は、仔犬を産んだ。仔犬の数は六。ことごとく当ったのである。かの痩せた、眼のすずしい中年の女給は、ふたりの亭主を失ったと言われて、みるみる頸をうなだれた。この不思議の的中は、みんなのうちで、私をいちばん興奮させた。すでに六本の徳利をからにしていたのである。このとき、犬の毛皮の胴着をつけた若い百姓が入口に現われた。

　百姓は私のテエブルのすぐ隣りのテエブルに、こっちへ毛皮の背をむけて坐り、ウイスキイと言った。犬の毛皮の模様は、ぶちであった。この百姓の出現のために、私のテエブルの有頂天は一時さめた。私はすでに六本の徳利をからにしたことを、ちくちく悔いはじめたのである。もっともっと酔いたかった。こよいの歓喜をさらにさらに誇張してみたかったのである。あと四本しか呑めぬ。それでは足りない。足りないのだ。盗もう。このウイスキイを盗もう。女給たちは、私が金銭のために盗むのでなく、予言者らしい突飛な冗談と見てとって、かえって喝采を送るだろう。この百姓もまた、酔いどれの悪ふざけとして苦笑をもらすくらいのところであろう。盗め！　私は手をのばし、隣りのテエブルのそのウイスキイのコップをとりあげ、おちついて呑みほした。喝采は起らなかった。しずかになった。百姓は私のほうをむいて立ちあがった。外へ出ろ。そう言って、入口のほうへ歩きはじめた。私も、にやにや笑いながら百姓のあとについて歩いた。金色の額縁におさめられてある鏡を通りすがりにちらと覗いた。私は、ゆったりした美丈夫であった。鏡の奥底には、一尺に二尺の笑い顔が沈んでいた。私は心の平静をとりもどした。自信ありげに、モスリンのカアテンをぱっとはじいた。

THE HIMAWARIと黄色いロオマ字が書かれてある四角の軒燈の下で、私たちは立ちどまった。女給四人は、薄暗い門口に白い顔を四つ浮かせていた。

私たちは次のような争論をはじめたのである。

——あまり馬鹿にするなよ。

——馬鹿にしたのじゃない。甘えたのさ。いいじゃないか。

——おれは百姓だ。甘えられて、腹がたつ。

私は百姓の顔を見直した。短い角刈にした小さい頭と、うすい眉と、一重瞼の三白眼＊と、蒼黒い皮膚であった。身丈は私より確かに五寸はひくかった。私は、あくまで茶化してしまおうと思った。

――ウイスキイが呑みたかったのさ。おいしそうだったからな。

――おれだって呑みたかった。ウイスキイが惜しいのだ。それだけだ。

――君は正直だ。可愛い。

――生意気いうな。たかが学生じゃないか。つらにおしろいをぬたくりやがって。

――ところが僕は、易者(えきしゃ)だということになっている。予言者だよ。驚いたろう。

――酔ったふりなんかするな。手をついてあやまれ。

――僕を理解するには何よりも勇気が要る。いい言葉じゃないか。僕はフリイドリッヒ・ニイチェだ。

私は女給たちのとめて呉(く)れるのを、いまかいまかと待っていた。女給たちはしかし、そろって冷(つめた)い顔して私の殴(なぐ)られるのを待っていた。そのうちに私は殴られた。右のこぶしが横からぐんと飛んで来たので、私は首筋を素早くすくめた。十間(けん)ほどふっとんだ。私の白線の帽子が身がわりになって呉れたのである。私は微笑みつつ、わざとゆっくりその帽子を拾いに歩きはじめた。毎日毎日のみぞれのために、道はとろとろ溶けていた。しゃがんで、泥にまみれた帽子を拾ったとたんに、私は逃げようと考えた。五円たすかる。別のところで、もいちど呑むのだ。私は二あし三あし走った。滑(すべ)った。仰向にひっくりかえった。踏みつぶされた雨蛙(あまがえる)の姿に似ていたようであった。自身のぶざまが、私を少し立腹させたのである。手袋も上衣もズボンもそれからマントも、泥まみれになっている。私はのろのろと起きあがり、頭をあげて百姓のもとへ引返した。百姓は、女給たちに取りまかれ、まもられていた。誰ひとり味方がない。その確信が私の兇暴(きょうぼう)さを呼びさましたのである。

――お礼をしたいのだ。

せせら笑ってそう言ってから、私は手袋を脱ぎ捨て、もっと高価なマントをさえ泥のなかへかなぐり捨てた。私は自身の大時代なせりふとみぶりにやや満足していた。誰かとめて呉れ。

百姓は、もそもそと犬の毛皮の胴着を脱ぎ、それを私に煙草をめぐんで呉れた美人の女給に手渡して、それから懐(ふところ)のなかへ片手をいれた。

――汚い真似をするな。

私は身構えて、そう注意してやった。

懐から一本の銀笛が出た。銀笛は軒燈の灯にきらきら反射した。銀笛はふたりの亭主を失った中年の女給に手渡された。

百姓のこのよさが、私を夢中にさせたのだ。それは小説のうえでなく、真実、私はこの百姓を殺そうと思った。

——出ろ。

そう叫んで、私は百姓の向う臑を泥靴で力いっぱいに蹴あげた。蹴たおして、それから澄んだ三白眼をくり抜く。泥靴はむなしく空を蹴ったのである。私は自身の不恰好に気づいた。悲しく思った。ほのあたたかいこぶしが、私の左の眼から大きい鼻にかけて命中した。眼からまっかな焔が噴き出た。私はそれを見た。私はよろめいたふりをした。右の耳朶から頬にかけてぴしゃっと平手が命中した。私は泥のなかに両手をついた。とっさのうちに百姓の片脚をがぶと嚙んだ。脚は固かった。路傍の白楊の杙であった。私は泥にうつぶして、いまこそおいおい声をたてて泣こう泣こうとあせったけれど、あわれ、一滴の涙も出なかった。

くろんぼ

くろんぼは檻の中にはいっていた。檻の中は一坪ほどのひろさであって、まっくらい奥隅に、丸太でつくられた腰掛がひとつ置かれていた。くろんぼはそこに坐って、刺繡をしていた。このような暗闇のなかでどんな刺繡ができるものかと、少年は抜けめのない紳士のように、鼻の両わきへ深い皺をきざみこませ口まげてせせら笑ったものである。

*日本チャリネがくろんぼを一匹つれて来た。村は、どよめいた。ひとを食うそうである。まっかな角が生えている。全身に花のかたちのむらがある。少年は、まったくそれを信じないのであった。少年は思うのだ。村のひとたちも心から信じてそんな噂をしているのではあるまい。ふだんから夢のない生活をしているゆえ、こんなときにこそ勝手な伝説を作りあげ、信じたふりして酔っているのにちがいない。少年は村のひとたちのそんな安易な嘘を聞くたびごとに、歯ぎしりをし耳を覆い、飛んで彼の家へ帰るのであった。少年は村のひとたちの噂話を間抜けていると思うのだ。なぜこのひとたちは、もっとだいじなことがらを話し合わないのであろう。くろんぼは、雌だそうではないか。

チャリネの音楽隊は、村のせまい道をねりあるき、六十秒とたたぬうちに村の隅から隅にまで宣伝しつくすことができた。一本道の両側に三丁ほど茅葺の家が立ちならんでいるだけであったのである。音楽隊は、村のはずれに出てしまってもあゆみをとめないで、蛍の光の曲をくりかえしくりかえし奏しながら菜の花畠のあいだをねってあるいて、それから田植まっさいちゅうの田圃へ出て、せまい畦道を一列にならんで進み、村のひとたちをひとりも見のがすことなく浮かれさせ橋を渡って森を通り抜けて、半里はなれた隣村にまで行きついてしまった。

村の東端に小学校があり、その小学校のさらに東隣りが牧場であった。牧場は百坪ほどのひろさであってオランダげんげが敷きつめられ、二匹の牛と半ダアスの豚とが遊んでいた。チャリネはこの牧場に鼠色(ねずみいろ)したテントの小屋をかけた。牛と豚とは、飼主の納屋(なや)に移転したのである。

夜、村のひとたちは頰被りして二人三人ずつかたまってテントのなかにはいっていった。六、七十人のお客であった。少年は大人たちを殴りつけては押しのけ押しのけ、最前列へ出た。まるい舞台のぐるりに張りめぐらされた太いロオプに顎(あご)をのせかけて、じっとしていた。ときどき眼を軽くつぶって、うっとりしたふりをしていた。

かるわざの曲目は進行した。樽(たる)。*メリヤス。むちの音。それから*金襴(きんらん)。瘦せた老馬。まのびた喝采。*カアバイト。二十箇ほどのガス燈が小屋のあちこちにでたらめの間隔をおいて吊(つる)され、夜の昆虫どもがそれにひらひらからかっていた。テントの布地が足りなかったのであろう、小屋の天井に十坪ほどのおおきな穴があけっぱなしにされていて、そこから星空が見えるのだ。

くろんぼの檻が、ふたりの男に押されて舞台へ出た。檻の底に車輪の脚がついているらしくからからと音たてて舞台へ滑り出たのである。頰被りしたお客たちの怒号(どごう)と拍手。少年は、ものうげに眉をあげて檻の中をしずかに観察しはじめた。

少年は、せせら笑いの影を顔から消した。刺繡は日の丸の旗であったのだ。少年の心臓は、とくとく幽かな音たてて鳴りはじめた。兵隊やそのほか兵隊に似かよったような概念のためではない。くろんぼが少年をあざむかなかったからである。ほんとうに刺繍をしていたのだ。日の丸の刺繍は簡単であるから、闇のなかで手さぐりしながらでもできるのだ。ありがたい。このくろんぼは正直者だ。

やがて、＊燕尾服を着た仁丹の鬚のある太夫が、お客に彼女のあらましの来歴を告げて、それから、ケルリ、ケルリ、と檻に向って二声叫び、右手のむちを小粋に振った。むちの音が少年の胸を鋭くつき刺した。太夫に嫉妬を感じたのである。くろんぼは、立ちあがった。

むちの音におびやかされつつ、くろんぼはのろくさと二つ三つの芸をした。それは卑猥の芸であった。少年を置いてほかのお客たちはそれを知らぬのだ。ひとを食うか食わぬか。まっかな角があるかないか。そんなことだけが問題であったのである。

くろんぼのからだには、青い＊藺の腰蓑がひとつ、つけられていた。油を塗りこくってあるらしく、すみずみまでつよく光っていた。おわりに、くろんぼは謡をひとくさり唄った。伴奏は太夫のむちの音であった。シャアボン、シャアボン、という簡単な言葉である。少年は、その謡のひびきを愛した。どのようにぶざまな言葉でも、せつない心がこもっておれば、きっとひとを打つひびきが出るものだ。そう考えて、またぐっと眼をつぶった。

その夜、くろんぼを思い、少年はみずからを汚した。

翌朝、少年は登校した。教室の窓を乗り越え、背戸の小川を飛び越え、チャリネのテントめがけて走った。テントのすきまから、ほの暗い内部を覗いたのである。チャリネのひとたちは舞台にいっぱい蒲団を敷きちらし、ごろごろと芋虫のように寝ていた。学校の鐘が鳴りひびいた。授業がはじまるのだ。少年は、うごかなかった。くろんぼは寝ていないのである。さがしてもさがしても見つからぬのである。学校は、しんとなった。授業がはじまったのであろう。第二課、*アレキサンドル大王と医師フィリップ。むかしヨーロッパにアレキサンドル大王という英雄があった。少女の朗朗と読みあげる声をはっきり聞いた。少年は、うごかなかった。少年は信じていた。あのくろんぼは、ただの女だ。ふだんは檻から出て、みんなと遊んでいるのにちがいない。水仕事をしたり、煙草をふかしたり、日本語で怒ったり、そんな女だ。少女の朗読がおわり、教師のだみ声が聞えはじめた。信頼は美徳であると思う。アレキサンドル大王はこの美徳をもっていたがために、一命をまっとうしたようであります。みなさん。少年は、まだうごかずにいた。ここにいないわけはない。檻は、きっとからっぽの筈だ。少年は肩を固くした。こうして覗いているうちに、くろんぼは、こっそりおれのうしろにやって来て、ぎゅっと肩を抱きしめる。それゆえ背後にも油断をせず、抱きしめられるに恰好のいいように肩を小さく固くしたのであった。くろんぼは、きっと刺繍した日の丸の旗をくれるにちがいない。そのときおれは、弱味を見せずこう言ってやる。僕で幾人目だ。

　くろんぼは現れなかった。テントから離れ、少年は着物の袖（そで）でせまい額の汗を拭（ぬぐ）って、のろのろと学校へ引き返した。熱が出たのです。肺がわるいそうです。袴（はかま）に編みあげの靴をはいている男の老教師を、まんまとだました。自分の席についてからも、少年はごほごほと贋（にせ）の咳（せき）ばらいにむせかえった。

　村のひとたちの話に依（よ）れば、くろんぼは、やはり檻につめられたまま、幌馬車（ほろばしゃ）に積みこまれ、この村を去ったのである。太夫は、おのが身をまもるため、ピストルをポケットに忍ばせていた。

彼は昔の彼ならず

君にこの生活を教えよう。知りたいとならば、僕の家のものほし場まで来るとよい。其処でこっそり教えてあげよう。

僕の家のものほし場は、よく眺望がきくと思わないか。郊外の空気は、深くて、しかも軽いだろう？　人家もまばらである。気をつけ給え。君の足もとの板は、腐りかけているようだ。もっとこっちへ来るとよい。春の風だ。こんな工合いに、耳朶をちょろちょろとくすぐりながら通るのは、南風の特徴である。

見渡したところ、郊外の家の屋根屋根は、不揃いだと思わないか。君はきっと、銀座か新宿のデパアトの屋上庭園の木柵によりかかり、頬杖ついて、巷の百万の屋根屋根をぼんやり見おろしたことがあるにちがいない。巷の百万の屋根屋根は、皆々、同じ大きさで同じ形で同じ色あいで、ひしめき合いながらかぶさりかさなり、はては黴菌と車塵とでうす赤くにごらされた巷の霞のなかにその端を沈没させている。君はその屋根屋根のしたの百万の一律な生活を思い、眼をつぶってふかい溜息を吐いたにちがいないのだ。見られるとおり、郊外の屋根屋根は、それと違う。一つ一つが、その存在の理由を、ゆったりと主張しているようではないか。あの細長い煙突は、桃の湯という銭湯屋のものであるが、青い煙を風のながれるままにおとなしく北方へなびかせている。あの煙突の真下の赤い西洋甍は、なんとかいう有名な将軍のものであって、あのへんから毎夜、謡曲のしらべが聞えるのだ。赤い甍から椎の並木がうねうねと南へ伸びている。並木のつきたところに白壁が鈍く光っている。質屋の土蔵である。三十歳を越したばかりの小柄で怜悧な女主人が経営しているのだ。このひとは僕と路で行き逢っても、僕の顔を見ぬふりをする。挨拶を受けた相手の名誉を顧慮しているのである。土蔵の裏手、翼の骨骼のようにばさと葉をひろげているきたならしい樹木が五六ぽん見える。あれは棕梠である。あの樹木に覆われているひくいトタン屋根は、左官屋のものだ。左官屋はいま牢のなかにいる。細君をぶち殺したのである。左官屋の毎朝の誇りを、細君が傷つけたからであった。左官屋には、毎朝、牛乳を半合ずつ飲むという贅沢な楽しみがあったのに、その朝、細君が過って牛乳の瓶をわった。そうしてそれをさほどの過失ではないと思っていた。左官屋には、それがむらむらうらめしかったのである。細君はその場でいきをひきとり、左官屋は牢へ行き、左官屋の十歳ほどの息子が、このあいだ駅の売店のまえで新聞を買って読んでいた。僕はその姿を見た。けれども、僕の君に知らせようとしている生活は、こんな月並みのものでない。

こっちへ来給え。このひがしの方面の眺望は、また一段とよいのだ。人家もいっそうまばらである。あの小さな黒い林が、われわれの眼界をさえぎっている。あれは杉の林だ。あのなかには、お稲荷(いなり)をまつった社(やしろ)がある。林の裾(すそ)のぽっと明るいところは、菜(な)の花畠(はなばたけ)であって、それにつづいて手前のほうに百坪ほどの空地が見える。龍という緑の文字が書かれてある紙凧(かみだこ)がひっそりあがっている。あの紙凧から垂れさがっている長い尾を見るとよい。尾の端からまっすぐに下へ線をひいてみると、ちょうど空地の東北の隅に落ちるだろう？　君はもはや、その箇所にある井戸を見つめている。いや、井戸の水を吸上喞筒(すいあげポンプ)で汲みだしている若い女を見つめている。それでよいのだ。はじめから僕は、あの女を君に見せたかったのである。

まっ白いエプロンを掛けている。あれはマダムだ。水を汲みおわって、バケツを右の手に持って、そうしてよろよろと歩きだす。どの家へはいるだろう。空地の東側には、ふとい*孟宗竹(もうそうちく)が二三十本むらがって生えている。見ていたまえ。女は、あの孟宗竹のあいだをくぐって、それから、ふっと姿をかき消す。それ。僕の言ったとおりだろう？見えなくなった。けれど気にすることはない。僕はあの女の行くさきを知っている。孟宗竹のうしろは、なんだかぼんやり赤いだろう。紅梅が二本あるのだ。蕾がふくらみはじめたにちがいない。あのうすあかい霞の下に、黒い日本甍の屋根が見える。あの屋根だ。あの屋根のしたに、いまの女と、それから彼女の亭主とが寝起している。なんの奇もない屋根のしたに、知らせて置きたい生活がある。ここへ坐ろう。

あの家は元来、僕のものだ。三畳と四畳半と六畳と、三間ある。間取りもよいし、日当りもわるくないのだ。十三坪のひろさの裏庭がついていて、あの二本の紅梅が植えられてあるほかに、かなりの大きさの百日紅もあれば、＊霧島躑躅が五株ほどもある。昨年の夏には、玄関の傍に＊南天燭を植えてやった。それで屋賃が十八円である。高すぎるとは思わぬ。二十四五円くらい貰いたいのであるが、駅から少し遠いゆえ、そうもなるまい。高すぎるとは思わぬ。それでも一年、ためている。あの家の屋賃は、もともと、そっくり僕のお小使いになる筈なのであるが、おかげで、この一年間というもの、僕は様様のつきあいに肩身のせまい思いをした。

いまの男に貸したのは、昨年の三月である。裏庭の霧島躑躅がようやく若芽を出しかけていた頃であった。そのまえには、むかし水泳の選手として有名であった或る銀行員が、その若い細君とふたりきりで住まっていた。銀行員は気の弱弱しげな男で、酒ものまず、煙草ものまず、どうやら女好きであった。それがもとで、よく夫婦喧嘩をするのである。けれども屋賃だけはきちんきちんと納めたのだから、僕はそのひとに就いてあまり悪く言えない。銀行員は、あしかけ三年いて呉れた。名古屋の支店へ左遷されたのである。ことしの年賀状には、百合とかいう女の子の名前とそれから夫婦の名前と三つならべて書かれていた。銀行員のまえには、三十歳くらいのビイル会社の技師に貸していた。母親と妹の三人暮しで、一家そろって無愛想であった。技師は、服装に無頓着な男で、いつも青い*菜葉服を着ていて、しかもよい市民であったようである。母親は白い頭髪を短く角刈にして、気品があった。妹は二十歳前後の小柄な痩せた女で、*矢絣模様の銘仙を好んで着ていた。あんな家庭を、つつましやかと呼ぶのであろう。ほぼ半年くらい住まって、それから品川のほうへ越していったけれど、その後の消息を知らない。僕にとっては、その当時こそ何かと不満もあったのであるが、いまになって考えてみると、あの技師にしろ、また水泳選手にしろ、よい部類の*店子であったのである。俗にいう店子運がよかったわけだ。それが、いまの三代目の店子のために、すっかりマイナスにされてしまった。

いまごろはあの屋根のしたで、寝床にもぐりこみながらゆっくりホープ*をくゆらしているにちがいない。そうだ。ホープを吸うのだ。金のないわけはない。それでも屋賃を払わないのである。はじめからいけなかった。黄昏（たそがれ）に、木下と名乗って僕の家へやって来たのであるが、玄関のたたきにつったったまま、書道を教えている、お宅の借家に住まわせていただきたい、というようなそれだけの意味のことを妙にひとなつこく搦（から）んで来るような口調で言った。痩せていて背のきわめてひくい、細面（ほそおもて）の青年であった。肩から袖口にかけての折目がきちんと立っているま新しい＊久留米絣（くるめがすり）の袷（あわせ）を着ていたのである。たしかに青年に見えた。あとで知ったが、四十二歳だという。僕より十も年うえである。そう言えば、あの男の口のまわりや眼のしたに、たるんだ皺（しわ）がたくさんあって、青年ではなさそうにも見えるのであるが、それでも、四十二歳は嘘（うそ）であろうと思う。いや、それくらいの嘘は、あの男にしては何も珍らしくないのである。はじめ僕の家へ来たときから、もうすでに大嘘を吐いている。僕は彼の申し出にたいして、お気にいったならば、と答えた。僕は、店子の身元についてこれまで、あまり深い詮索（せんさく）をしなかった。失礼なことだと思っている。敷金（しききん）のことについて彼はこんなことを言った。

「敷金は二つですか？　そうですか。いいえ、失礼ですけれど、それでは五十円だけ納めさせていただきます。いいえ。私ども、持っていましたところで、使ってしまいます。あの、貯金のようなものですものな。ほほ。明朝すぐに引越しますよ。敷金はそのおり、ごあいさつかたがた持ってあがりましょうね。いけないでしょうかしら？」

こんな工合いである。いけないとは言えないだろう。それに僕は、ひとの言葉をそのままに信ずる主義である。だまされたなら、それはだましたほうが悪いのだ。僕は、かまいません、あすでもあさってでもと答えた。男は、甘えるように微笑(ほほえ)みながらていねいにお辞儀をして、しずかに帰っていった。残された名刺には、住所はなくただ木下青扇とだけ平字で印刷され、その文字の右肩には、自由天才流書道教授とペンで小汚く書き添えられていた。僕は他意なく失笑した。翌(あく)る朝、青扇夫婦はたくさんの世帯道具をトラックで二度も運ばせて引越して来たのであるが、五十円の敷金はついにそのままになった。よこすものか。

引越してその日のひるすぎ、青扇は細君と一緒に僕の家へ挨拶しに来た。彼は黄色い毛糸のジャケツを着て、ものものしくゲエトルをつけ、女ものらしい塗下駄(ぬりげた)をはいていた。僕が玄関へ出て行くとすぐに、「ああ。やっとお引越しがおわりましたよ。こんな恰好(かっこう)でおかしいでしょう?」

それから僕の顔をのぞきこむようにしてにっと笑ったのである。僕はなんだかてれくさい気がして、たいへんですな、とよい加減な返事をしながら、それでも微笑をかえしてやった。

「うちの女です。よろしく。」

青扇は、うしろにひっそりたたずんでいたやや大柄な女のひとを、おおげさに顎でしゃくって見せた。僕たちは、お辞儀をかわした。麻の葉模様の緑がかった青い銘仙の袷に、やはり銘仙らしい絞り染の朱色の羽織をかさねていた。僕はマダムのしもぶくれのやわらかい顔をちらと見て、ぎくっとしたのである。顔を見知っているというわけでもないのに、それでも強く、とむねを突かれた。色が抜けるように白く、片方の眉がきりっとあがって、それからもう一方の眉は平静であった。眼はいくぶん細いようであって、うすい下唇をかるく噛んでいた。はじめ僕は、怒っているのだと思ったのである。けれどもそうでないことをすぐに知った。マダムはお辞儀をしてから、青扇にかくすようにして大型の*熨斗袋をそっと玄関の式台にのせ、おしるしに、とひくいがきっぱりした語調で言った。それからもいちどゆっくりお辞儀をしたのである。お辞儀をするときにもやはり片方の眉をあげて、下唇を噛んでいた。僕は、これはこのひとのふだんからの癖なのであろうと思った。そのまま青扇夫婦は立ち去ったのであるが、僕はしばらくぽかんとしていた。それからむかむか不愉快になった。敷金のこともあるし、それよりもなによりも、なんだか、してやられたようないらだたしさに堪えられなくなったのである。僕は式台にしゃがんで、その恥かしく大きな熨斗袋をつまみあげ、なかを覗いてみたのである。お蕎麦屋の五円切手がはいっていた。ちょっとの間、僕には何も訳がわからなかった。五円の切手とは、莫迦げたことである。ふと、僕はいまわしい疑念にとらわれた。ひょっとすると敷金のつもりなのではあるまいか。そう考えたのである。それならこれはいますぐにでもたたき返さなければいけない。僕は、我慢できない胸くその悪さを覚え、その熨斗袋を懐にし、青扇夫婦のあとを追っかけるようにして家を出たのだ。

青扇もマダムも、まだ彼等の新居に帰ってはいなかった。帰途、買い物にでもまわったのであろうと思って、僕はその不用心にもあけ放されてあった玄関からこのこ家へはいりこんでしまった。ここで待ち伏せていてやろうと考えたのである。ふだんならば僕も、こんな乱暴な料簡は起さないのであるが、どうやら懐中の五円切手のおかげで少し調子を狂わされていたらしいのである。僕は玄関の三畳間をとおって、六畳の居間へはいった。この夫婦は引越しにずいぶん馴れているらしく、もうはや、あらかた道具もかたづいていて、床の間には、二三輪のうす赤い花をひらいているぼけの素焼の鉢が飾られていた。軸は、仮表装の北斗七星の四文字である。文句もそうであるが、書体はいっそう滑稽であった。糊刷毛かなにかでもって書いたものらしく、仰山に肉の太い文字で、そのうえ目茶苦茶ににじんでいた。落款らしいものもなかったけれど、僕はひとめで青扇の書いたものだと断定を下した。つまりこれは、自由天才流なのであろう。僕は奥の四畳半にはいった。簞笥や鏡台がきちんと場所をきめて置かれていた。首の細い脚の巨大な裸婦のデッサンがいちまい、まるいガラス張りの額縁に収められ、鏡台のすぐ傍の壁にかけられていた。これはマダムの部屋なのであろう。まだ新しい桑の長火鉢と、それと揃いらしい桑の小綺麗な茶箪笥とが壁際にならべて置かれていた。長火鉢には鉄瓶がかけられ、火がおこっていた。僕は、まずその長火鉢の傍に腰をおちつけて、煙草を吸ったのである。引越したばかりの新居は、ひとを感傷的にするものらしい。僕も、あの額縁の画についての夫婦の相談や、この長火鉢の位置についての争論を思いやって、やはり生活のあらたまった折の甲斐甲斐しいいきごみを感じたわけであった。煙草を一本吸っただけで、僕は腰を浮かせた。五月になったら畳をかえてやろう。そんなことを思いながら僕は玄関から外へ出て、あらためて玄関の傍の*枝折戸から庭のほうへまわり、六畳間の縁側に腰かけて青扇夫婦を待ったのである。

青扇夫婦は、庭の百日紅の幹が夕日に赤く染まりはじめたころ、ようやく帰って来た。案のじょう買い物らしく、青扇は箒をいっぽん肩に担いで、マダムは、くさぐさの買いものをつめたバケツを重たそうに右手にさげていた。彼等は枝折戸をあけてはいって来たので、すぐに僕のすがたを認めたのであるが、たいして驚きもしなかった。

「これは、おおやさん。いらっしゃい。」

青扇は箒をかついだまま微笑んでかるく頭をさげた。

「いらっしゃいませ。」

マダムも例の眉をあげて、それでもまえよりはいくぶんくつろいだようにちかと白い歯を見せ、笑いながら挨拶した。

僕は内心こまったのである。敷金のことはきょうは言うまい。蕎麦の切手についてだけたしなめてやろうと思った。けれど、それも失敗したのである。僕はかえって青扇と握手を交し、そのうえ、だらしのないことであるが、お互いのために万歳をさえとなえたのだ。

青扇のすすめるがままに、僕は縁側から六畳の居間にあがった。僕は青扇と対座して、どういう工合いに話を切りだしてよいか、それだけを考えていた。僕がマダムのいれてくれたお茶を一口すすったとき、青扇はそっと立ちあがって、そうして隣りの部屋から将棋盤を持って来たのである。君も知っているように僕は将棋の上手である。一番くらいは指してもよいなと思った。客とろくに話もせぬうちに、だまって将棋盤を持ちだすのは、これは将棋のひとり天狗(てんぐ)のよくやりたがる作法である。それではまず、ぎゅっと言わせてやろう。僕も微笑みながら、だまって駒(こま)をならべた。青扇の棋風(きふう)は不思議であった。ひどく早いのである。こちらもそれに釣られて早く指すならば、いつの間にやら王将をとられている。そんな棋風であった。謂(い)わば奇襲である。僕は幾番となく負けて、そのうちにだんだん熱狂しはじめたようであった。部屋が少しうすぐらくなったので、縁側に出て指しつづけた。結局は、十対六くらいで僕の負けになったのであるが、僕も青扇もぐったりしてしまった。

青扇は、勝負中は全く無口であった。しっかとあぐらの腰をおちつけて、つまり斜めにかまえていた。

「おなじくらいですな。」彼は駒を箱にしまいこみながら、まじめに呟いた。「横になりませんか。あああ。疲れましたね。」

僕は失礼して脚をのばした。頭のうしろがちきちき痛んだ。青扇も将棋盤をわきへのけて、縁側へながながと寝そべった。そうして夕闇に包まれはじめた庭を頰杖ついて眺めながら、

「おや。かげろう！」ひくく叫んだ。「不思議ですねえ。ごらんなさいよ。いまじぶん、かげろうが。」

僕も、縁側に這いつくばって、庭のしめった黒土のうえをすかして見た。はっと気づいた。まだ要件をひとことも言わぬうちに、将棋を指したり、かげろうを捜したりしているおのれの呆け加減に気づいたのである。僕はあわてて坐り直した。

「木下さん。困りますよ。」そう言って、例の熨斗袋を懐から出したのである。「これ

は、いただけません。」

青扇はなぜかぎょっとしたらしく顔つきを変えて立ちあがった。僕も身構えた。

「なにもございませんけれど。」

マダムが縁側へ出て来て僕の顔を覗いた。部屋には電燈がぼんやりともっていたのである。

「そうか。そうか。」青扇は、せかせかした調子でなんども首肯きながら、眉をひそめ、何か遠いものを見ているようであった。「それでは、さきにごはんをたべましょう。お話は、それからゆっくりいたしましょうよ。」

僕はこのうえめしのごちそうになど、なりたくなかったのであるが、とにかくこの熨斗袋の始末だけはつけたいと思い、マダムについて部屋へはいった。それがよくなかったのである。酒を呑んだのだ。マダムに一杯すすめられたときには、これは困ったことになったと思った。けれども二杯三杯とのむにつれて、僕はしだいしだいに落ちついて来たのである。

はじめ青扇の自由天才流をからかうつもりで、床の軸物をふりかえって見て、これが自由天才流ですかな、と尋ねたものだ。すると青扇は、酔いですこし赤らんだ眼のほとりをいっそうぽっと赤くして、苦しそうに笑いだした。

「自由天才流？　ああ。あれは嘘ですよ。なにか職業がなければ、このごろの大家さんたちは貸してくれないということを聞きましたので、ま、あんな出鱈目をやったのです。怒っちゃいけませんよ。」そう言ってから、またひとしきりむせかえるようにして笑った。「これは、古道具屋で見つけたのです。こんなふざけた書家もあるものかとおどろいて、三十銭かいくらで買いました。文句も北斗七星とばかりでなんの意味もないものですから気にいりました。私はげてものが好きなのですよ。」

僕は青扇をよっぽど傲慢な男にちがいないと思った。傲慢な男ほど、おのれの趣味をひねりたがるようである。

「失礼ですけれど、無職でおいでですか？」

また五円の切手が気になりだしたのである。きっとよくない仕掛けがあるにちがいないと考えた。

「そうなんです。」杯をふくみながら、まだにやにや笑っていた。「けれども御心配は要りませんよ。」

「いいえ。」なるたけよそよそしくしてやるように努めたのである。「僕は、はっきり言いますけれど、この五円の切手がだいいちに気がかりなのです。」

マダムが僕にお酌をしながら口を出した。

「ほんとうに。」ふくらんでいる小さい手で襟元を直してから微笑んだ。「木下がいけないのですの。こんどの大家さんは、わかくて善良らしいとか、そんな失礼なことを言いまして、あの、むりにあんなおかしげな切手を作らせましたのでございますの。ほんとうに。」

「そうですか。」僕は思わず笑いかけた。「そうですか。僕もおどろいたのです。敷金の、」滑らせかけて口を噤んだ。

「そうですか。」青扇が僕の口真似をした。「わかりました。あした持ってあがりましょうね。銀行がやすみなのです。」

そう言われてみるときょうは日曜であった。僕たちはわけもなく声を合せて笑いこけた。

僕は学生時代から天才という言葉が好きであった。ロンブロオゾオやショオペンハウエルの天才論を読んで、ひそかにその天才に該当するような人間を捜しあるいたものであったが、なかなか見つからないのである。高等学校にはいっていたとき、そこの歴史の坊主頭をしたわかい教授が、全校の生徒の姓名とそれぞれの出身中学校とを悉くそらんじているという評判を聞いて、これは天才でなかろうかと注目していたのだが、それにしては講義がだらしなかった。あとで知ったことだけれど、生徒の姓名とその各々の出身中学校とを覚えているというのは、この教授の唯一の誇りであって、それらを記憶して置くために骨と肉と内臓とを不具にするほどの難儀をしていたのだそうである。いま僕は、こうして青扇と対座して話合ってみるに、その骨骼といい、頭恰好といい、瞳のいろといい、それから音声の調子といい、まったくロンブロオゾオやショオペンハウエルの規定している天才の特徴と酷似しているのである。たしかに、そのときにはそう思われた。蒼白瘦削。短軀猪首。台詞がかった鼻音声。

酒が相当にまわって来たところ、僕は青扇にたずねたのである。

「あなたは、さっき職業がないようなことをおっしゃったけれど、それでは何か研究でもしておられるのですか？」

「研究？」青扇はいたずら児のように、首をすくめて大きい眼をくるっとまわしてみせた。「なにを研究するの？　私は研究がきらいです。よい加減なひとり合点の註釈をつけることでしょう？　いやですよ。私は創るのだ。」

「なにをつくるのです。発明かしら？」

青扇はくつくつと笑いだした。黄色いジャケツを脱いでワイシャツ一枚になり、

「これは面白くなったですねえ。そうですよ。発明ですよ。無線電燈の発明だよ。世界じゅうに一本も電柱がなくなるというのはどんなにさばさばしたことでしょうね。だ

いいち、あなた、ちゃんばら活動のロケエションが大助かりです。私は役者ですよ。」

マダムは眼をふたつ乍ら煙ったそうに細めて、青扇のでらでら油光りしだした顔をぼんやり見あげた。

「だめでございますよ。酔っぱらったのですの。いつもこんな出鱈目ばかり申して、こまってしまいます。お気になさらぬように。」

「なにが出鱈目だ。うるさい。おおやさん、私はほんとに発明家ですよ。どうすれば人間、有名になれるか、これを発明したのです。それ、ごらん。膝を乗りだして来たじゃないか。これだ。いまのわかいひとたちは、みんなみんな有名病という奴にかかっているのです。少しやけくそな、しかも卑屈な有名病にね。君、いや、あなた、飛行家におなり。世界一周の早まわりのレコオド。どうかしら？ 死ぬる覚悟で眼をつぶって、どこまでも西へ西へと飛ぶのだ。眼をあけたときには、群集の山さ。地球の寵児さ。たった三日の辛抱だ。どうかしら？ やる気はないかな。意気地のない野郎だねえ。ほっほっほ。いや、失礼。それでなければ犯罪だ。なあに、うまくいきますよ。自分さえがっちりしてれあ、なんでもないんだ。人を殺すもよし、ものを盗むもよし、ただ少しおおがかりな犯罪ほどよいのですよ。大丈夫。見つかるものか。時効のかかったころ、堂々と名乗り出るのさ。あなた、もてますよ。けれどもこれは、飛行機の三日間にくらべると、十年間くらいの我慢だから、あなたがた近代人には鳥渡ふむきですね。よし。それでは、ちょうどあなたにむくくらいのつつましい方法を教えましょう。君みたいな助平ったれの、小心ものの、薄志弱行の徒輩には、醜聞という恰好の方法があるよ。まずまあ、この町内では有名になれる。人の細君と駈落ちしたまえ。え？」

　僕はどうでもよかった。酒に酔ったときの青扇の顔は僕には美しく思われた。この顔はありふれていない。僕はふと*プーシュキンを思い出したのである。どこかで見たことのある顔と思っていたのであるが、これはたしかに、えはがきやの店頭で見たプーシュキンの顔なのであった。みずみずしい眉のうえに、老いつかれた深い皺が幾きれも刻まれてあったあのプーシュキンの死面なのである。

　僕もしたたかに酔ったようであった。とうとう、僕は懐中の切手を出し、それでもってお蕎麦屋から酒をとどけさせたのである。そうして僕たちは更に更にのんだのである。ひとと始めて知り合ったときのあの浮気に似たときめきが、ふたりを気張らせ、無智な雄弁によってもっともっとおのれを相手に知らせたいというようなじれったさを僕たちはお互いに感じ合っていたようである。僕たちは、たくさんの贋の感激をして、幾度となく杯をやりとりした。気がついたときには、もうマダムはいなかった。寝てしまったのであろう。帰らなければなるまい、と僕は考えた。帰りしなに握手をした。

「君を好きだ。」僕はそう言った。

「私も君を好きなのだよ。」青扇もそう答えたようである。

「よし。万歳！」

「万歳。」

たしかにそんな工合いであったようである。僕には、酔いどれると万歳と叫びたてる悪癖があるのだ。

酒がよくなかった。いや、やっぱり僕がお調子ものだったからであろう。そのままずるずると僕たちのおかしなつきあいがはじまったのである。泥酔(でいすい)した翌(あく)る日いちにち、僕は狐(きつね)か狸(たぬき)にでも化かされたようなぼんやりした気持ちであった。青扇は、どうしても普通でない。僕もこのとしになるまで、まだ独身で毎日毎日をぶらりぶらり遊んですごしているゆえ、親類縁者たちから変人あつかいを受けていやしめられているのであるが、けれども僕の頭脳はあくまで常識的である。妥協(だきょう)的である。通常の道徳を奉じて生きて来た。謂(い)わば、健康でさえある。それにくらべて青扇は、どうやら、けたがはずれているようではないか。断じてよい市民ではないようである。僕は青扇の家主として、彼の正体のはっきり判(わか)るまではすこし遠ざかっていたほうがいろいろと都合がよいのではあるまいか、そうも考えられて、それから四五日のあいだは知らぬふりをしていた。

ところが、引越して一週間くらいたったころに、青扇とまた逢ってしまった。それが銭湯屋の湯槽(ゆぶね)のなかである。僕が風呂の流し場に足を踏みいれたとたんに、やあ、と大声をあげたものがいた。ひるすぎの風呂には他のひとの影がなかった。青扇がひとり湯槽につかっていたのである。僕はあわててしまい、あがり湯のカランのまえにしゃがんで石鹸(せっけん)をてのひらに塗り無数の泡を作った。よほどあわてていたものとみえる。はっと気づいたけれど、僕はそれでもわざとゆっくり、カランから湯を出して、てのひらの泡を洗いおとし、湯槽へはいった。

「先晩はどうも。」僕は流石(さすが)に恥かしい思いであった。

「いいえ。」青扇はすましこんでいた。「あなた、これは木曽川の上流ですよ。」

僕は、青扇の瞳の方向によって、彼が湯槽のうえのペンキ画について言っているのだということを知った。

「ペンキ画のほうがよいのですよ。ほんとうの木曽川よりはね。いいえ。ペンキ画だからよいのでしょう。」そう言いながら僕をふりかえってみて微笑んだ。

「ええ。」僕も微笑んだ。彼の言葉の意味がわからなかったのである。

「これでも苦労したものですよ。良心のある画ですね。これを画いたペンキ屋の奴、この風呂へは、決して来ませんよ。」

「来るのじゃないでしょうか。自分の画を眺めながら、しずかにお湯にひたっているというのもわるくないでしょう。」

僕のそういったような言葉はどうやら青扇の侮蔑(ぶべつ)を買ったらしく彼は、さあ、と言ったきりで、自分の両手の手の甲をそろっと並べ、十枚の爪を眺めていた。

青扇は、さきに風呂から出た。僕は湯槽のお湯にひたりながら、脱衣場にいる青扇をそれとなく見ていた。きょうは鼠(ねずみ)いろの*紬(つむぎ)の袷を着ている。彼があまりにも永く自分のすがたを鏡にうつしてみているのには、おどろかされた。やがて、僕も風呂から出たのであるが、青扇は、脱衣場の隅の椅子にひっそり坐って煙草をくゆらしながら僕を待っていてくれた。僕はなんだか息苦しい気持ちがした。ふたり一緒に銭湯屋を出て、みちみち彼はこんなことを呟いた。

「はだかのすがたを見ないうちは気を許せないのです。いいえ。男と男とのあいだのことですよ。」

その日、僕は誘われるがままに、また青扇のもとを訪れた。途中、青扇とわかれ、いったん僕の家へ寄り頭髪の手入れなどを少しして、それから約束したとおり、すぐに青扇のうちへ出かけたのである。けれども青扇はいなかったのだ。マダムがひとりいた。入日のあたる縁側で夕刊を読んでいたのである。僕は玄関のわきの枝折戸をあけて、小

庭をつき切り、縁先に立った。いないのですか、と聞いてみると、

「ええ。」新聞から眼を離さずにそう答えた。下唇をつよく噛んで、不気嫌であった。

「まだ風呂から帰らないのですか？」

「そう。」

「はて。僕と風呂で一緒になりましてね。遊びに来いとおっしゃったものですから。」

「あてになりませんのでございますよ。」恥かしそうに笑って、夕刊のペエジを繰った。

「それでは、しつれいいたします。」

「あら。すこしお待ちになったら？　お茶でもめしあがれ。」マダムは夕刊を畳んで僕のほうへのべてよこした。

僕は縁側に腰をおろした。庭の紅梅の粒々の蕾は、ふくらんでいた。

「木下を信用しないほうがよござんすよ。」

だしぬけに耳のそばでそう囁かれて、ぎょっとした。マダムは僕にお茶をすすめた。

「なぜですか？」僕はまじめであった。

「だめなんですの。」片方の眉をきゅっとあげて小さい溜息を吐いたのである。

僕は危く失笑しかけた。青扇が日頃、へんな自矜の怠惰にふけっているのを真似て、この女も、なにかしら特異な才能のある夫にかしずくことの苦労をそれとなく誇ってい

るのにちがいないと思ったのである。爽快(そうかい)な嘘を吐くものかなと僕は内心おかしかった。けれどこれしきの嘘には僕も負けてはいないのである。

「出鱈目は、天才の特質のひとつだと言われていますけれど。その瞬間瞬間の真実だけを言うのです。豹変(ひょうへん)という言葉がありますね。わるくいえば*オポチュニストです。」

「天才だなんて。まさか。」マダムは、僕のお茶の飲みさしを庭に捨てて、代りをいれた。

僕は湯あがりのせいで、のどが渇いていた。熱い番茶をすすりながら、どうして天才でないことを言い切れるか、と追及してみた。はじめから、少しでも青扇の正体らしいものをさぐり出そうとかかっていたわけである。

「威張(いば)るのですの。」そういう返事であった。

「そうですか。」僕は笑ってしまった。

この女も青扇とおなじように、うんと利巧(りこう)かうんと莫迦かどちらかであろう。とにかく話にならないと思ったのだ。けれど僕は、マダムが青扇をかなり愛しているらしいということだけは知り得たつもりであった。黄昏の靄(もや)にぼかされて行く庭を眺めながら、僕はわずかの妥協をマダムに暗示してやった。

「木下さんはあれでやはり何か考えているのでしょう。それなら、ほんとの休息なんてないわけですね。なまけてはいないのです。風呂にはいっているときでも、爪を切っているときでも。」

「まあ。だからいたわってやれとおっしゃるの?」

僕には、それが相当むきな調子に聞えたので、いくぶんせせら笑いの意味をこめて、なにか喧嘩でもしたのですか、と反問してやった。

「いいえ。」マダムは可笑(おか)しそうにしていた。

喧嘩をしたのにちがいないのだ。しかも、いまは青扇を待ちこがれているのにきまっている。

「しつれいしましょう。ああ。またまいります。」

夕闇がせまっていて百日紅の幹だけが、軟(やわ)らかに浮きあがって見えた。僕は庭の枝折戸に手をかけ、振りむいてマダムにもいちど挨拶した。マダムは、ぽつんと白く縁側に立っていたが、ていねいにお辞儀を返した。僕は心のうちで、この夫婦は愛し合っているのだ、とわびしげに呟いたことである。

愛し合っているということは知り得たものの、青扇の何者であるかは、どうも僕にはよくつかめなかったのである。いま流行のニヒリストだとでもいうのか、それともれい*の赤か、いや、なんでもない金持ちの気取りやなのであろうか、いずれにもせよ、僕はこんな男にうっかり家を貸したことを後悔しはじめたのだ。

そのうちに、僕の不吉の予感が、そろそろとあたって来たのであった。三月が過ぎても、四月が過ぎても、青扇からなんの音沙汰もないのである。家の貸借に関する様様の証書も何ひとつ取りかわさず、敷金のことも勿論そのままになっていた。しかし僕は、ほかの家主みたいに、証書のことなどにうるさくかかわり合うのがいやなたちだし、また敷金だとてそれをほかへまわして金利なんかを得ることはきらいで、青扇も言ったように貯金のようなものであるから、それは、まあ、どうでもよかった。けれども屋賃をいれてくれないのには、弱ったのである。僕はそれでも五月までは知らぬふりをしてすごしてやった。それは僕の無頓着と寛大から来ているという工合いに説明したいところであるが、ほんとうを言えば、僕には青扇がこわかったのである。青扇のことを思えば、なんとも知れぬけむったさを感じるのである。逢いたくなかった。どうせ逢って話をつけなければならないとは判っていたが、それでも一寸のがれに、明日明日とのばしているのであった。つまりは僕の薄志弱行のゆえであろう。

五月のおわり、僕はとうとう思い切って青扇のうちへ訪ねて行くことにした。朝はやくでかけたのである。僕はいつでもそうであるが、思い立つと、一刻も早くその用事をすましてしまわなければ気がすまぬのである。行ってみると、玄関がまだしまっていた。

寝ているらしいのだ。わかい夫婦の寝ごみを襲撃するなど、いやであったから、僕はそのまま引返して来たのである。いらいらしながら家の庭木の手入れなどをして、やっと昼頃になってから僕はまたでかけたのだ。まだしまっていたのである。こんどは僕も庭のほうへまわってみた。庭の五株の霧島躑躅の花はそれぞれ蜂の巣のように咲きこごっていた。紅梅は花が散ってしまっていて青青した葉をひろげ、百日紅は枝々の股からさくれのようなひょろひょろした若葉を生やしていた。雨戸もしまっていた。僕は軽く二つ三つ戸をたたき、木下さん、木下さん、とひくく呼んだ。しんとしているのである。僕は雨戸のすきまからこっそりなかを覗いてみた。いくつになっても人間には、すき見の興味があるものなのであろう。まっくらでなんにも見えなかった。けれど、誰やら六畳の居間に寝ているような気はいだけは察することができた。僕は雨戸からからだを離し、もいちど呼ぼうかどうかを考えたのであるが、結局そのまま、また僕の家へひきかえして来たのである。覗いたという後悔からの気おくれが、僕をそんなにしおしお引返えさせたらしいのだ。家へ帰ってみると、ちょうど来客があって、そのひとと二つ三つの用談をきめているうちに、日も暮れた。客を送りだしてから、僕はまた三度目の訪問を企てたのである。まさかまだ寝ているわけはあるまいと考えた。

青扇のうちにはあかりがついていて、玄関もあいていた。声をかけると、誰？という青扇のかすれた返事があった。

「僕です。」

「ああ。おおやさん。おあがり。」六畳の居間にいるらしかった。

うちの空気が、なんだか陰気くさいのである。玄関に立ったままで六畳間のほうを頸かしげて覗くと、青扇は、どてら姿で寝床をそそくさと取りかたづけていた。ほのぐらい電燈の下の青扇の顔は、おやと思ったほど老けて見えた。

「もうおやすみですか。」

「え。いいえ。かまいません。一日いっぱい寝ているのです。ほんとうに。こうして寝ているといちばん金がかからないものですから。」そんなことを言い言い、どうやら部屋をかたづけてしまったらしく、走るようにして玄関へ出て来た。「どうも、しばらくです。」

僕の顔をろくろく見もせず、すぐうつむいてしまった。

「屋賃は当分だめですよ。」だしぬけに言ったのである。

僕は流石にむっとした。わざと返事をしなかった。

「マダムが逃げました。」玄関の障子によりそってしずかにしゃがみこんだ。電燈のあかりを背面から受けているので青扇の顔はただまっくろに見えるのである。

「どうしてです。」僕はどきっとしたのだ。

「きらわれましたよ。ほかに男ができたのでしょう。そんな女なのです。」いつもに似ず言葉の調子がはきはきしていた。

「いつごろです。」僕は玄関の式台に腰をおろした。

「さあ、先月の中旬ごろだったでしょうか。あがらない？」

「いいえ。きょうは他に用事もあるし。」僕には少し薄気味がわるかったのである。

「恥かしいことでしょうけれど、私は、女の親元からの仕送りで生活していたのです。それがこんなになって。」

せかせか言いつづける青扇の態度に、一刻もはやく客を追いかえそうとしている気がまえを見てとった。僕はわざわざ袂から煙草をとりだし、マッチがありませんか？と言ってやったのである。青扇はだまって勝手元のほうへ立って行って、大箱の徳用マッチを持って来た。

「なぜ働かないのかしら？」僕は煙草をくゆらしながら、いまからゆっくり話込んでやろうとひそかに決意していた。

「働けないからです。才能がないのでしょう。」相変らずてきぱきした語調であった。

「冗談じゃない。」

「いいえ。働けたらねえ。」

僕は青扇が思いのほかに素直な気質を持っていることを知ったのである。胸もつまったけれど、このまま彼に同情していては、屋賃のことがどうにもならぬのだ。僕はおのれの気持ちをはげました。

「それでは困るじゃないですか。僕のほうも困るし、あなただっていつまでもこうしている訳にいきますまい。」吸いかけの煙草を土間へ投げつけた。赤い火花がセメントのたたきにぱっと散りひろがって、消えた。

「ええ。それは、なんとかします。あてがあります。あなたには感謝しています。もうすこし待っていただけないでしょうか。もうすこし。」

僕は二本目の煙草をくわえ、またマッチをすった。さっきから気にかかっていた青扇の顔をそのマッチのあかりでちらと覗いてみることができた。僕は思わずぽろっと、燃えるマッチをとり落したのである。悪鬼の面を見たからであった。

「それでは、いずれまた参ります。ないものは頂戴(ちょうだい)いたしません。」僕はいますぐここからのがれたかった。

「そうですか。どうもわざわざ。」青扇は神妙にそう言って、立ちあがった。それからひとりごとのように呟くのである。「四十二の一白水星(*いっぱくすいせい)。気の多いとしまわりで弱ります。」

僕はころげるようにして青扇の家から出て、夢中で家路をいそいだものだ。けれど少しずつ落ちつくにつれて、なんだか莫迦をみたというような気がだんだんと起って来たのである。また一杯くわされた。青扇の思い詰めたようなはっきりした口調も、四十二歳をそれとなく呟いたことも、みんな堪(たま)らないほどわざとらしくきざっぽく思われだした。僕はどうも少し甘いようだ。こんなゆるんだ性質では家主はとてもつとまるものではないな、と考えた。

僕はそれから二三日、青扇のことばかりを考えてくらした。僕も父親の遺産のおかげで、こうしてただのらくらと一日一日を送っていて、べつにつとめをするという気も起らず、青扇の働けたらねえという述懐も、僕には判らぬこともないのであるが、けれど青扇がほんとうにいま一文も収入のあてがなくて暮しているのだとすれば、それだけでもすでにありふれた精神でない。いや、精神などというと立派に聞えるが、とにかくそうとう図太い根性である。もうこうなったうえは、どうにかしてあいつの正体らしいものをつきとめてやらなければ安心ができないと考えたのだ。

五月がすぎて、六月になっても、やはり青扇からはなんの挨拶もないのであった。僕はまた彼の家に出むいて行かなければならなかったのである。

その日、青扇はスポオツマンらしく、襟附きのワイシャツに白いズボンをはいて、何かてれくさそうに恥らいながら出て来た。家ぜんたいが明るい感じであった。六畳間にとおされて、見ると、部屋の床の間寄りの隅にいつ買いいれたのか鼠いろの天鵞絨（ビロード）が張られた古ものらしいソファがあり、しかも畳のうえには淡緑色の絨氈（じゅうたん）が敷かれていた。部屋のおもむきが一変していたのである。青扇は僕をソファに坐らせた。

庭の百日紅は、そろそろ猩々緋（*しょうじょうひ）の花をひらきかけていた。

「いつも、ほんとうに相（あい）すみません。こんどは大丈夫ですよ。しごとが見つかりました。おい、ていちゃん。」青扇は僕とならんでソファに腰をおろしてから、隣りの部屋へ声をかけたのである。

水兵服を着た小柄な女が、四畳半のほうから、ぴょこんと出て来た。丸顔の健康そうな頬をした少女であった。眼もおそれを知らぬようにきょとんと澄んでいた。

「おおやさんだよ。ご挨拶をおし。うちの女です。」

僕はおやおやと思った。先刻の青扇の恥らいをふくんだ微笑みの意味がとけたのであった。

「どんなお仕事でしょう。」

その少女がまた隣りの部屋にひっこんでから、僕は、ことさらに生野暮をよそって仕事のことをたずねてやった。きょうばかりは化かされまいぞと用心をしていたのである。

「小説です。」

「え？」

「いいえ。むかしから私は、文学を勉強していたのですよ。ようやくこのごろ芽が出たのです。実話を書きます。」澄ましこんでいた。

「実話と言いますと？」僕はしつこく尋ねた。

「つまり、ないことを事実あったとして報告するのです。なんでもないのさ。何県何村何番地とか、大正何年何月何日とか、その頃の新聞で知っているであろうがとかいう文句を忘れずにいれて置いてあとは、必ずないことを書きます。つまり小説ですねえ。」

青扇は彼の新妻のことで流石にいくぶん気おくれしているのか、僕の視線を避けるようにして、長い頭髪のふけを掻き落したり膝をなんども組み直したりなどしながら、少し雄弁をふるったのである。

「ほんとうによいのですか。困りますよ。」

「大丈夫。大丈夫。ええ。」僕の言葉をさえぎるようにして大丈夫を繰りかえし、そうしてほがらかに笑っていた。僕は、信じた。

そのとき、さきの少女が紅茶の銀盆をささげてはいって来たのだ。

「あなた、ごらんなさい。」青扇は紅茶の茶碗を受けとって僕に手渡し自分の茶碗を受けとりしなに、そう言ってうしろを振りむいた。床の間には、もう北斗七星の掛軸がなくなっていて、高さが一尺くらいの石膏の胸像がひとつ置かれてあった。胸像のかたわらには、鶏頭の花が咲いていた。少女は耳の附け根まであかくなった顔を錆びた銀盆で半分かくし、瞳の茶色なおおきい眼を更におおきくして彼を睨んだ。青扇はその視線を片手で払いのけるようにしながら、

「その胸像の額をごらんください。よごれているでしょう? 仕様がないんです。」

少女は眼にもとまらぬくらいの素早さで部屋から飛び出た。

「どうしたのです。」僕には訳がわからなかった。

「なに。てい子のむかしのあれの胸像なんだそうです。たったひとつの嫁入り道具ですよ。キスするのです。」こともなげに笑っていた。

僕はいやな気がした。

「おいやのようですね。けれども世の中はこんな工合いになっているのです。仕様がありませんよ。見ていると感心に花を毎日とりかえます。きのうはダリヤでした。おといは螢草でした。いや、アマリリスだったかな。コスモスだったかしら。」

この手だ。こんな調子にまたうかうか乗せられたなら、前のように肩すかしを食わさ

れるのである。そう気づいたゆえ、僕は意地悪くかかって、それにとりあってやらなかったのだ。

「いや。お仕事のほうは、もうはじめているのですか?」

「ああ、それは、」紅茶を一口すすった。「そろそろはじめていますけれど、大丈夫ですよ。私はほんとうは、文学書生なんですからね。」

僕は紅茶の茶碗の置きどころを捜しながら、

「でもあなたの、ほんとうは、は、あてになりませんからね。ほんとうは、というそんな言葉でまたひとつ嘘の上塗りをしているようで。」

「や、これは痛い。そうぽんぽん事実を突きたがるものじゃないな。私はね、むかし森鷗外(もりおうがい)、ご存じでしょう? あの先生についたものですよ。あの青年*という小説の主人公は私なのです。」

これは僕にも意外であった。僕もその小説は余程(よほど)まえにいちど読んだことがあって、あのかそけきロマンチシズムは、永く僕の心をとらえ離さなかったものであるが、けれどもあのなかのあまりにもよろずに綺麗すぎる主人公にモデルがあったとは知らなかったのである。老人の頭ででっちあげられた青年であるから、こんなに綺麗すぎたのであろう。ほんとうの青年は猜忌(さいき)や打算もつよく、もっと息苦しいものなのに、と僕にとって不満でもあったあの水蓮(すいれん)のような青年は、それではこの青扇だったのか。そう興奮しかけたけれど、すぐいやいやと用心したのである。

「はじめて聞きました。でもあれは、失礼ですが、もっとおっとりしたお坊ちゃんのようでしたけれど。」

「これは、ひどいなあ。」青扇は僕が持ちあぐんでいた紅茶の茶碗をそっと取りあげ、自分のと一緒にソファの下へかたづけた。「あの時代には、あれでよかったのです。でも今ではあの青年も、こんなになってしまうのです。私だけではないと思うのですが。」

僕は青扇の顔を見直した。

「それはつまり抽象して言っているのでしょうか。」

「いいえ。」青扇はいぶかしそうに僕の瞳を覗いた。「私のことを言っているのですけれど?」

僕はまたまた憐愍(れんびん)に似た情を感じたのである。

「まあ、きょうは僕はこれで帰りましょう。きっとお仕事をはじめて下さい。」そう言い置いて、青扇の家を出たのであるが、帰途、青扇の成功をいのらずにおれなかった。それは、青年についての青扇の言葉がなんだか僕のからだにしみついて来て、自分ながらおかしいほどしおれてしまったせいでもあるし、また、青扇のあらたな結婚によって何やら彼の幸福を祈ってやりたいような気持ちになっていたせいでもあろう。みちみち僕は思案した。あの屋賃を取りたてないからといって、べつに僕にとって生活に窮するというわけではない。たかだか小使銭の不自由くらいのものである。これはひとつ、あのめぐまれない老いた青年のために僕のその不自由をしのんでやろう。

僕はどうも芸術家というものに心をひかれる欠点を持っているようだ。ことにもその男が、世の中から正当に言われていない場合には、いっそう胸がときめくのである。青扇がほんとうにいま芽が出かかっているものとすれば、屋賃などのことで彼の心持ちをにごらすのは、いけないことだ。これは、いますこしそっとして置いたほうがよい。彼の出世をたのしもう。僕は、そのときふと口をついて出たHe is not what he was. という言葉をたいへんよろこばしく感じたのである。僕が中学校にはいっていたとき、この文句を英文法の教科書のなかに見つけて心をさわがせ、そしてこの文句はまた、僕が中学五年間を通じて受けた教育のうちでいまだに忘れられぬ唯一の智識(ちしき)なのであるが、訪れるたびごとに何か驚異と感慨をあらたにしてくれる青扇と、この文法の作例として記されていた一句とを思い合せ、僕は青扇に対してある異状な期待を持ちはじめたのである。

けれども僕は、この僕の決意を青扇に告げてやるようなことは躊躇(ちゅうちょ)していた。それはいずれ家主根性ともいうべきものであろう。ひょっとすると、あすにでも青扇がいままでの屋賃をそっくりまとめて、持って来てくれるかも知れない。そのようなひそかな期待もあって、僕は青扇に進んでこちらから屋賃をいらぬなどとは言わないのであった。それがまた青扇をはげますもとになってくれたなら、つまり両方のためによいことだとも思ったのである。

七月のおわり、僕は青扇のもとをまた訪れたのであるが、こんどはどんなによくなっているか、何かまた進歩や変化があるだろう。それを楽しみにしながら出かけたのであった。行ってみて呆然としてしまった。変っているどころではなかったのである。

僕はその日、すぐに庭から六畳の縁側のほうへまわってみたのであるが、青扇は猿股ひとつで縁側にあぐらをかいていて、大きい茶碗を股のなかにいれ、それを里芋に似た短い棒でもって懸命にかきまわしていたのだ。なにをしているのですと声をかけた。

「やあ。薄茶でございますよ。茶をたてているのです。こんなに暑いときには、これに限るのですよ。一杯いかが？」

僕は青扇の言葉づかいがどこやら変っているのに気がついた。けれども、それをいぶかしがっている場合ではなかった。僕はその茶をのまなければならなかったのである。青扇は茶碗をむりやりに僕に持たせて、それから傍に脱ぎ捨ててあった*弁慶格子の小粋なゆかたを坐ったままで素早く着込んだ。僕は縁側に腰をおろし、しかたなく茶をすすった。のんでみると、ほどよい苦味があって、なるほどおいしかったのである。

「どうしてまた。風流ですね。」

「いいえ。おいしいからのむのです。わたくし、実話を書くのがいやになりましてねえ。」

「へえ。」

「書いていますよ。」青扇は*兵古帯（へこおび）をむすびながら床の間のほうへいざり寄った。床の間にはこのあいだの石膏の像はなくて、その代りに、牡丹（ぼたん）の花模様の袋にはいった三味線らしいものが立てかけられていた。青扇は床の間の隅にある竹の手文庫（てぶんこ）をかきまわしていたが、やがて小さく折り畳まれてある紙片をつまんで持って来た。

「こんなのを書きたいと思いまして、文献を集めているのですよ。」

僕は薄茶の茶碗をしたに置いて、その二三枚の紙片を受けとった。婦人雑誌あたりの切り抜きらしく、四季の渡り鳥という題が印刷されていた。

「ねえ。この写真がいいでしょう? これは、渡り鳥が海のうえで深い霧などに襲われたとき方向を見失い光りを慕ってただまっしぐらに飛んだ罰で燈台へぶつかりばたばたと死んだところなのですよ。何千万という死骸（しがい）です。渡り鳥というのは悲しい鳥ですな。旅が生活なのですからねえ。ひとところにじっとしておれない宿命を負うているのです。わたくし、これを一元描写でやろうと思うのさ。私という若い渡り鳥が、ただ東から西、西から東とうろうろしているうちに老いてしまうという主題なのです。仲間がだんだん死んでいきましてね。鉄砲で打たれたり、波に呑まれたり、飢えたり、病んだり、巣のあたたまるひまもない悲しさ。あなた。沖の鷗*に潮どき聞けば、という唄がありますねえ。わたくし、いつかあなたに有名病についてお話いたしましたけど、なに、人を殺したり飛行機に乗ったりするよりは、もっと楽な法がありますわ。しかも死後の名声という附録つきです。傑作をひとつ書くことなのさ。これですよ。」

僕は彼の雄弁のかげに、なにかまたてれかくしの意図を嗅いだ。果して、勝手口から、あの少女でもない、色のあさぐろい、日本髪を結った痩せがたの見知らぬ女のひとがこちらをこっそり覗いているのを、ちらと見てしまった。

「それでは、まあ、その傑作をお書きなさい。」

「お帰りですか? 薄茶を、もひとつ。」

「いや。」

僕は帰途また思いなやまなければいけなかった。これはいよいよ、災難である。こんな出鱈目が世の中にあるだろうか。いまは非難を通り越して、あきれたのである。ふと僕は彼の渡り鳥の話を思い出したのだ。突然、僕と彼との相似を感じた。どこというのではない。なにかしら同じ体臭が感ぜられた。君も僕も渡り鳥だ、そう言っているようにも思われ、それが僕を不安にしてしまった。彼が僕に影響を与えているのか、僕が彼に影響を与えているのか、どちらかが*ヴァンピイルだ。どちらかが、知らぬうちに相手の気持ちにそろそろ食いいっているのではあるまいか。僕が彼の豹変ぶりを期待して訪れる気持ちを彼が察して、その僕の期待が彼をしばりつけ、ことさらに彼は変化をして行かなければいけないように努めているのであるまいか。あれこれと考えれば考えるほど青扇と僕との体臭がからまり、反射し合っているようで、加速度的に僕は彼にこだわりはじめたのであった。青扇はいまに傑作を書くだろうか。僕は彼の渡り鳥の小説にたいへんな興味を持ちはじめたのである。南天燭を植木屋に言いつけて彼の玄関の傍に植えさせてやったのは、そのころのことであった。

八月には、僕は房総(ぼうそう)のほうの海岸で凡(およ)そ二月をすごした。九月のおわりまでいたのである。帰ってすぐその日のひるすぎ、僕は土産(みやげ)の鰈(かれい)の干物を少しばかり持って青扇を訪れた。このように僕は、ただならぬ親睦(しんぼく)を彼に感じ、力こぶをさえいれていたのであった。

庭先からはいって行くと、青扇は、いかにも嬉しげに僕をむかえた。頭髪を短く刈ってしまって、いよいよ若く見えた。けれど容色はどこやらけわしくなっていたようであった。*紺絣の単衣を着ていた。僕もなんだかなつかしくて、彼の痩せた肩にもたれかかるようにして部屋へはいったのである。部屋のまんなかにちゃぶだい*が具えられ、卓のうえには、一ダアスほどのビイル瓶とコップが二つ置かれていた。

「不思議です。きょうは来るとたしかにそう思っていたのです。いや、不思議です。それで朝からこんな仕度をして、お待ち申していました。不思議だな。まあ、どうぞ。」

やがて僕たちはゆるゆるとビイルを呑みはじめたわけであった。

「どうです。お仕事ができましたか？」

「それが駄目でした。この百日紅に油蟬がいっぱいいたかって、朝っから晩までしゃあしゃあ鳴くので気が狂いかけました。」

僕は思わず笑わされた。

「いや、ほんとうですよ。かなわないので、こんなに髪を短くしたり、さまざまこれで苦心をしたのですよ。でも、きょうはよくおいでくださいました。」黒ずんでいる唇をおどけものらしくちょっと尖らせて、コップのビイルをほとんど一息に呑んでしまった。

「ずっとこっちにいたのですか。」僕は唇にあてたビイルのコップを下へ置いた。コップの中には蚋に似た小さい虫が一匹浮いて、泡のうえでしきりにもがいていた。

「ええ。」青扇は卓に両肘をついてコップを眼の高さまでささげ、噴きあがるビイルの泡をぼんやり眺めながら余念なさそうに言った。「ほかに行くところもないのですものねえ。」

「ああ。お土産を持って来ましたよ。」

「ありがとう。」

何か考えているらしく、僕の差しだす干物には眼もくれず、やはり自分のコップをすかして見ていた。眼が坐っていた。もう酔っているらしいのである。僕は、小指のさきで泡のうえの虫を掬いあげてから、だまってごくごく呑みほした。

「貧すれば貪すという言葉がありますねえ。」青扇はねちねちした調子で言いだした。「まったくだと思いますよ。清貧なんてあるものか。金があったらねえ。」

「どうしたのです。へんに搦みつくじゃないか。」

僕は膝をくずして、わざと庭を眺めた。いちいちとり合っていても仕様がないと思ったのである。

「百日紅がまだ咲いていますでしょう？　いやな花だなあ。もう三月は咲いていますよ。散りたくても散れぬなんて、気のきかない樹だよ。」

僕は聞えぬふりして卓のしたの団扇(うちわ)をとりあげ、ばさばさ使いはじめた。

「あなた。私はまたひとりものですよ。」

僕は振りかえった。青扇はビイルをひとりでついで、ひとりで呑んでいた。

「まえから聞こうと思っていたのですが、どうしたのだろう。あなたは莫迦に浮気じゃないか。」

「いいえ。みんな逃げてしまうのです。どう仕様もないさ。」

「しぼるからじゃないかな。いつかそんな話をしていましたね。失礼だが、あなたは女の金で暮していたのでしょう?」

「あれは嘘です。」彼は卓のしたのニッケルの煙草入から煙草を一本つまみだし、おちついて吸いはじめた。「ほんとうは私の田舎からの仕送りがあるのです。いいえ。私は女房をときどきかえるのがほんとうだと思うね。あなた。箪笥から鏡台まで、みんな私のものです。女房は着のみ着のままで私のうちへ来て、それからまたそのままいつでも帰って行けるのです。私の発明だよ。」

「莫迦だね。」僕は悲しい気持ちでビイルをあおった。

「金があればねえ。金がほしいのですよ。私のからだは腐っているのだ。五六丈くらいの滝に打たせて清めたいのです。そうすれば、あなたのようなよい人とも、もっともっとわけへだてなくつき合えるのだし。」

「そんなことは気にしなくてよいよ。」

屋賃などあてにしていないことを言おうと思ったが、言えなかった。彼の吸っている煙草がホープであることにふと気づいたからでもあった。お金がまるっきりないわけでもないな、と思ったのだ。

青扇は、僕の視線が彼の煙草にそそがれていることを知り、またそれを見つめた僕の気持ちをすぐに察してしまったようであった。

「ホープはいいですよ。甘くもないし、辛くもないし、なんでもない味なものだから好きなんだ。だいいち名前がよいじゃないか。」ひとりでそんな弁明らしいことを言ってから、今度はふと語調をかえた。「小説を書いたのです。十枚ばかり。そのあとがつづかないのです。」煙草を指先にはさんだままてのひらで両の鼻翼の油をゆっくり拭った。「刺激がないからいけないのだと思って、こんな試みまでもしてみたのですよ。一生懸命に金をためて、十二三円たまったから、それを持ってカフェへ行き、もっともばからしく使って来ました。悔恨の情をあてにしたわけですね。」

「それで書けましたか。」

「駄目でした。」

僕は噴きだした。青扇も笑い出して、ホープをぽんと庭へほうった。

「小説というものはつまらないですねえ。どんなによいものを書いたところで、百年まえにもっと立派な作品がちゃんとどこかにできてあるのだもの。もっと新しい、もっと明日の作品が百年まえにできてしまっているのですよ。せいぜい真似るだけだねえ。」

「そんなことはないだろう。あとのひとほど巧いと思うな。」

「どこからそんなだいそれた確信が得られるの？ 軽々しくものを言っちゃいけない。どこからそんな確信が得られるのだ。よい作家はすぐれた独自の個性じゃないか。高い個性を創るのだ。渡り鳥には、それができないのです。」

日が暮れかけていた。青扇は団扇でしきりに臑の蚊を払っていた。すぐ近くに藪があるので、蚊も多いのである。

「けれど、無性格は天才の特質だともいうね。」

僕がこころみにそう言ってやると、青扇は、不満そうに口を尖らせては見せたものの、顔のどこやらが確かににたりと笑ったのだ。僕はそれを見つけた。とたんに僕の酔がさめた。やっぱりそうだ。これは、きっと僕の真似だ。いつか僕がここの最初のマダムに天才の出鱈目を教えてやったことがあったけれど、青扇はそれを聞いたにちがいない。それが暗示となって青扇の心にいままで絶えず働きかけその行いを掣肘して来たのではあるまいか。青扇のいままでのどこやら常人と異ったような態度は、すべて僕が彼ににげなく言ってやった言葉の期待を裏切らせまいとしてのもののようにも思われた。この男は、意識しないで僕に甘ったれ、僕のたいこもちを勤めていたのではないだろうか。

「あなたも子供ではないのだから、莫迦なことはよい加減によさないか。僕だって、この家をただ遊ばせて置いてあるのじゃないよ。地代だって先月からまた少しあがったし、それに税金やら保険料やら修繕費用なんかで相当の金をとられているのだ。ひとにめいわくをかけて素知らぬ顔のできるのは、この世ならぬ傲慢の精神か、それとも乞食の根性か、どちらかだ。甘ったれるのもこのへんでよし給え。」言い捨てて立ちあがった。

「ああ。こんな晩に私が笛でも吹けたらなあ。」青扇はひとりごとのように呟きながら縁側へ僕を送って出て来た。

僕が庭先へおりるとき、暗闇のために下駄のありかがわからなかった。

「おおやさん。電燈をとめられているのです。」

やっと下駄を捜しだし、それをつっかけてから青扇の顔をそっと覗いた。青扇は縁先に立って澄んだ星空の一端が新宿辺の電燈のせいで火事のようにあかるくなっているのをぼんやり見ていた。僕は思い出した。はじめから青扇の顔をどこかで見たことがあると気にかかっていたのだが、そのときやっと思い出した。プーシュキンではない。僕の以前の店子であったビイル会社の技師の白い頭髪を短く角刈にした老婆の顔にそっくりであったのである。

十月、十一月、十二月、僕はこの三月間は青扇のもとへ行かない。青扇もまたもちろん僕のところへは来ないのだ。ただいちど、銭湯屋で一緒になったことがあるきりである。夜の十二時ちかく、風呂もしまいになりかけていたころであった。青扇は素裸のまま脱衣場の畳のうえにべったり坐って足の指の爪を切っていたのである。風呂からあがりたてらしく、やせこけた両肩から湯気がほやほやたっていた。僕の顔を見てもさほど驚かずに、

「夜爪を切ると死人が出るそうですね。この風呂で誰か死んだのですよ。おおやさん。このごろは私、爪と髪ばかり伸びて。」

にやにやうす笑いしてそんなことを言い言いぱちんぱちんと爪を切っていたが、切ってしまったら急にあわてふためいてどてらを着込み、れいの鏡も見ずにそそくさと帰っていったのである。僕にはそれもまたさもしい感じで、ただ軽侮（けいぶ）の念を増しただけであった。

ことしのお正月、僕は近所へ年始まわりに歩いたついでにちょっと青扇のところへも

立ち寄ってみた。そのとき玄関をあけたら赤ちゃけた胴の長い犬がだしぬけに僕に吠えついたのにびっくりさせられた。青扇は、卵いろのブルウズ*のようなものを着てナイトキャップをかぶり、妙に若がえって出て来たが、すぐ犬の首をおさえて、この犬は、としのくれにどこからか迷いこんで来たものであるが、二三日めしを食わせてやっているうちに、もう忠義顔をしてよそのひとに吠えたててみせているのだ、そのうちどこかへ捨てに行くつもりです、とつまらぬことを挨拶を抜きにして言いたてたのである。おおかたまたてれくさい事件でも起っているのだろうと思い、僕は青扇のとめるのも振りきってすぐおいとまをした。けれども青扇は僕のあとを追いかけて来たのである。

「おおやさん。お正月早々、こんな話をするのもなんですけれど、私は、いまほんとうに気が狂いかけているのです。うちの座敷へ小さい蜘蛛がいっぱい出て来て困っています。このあいだ、ひとりで退屈まぎれに火箸の曲ったのを直そうと思ってかちんかちん火鉢のふちにたたきつけていたら、あなた、女房が洗濯を止し眼つきをかえて私の部屋へかけこんで来ましてねえ、てっきり気ちがいになったと思った、そう言うのですよ。かえって私のほうがぎょっとしました。あなた、お金ある？　いや、いいんです。それで、もうこの二三日すっかりくさって、お正月も、うちではわざとなんの仕度もしないのですよ。ほんとうにわざわざおいで下さいましたのに。私たち、なんのおかまいもできませんし。」

「新しい奥さんができたのですか。」僕はできるだけ意地わるい口調で言ってみた。

「ああ。」子供みたいにはにかんでいた。

おおかたヒステリイの女とでも同棲をはじめたのであろうと思った。

ついこのあいだ、二月のはじめころのことである。僕は夜おそく思いがけない女のひとのおとずれを受けた。玄関へ出てみると、青扇の最初のマダムであったのである。黒い毛のショオルにくるまって荒い飛白のコオトを着ていた。白い頬がいっそう蒼くすき透って来たようであった。ちょっとお話したいことがございますから、一緒にそこらまでつきあってくれというのである。僕はマントも着ず、そのまま一緒にそとへ出た。霜がおりて、輪廓のはっきりした冷い満月が出ていた。僕たちはしばらくだまって歩いた。

「昨年の暮から、またこっちへ来ましたのでございますよ。」怒ったような眼つきでまっすぐを見ながら言った。

「それは。」僕にはほかに言いようがなかったのである。

「こっちが恋いしくなったものですから。」余念なげにそう囁いた。

僕はだまりこくっていた。僕たちは、杉林のほうへゆっくり歩みをすすめていたのである。

「木下さんはどうしています。」

「相変らずでございます。ほんとうに相すみません。」青い毛糸の手袋をはめた両手を膝頭のあたりにまでさげた。

「困るですね。僕はこのあいだ喧嘩をしてしまいました。いったい何をしているのです。」

「だめなんでございます。まるで気ちがいですの。」

僕は微笑んだ。曲った火箸の話を思い出したのである。それでは、あの神経過敏の女房というのはこのマダムだったのであろう。

「でもあれで何かきっと考えていますよ。」僕にはやはり一応、反駁して置きたいような気が起るのであった。

マダムはくすくす笑いながら答えた。

「ええ。華族さんになって、それからお金持ちになるんですって。」

僕はすこし寒かった。足をこころもち早めた。一歩一歩あるくたびごとに、霜でふくれあがった土が鶉か梟の呟きのようなおかしい低音をたててくだけるのだ。

「いや。」僕はわざと笑った。「そんなことでなしに、何かお仕事でもはじめていませんか？」

「もう、骨のずいからの怠けものです。」きっぱり答えた。

「どうしたのでしょう。失礼ですが、いくつなのですか？　四十二歳だとか言っていましたが。」

「さあ。」こんどは笑わなかったのである。「まだ三十まえじゃないかしら。うんと若いのでございますのよ。いつも変りますので、はっきりは私にもわかりませんのですの。」

「どうするつもりかな。勉強なんかしていないようですね。あれで本でも読むのですか？」

「いいえ、新聞だけ。新聞だけは感心に三種類の新聞をとっていますの。ていねいに読むことよ。政治面をなんべんもなんべんも繰りかえして読んでいます。」

僕たちはあの空地へ出た。原っぱの霜は清浄であった。月あかりのために、石ころや、笹の葉や、棒杭（ぼうくい）や、掃（は）き溜（だ）めまで白く光っていた。

「友だちもないようですね。」

「ええ。みんなに悪いことをしていますから、もうつきあえないのだそうです。」

「どんな悪いことを。」僕は金銭のことを考えていた。

「それがつまらないことなのですの。ちっともなんともないことなのです。それでも悪いことですって。あのひと、ものの善し悪しがわからないのでございますのよ。」

「そうだ。そうです。善いことと悪いことがさかさまなのです。」

「いいえ。」顎をショオルに深く埋めてかすかに頸をふった。「はっきりさかさまなら、まだいいのでございます。目茶目茶なんですのよ、それが。だから心細いの。逃げられますわよ、あれじゃ。あのひと、それはごきげんを取るのですけれど。私のあとに二人も来ていましたそうですね。」

「ええ。」僕はあまり話を聞いていなかった。

「季節ごとに変えるようなものだわ。真似しましたでしょう?」

「なんです。」すぐには呑みこめなかった。

「真似をしますのよ、あのひと。あのひとに意見なんてあるものか。みんな女からの影響よ。文学少女のときには文学。下町のひとのときには小粋に。わかってるわ。」

「まさか。そんなチェホフみたいな。」

そう言って笑ってやったが、やはり胸がつまって来た。いまここに青扇がいるなら彼のあの細い肩をぎゅっと抱いてやってもよいと思ったものだ。

「そんなら、いま木下さんが骨のずいからのものぐさをしているのは、つまりあなたを真似しているというわけなのですね。」僕はそう言ってしまって、ぐらぐらとよろめいた。

「ええ。私、そんな男のかたが好きなの。もすこしまえにそれを知ってくださいましたなら。でも、もうおそいの。私を信じなかった罰よ。」軽く笑いながら言ってのけた。

僕はあしもとの土くれをひとつ蹴って、ふと眼をあげると、藪のしたに男がひっそり立っていた。どてらを着て、頭髪もむかしのように長くのびていた。僕たちは同時にその姿を認めた。握り合っていた手をこっそりほどいて、そっと離れた。

「むかえに来たのだよ。」

青扇はひくい声でそう言ったのであるが、あたりの静かなせいか、僕にはそれが異様にちかちか痛く響いた。彼は月の光りさえまぶしいらしく、眉をひそめて僕たちをおどおど眺めていた。

僕は、今晩はと挨拶したのである。

「今晩は。おおやさん。」あいそよく応じた。

僕は二三歩だけ彼に近寄って尋ねてみた。

「なにかやっていますか。」

「もう、ほって置いて下さい。そのほかに話すことがないじゃあるまいし。」いつもに似ずきびしくそう答えてから、急に持ちまえの甘ったれた口調にかえるのであった。

「私はね、このあいだから手相をやっていますよ。ほら、太陽線が私のてのひらに現われて来ています。ほら。ね、ね。運勢がひらける証拠なのです。」

そう言いながら左手をたかく月光にかざし、自分のてのひらのその太陽線とかいう手筋をほれぼれと眺めたのである。

運勢なんて、ひらけるものか。それきりもう僕は青扇と逢っていない。気が狂おうが、自殺しようが、それはあいつの勝手だと思っている。僕もこの一年間というもの、青扇のためにずいぶんと心の平静をかきまわされて来たようである。僕にしてもわずかな遺産のおかげでどうやら安楽な暮しをしているとはいえ、そんなに余裕があるわけでなし、青扇のことでかなりの不自由に襲われた。しかもいまになってみると、それはなんの面白さもない一層息ぐるしい結果にいたったようである。ふつうの凡夫を、なにかと意味づけて夢にかたどり眺めて暮して来ただけではなかったのか。*龍駿はいないか。*麒麟児はいないか。もうはや、そのような期待には全くほとほと御免である。みんなみんな昔ながらの彼であって、その日その日の風の工合いで少しばかり色あいが変って見えるだけのことだ。

おい。見給え。青扇の御散歩である。あの紙凧のあがっている空地だ。横縞のどてらを着て、ゆっくりゆっくり歩いている。なぜ、君はそうとめどもなく笑うのだ。そうかい。似ているというのか。——よし。それなら君に聞こうよ。空を見あげたり肩をゆすったりうなだれたり木の葉をちぎりとったりしながらのろのろさまよい歩いているあの男と、それから、ここにいる僕と、ちがったところが、一点でも、あるか。

ロマネスク

仙術太郎

むかし津軽の国、*神棚木村に鍬形惣助という庄屋がいた。四十九歳で、はじめて一子を得た。男の子であった。太郎と名づけた。生れるとすぐ大きいあくびをした。惣助はそのあくびの大きすぎるのを気に病み、祝辞を述べにやって来る親戚の者たちへ肩身のせまい思いをした。惣助の懸念はそろそろと的中しはじめた。太郎は母者人の乳房にもみずからすすんでしゃぶりつくようなことはなく、母者人のふところの中にいて口をたいぎそうにあけたまま乳房の口への接触をいつまでも待っていた。張子の虎をあてがわれてもそれをいじくりまわすことはなく、ゆらゆら動く虎の頭を退屈そうに眺めているだけであった。朝、眼をさましてからもあわてて寝床から這い出すようなことはなく、二時間ほどは眼をつぶって眠ったふりをしているのである。かるがるしきからだの仕草をきらう精神を持っていたのであった。三歳のとき、鳥渡した事件を起し、その事件のお蔭で鍬形太郎の名前が村のひとたちのあいだに少しひろまった。それは新聞の事件でないゆえ、それだけほんとうの事件であった。太郎がどこまでも歩いたのである。

春のはじめのことであった。夜、太郎は母者人のふところから音もたてずにころがり出た。ころころと土間へころげ落ち、それから戸外へまろび出た。戸外へ出てから、しゃんと立ちあがったのである。惣助も、また母者人も、それを知らずに眠っていた。満月が太郎のすぐ額のうえに浮んでいた。満月の輪廓はにじんでいた。めだかの模様の襦袢に*慈姑の模様の綿入れ胴衣を重ねて着ている太郎は、はだしのままで村の馬糞だらけの砂利道を東へ歩いた。ねむたげに眼を半分とじて小さい息をせわしなく吐きながら歩いた。

翌る朝、村は騒動であった。三歳の太郎が村からたっぷり一里もはなれている湯流山の、林檎畑のまんまんなかでこともなげに寝込んでいたからであった。湯流山は氷のかけらが溶けかけているような形で、峯には三つのなだらかな起伏があり西端は流れたようにゆるやかな傾斜をなしていた。百米くらいの高さであった。太郎がどうしてそんな山の中にまで行き着けたのか、その訳は不明であった。いや、太郎がひとりで登っていったにちがいないのだ。けれどもなぜ登っていったのかその訳がわからなかった。

発見者である蕨取りの娘の手籠にいれられ、ゆられゆられしながら太郎は村へ帰って来た。手籠のなかを覗いてみた村のひとたちは皆、眉のあいだに黒い油ぎった皺をよせて、天狗、天狗とうなずき合った。惣助はわが子の無事である姿を見て、これは、これは、と言った。困ったとも言えなかったし、よかったとも言えなかった。母者人はそんなに取り乱していなかった。太郎を抱きあげ、蕨取りの娘の手籠には太郎のかわりに手拭地を一反いれてやって、それから土間へ大きな盥を持ち出しお湯をなみなみといれ、太郎のからだを静かに洗った。太郎のからだはちっとも汚れていなかった。丸々と白くふとっていた。惣助は盥のまわりをはげしくうろついて歩き、とうとう盥に蹴躓いて盥のお湯を土間いちめんにおびただしくぶちまけ母者人に叱られた。惣助はそれでも盥の傍から離れず母者人の肩越しに太郎の顔を覗き、太郎、なに見た、太郎、なに見た、と言いつづけた。太郎はあくびをいくつもいくつもしてからタアナカムダアチイナエエというかたことを叫んだ。

　惣助は夜、寝てからやっとこのかたことの意味をさとった。*たみのかまどはにぎわいにけり。発見！　惣助は寝たままぴしゃっと膝頭を打とうとしたが、重い掛蒲団に邪魔され、臍のあたりを打って痛い思いをした。惣助は考える。庄屋のせがれは庄屋の親だわ。三歳にしてもうはや民のかまどに心をつかう。あら有難の光明や。この子は湯流山のいただきから神棚木村の朝の景色を見おろしたにちがいない。そのとき家々のかまどから立ちのぼる煙は、ほやほやとにぎわっていたとな。あら殊勝の超世の本願や。この子はなんと授かりものじゃ。御大切にしなければ。惣助はそっと起きあがり、腕をのばして隣りの床にひとりで寝ている太郎の掛蒲団をていねいに直してやった。それからもっと腕をのばしてそのまた隣りの床に寝ている母者人の掛蒲団を少しばかり乱暴に直してやった。母者人は寝相がわるかった。惣助は母者人の寝相を見ないようにして、わざと顔をきつくそむけながら呟いた。これは太郎の産みの親じゃ。御大切にしなければ。

太郎の予言は当った。そのとしの春には村のことごとくの林檎畑にすばらしく大きい薄紅の花が咲きそろい、十里はなれた御城下町にまで匂いを送った。秋にはもっとよいことが起った。林檎の果実が手毬くらいに大きく珊瑚くらいに赤く、桐の実みたいに鈴成りに成ったのである。こころみにそのひとつをちぎりとり歯にあてると、果実の肉がはち切れるほど水気を持っていることとて歯をあてたとたんにぽんと音高く割れ冷い水がほとばしり出て鼻から頰までびしょ濡れにしてしまうほどであった。あくるとしの元旦には、もっとめでたいことが起った。千羽の鶴が東の空から飛来し、村のひとたちが、あれよ、あれよと口々に騒ぎたてているまに、千羽の鶴は元旦の青空の中をゆったりと泳ぎまわりやがて西のかたに飛び去った。そのとしの秋にもまた稲の穂に穂がみのり林檎も前年に負けずに枝のたおたおするほどかたまって結実したのである。村はうるおいはじめた。惣助は予言者としての太郎の能力をしかと信じた。けれどもそれを村のひとたちに言いふらしてあるくことは控えていた。それは親馬鹿（おやばか）という嘲笑（ちょうしょう）を得たくない心からであろうか。ひょっとすると何かもっと軽はずみな、ひともうけしようという下心からであったかも知れぬ。

　幼いころの神童は、二三年してようやく邪道（じゃどう）におちた。いつしか太郎は、村のひとたちからなまけものという名前をつけられていた。惣助もそう言われるのを仕方がないと思いはじめたのである。太郎は六歳になっても七歳になってもほかの子供たちのように野原や田圃（たんぼ）や河原へ出て遊ぼうとはしなかった。夏ならば、部屋の窓べりに頬杖（ほおづえ）ついて外の景色を眺めていた。冬ならば、炉辺に坐（すわ）って燃えあがる焚火（たきび）の焔（ほのお）を眺めていた。なぞなぞが好きであった。或（あ）る冬の夜、太郎は炉辺に行儀わるく寝そべりながら、かたわらの惣助の顔を薄目をつかって見あげ、ゆっくりした口調でなぞなぞを掛けた。水のなかにはいっても濡れないものはなんじゃろ。惣助は首を三度ほど振って考えて、判（わか）らぬの、と答えた。太郎はものうそうに眼をかるくとじてから教えた。影じゃがのう。惣助はいよいよ太郎をいまいましく思いはじめた。これは馬鹿ではないか。阿呆なのにちがいない。村のひとたちの言うように、やっぱしただのなまけものじゃったわ。

太郎が十歳になったとしの秋、村は大洪水に襲われた。村の北端をゆるゆると流れていた三間ほどの幅の神棚木川が、ひとつき続いた雨のために怒りだしたのである。水源の濁り水は大渦小渦を巻きながらそろそろふくれあがって六本の支流を合せてたちまち太り、身を躍らせて山を韋駄天ばしりに駈け下りみちみち何百本もの材木をかっさらい川岸の樫は樅や白楊の大木を根こそぎ抜き取り押し流し、麓の淵で澱んで澱んでそれから一挙に村の橋に突きあたって平気でそれをぶちこわし土手を破って大海のようにひろがり、家々の土台石を舐め豚を泳がせ刈りとったばかりの一万にあまる稲坊主を浮かせてだぶりだぶりと浪打った。それから五日目に雨がやんで、十日目にようやく水がひきはじめ、二十日目ころには神棚木川は三間ほどの幅で村の北端をゆるゆると流れていた。

村のひとたちは毎夜毎夜あちこちの家にひとかたまりずつになって相談し合った。相談の結論はいつも同じであった。おらは餓え死したくねえじゃ。その結論はいつも相談の出発点になった。村のひとたちは翌る夜また同じ相談をはじめなければいけなかった。そうしてまたまた餓え死したくねえという結論を得て散会した。翌る夜は更に相談をし合った。そうして結論は同じであった。相談は果つるところなかったのである。村が乱れて義民があらわれた。十歳の太郎が或る日、両腕で頭をかかえこみ溜息をついている父親の惣助にむかって、意見を述べた。これは簡単に解決がつくと思う。お城へ行ってじきじき殿様へ救済をお願いすればいいのじゃ。おれが行く。惣助は、やあ、と突拍子もない歓声をあげた。それからすぐ、これはかるはずみなことをしたと気づいたらしく一旦ほどきかけた両手をまた頭のうしろに組み合せてしかめつらをして見せた。お前は子供だからそう簡単に考えるけれども、大人はそうは考えない。直訴はまかりまちがえば命とりじゃ。めっそうもないこと。やめろ。やめろ。その夜、太郎はふところ手してぶらっと外へ出て、そのまますたすたと御城下町へ急いだ。誰も知らなかった。

　直訴は成功した。太郎の運がよかったからである。命をとられなかったばかりかごほうびをさえ貰った。ときの殿様が法律をきれいに忘れていたからでもあろう。村はおかげで全滅をのがれ、あくる年からまたうるおいはじめたのである。

　村のひとたちは、それでも二三年のあいだは太郎をほめていた。二三年がすぎると忘れてしまった。庄屋の阿呆様とは太郎の名前であった。太郎は毎日のように蔵の中にはいって惣助の蔵書を手当り次第に読んでいた。ときどき怪しからぬ絵本を見つけた。それでも平気な顔して読んでいった。

　そのうちに仙術の本を見つけたのである。これを最も熱心に読みふけった。縦横十文字に読みふけった。蔵の中で一年ほども修行して、ようやく鼠と鷲と蛇になる法を覚えこんだ。鼠になって蔵の中をかけめぐり、ときどき立ちどまってちゅうちゅうと鳴いてみた。鷲になって、蔵の窓から翼をひろげて飛びあがり、心ゆくまで大空を逍遥した。蛇になって、蔵の床下にしのびいり蜘蛛の巣をさけながら、ひやひやした日蔭の草を腹のうろこで踏みわけ踏みわけして歩いてみた。ほどなく、かまきりになる法をも体得したけれど、これはただその姿になるだけのことであって、べつだん面白くもなんともなかった。

惣助はもはやわが子に絶望していた。それでも負け惜みしてこう母者人に告げたのである。な、余りできすぎたのじゃよ。太郎は十六歳で恋をした。相手は隣りの油屋の娘で、笛を吹くのが上手であった。太郎は蔵の中で鼠や蛇のすがたをしたままその笛の音を聞くことを好んだ。あわれ、あの娘に惚れられたいものじゃ。津軽いちばんのよい男になりたいものじゃ。太郎はおのれの仙術でもって、よい男になるようになるように念じはじめた。十日目にその念願を成就することができたのである。

太郎は鏡の中をおそるおそる覗いてみて、おどろいた。色が抜けるように白く、頰はしもぶくれでもち肌であった。眼はあくまでも細く、口鬚がたらりと生えていた。*天平時代の仏像の顔であって、しかも股間の逸物まで古風にだらりとふやけていたのである。太郎は落胆した。仙術の本が古すぎたのであった。天平のころの本であったのである。

このような有様では詮ないことじゃ。やり直そう。ふたたび法のよりをもどそうとしたのだが駄目であった。おのれひとりの慾望から好き勝手な法を行った場合には、よかれあしかれ身体にくっついてしまって、どうしようもなくなるものだ。太郎は三日も四日も空しい努力をして五日目にあきらめた。このような古風な顔では、どうせ女には好かれまいが、けれども世の中には物好きが居らぬものでもあるまい。仙術の法力を失った太郎は、しもぶくれの顔に口髭をたらりと生やしたままで蔵から出て来た。

あいた口のふさがらずにいる両親へ一ぶしじゅうの訳をあかし、ようやく納得させてその口を閉じさせた。このようなあさましい姿では所詮、村にも居られませぬ。旅に出ます。そう書き置きをしたためて、その夜、飄然と家を出た。満月が浮んでいた。満月の輪廓は少しにじんでいた。空模様のせいではなかった。太郎の眼のせいであった。ふらりふらり歩きながら太郎は美男というものの不思議を考えた。むかしむかしのよい男が、どうしていままでは間抜けているのだろう。そんな筈はないのじゃがのう。これはこれでよいのじゃないか。けれどもこのなぞなぞはむずかしく、隣村の森を通り抜けても御城下町へたどりついても、また津軽の国ざかいを過ぎてもなかなかに解決がつかないのであった。

ちなみに太郎の仙術の奥義は、懐手して柱か塀によりかかりぼんやり立ったままで、面白くない、面白くない、面白くない、面白くない、面白くないという呪文を何十ぺん何百ぺんとなくくりかえしくりかえし低音でとなえ、ついに無我の境地にはいりこむことにあったという。

喧嘩次郎兵衛

むかし東海道三島の宿に、鹿間屋逸平という男がいた。曽祖父の代より酒の醸造をもって業としていた。酒はその醸造主のひとがらを映すものと言われている。鹿間屋の酒はあくまでも澄み、しかもなかなかに辛口であった。酒の名は、水車と呼ばれた。子供が十四人あった。男の子が六人。女の子が八人。長男は世事に鈍く、したがって逸平の指図どおりに商売を第一として生きていた。おのれの思想に自信がなく、それでもときどきは父親にむかって何か意見を言いだすことがあったけれども、言葉のなかばでもうはや丸っきり自信を失い、そうかとも思われますが、しかしこれとても間違いだらけであるとしか思われませんし、きっと間違っていると思いますが父上はどうお考えでしょうか、なんだか間違っているようでございます、とやはり言いにくそうにその意見を打ち消すのであった。逸平は簡単に答える。間違っとるじゃ。

けれども次男の次郎兵衛となると少し様子がちがっていた。彼の気質の中には政治家の泣き言の意味でない本来の意味の是々非々の態度を示そうとする傾向があった。それがために彼は三島の宿のひとたちから、ならずもの、と呼ばれて不潔がられていた。次郎兵衛は商人根性というものをきらった。世の中はそろばんでない。価のないものこそ貴いのだ、と確信して毎日のように酒を呑んだ。酒を呑むにしても、不当の利益をむさぼっているのをこの眼でたしかにいままで見て来た彼の家の酒を口にすることは御免であった。もしあやまって呑みくだした場合にはすぐさま喉へ手をつっこみ無理にもそれを吐きだした。来る日も来る日も次郎兵衛は三島のまちをひとりして呑みあるいていたのであったが、父親の逸平は別段それをとがめだてしようとしなかった。頭の澄んだ男であったからである。あまたの子供のなかにひとりくらいの馬鹿がいたほうが、かえって生彩があってよいと思っていた。それに逸平は三島の火消しの頭をつとめていたので、ゆくゆくは次郎兵衛にこの名誉職をゆずってやろうというたくらみもあり、次郎兵衛がこれからもますます馬のように暴れまわってくれたならそれだけ将来の火消し頭としての資格もそなわって来ることだという遠い見透しから、次郎兵衛の放埒を見て見ぬふりをしてやったわけであった。

次郎兵衛は、二十二歳の夏にぜひとも喧嘩の上手になってやろうと決心したのであったが、それはこんな訳からであった。

三島大社では毎年、八月の十五日にお祭りがあり、宿場のひとたちは勿論、沼津の漁村や伊豆の山々から何万というひとがてんでに団扇を腰にはさみ大社さしてぞろぞろ集って来るのであった。三島大社のお祭りの日には、きっと雨が降るとむかしのむかしからきまっていた。三島のひとたちは派手好きであるから、その雨の中で団扇を使い、踊屋台がとおり山車がとおり花火があがるのを、びっしょり濡れて寒いのを堪えに堪えながら見物するのである。

次郎兵衛が二十二歳のときのお祭りの日は、珍らしく晴れていた。青空には鳶が一羽ぴょろぴょろ鳴きながら舞っていて、参詣のひとたちは大社様を拝んでからそのつぎに青空と鳶を拝んだ。ひる少しすぎたころ、だしぬけに黒雲が東北の空の隅からむくむくあらわれ二三度またたいているうちにもうはや三島は薄暗くなってしまい、水気をふくんだ重たい風が地を這いまわるとそれが合図とみえて大粒の水滴が天からぽたぽたこぼれ落ち、やがてこらえかねたかひと思いに大雨となった。次郎兵衛は大社の大鳥居のまえの居酒屋で酒を呑みながら、外の雨脚と小走りに走って通る様様の女の姿を眺めていた。そのうちにふと腰を浮かしかけたのである。知人を見つけたからであった。彼の家のおむかいに住まっている習字のお師匠の娘であった。赤い花模様の重たげな着物を着て五六歩はしってはまたあるき五六歩はしってはまたあるきしていた。次郎兵衛は居酒屋ののれんをぱっとはじいて外へ出て、傘をお持ちなさい、と言葉をかけた。着物が濡れると大変です。娘は立ちどまって細い頸をゆっくりねじ曲げ、次郎兵衛の姿を見るとやわらかいまっ白な頰をあからめた。お待ち。そう言い置いて次郎兵衛は居酒屋へ引返して亭主を大声で叱りつけながら番傘を一ぽん借りたのである。やいお師匠さんの娘。おまえの親爺にしろおふくろにしろ、またおまえにしろ、おれをならずものの呑んだくれのわるいわるい悪者と思っているにちがいない。ところがどうじゃ。おれはああ気の毒なと思ったならこうして傘でもなんでもめんどうしてやるほどの男なのだ。ざまを見ろ。ふたたびのれんをはじいて外へ出てみると、娘はいなくていっそうさかんな雨脚と、押し合いへし合いしながら走って通るひとの流れとだけであった。よう、よう、よう、ようと居酒屋のなかから嘲弄の声が聞えた。六七人のならずものの声なのである。番傘を右手にささげ持ちながら次郎兵衛は考える。あああ。喧嘩の上手になりたいな。人間、こんな莫迦げた目にあったときには理窟もくそもないものだ。人に触れたら、人を斬る。馬に触れたら、馬を斬る。それがよいのだ。その日から三年のあいだ次郎兵衛はこっそり喧嘩の修行をした。

喧嘩は度胸である。次郎兵衛は度胸を酒でこしらえた。次郎兵衛の酒はいよいよ量がふえて、眼はだんだんと死魚の眼のように冷くかすみ、額には三本の油ぎった横皺が生じ、どうやらふてぶてしい面貌になってしまった。煙管を口元へ持って行くのにも、腕をうしろから大廻しに廻して持っていって、やがてすぱりと一服すうのである。度胸のすわった男に見えた。

つぎにはものの言いようである。奥のしれぬようなぼそぼそ声で言おうと思った。喧嘩のまえには何かしら気のきいた台詞を言わないといけないことになっているが、次郎兵衛はその台詞の選択に苦労をした。型でものを言っては実際の感じがこもらぬ。こういう型はずれの台詞をえらんだ。おまえ、間違ってはいませんか。冗談じゃないかしら。おまえのその鼻の先が紫いろに腫れあがるとおかしく見えますよ。なおすのに百日もかかる。なんだか間違っていると思います。これをいつでもすらすら言い出せるように、毎夜、寝てから三十ぺんずつひくく誦した。またこれを言っているあいだ口をまげたり、必要以上に眼をぎらぎらさせたりせずにほとんど微笑むようにしていたいものだと、その練習をも怠らなかった。

これで準備はできた。いよいよ喧嘩の修行であった。次郎兵衛は武器を持つことをきらった。武器の力で勝ったとてそれは男でない。素手の力で勝たないことには、おのれの心がすっきりしない。まずこぶしの作りかたから研究した。親指をこぶしの外へ出して置くと親指をくじかれるおそれがある。次郎兵衛はいろいろと研究したあげく、こぶしの中に親指をかくしてほかの四本の指の第一関節の背をきっちりすきまなく並べてみた。ひどく頑丈そうなこぶしができあがった。このきっちり並んだ第一関節の背で自分の膝頭をとんとついてみると、こぶしは少しも痛くなくてそのかわりに膝頭のほうがあっと飛びあがるほど痛かった。これは発見であった。次郎兵衛はつぎにその第一関節の背の皮を厚く固くすることを計画した。朝、眼をさますとすぐに彼の新案のこぶしでもって枕元の煙草盆をひとつ殴った。まちを歩きながら、みちみちの土塀や板塀を殴った。居酒屋の卓を殴った。家の炉縁を殴った。この修行に一年を費やした。煙草盆がばらばらにこわれ土塀や板塀に無数の大小の穴があき、居酒屋の卓に罅ができ、家の炉縁がハイカラなくらいでこぼこになったころ、次郎兵衛はやっとおのれのこぶしの固さに自信を得た。この修行のあいだに次郎兵衛は殴りかたにもこつのあることを発見した。すなわち腕を、横から大廻しに廻して殴るよりは腋下からピストンのようにまっすぐに突きだして殴ったほうが約三倍の効果があるということであった。まっすぐに突きだす途中で腕を内側に半廻転ほどひねったなら更に四倍くらいの効力があるということをも知った。腕が螺旋のように相手の肉体へきりきり食いいるというわけであった。

つぎの一年は家の裏手にあたる国分寺跡の松林の中で修行をした。人の形をした五尺四五寸の高さの枯れた根株を殴るのであった。次郎兵衛はおのれのからだをすみからすみまで殴ってみて、眉間と水落ちが一番いたいという事実を知らされた。尚、むかしから言い伝えられている男の急所をも一応は考えてみたけれども、これはやはり下品な気がして、傲邁な男の覘うところではないと思った。むこうずねもまた相当に痛いことを知ったが、これは足で蹴るのに都合のよいところであって、次郎兵衛は喧嘩に足を使うことは卑怯でもありうしろめたくもあると思い、もっぱら眉間と水落ちを覘うことにきめたのである。枯れた根株の、眉間と水落ちに相当する高さの個処へ小刀で三角の印をつけ、毎日毎日、ぽかりぽかりと殴りつけた。おまえ、間違ってはいませんか。冗談じゃないかしら。おまえのその鼻の先が紫いろに腫れあがるとおかしく見えますよ。なおすのに百日もかかる。なんだか間違っていると思います。とたんにぽかりと眉間を殴る。左手は水落ちを。

一年の修行ののち、枯木の三角の印は椀くらいの深さに丸くくぼんだ。次郎兵衛は考えた。いまは百発百中である。けれどもまだまだ安心はできない。相手はこの根株のようにいつもだまって立ちつくしてはいない。動いているのだ。次郎兵衛は三島のまちのほとんどどこの曲りかどにでもある水車へ眼をつけた。富士の麓の雪が溶けて数十条の水量のたっぷりな澄んだ小川となり、三島の家々の土台下や縁先や庭の中をとおって流れていて苔の生えた水車がそのたくさんの小川の要処要処でゆっくりゆっくり廻ってい た。次郎兵衛は夜、酒を呑んでのかえりみち必ずひとつの水車を征伐した。廻りめぐっている水車の十六枚の板の舌を、順々にぽかりぽかりと殴るのである。はじめは見当がむずかしくてなかなかうまく行かなかったのであるが、しだいに三島のまちで破れた舌をだらりとさげたまま休んでいる水車を見かけることが多くなった。

次郎兵衛はしばしば小川で水を浴びた。底ふかくもぐってじっとしていることもあった。喧嘩さいちゅうに過って足をすべらし小川へ転落した場合のことを考慮したのであった。小川がまちじゅうを流れているのだから、あるいはそんな場合もあるであろう。さらし木綿の腹帯を更にぎゅっと強く巻きしめた。酒を多く腹へいれさせまいという用心からであった。酔いどれたならば足がふらつき思わぬ不覚をとることもあろう。三年経った。大社のお祭りが三度来て、三度すぎた。修行がおわった。次郎兵衛の風貌はいよいよどっしりとして鈍重になった。首を左か右へねじむけてしまうのにさえ一分間かかった。

肉親は血のつながりのおかげで敏感である。父親の逸平は、次郎兵衛の修行を見抜いた。何を修行したかは知らなかったけれど、何かしら大物になったらしいということにだけは感づいた。逸平はまえからのたくらみを実行した。次郎兵衛に火消し頭の名誉職を受けつがせたのである。次郎兵衛はそのなんだか訳のわからぬ重々しげなものごしによって多くの火消したちの信頼を得た。かしら、かしらとうやまわれるばかりで喧嘩の機会はとんとなかった。ひょっとしたらもうこれは生涯、喧嘩をせずにこのまま死んで行くのかも知れないと若いかしらは味気ない思いをしていた。ねりにねりあげた両腕は夜ごとにむずかゆくなり、わびしい気持ちでぽりぽりひっ掻いた。力のやり場に困って身もだえの果、とうとうやけくそな悪戯心を起し背中いっぱいに刺青をした。直径五寸ほどの真紅の薔薇の花を、鯖に似た細長い五匹の魚が尖ったくちばしで四方からつついている模様であった。背中から胸にかけて青い小波がいちめんにうごいていた。この刺青のために次郎兵衛はいよいよ東海道にかくれなき男となり、火消したちは勿論、宿場のならずものにさえうやまわれ、もうはや喧嘩の望みは絶えてしまった。次郎兵衛は、これはやりきれないと思った。

けれども機会は思いがけなくやって来た。そのころ三島の宿に、鹿間屋と肩を並べてともにともに酒つくりを競っていた陣州屋丈六という金持ちがいた。ここの酒はいくぶん舌ったるく、色あいが濃厚であった。丈六もまた酒によく似て、四人の妾を持っているのにそれでも不足で五人目の妾を持とうとして様様の工夫をしていた。鷹の白羽の矢が次郎兵衛の家の屋根を素通りしてそのおむかいの習字のお師匠の詫住いしている家の屋根のぺんぺん草をかきわけてぐさとつきささったのである。お師匠はかるがるとは返事をしなかった。二度、切腹をしかけては家人に見つけられて失敗したほどであった。次郎兵衛はその噂を聞いて腕の鳴るのを覚えた。機会を狙ったのである。

三月目に機会がやって来た。十二月のはじめ、三島に珍らしい大雪が降った。日の暮れかたからちらちらしはじめ間もなくおおきい牡丹雪にかわり三寸くらい積ったころ、宿場の六個の半鐘が一時に鳴った。火事である。次郎兵衛はゆったりゆったり家を出た。陣州屋の隣りの畳屋が気の毒にも燃えあがっていた。数千の火の玉小僧が列をなして畳屋の屋根のうえで舞い狂い、火の粉が松の花粉のように噴出してはひろがりひろがっては四方の空に遠く飛散した。ときたま黒煙が海坊主のようにのっそりあらわれ屋根全体をおおいかくした。降りしきる牡丹雪は焔にいろどられ、いっそう重たげにもったいなげに見えた。火消したちは、陣州屋と議論をはじめていた。陣州屋は自分の家へ水をいれるのはまっぴらであると言い張り、はやく隣りの畳屋の棟をたたき落して火をしずめたらよいと命令した。火消したちはそれは火消しの法にそむくと言って反駁したのである。そこへ次郎兵衛があらわれた。陣州屋さん。次郎兵衛はできるだけ低い声で、しかもほとんど微笑むようにして言いだした。おまえ、間違ってはいませんか。冗談じゃないかしら。陣州屋はだしぬけに言葉をはさんだ。これは鹿間屋の若旦那、へっへ、冗談です、まったくの酔興です、ささ、ぞんぶんに水をおいれ下さい。喧嘩にはならなかった。次郎兵衛は仕方なく火事を眺めた。喧嘩にはならなかったけれどこのことで次郎兵衛はまたまた男をあげてしまった。火事のあかりにてらされながら陣州屋をたしなめていたときの次郎兵衛のまっかな両頰には十片あまりの牡丹雪が消えもせずにへばりついていてその有様は神様のように恐ろしかったというのは、その後ながいあいだの火消したちの語り草であった。

その翌る年の二月のよい日に、次郎兵衛は宿場のはずれに新居をかまえた。六畳と四畳半と三畳と三間あるほかに八畳の裏二階がありそこから富士がまっすぐに眺められた。三月の更によい日に習字のお師匠の娘が花嫁としてこの新居にむかえられた。その夜、火消したちは次郎兵衛の新居にぎっしりつまって祝い酒を呑み、ひとりずつ順々に隠し芸をして夜を更しいよいよ翌朝になってやっとおしまいのひとりが二枚の皿の手品をやって皆の泥酔と熟睡の眼をごまかし或る一隅からのぱちぱちという喝采でもって報いられ、祝賀の宴はおわった。

次郎兵衛は、これはまたこれで結構なことにちがいないのだろう、となま悟りしてきょとんとした一日一日を送っていた。父親の逸平もまた、これで一段落、と呟いてはぽんと煙管を*吐月峯にはたいていた。けれども逸平の澄んだ頭脳でもってしてさえ思い及ばなかった悲しいことがらが起った。結婚してかれこれ二月目の晩に、次郎兵衛は花嫁の酌で酒を呑みながら、おれは喧嘩が強いのだよ、喧嘩をするにはの、こうして右手で眉間を殴りさ、こうして左手で水落ちを殴るのだよ。ほんのじゃれてやってみせたことであったが、花嫁はころりところろんで死んだ。やはり打ちどころがよかったのであろう。次郎兵衛は重い罪にとわれ、牢屋へいれられた。ものの上手のすぎた罰である。次郎兵衛は牢屋へはいってからもそのどこやら落ちつきはらった様子のために役人から馬鹿にはされなかったし、また同室の罪人たちからは牢名主（ろうなぬし）としてあがめられた。ほかの罪人たちよりは一段と高いところに坐らされながら、次郎兵衛は彼の自作の都々逸（＊どどいつ）とも念仏ともつかぬ歌を、あわれなふしで口ずさんでいた。

岩に囁（ささや）く
頬をあからめつつ
おれは強いのだよ
岩は答えなかった

嘘の三郎

むかし江戸深川に原宮黄村という男やもめの学者がいた。支那(しな)の宗教にくわしかった。一子があり、三郎と呼ばれた。ひとり息子なのに三郎と名づけるとは流石(さすが)に学者らしくひねったものだと近所の取沙汰(とりざた)であった。どうしてそれが学者らしいひねりかたであるかは誰にも判らなかった。そこが学者であるということになっていた。近所での黄村の評判はあまりよくなかった。極端に吝嗇(りんしょく)であるとされていた。ごはんをたべてから必ずそれをきっちり半分もどして、それでもって糊(のり)をこしらえるという噂さえあった。

三郎の嘘(うそ)の花はこの黄村の吝嗇から芽生えた。八歳になるまでは一銭の小使いも与えられず、支那の君子人の言葉を暗誦(あんしょう)することだけを強いられた。三郎はその支那の君子人の言葉を水洟(みずばな)すすりあげながら呟き呟き、部屋部屋の柱や壁の釘(くぎ)をぷすぷすと抜いて歩いた。釘が十本たまれば、近くの屑屋(くずや)へ持って行って一銭か二銭で売却した。花林糖(かりんとう)を買うのである。あとになって父の蔵書がさらに十倍くらいのよい価で売れることを屑屋から教わり、一冊二冊と持ち出し、六冊目に父に発見された。父は涙をふるってこの盗癖のある子を折檻(せっかん)した。こぶしでつづけさまに三つほど三郎の頭を殴り、それから言った。これ以上の折檻は、お前のためにもわしのためにもいたずらに空腹を覚えさせるだけのことだ。それゆえ折檻はこれだけにしてやめる。そこへ坐れ。三郎は泣く泣く悔悟をちかわされた。三郎にとって、これが嘘のしはじめであった。

そのとしの夏、三郎は隣家の愛犬を殺した。愛犬は狆であった。夜、狆はけたたましく吠えたてた。ながい遠吠えやら、きゃんきゃんというせわしない悲鳴やら、苦痛に堪えかねたような大げさな唸り声やら、様様の鳴き声をまぜて騒ぎたてた。一時間くらい鳴きつづけたころ、父の黄村は、傍に寝ている三郎へ声をかけた。見て来い。三郎は先刻より頭をもたげ眼をぱちぱちさせながら聞き耳をたてていたのであった。起きあがって雨戸を繰りあけ、見ると隣りの家の竹垣にむすびつけられている狆が、からだを土にこすりつけて身悶えしていた。三郎は、騒ぐな、と言って叱った。狆は三郎の姿をみとめて、これ見よがしに土にまろび竹垣を嚙み、ひとしきり狂乱の姿をよそおい、きゃんきゃんと一そう高く鳴き叫んだ。三郎は狆の甘ったれた精神にむかむか憎悪を覚えたのである。騒ぐな、騒ぐな、と息をつめたような声で言ってから、庭へ飛び降り小石を拾い、はっしとぶっつけた。狆の頭部に命中した。きゃんと一声するどく鳴いてから狆の白い小さいからだがくるくると独楽のように廻って、ぱたとたおれた。死んだのである。雨戸をしめて寝床へはいってから、父は眠たげな声でたずねた。どうしたのじゃ。三郎は蒲団を頭からかぶったままで答えた。鳴きやみました。病気らしゅうございます。あしたあたり死ぬかも知れません。

そのとしの秋、三郎はひとを殺した。言問橋から遊び仲間を隅田川へ突き落したのである。直接の理由はなかった。ピストルを自分の耳にぶっ放したい発作とよく似た発作におそわれたのであった。突きおとされた豆腐屋の末っ子は落下しながら細長い両脚で家鴨のように三度ゆるく空気を掻くようにうごかして、ぼしゃっと水面へ落ちた。波紋が流れにしたがって一間ほど川下のほうへ移動してから波紋のまんなかに片手がひょいと出た。こぶしをきつく握っていた。すぐひっこんだ。波紋は崩れながら流れた。三郎はそれを見とどけてしまってから、大声をたてて泣き叫んだ。人々は集り、三郎の泣き泣き指す箇処を見て事のなりゆきをさとった。よく知らせてくれた。お前の朋輩が落ちたのか。泣くでない、すぐ助けてやる。よく知らせてくれた。ひとりの合点の早い男がそう言って三郎の肩を軽くたたいた。そのうちに人々の中の泳ぎに自信のある男が三人、競争して*大川へ飛び込み、おのおの自分の泳ぎの型を誇りながら豆腐屋の末っ子を捜しはじめた。三人ともあまり自分の泳ぎの姿を気にしすぎて、そのために子供を捜しあるくのがおろそかになり、ようやく捜しあてたものは全くの死骸であった。

三郎はなんともなかった。豆腐屋の葬儀には彼も父の黄村とともに参列した。十歳十一歳となるにつれて、この誰にも知られぬ犯罪の思い出が三郎を苦しめはじめた。こういう犯罪が三郎の嘘の花をいよいよ美事にひらかせた。ひとに嘘をつき、おのれに嘘をつき、ひたすら自分の犯罪をこの世の中から消し、またおのれの心から消そうと努め、長ずるに及んでいよいよ嘘のかたまりになった。

二十歳の三郎は神妙な内気な青年になっていた。お盆の来るごとに亡き母の思い出を溜息つきながらひとに語り、近所近辺の同情を集めた。三郎は母を知らなかった。彼が生れ落ちるとすぐ母はそれと交代に死んだのである。いまだかつて母を思ってみたことさえなかったのである。いよいよ嘘が上手になった。黄村のところへ教えを受けに来ている二三の書生たちに手紙の代筆をしてやった。親元へ送金を願う手紙を最も得意としていた。例えばこんな工合いであった。謹啓、よもの景色云々と書きだして、御尊父様には御変りもこれなく候や、と虚心にお伺い申しあげ、それからすぐ用事を書くのであった。はじめお世辞たらたら書き認めて、さて、金を送って下されと言いだすのは下手なのであった。はじめのたらたらのお世辞がその最後の用事の一言でもって瓦解し、いかにもさもしく汚く見えるものである。それゆえ、勇気を出して少しも早くひと思いに用事にとりかかるのであった。なるべく簡明なほうがよい。このたびわが塾に於いて*詩経の講義がはじまるのであるが、この教科書は坊間の書肆より求むれば二十二円である。

けれども黄村先生は書生たちの経済力を考慮し直接に支那へ注文して下さることと相成った。実費十五円八十銭である。この機を逃がすならば少しの損をするゆえ早速に申し込もうと思う。大急ぎで十五円八十銭を送っていただきたいというような案配であった。そのつぎにおのれの近況のそれも些々たる茶飯事を告げる。昨日わが窓より外を眺めていたら、たくさんの烏が一羽の鳶とたたかい、まことに勇壮であったとか、一昨日、墨堤を散歩し奇妙な草花を見つけた、花弁は朝顔に似て小さく豌豆に似て大きくいろ赤きに似て白く珍らしきものゆえ、根ごと抜きとり持ちかえってわが部屋の鉢に移し植えた、とかいうようなことを送金の請求もなにも忘れてしまったかのようにのんびりと書き認めるのであった。尊父はこの便りに接して、わが子の平静な心境を思いおのれのあくせくした心を恥じ、微笑んで送金をするのである。三郎の手紙は事実そのようにうまくいった。書生たちは、われもわれもと三郎に手紙の代筆、もしくは口述をたのんだのである。金が来ると書生たちは三郎を誘って遊びに出かけ、一文もあますところなく使った。黄村の塾はそろそろと繁栄しはじめた。噂を聞いた江戸の書生たちは、若先生から手紙の書きかたをこっそり教わりたい心から黄村に教えを求めたのである。

三郎は思案した。こんなに日に幾十人ものひとに手紙の代筆をしてやったり口述をしてやったりしていたのではとても煩に堪えぬ。いっそ上梓しようか。どうしたなら親元からたくさんの金を送ってもらえるか、これを一冊の書物にして出版しようと考えたのである。けれどもこの出版に当ってはひとつのさしさわりがあることに気づいた。その書物を親元が購い熟読したなら、どういうことになるであろう。なにやら罪ふかい結果が予想できるのであった。三郎はこの書物の出版をやめなければならなかった。書生たちの必死の反対があったからでもあった。それでも三郎は著述の決意だけはまげなかった。そのころ江戸で流行の*洒落本を出版することにした。*ほほ、うやまってもうす、というような書きだしで能うかぎりの悪ふざけとごまかしを書くことであって、三郎の性格に全くぴたりと合っていたのである。彼が二十二歳のとき酔い泥屋滅茶滅茶先生という筆名で出版した二三の洒落本は思いのほかに売れた。或る日、三郎は父の蔵書のなかに彼の洒落本中の傑作*「人間万事嘘は誠」一巻がまじっているのを見て、何気なさそうに黄村に尋ねた。滅茶滅茶先生の本はよい本ですか。黄村はにがり切って答えた。よくない。三郎は笑いながら教えた。あれは私の匿名ですよ。黄村は狼狽を見せまいとして高いせきばらいを二つ三つして、それからあたりをはばかるような低い声で問うた。なんぼもうかったかの。

傑作「人間万事嘘は誠」のあらましの内容は、嫌厭先生という年わかい世のすねものが面白おかしく世の中を渡ったことの次第を叙したものであって、たとえば嫌厭先生が花柳の巷に遊ぶにしても或いは役者といつわり或いはお大尽を気取り或いはお忍びの高貴のひとのふりをする。そのいかさまごとがあまりにも工夫に富みほとんど真に近く芸者末社もそれを疑わず、はては彼自身も疑わず、それは決して夢ではなく現在たしかに、一夜にして百万長者になりまた一朝めざむれば世にかくれなき名優となり面白おかしくその生涯を終るのである。死んだとたんにむかしの無一文の嫌厭先生にかえるというようなことが書かれていた。これは謂わば三郎の私小説であった。二十二歳をむかえたときの三郎の嘘はすでに神に通じ、おのれがこうといつわるときにはすべて真実の黄金に化していた。黄村のまえではあくまで内気な孝行者に、塾に通う書生のまえでは恐ろしい訳知りに、花柳の巷では即ち団十郎、なにがしのお殿様、なんとか組の親分、そうしてその辺に些少の不自然も嘘もなかった。

　そのあくるとしに父の黄村が死んだ。黄村の遺書にはこういう意味のことがらが書かれていた。わしは嘘つきだ。偽善者だ。支那の宗教から心が離れれば離れるほど、それに心服した。それでも生きて居れたのは、母親のないわが子への愛のためであろう。わしは失敗したが、この子を成功させたかったが、この子も失敗しそうである。わしはこの子にわしが六十年間かかってためた粒々の小銭、五百文を全部のこらず与えるものである。三郎はその遺書を読んでしまってから顔を蒼くして薄笑いを浮べ、二つに引き裂いた。それをまた四つに引き裂いた。さらに八つに引き裂いた。空腹を防ぐために子への折檻をひかえた黄村、子の名声よりも印税が気がかりでならぬ黄村、近所からは土台下に黄金の一ぱいつまった甕をかくしていると囁かれた黄村が、五百文の遺産をのこして大往生をした。嘘の末路だ。三郎は嘘の最後っ屁の我慢できぬ悪臭をかいだような気がした。

三郎は父の葬儀を近くの日蓮宗のお寺でいとなんだ。ちょっと聞くと野蛮なリズムのように感ぜられる和尚のめった打ちに打ち鳴らす太鼓の音も、耳傾けてしばらく聞いていると、そのリズムの中にどうしようもない憤怒と焦慮とそれを茶化そうというやけくそなお道化とを聞きとることができたのである。紋服を着て珠数を持ち十人あまりの塾生のまんなかに背を丸くして坐って、三尺ほど前方の畳のへりを見つめながら三郎は考える。嘘は犯罪から発散する音無しの屁だ。自分の嘘も、幼いころの人殺しから出発した。父の嘘も、おのれの信じきれない宗教をひとに信じさせた大犯罪から絞り出された。重苦しくてならぬ現実を少しでも涼しくしようとして嘘をつくのだけれども、嘘は酒とおなじようにだんだんと適量がふえて来る。次第次第に濃い嘘を吐いていって、切磋琢磨され、ようやく真実の光を放つ。これは私ひとりの場合に限ったことではないようだ。人間万事嘘は誠。ふとその言葉がいまはじめて皮膚にべっとりくっついて思い出され、苦笑した。ああ、これは滑稽の頂点である。黄村の骨をていねいに埋めてやってから三郎はひとつ今日より嘘のない生活をしてやろうと思いたった。みんな秘密な犯罪を持っているのだ。びくつくことはない。ひけめを感ずることはない。

嘘のない生活。その言葉からしてすでに嘘であった。美きものを美しと言い、悪しきものを悪しという。それも嘘であった。だいいち美きものを美しと言いだす心に嘘があろう。あれも汚い、これも汚い、と三郎は毎夜ねむられぬ苦しみをした。三郎はやがてひとつの態度を見つけた。無意志無感動の痴呆の態度であった。風のように生きることである。三郎は日常の行動をすべて暦にまかせた。暦のうらないにまかせた。たのしみは、夜夜、夢を見ることであった。青草の景色もあれば、胸のときめく娘もいた。

或る朝、三郎はひとりで朝食をとっていながらふと首を振って考え、それからぱちっと箸をお膳のうえに置いた。立ちあがって部屋をぐるぐる三度ほどめぐり歩き、それから懐手して外へ出た。無意志無感動の態度がうたがわしくなったのである。これこそ嘘の地獄の奥山だ。意識して努めた痴呆がなんで嘘でないことがあろう。つとめればつとめるほど私は嘘の上塗りをして行く。勝手にしやがれ。無意識の世界。三郎は朝っぱらから居酒屋へ出かけたのである。

縄のれんをはじいて中へはいると、この早朝に、もうはや二人の先客があった。驚くべし、仙術太郎と喧嘩次郎兵衛の二人であった。太郎は卓の東南の隅にいて、そのしもぶくれのもち肌の頰を酔いでうす赤く染め、たらりと下った口鬚をひねりひねり酒を呑んでいた。次郎兵衛はそれと相対して西北の隅に陣どり、むくんだ大きい顔に油をぎらぎら浮かせ、杯を持った左手をうしろから大廻しにゆっくり廻して口もとへ持っていって一口のんでは杯を目の高さにささげたまましばらくぼんやりしているのである。三郎は二人のまんなかに腰をおろして酒を吞みはじめた。三人はもとより旧知の間柄ではない。太郎は細い眼を半分とじながら、次郎兵衛は一分間ほどかかってゆったりと首をねじむけながら、三郎はきょろきょろ落ちつかぬ狐の眼つきを使いながら、それぞれほかの二人の有様を盗み見していたわけである。酔いがだんだん発して来るにつれて三人は少しずつ相寄った。三人のこらえにこらえた酔いが一時に爆発したとき三郎がまず口を切った。こうして一緒に朝から酒を吞むのも何かの縁だと思います。ことにも江戸は半丁あるくと他郷だと言われるほどの籠みあったところなのに、こうしてせまい居酒屋に同日同時刻に落ち合せたというのは不思議なくらいです。太郎は大きいあくびをしてから、のろのろ答えた。おれは酒が好きだから吞むのだよ。そんなに人の顔を見るなよ。そう言って手拭いで頰被りした。次郎兵衛は卓をとんとたたいて卓のうえにさしわたし三寸くらい深さ一寸くらいのくぼみをこしらえてから答えた。そうだ。縁と言えば縁じゃ。おれはいま牢屋から出て来たばかりだよ。三郎は尋ねた。どうして牢屋へはいったのです。それは、こうじゃ。次郎兵衛は奥のしれぬようなぼそぼそ声でおのれの半生を語りだした。語り終えてから涙を一滴、杯の酒のなかに落してぐっと呑みほした。三郎はそれを聞いてしばらく考えごとをしてから、なんだか兄者人のような気がすると前置きをして、それから自身の半生を嘘にならないように嘘にならないように気にしいしい一節ずつ口切って語りだしたのである。それをしばらく聞いているうちに次郎兵衛は、おれにはどうも判らんじゃ、と言ってうとうと居眠りをはじめた。けれども太郎は、それまでは退屈そうにあくびばかりしていたのを、やがて細い眼をはっきりひらいて聞き耳をたてはじめたのである。話が終ったとき、太郎は頬被りをたいぎそうにとって、三郎さんとか言ったが、あなたの気持ちはよく判る。おれは太郎と言って津軽のもんです。二年まえからこうして江戸へ出てぶらぶらしています。聞いて下さるか、とやはり眠たそうな口調で自分のいままでの経歴をこまごまと語って聞せた。だしぬけに三郎は叫んだ。判ります、判ります。次郎兵衛はその叫び声のために眼をさましてしまった。濁った眼をぼんやりあけて、何事ですか、と三郎に尋ねた。三郎はおのれの有頂天に気づいて恥かしく思った。有頂天こそ嘘の結晶だ、ひかえようと無理につとめたけれど、酔いがそうさせなかった。三郎のなまなかの抑制心がかえって彼自身にはねかえって来て、もうはややけくそになり、どうにでもなれと口から出まかせの大嘘を吐いた。私たちは芸術家だ。そういう嘘を言ってしまってから、いよいよ嘘に熱が加って来たのであった。私たち三人は兄弟だ。きょうここで逢ったからには、死ぬるとも離れるでない。いまにきっと私たちの天下が来るのだ。私は芸術家だ。仙術太郎氏の半生と喧嘩次郎兵衛氏の半生とそれから僭越ながら私の半生と三つの生きかたの模範を世人に書いて送ってやろう。かまうものか。嘘の三郎の嘘の火焔はこのへんからその極点に達した。私たちは芸術家だ。王侯といえども恐れない。金銭もまたわれらに於いて木葉の如く軽い。

玩具

どうにかなる。どうにかなろうと一日一日を迎えてそのまま送っていって暮しているのであるが、それでも、なんとしても、どうにもならなくなってしまう場合がある。そんな場合になってしまうと、私は糸の切れた紙凧(かみだこ)のようにふわふわ生家へ吹きもどされる。普段着のまま帽子もかぶらず東京から二百里はなれた生家の玄関へ懐手(ふところで)して静かにはいるのである。両親の居間の襖(ふすま)をするするあけて、敷居(しきい)のうえに佇立(ちょりつ)すると、虫眼鏡で新聞の政治面を低く音読している父も、そのかたわらで裁縫(さいほう)をしている母も、顔つきを変えて立ちあがる。ときに依(よ)っては、母はひいという絹布を引き裂くような叫びをあげる。しばらく私のすがたを見つめているうちに、私には面皰(にきび)もあり、足もあり、幽霊でないということが判(わか)って、父は憤怒(ふんぬ)の鬼と化し、母は泣き伏す。もとより私は、東京を離れた瞬間から、死んだふりをしているのである。どのような悪罵(あくば)を父から受けても、どのような哀訴(あいそ)を母から受けても、私はただ不可解な微笑でもって応ずるだけなのである。針の筵に坐った思いとよく人は言うけれども、私は雲霧の筵に坐った思いで、ただぼんやりしているのである。

ことしの夏も、同じことであった。私には三百円、かけねなしには二百七十五円、それだけが必要であったのである。私は貧乏が嫌いなのである。生きている限りは、ひとに御馳走をし、伊達な着物を着ていたいのである。生家には五十円と現金がない。それも知っている。けれども私は生家の土蔵の奥隅になお二三十個のたからもののあることをも知っている。私はそれを盗むのである。私は既に三度、盗みを繰り返し、ことしの夏で四度目である。

ここまでの文章には私はゆるがぬ自負を持つ。困ったのは、ここからの私の姿勢である。

私はこの玩具という題目の小説に於いて、姿勢の完璧を示そうか、情念の模範を示そうか。けれども私は抽象的なものの言いかたを能う限り、ぎりぎりにつつしまなければいけない。なんとも、果しがつかないからである。一こと理窟を言いだしたら最後、あとからあとから、まだまだと前言を追いかけていって、とうとう千万言の註釈。そうして跡にのこるものは、頭痛と発熱と、ああ莫迦なことを言ったという自責。つづいて糞甕に落ちて溺死したいという発作。

私を信じなさい。

私はいまこんな小説を書こうと思っているのである。私というひとりの男がいて、それが或るなんでもない方法によって、おのれの三歳二歳一歳のときの記憶を蘇らす。私はその男の三歳二歳一歳の思い出を叙述するのであるが、これは必ずしも怪奇小説でない。赤児の難解に多少の興を覚え、こいつをひとつと思って原稿用紙をひろげただけのことである。それゆえこの小説の臓腑といえば、あるひとりの男の三歳二歳一歳の思い出なのである。その余のことは書かずともよい。思い出せば私が三つのとき、というような書きだしから、だらだらと思い出話を書き綴っていって、二歳一歳、しまいにはおのれの誕生のときの思い出を叙述し、それからおもむろに筆を擱いたら、それでよいのである。けれどもここに、姿勢の完璧を示そうか、情念の模範を示そうか、という問題がすでに起っている。姿勢の完璧というのは、手管のことである。相手をすかしたり、なだめたり、もちろんちょいちょい威したりしながら話をすすめ、ああよい頃おいだなと見てとったなら、何かしら意味ふかげな一言とともにふっとおのが姿を掻き消す。いや、全く掻き消してしまうわけではない。素早く障子のかげに身をひそめてみるだけなのである。やがて障子のかげから無邪気な笑顔を現わしたときには、相手のからだは意のままになる状態に在るであろう。手管というのは、たとえばこんな工合いの術のことであって、ひとりの作家の真摯な精進の対象である。私もまた、そのような手管はいやでなく、この赤児の思い出話にひとつ巧みな手管を用いようと企てたのである。

ここらで私は、私の態度をはっきりきめてしまう必要がある。私の嘘がそろそろ崩れかけて来たのを感じるからである。私は姿勢の完璧からだんだん離れていっているように見せつけながら、いつまたそれに返っていっても怪我のないように用心に用心を重ねながら筆を運んで来たのである。書きだしの数行をそのまま消さずに置いたところからみても、すぐにそれと察しがつく筈である。しかもその数行を、ゆるがぬ自負を持つなどという金色の鎖でもって読者の胸にむすびつけて置いたことは、これこそなかなかの手管でもあろう。事実、私は返るつもりでいた。はじめに少し書きかけて置いたあのようなひとりの男が、どうしておのれの三歳二歳一歳のときの記憶を取り戻そうと思いたったか、どうして記憶を取り戻し得たか、なお、その記憶を取り戻したばかりに男はどんな目に逢ったか、私はそれらをすべて用意していた。それらを赤児の思い出話のあとさきに附け加えて、そうして姿勢の完璧と、情念の模範と、二つながら兼ね具えた物語を創作するつもりでいた。

もはや私を警戒する必要はあるまい。

私は書きたくないのである。

書こうか。私の赤児のときの思い出だけでもよいのなら、一日にたった五六行ずつ書いていってもよいのなら、君だけでも丁寧に丁寧に読んで呉れるというのなら。よし。いつ成るとも判らぬこのやくざな仕事の首途を祝い、君とふたりでつつましく乾杯しよう。仕事はそれからである。

私は生れてはじめて地べたに立ったときのことを思い出す。雨あがりの青空。雨あがりの黒土。梅の花。あれは、きっと裏庭である。女のやわらかい両手が私のからだをそこまで運びだし、そうして、そっと私を地べたに立たせた。私は全く平気で、二歩、かこまで運びだし、三歩、あるいた。だしぬけに私の視覚が地べたの無限の前方へのひろがりを感じ捕り、私の両足の裏の触覚が地べたの無限の深さを感じ捕り、さっと全身が凍りついて、尻餅ついた。私は火がついたように泣き喚いた。我慢できぬ空腹感。

これらはすべて嘘である。私はただ、雨後の青空にかかっていたひとすじのほのかな虹を覚えているだけである。

ものの名前というものは、それがふさわしい名前であるなら、よし聞かずとも、ひとりでに判って来るものだ。私は、私の皮膚から聞いた。ぼんやり物象を見つめていると、その物象の言葉が私の肌をくすぐる。たとえば、アザミ。わるい名前は、なんの反応もない。いくど聞いても、どうしても呑みこめなかった名前もある。たとえば、ヒト。

私が二つのときの冬に、いちど狂った。小豆粒くらいの大きさの花火が、両耳の奥底でぱちぱち爆ぜているような気がして、思わず左右の耳を両手で覆った。それきり耳が聞えずなった。遠くを流れている水の音だけがときどき聞えた。涙が出て出て、やがて眼玉がちかちか痛み、次第にあたりの色が変っていった。私は、眼に色ガラスのようなものでもかかったのかと思い、それをとりはずそうとして、なんどもなんども目蓋をつまんだ。私は誰かのふところの中にいて、囲炉裏の焔を眺めていた。焔は、みるみるまっくろになり、海の底で昆布の林がうごいているような奇態なものに見えた。緑の焔はリボンのようで、黄色い焔は宮殿のようであった。けれども、私はおしまいに牛乳のような純白な焔を見たとき、ほとんど我を忘却した。「おや、この子はまたおしっこ。おしっこをたれるたんびに、この子はわなわなふるえる。」誰かがそう呟いたのを覚えている。私は、こそばゆくなり胸がふくれた。それはきっと帝王のよろこびを感じたのだ。「僕はたしかだ。誰も知らない。」軽蔑ではなかった。

同じようなことが、二度あった。私はときたま玩具と言葉を交した。木枯しがつよく吹いている夜更けであった。私は、枕元のだるまに尋ねた。「だるま、寒くないか。」だるまは答えた。「寒くない。」私はかさねて尋ねた。「ほんとうに寒くないか。」だるまは答えた。「寒くない。」「ほんとうに。」「寒くない。」傍に寝ている誰かが私たちを見て笑った。「この子はだるまがお好きなようだ。いつまでも黙ってだるまを見ている。」

おとなたちが皆、寝しずまってしまうと、家じゅうを四五十の鼠が駈けめぐるのを私は知っている。たまには、四五匹の青大将が畳のうえを這いまわる。おとなたちは、鼻音をたてて眠っているので、この光景を知らない。鼠や青大将が寝床のなかにまではいって行くのであるが、おとなたちは知らない。私は夜、いつも全く眼をさましている。昼間、みんなの見ている前で、少し眠る。

私は誰にも知られずに狂い、やがて誰にも知られずに直っていた。

それよりもまだ小さかった頃のこと。麦畑の麦の穂のうねりを見るたびごとに思い出す。私は麦畑の底の二匹の馬を見つめていた。赤い馬と黒い馬。たしかに努めていた。私は力を感じたので、その二匹の馬が私をすぐ身近に放置してきっぱりと問題外にしている無礼に対し、不満を覚える余裕さえなかった。

もう一匹の赤い馬を見た。あるいは同じ馬であったかも知れぬ。針仕事をしていたようであった。しばらくしては立ちあがり、はたはたと着物の前をたたくのだ。糸屑（いとくず）を払い落す為（ため）であったかも知れぬ。からだをくねらせて私の片頬へ縫針（ぬいばり）を突き刺した。「坊や、痛いか。痛いか。」私には痛かった。

私の祖母が死んだのは、こうして様様に指折りかぞえながら計算してみると、私の生後八ケ月目のころのことである。このときの思い出だけは、霞が三角形の裂け目を作って、そこから白昼の透明な空がだいじな肌を覗かせているようにそんな案配にはっきりしている。祖母は顔もからだも小さかった。髪のかたちも小さかった。胡麻粒ほどの桜の花弁を一ぱいに散らした*縮緬の着物を着ていた。私は祖母に抱かれ、香料のさわやかな匂いに酔いながら、上空の烏の喧嘩を眺めていた。祖母は、あなや、と叫んで私を畳のうえに投げ飛ばした。ころげ落ちながら私は祖母の顔を見つめていた。祖母は下顎をはげしくふるわせ、二度も三度も真白い歯を打ち鳴らした。やがてころりと仰向きに寝ころがった。おおぜいのひとたちは祖母のまわりに駈せ集い、一斉に鈴虫みたいな細い声を出して泣きはじめた。私は祖母とならんで寝ころがりながら、死人の顔をだまって見ていた。臈たけた祖母の白い顔の、額の両端から小さい波がちりちりと起り、顔一めんにその皮膚の波がひろがり、みるみる祖母の顔を皺だらけにしてしまった。人は死に、皺はにわかに生き、うごく。うごきつづけた。皺のいのち。それだけの文章。そろそろと堪えがたい悪臭が祖母の懐の奥から這い出た。

いまもなお私の耳朶をくすぐる祖母の子守歌。「狐の嫁入り、婿さん居ない。」その余の言葉はなくもがな。（未完）

陰火

誕生

二十五の春、そのひしがたの由緒ありげな学帽を、たくさんの希望者の中でとくにへどもどとまごつきながら願い出たひとりの新入生へ、くれてやって、帰郷した。鷹の羽の定紋うった軽い幌馬車は、若い主人を乗せて、停車場から三里のみちを一散にはしった。からころと車輪が鳴る、馬具のはためき、馭者の叱咤、蹄鉄のにぶい響、それらにまじって、ひばりの声がいくども聞えた。

北の国では、春になっても雪があった。道だけは一筋くろく乾いていた。田圃の雪もはげかけた。雪をかぶった山脈のなだらかな起伏も、むらさきいろに萎えていた。その山脈の麓、黄いろい材木の積まれてあるあたりに、低い工場が見えはじめた。太い煙突から晴れた空へ煙が青くのぼっていた。彼の家である。新しい卒業生は、ひさしぶりの故郷の風景に、ものうい瞳をそっと投げたきりで、さもさもわざとらしい小さなあくびをした。

そうして、そのとしには、彼はおもに散歩をして暮した。彼のうちの部屋部屋をひとつひとつ廻って歩いて、そのおのおのの部屋の香をなつかしんだ。洋室は薬草の臭気がした。茶の間は牛乳。客間には、なにやら恥かしい匂いが。彼は、表二階や裏二階や、離れ座敷にもさまよい出た。いちまいの襖(ふすま)をするするあける度毎(たびごと)に、彼のよごれた胸が幽(かす)かにときめくのであった。それぞれの匂いはきっと彼に都のことを思い出させたからである。

彼は家のなかだけでなく、野原や田圃をもひとりで散歩した。野原の赤い木の葉や田圃の浮藻(うきも)の花は彼も軽蔑(けいべつ)して眺めることができたけれど、耳をかすめて通る春の風と、ひくく騒いでいる秋の満目(まんもく)の稲田とは、彼の気にいっていた。

寝てからも、むかし読んだ小型の詩集や、*真紅の表紙に黒いハンマアの画かれてあるような、そんな書物を枕元に置くことは、めったになかった。寝ながら電気スタンドを引き寄せて、両のてのひらを眺めていた。手相(てそう)に凝(こ)っていたのである。掌(てのひら)にはたくさんのこまかい皺(しわ)がたたまれていた。そのなかに三本の際(きわ)だって長い皺が、ちりちりと横に並んではしっていた。この三つのうす赤い鎖が彼の運命を象徴しているというのであっいた。それに依れば、彼は感情と智能とが発達していて、生命は短いということになっていた。おそくとも二十代に死ぬるというのである。

その翌る年、結婚をした。べつに早いとも思わなかった。美人でさえあれば、と思った。華やかな婚礼があげられた。花嫁は近くのまちの造り酒屋の娘であった。色が浅黒くて、なめらかな頰にはうぶ毛さえ生えていた。編物を得意としていた。ひとつき程は彼も新妻をめずらしがった。

そのとしの、冬のさなかに父は五十九で死んだ。父の葬儀は雪の金色に光っている天気のいい日に行われた。彼は袴のももだちをとり、藁靴はいて、山のうえの寺まで十町ほどの雪道をぱたぱた歩いた。父の柩は輿にのせられて彼のうしろへついて来た。そのあとには彼の妹ふたりがまっ白いヴエルで顔をつつんで立っていた。行列は長くつづいていた。

父が死んで彼の境遇は一変した。父の地位がそっくり彼に移った。それから名声も。

さすがに彼はその名声にすこし浮わついた。工場の改革などをはかったのである。そうして、いちどでこりこりした。手も足も出ないのだとあきらめた。支配人にすべてをまかせた。彼の代になって、かわったのは、洋室の祖父の肖像画がけしの花の油画と掛けかえられたことと、まだある、黒い鉄の門のうえに仏蘭西風の軒燈をぼんやり灯した。

すべてが、もとのままであった。変化は外からやって来た。父にわかれて二年目の夏のことであった。そのまちの銀行の様子がおかしくなったのである。もしものときには、彼の家も破産せねばいけなかった。

救済のみちがどうやらついた。しかし、支配人は工場の整理をもくろんだのである。そのことが使用人たちを怒らせた。彼には、永いあいだ気にかけていたことが案外はやく来てしまったような心地がした。奴等(やつら)の要求をいれさせてやれ、と彼はわびしいよりむしろ腹立たしい気持ちで支配人に言いつけた。求められたものは与える。それ以上は与えない。それでいいだろう?　と彼は自身のこころに尋(たず)ねた。小規模の整理がつつましく行われた。

その頃から寺を好き始めた。寺は、すぐ裏の山のうえでトタンの屋根を光らせていた。彼はそこの住職と親しくした。住職は痩(や)せ細(ほそ)って老いぼれていた。けれども右の耳朶がちぎれていて黒い痕(あと)をのこしているので、ときどきは兇悪(きょうあく)な顔にも見えた。夏の暑いまさかりでも、彼は長い石段をてくてくのぼって寺へかようのである。＊庫裡(くり)の縁先には夏草が高くしげっていて、鶏頭(けいとう)の花が四つ五つ咲いていた。住職はたいてい昼寝をしているのであった。彼はその縁先からもしもしと声をかけた。時々とかげが縁の下から青い尾を振って出て来た。

彼はきょうもんの意味に就いて住職に問うのであった。住職はちっとも知らなかった。住職はまごついてから、あはははと声を立てて笑うのである。彼もほろにがく笑ってみせた。それでよかった。ときたま住職へ怪談を所望した。住職は、かすれた声で二十いくつの怪談をつぎつぎと語って聞せた。この寺にも怪談があるだろう、と追及したら、住職は、とんとない、と答えた。

それから一年すぎて、彼の母が死んだ。彼の母は父の死後、彼に遠慮ばかりしていた。あまりおどおどして、命をちぢめたのである。母の死とともに彼は寺を厭いた。母が死んでから始めて気がついたことだけれども、彼の寺沙汰は、母への奉仕を幾分ふくめていたのであった。

母に死なれてからは、彼は小家族のわびしさを感じた。妹ふたりのうち、上のは、隣りのまちの大きい割烹店へとついでいた。下のは、都の、体操のさかんな或る私立の女学校へかよっていて、夏冬の休暇のときに帰郷するだけであった。黒いセルロイドの眼鏡をかけていた。彼等きょうだい三人とも、眼鏡をかけていたのである。彼は鉄ぶちを掛けていた。姉娘は細い金ぶちであった。

彼はとなりまちへ出て行ってあそんだ。自分の家のまわりでは心がひけて酒もなんにも飲めなかった。となりのまちでささやかな醜聞をいくつも作った。やがてそれにも疲れた。

子供がほしいと思った。少くとも、子供は妻との気まずさを救えると考えた。彼には妻のからだがさかなくさくてかなわなかった。鼻に附いたのである。

三十になって、少しふとった。毎朝、顔を洗うときに両手へ石鹼をつけて泡をこしらえていると、手の甲が女のみたいにつるつる滑った。指先が煙草のやにで黄色く染まっていた。洗っても洗っても落ちないのだ。煙草の量が多すぎたのである。一日にホープを七箱ずつ吸っていた。

そのとしの春に、妻が女の子を出産した。その二年ほどまえ、妻が都の病院に凡そひとつきも秘密な入院をしたのであった。

女の子は、ゆりと呼ばれた。ふた親に似ないで色が白かった。髪がうすくて、眉毛はないのと同じであった。腕と脚が気品よく細長かった。生後二箇月目には、体重が五瓩、身長が五十八糎ほどになって、ふつうの子より発育がよかった。

生れて百二十日目に大がかりな誕生祝いをした。

紙の鶴

「おれは君とちがって、どうやらおめでたいようである。おれは処女でない妻をめとって、三年間、その事実を知らずにすごした。こんなことは口に出すべきでないかも知れぬ。いまは幸福そうに編物へ熱中している妻に対しても、むざんである。また、世の中のたくさんの夫婦に対しても、いやがらせとなるであろう。しかし、おれは口に出す。君のとりすました顔を、なぐりつけてやりたいからだ。

おれは、*ヴァレリイも*プルウストも読まぬ。おおかた、おれは文学を知らぬのであろう。知らぬでもよい。おれは別なもっとほんとうのものを見つめている。人間を。人間という謂わば市場の蒼蠅を。それゆえおれにとっては、作家こそすべてである。作品は無である。

どういう傑作でも、作家以上ではない。作家を飛躍し超越した作品というものは、読者の眩惑である。君は、いやな顔をするであろう。読者にインスピレエションを信じさせたい君は、おれの言葉を卑俗とか生野暮とかといやしめるにちがいない。そんならおれは、もっとはっきり言ってもよい。おれは、おれの作品がおれのためになるときだけ仕事をするのである。君がまさしく聡明ならば、おれのこんな態度をこそ鼻で笑える筈だ。笑えないならば、今後、かしこそうに口まげる癖をよし給え。

おれは、いま、君をはずかしめる意図からこの小説を書こう。この小説の題材は、おれの恥さらしとなるかも知れぬ。けれども、決して君に憐憫の情を求めまい。君より高い立場に拠って、人間のいつわりない苦悩というものを君の横面にたたきつけてやろうと思うのである。

おれの妻は、おれとおなじくらいの嘘つきであった。ことしの秋のはじめ、おれは一篇の小説をしあげた。それは、おれの家庭の仕合せを神に誇った短篇である。おれは妻にもそれを読ませた。妻は、それをひくく音読してしまってから、いいわ、と言った。そうして、おれにだらしない動作をしかけた。おれは、どれほどのろまでも、こういう妻のそぶりの蔭に、ただならぬ気がまえを見てとらざるを得なかったのである。おれは、妻のそんな不安がどこからやって来たのか、それを考えて三夜をついやした。おれの疑惑は、ひとつのくやしい事実にかたまって行くのであった。おれもやはり、*十三人目の椅子に坐るべきおせっかいな性格を持っていた。

おれは妻をせめたのである。このことにもまた三夜をついやした。妻は、かえっておれを笑っていた。ときどきは怒りさえした。おれは最後の奸策をもちいた。その短篇には、おれのような男に処女がさずかった歓喜をさえ書きしるされているのであったが、おれはその箇所をとりあげて、妻をいじめたのである。おれはいまに大作家になるのであるから、この小説もこののち百年は世の中にのこるのだ。するとお前は、この小説とともに百年ののちまで嘘つきとして世にうたわれるであろう、と妻をおどかした。無学の妻は、果しておびえた。しばらく考えてから、とうとうおれに囁いた。たったいちど、と囁いたのである。おれは笑って妻を愛撫した。わかいころの怪我であるゆえ、それはなんでもないことだ、と妻に元気をつけてやって、おれはもっとくわしく妻に語らせるのであった。ああ、妻はしばらくして、二度、と訂正した。それから、三度、と言った。おれは尚も笑いつづけながら、どんな男か、とやさしく尋ねた。おれの知らない名前であった。妻がその男のことを語っているうちに、おれは手段でなく妻を抱擁した。これは、みじめな愛欲である。同時に真実の愛情である。妻は、ついに、六度ほど、と吐きだして声を立てて泣いた。

その翌る朝、妻はほがらかな顔つきをしていた。あさの食卓に向い合って坐ったとき、妻はたわむれに、両手あわせておれを拝んだ。おれも陽気に下唇を噛んで見せた。すると妻はいっそうくつろいだ様子をして、くるしい？ とおれの顔を覗いたでないか。おれは、すこし、と答えた。

おれは君に知らせてやりたい。どんな永遠のすがたでも、きっと卑俗で生野暮なものだということを。

その日を、おれはどうして過したか、これをも君に教えて置こう。

こんなときには、妻の顔を、妻の脱ぎ捨ての足袋を、妻にかかわり合いのある一切を見てはいけない。妻のそのわるい過去を思い出すからというだけでない。おれと妻との最近までの安楽だった日を追想してしまうからである。その日、おれはすぐ外出した。ひとりの年少の洋画家を訪れることにきめたのである。この友人は独身であった。妻帯者の友人はこの場合ふむきであろう。

おれはみちみち、おれの頭脳がからっぽにならないように警戒した。昨夜のことが入りこむすきのないほど、おれは別な問題について考えふけるのであった。人生や芸術の問題はいくぶん危険であった。殊に文学は、てきめんにあのなまな記憶を呼び返す。おれは途上の植物について頭をひねった。からたちは、灌木である。春のおわりに白色の花をひらく。何科に属するかは知らぬ。秋、いますこし経つと黄いろい小粒の実がなるのだ。それ以上を考えつめると危い。おれはいそいで別な植物に眼を転ずる。すすき。これは禾本科に属する。たしか禾本科と教わった。この白い穂は、おばな、というのだ。秋の七草のひとつである。秋の七草とは、はぎ、ききょう、かるかや、なでしこ、それから、おばな。もう二つ足りないけれど、なんであろう。六度ほど。だしぬけに耳へささやかれたのである。おれはほとんど走るようにして、足を早めた。いくたびとなく躓いた。この落葉は。いや、植物はよそう。もっと冷いものを。もっと冷いものを。よろめきながらもおれは陣容をたて直したのである。

おれは、AプラスBの二乗の公式を心のなかで誦した。そのつぎには、AプラスBプラスCの二乗の公式について、研究した。

君は不思議なおももちを装うておれの話を聞いている。けれども、おれは知っている。おそらくは君も、おれのような災難を受けたときには、いや、もっと手ぬるい問題にあってさえ君の日ごろの高雅な文学論を持てあまして、数学はおろか、かぶと虫いっぴきにさえとりすがろうとするであろう。

おれは人体の内臓器管の名称をいちいち数えあげながら、友人の居るアパアトに足を踏みいれた。

友人の部屋の扉をノックしてから、廊下の東南の隅につるされてある丸い金魚鉢を見あげ、泳いでいる四つの金魚について、その鰭の数をしらべた。友人は、まだ寝ていたのであった。片眼だけをしぶくあけて、出て来た。友人の部屋へはいって、おれはようやくほっとした。

いちばん恐ろしいのは孤独である。なにか、おしゃべりをしていると助かる。相手が女だと不安だ。男がよい。とりわけ好人物の男がよい。この友人はこういう条件にかなっている。

おれは友人の近作について饒舌（じょうぜつ）をふるった。それは二十号の風景画であった。彼にしては大作の部類である。水の澄んだ沼のほとりに、赤い屋根の洋館が建っている画であった。友人は、それを内気らしくカンヴァスを裏がえしにして部屋の壁へ寄せかけて置いたのに、おれは、躊躇（ちゅうちょ）せずそれをまたひっくりかえして眺めたのである。おれはそのときどんな批評をしたであろうか。もし、君の芸術批評が立派なものであるとしたなら、おれのそのときの批評も、まんざらではなかったようである。なぜと言って、おれもまた君のように、一言なかるべからず式の批評をしたからである。モチイフについて、色彩について、構図について、おれはひとわたり難癖（なんくせ）をつけることができた。能（あた）うかぎりの概念的な言葉でもって。

友人はいちいちおれの言うことを承認した。いやいや、おれは始めから友人に言葉をさしはさむ余裕をさえ与えなかったほど、おしゃべりをつづけたのである。

しかし、こういう饒舌も、しんから安全ではない。おれは、ほどよいところで打ち切って、この年少の友に将棋をいどんだ。ふたりは寝床（ねどこ）のうえに坐って、くねくねと曲った線のひかれてあるボオル紙へ駒をならべ、早い将棋をなんばんとなくさした。友人はときどき永いふんべつをしておれに怒られ、へどもどとまごつくのであった。たとえ一瞬時でも、おれは手持ちぶさたな思いをしたくなかったのである。

　こんなせっぱつまった心がまえは所詮ながくつづかぬものである。おれは将棋にさえ危機を感じはじめた。ようやく疲労を覚えたのだ。よそう、と言って、おれは将棋の道具をとりのけ、その寝床のなかへもぐり込んだ。友人もおれとならんで仰向けにころがり煙草をふかした。おれは、うっかり者。休止は、おれにとっては大敵なのだった。かなしい影がもうはや、いくどとなくおれの胸をかすめる。おれは、さて、さて、と意味もなく呟いては、その大きい影を追いはらっていた。とてもこのままではならぬ。おれは動いていなければいけないのだ。

　君は、これを笑うであろうか。おれは寝床へ腹這いになって、枕元に散らばってあった鼻紙をいちまい拾い、折紙細工をはじめたのである。

　まずこの紙を対角線に沿うて二つに折って、それをまた二つに畳んで、こうやって袋を作って、それから、こちらの端を折って、これは翼、こちらの端を折って、これはくちばし、こういう工合いにひっぱって、ここのちいさい孔からぷっと息を吹きこむのである。これは、鶴。」

水車

橋へさしかかった。男はここで引きかえそうと思った。女はしずかに橋を渡った。男も渡った。

女のあとを追ってここまで歩いて来なければいけなかったわけを、男はあれこれと考えてみた。みれんではなかった。女のからだからはなれたとたんに、男の情熱はからっぽになってしまった筈である。女がだまって帰り仕度をはじめたとき、男は煙草に火を点じた。おのれの手のふるえてもいないのに気が附いて、男はいっそう白白しい心地がした。そのままほって置いてもよかったのである。男は女と一緒に家を出た。

二人は土堤の細い道を、あとになりさきになりしながらゆっくり歩いた。初夏の夕暮のことである。はこべの花が道の両側にてんてんと白く咲いていた。

憎くてたまらぬ異性にでなければ関心を持てない一群の不仕合せな人たちがいる。男もそうであった。女もそうであった。女はきょうも郊外の男の家を訪れて、男の言葉の一つ一つに訳のわからぬ嘲笑を浴びせたのである。男は、女の執拗な侮辱に対して、いまこそ腕力を用いようと決心した。女もそれを察して身構えた。こういうせっぱつまったわななきが、二人のゆがめられた愛慾をあおりたてた。男の力はちがった形式で行われた。めいめいのからだを取り返したとき、二人はみじんも愛し合っていない事実をはっきり知らされた。

こうやって二人ならんで歩いているが、お互いに妥協の許さぬ反撥を感じていた。以前にました憎悪を。

土堤のしたには、二間ほどのひろさの川がゆるゆると流れていた。男は薄闇のなかで鈍く光っている水のおもてを見つめながら、また、引きかえそうかしら、と考えた。女は、うつむいたまま道を真直に歩いていた。男は女のあとを追った。

みれんではない。解決のためだ。いやな言葉だけれど、あとしまつのためだ。男は、やっと言いわけを見つけたのである。男は女から十歩ばかり離れて歩きながら、ステッキを振ってみちみちの夏草を薙ぎ倒していた。かんにんして下さい、とひくく女に囁けば、何か月なみの解決がつきそうにも思われる。男はそれも心得ていた。が、言えなかった。だいいち時機がおくれている。これは、その直後にこそ効果のある言葉らしい。ふたりが改めて対陣し直したいまになって、これを言いだすのは、いかにも愚かしくないか。男は青蘆をいっぽん薙ぎ倒した。

列車のとどろきが、すぐ背後に聞えた。女は、ふっと振りむいた。男もいそいで顔をうしろにねじむけた。列車は川下の鉄橋を渡っていた。あかりを灯(とも)した客車が、つぎ、つぎ、つぎと彼等(かれら)の眼の前をとおっていった。男は、おのれの背中にそそがれている女の視線をいたいほど感じていた。列車は、もう通り過ぎてしまって、前方の森の蔭(かげ)からその車輛(しゃりょう)のひびきが聞えるだけであった。男は、ひと思いに、正面にむき直った。もし女と視線がかち合ったなら、そのときには鼻で笑ってこう言ってやろう。日本の汽車もわるくないね。

女はけれども、よほど遠くをすたすた歩いていたのである。白い水玉をちらした仕立てておろしの黄いろいドレスが、夕闇を透して男の眼にしみた。このままうちへ帰るつもりかしら。いっそ、けっこんしようか。いや、ほんとうはけっこんしないのだが、あとしまつのためにそんな相談をしかけてみるのだ。

男はステッキをぴったり小脇にかかえて、はしりだした。女へ近づくにつれて、男の決意がほぐれはじめた。女は痩せた肩をすこしいからせて、ちゃんとした足どりで歩いていた。男は、女の二三歩うしろまではしって来て、それからのろのろと歩いた。憎悪だけが感ぜられるのだ。女のからだじゅうから、我慢(がまん)できぬいやな臭(にお)いが流れて出てくるように思われた。

二人はだまって歩きつづけた。道のまんなかにひとむれの川楊(かわやなぎ)が、ぽっかり浮んだ。

女はその川楊の左側を歩いた。男は右側をえらんだ。

逃げよう。解決もなにも要らぬ。おれが女の心に油ぎった悪党として、つまりふつうの男として残ったとて、構わぬ。どうせ男はこういうものだ。逃げよう。

川楊のひとむれを通り越すと、二人は顔を合せずに、またより添って歩いた。たったひとこと言ってやろうか。おれは口外しないよ、と。男は片手で袂の煙草をさぐった。それとも、こう言ってやろうか。令嬢の生涯にいちど、奥様の生涯にいちど、それから、母親の生涯にいちど、誰にもあることです。よいけっこんをなさい。すると、この女はなんと答えるのであろう。*ストリンドベリイ？ と反問してくるにちがいない。男はマッチをすった。女の蒼黒い片頬がゆがんだまま男のつい鼻の先に浮んだ。

とうとう男は立ちどまった。女も立ちどまった。お互いに顔をそむけたまま、しばらく立ちつくしていたのである。男は女が泣いてもいないらしいのをいまいましく思いながら、わざと気軽そうにあたりを見廻した。じき左側に男の好んで散歩に来る水車小屋があった。水車は闇のなかでゆっくりゆっくりまわっていた。女は、くるっと男に背をむけて、また歩きだした。男は煙草をくゆらしながら踏みとどまった。呼びとめようとしないのだ。

尼

九月二十九日の夜更けのことであった。あと一日がまんをして十月になってから質屋へ行けば、利子がひと月分もうかると思ったので、僕は煙草ものまずにその日いちにち寝てばかりいた。昼のうちにたくさん眠った罰で、夜は眠れないのだ。夜の十一時半ころ、部屋の襖がことことと鳴った。風だろうと思っていたのだが、しばらくして、またことことと鳴った。おや、誰か居るのかなとも思われ、蒲団から上半身をくねくねはみ出させて腕をのばし襖をあけてみたら、若い尼が立っていた。

中肉のやや小柄な尼であった。頭は青青していて、顔全体は卵のかたちに似ていた。頬は浅黒く、粉っぽい感じであった。眉は地蔵さまの三日月眉で、眼は鈴をはったようにぱっちりしていて、睫がたいへん長かった。鼻はこんもりともりあがって小さく、両唇はうす赤くて少し大きく、紙いちまいの厚さくらいあいていてそのすきまから真白い歯列が見えていた。こころもち受け口であった。墨染めのころもは糊つけしてあるらしく折目折目がきっちりとたっていて、いくらか短かめであった。脚が三寸くらい見えていて、そのゴム毬みたいにふっくりふくらんだ桃いろの脚にはうぶ毛が薄く生えそろい、足頸（あしくび）が小さすぎる白足袋（しろたび）のためにきつくしめつけられて、くびれていた。右手には青玉の珠数（じゅず）を持ち、左手には朱いろの表紙の細長い本を持っていた。

僕は、ああ妹だなと思ったので、おはいりと言った。尼は僕の部屋へはいり、静かにうしろの襖をしめ、木綿（もめん）の固いころもにかさかさと音を立てさせながら僕の枕元まで歩いて来て、それから、ちゃんと坐った。僕は蒲団の中へもぐりこみ、仰向けに寝たままで尼の顔をまじまじと眺めた。だしぬけに恐怖が襲った。息がとまって、眼さきがまっくろになった。

「よく似ているが、あなたは妹じゃないのですね。」はじめから僕には妹などなかったのだな、とそのときはじめて気がついた。「あなたは、誰ですか。」

尼は答えた。

「私はうちを間違えたようです。仕方がありません。同じようなものですものね。」

恐怖がすこしずつ去っていった。僕は尼の手を見ていた。爪が二分ほども伸びて、指の節は黒くしなびていた。

「あなたの手はどうしてそんなに汚いのです。こうして寝ながら見ていると、あなたの喉（のど）や何かはひどくきれいなのに。」

尼は答えた。

「汚いことをしたからです。私だって知っています。だからこうして珠数やお経の本で隠そうとしているのです。私は色の配合のために珠数とお経の本とを持って歩いているのです。黒いころもには青と朱の二色がよくうつって、私のすがたもまさって見えます。」そう言いながら、お経の本のペエジをぱらぱらめくった。「読みましょうか。」

「ええ。」僕は眼をつぶった。

「おふみさまです。*夫人間ノ浮生ナル相ヲツラツラ観ズルニ、オオヨソハカナキモノハ、コノ世ノ始中終マボロシノゴトクナル一期ナリ、――てれくさくて読まれるものか。べつなのを読みましょう。*夫女人ノ身ハ、五障三従トテ、オトコニマサリテカカルフカキツミノアルナリ、コノユエニ一切ノ女人ヲバ、――馬鹿らしい。」

「いい声だ。」僕は眼をつぶったままで言った。「もっとつづけなさいよ。僕は一日一日、退屈でたまらないのです。誰ともわからぬひとの訪問を驚きもしなければ好奇心も起さず、なんにも聞かないで、こうして眼をつぶってらくらくと話し合えるということが、僕もそんな男になれたということが、うれしいのです。あなたは、どうですか。」

「いいえ。だって、仕方がありませんもの。お伽噺がおすきですか。」

「すきです。」

尼は語りはじめた。

「蟹の話をいたしましょう、月夜の蟹の痩せているのは、砂浜にうつるおのが醜い月影におびえ、終夜ねむらず、よろばい歩くからであります。月の光のとどかない深い海の、ゆらゆら動く昆布の森のなかにおとなしく眠り、龍宮の夢でも見ている態度こそゆかしいのでしょうけれども、蟹は月にうかされ、ただ砂浜へ砂浜へとあせるのです。砂浜へ出るや、たちまちおのが醜い影を見つけ、おどろき、かつはおそれるのです。ここに男あり、ここに男あり、蟹は泡をふきつつそう呟き呟きよろばい歩くのです。蟹の甲羅はつぶれ易い。いいえ、形からして、つぶされるようにできています。蟹の甲羅のつぶれるときには、くらっしゅという音が聞えるそうです。むかし、いぎりすの或る大きい蟹は、生れながらに甲羅が赤くて美しかった。この蟹の甲羅は、いたましくもつぶされかけました。それは民衆の罪なのでしょうか。またはかの大蟹のみずから招いたむくいなのでしょうか。大蟹は、ひと日その白い肉のはみ出た甲羅をせつなげにゆさぶり、とあるカフェへはいったのでした。カフェには、たくさんの小蟹がむれつどい、煙草をくゆらしながら女の話をしていました。そのなかの一匹、ふらんす生れの小蟹は、澄んだ眼をして、かの大蟹のすがたをみつめました。その小蟹の甲羅には、東洋的な灰色のくすんだ縞がいっぱいに交錯していました。大蟹は、小蟹の視線をまぶしそうにさけつつ、こっそり囁いたというのです。『おまえ、くらっしゅされた蟹をいじめるものじゃないよ。』ああ、その大蟹に比較すれば、小さくて小さくて、見るかげもないまずしい蟹が、いま北方の海原から恥を忘れてうかれ出た。月の光にみせられたのです。砂浜へ出てみて、彼もまたおどろいたのでした。この影は、このひらべったい醜い影は、ほんとうにおれの影であろうか。おれは新しい男である。しかし、おれの影を見給え。もうはや、おしつぶされかけている。おれの甲羅はこんなに不恰好なのだろうか。こんなに弱弱しかったのだろうか。小さい小さい蟹は、そう呟きつつよろばい歩くのでした。おれには、才能があったのであろうか。いや、いや、あったとしても、それはおかしい才能だ。世わたりの才能というものだ。お前は原稿を売り込むのに、編輯者へどんな色目をつかったか。あの手。この手。泣き落しならば眼ぐすりを。おどかしの手か。よい着物を着ようよ。作品に一言も註釈を加えるな。退屈そうにこう言い給え。『もし、よかったら。』甲羅がうずく。からだの水気が乾いたようだ。この海水のにおいだけが、おれのたったひとつのとりえだったのに。潮の香がうせたなら、ああ、おれは消えもいりたい。もいちど海へはいろうか。海の底の底の底へもぐろうか。なつかしきは昆布の森。遊牧の魚の群。小蟹は、あえぎあえぎ砂浜をよろばい歩いたのでした。浦の苫屋のかげでひとやすみ。腐りかけたいさり舟のかげでひとやすみ。＊この蟹や。何処の蟹。百伝う。角鹿の蟹。横去う。何処に到る。……」口を噤んだ。

「どうしたのです。」僕はつぶっていた眼をひらいた。

「いいえ。」尼はしずかに答えた。「もったいないのです。これは古事記の、…………。罰があたりますよ。はばかりはどこでしょうかしら。」

「部屋を出て、廊下を右手へまっすぐに行きますと杉の戸板につきあたります。それが扉です。」

「秋にもなりますと女人は冷えますので。」そう言ってから、いたずら児のように頸をすくめ両方の眼をくるくると廻して見せた。僕は微笑んだ。

尼は僕の部屋から出ていった。僕はふとんを頭からひきかぶって考えた。高邁なことがらについて思案したのではなかった。これあ、もうけものをしたな、と悪党らしくほくそ笑んだだけのことであった。

尼は少しあわてふためいた様子でかえって来て襖をぴたっとしめてから、立ったままで言った。

「私は寝なければなりません。もう十二時なのです。かまいませんでしょうか。」

僕は答えた。

「かまいません。」

どんなにびんぼうをしても蒲団だけは美しいのを持っていたいと僕は少年のころから

心がけていたのであるから、こんな工合いに不意の泊り客があったときにでも、まごつくことはなかったのだ。僕は起きあがり、僕の敷いて寝ている三枚の敷蒲団のうちから一枚ひき抜いて、僕の蒲団とならべて敷いた。

「この蒲団は不思議な模様ですね。ガラス絵みたいだわ。」

僕は自分の二枚の掛蒲団を一枚だけはいだ。

「いいえ。掛蒲団は要らないのです。私はこのままで寝るのです。」

「そうですか。」僕はすぐ僕の蒲団の中へもぐりこんだ。

尼は珠数とお経の本とを蒲団のしたへそっとおしこんでから、ころものままで敷布のない蒲団のうえに横たわった。

「私の顔をよく見ていて下さい。みるみる眠ってしまいます。それからすぐきりきりきりと歯ぎしりをします。すると如来様がおいでになりますの。」

「如来様ですか。」

「ええ。仏様が夜遊びにおいでになります。毎晩ですの。あなたは退屈をしていらっしゃるのだそうですから、よくごらんになればいいわ。なにをお断りしたのもそのためなのです。」

なるほど、話おわるとすぐ、おだやかな寝息が聞えた。きりきりとするどい音が聞えたとき、部屋の襖がことことと鳴ったのである。僕は蒲団から上半身をはみ出させて腕をのばし襖をあけてみたら、如来が立っていた。

二尺くらいの高さの白象にまたがっていたのである。白象には黒く錆(さ)びた金の鞍(くら)が置かれていた。如来はいくぶん、いや、おおいに痩せこけていた。肋骨(ろっこつ)が一本一本浮き出ていて、鎧扉(よろいど)のようであった。ぼろぼろの褐色の布を腰のまわりにつけているだけで素裸であった。かまきりのように痩せ細った手足には蜘蛛(くも)の巣や煤(すす)がいっぱいついていた。皮膚はただまっくろであって、短い頭髪は赤くちぢれていた。顔はこぶしほどの大きさで、鼻も眼もわからず、ただくしゃくしゃと皺(しわ)になっていた。

「如来様ですか。」

「そうです。」如来の声はひくいかすれ声であった。「のっぴきならなくなって、出て来ました。」

「なんだか臭(くさ)いな。」僕は鼻をくんくんさせた。臭かったのである。如来が出現すると同時に、なんとも知れぬ悪臭が僕の部屋いっぱいに立ちこもったのである。

「やはりそうですか。この象が死んでいるのです。樟脳(しょうのう)をいれてしまっていたのですが、やはり匂うようですね。」それから一段と声をひくめた。「いま生きた白象はなかなか手にはいりませんのでしてね。」

「ふつうの象でもかまわないのに。」

「いや、如来のていさいから言っても、そうはいかないのです。ほんとうに、私はこんな姿をしてまで出しゃばりたくはないのです。いやな奴等がひっぱり出すのです。仏教がさかんになったそうですね。」

「ああ、如来様。早くどうにかして下さい。僕はさっきから臭くて息がつまりそうで死ぬ思いでいたのです。」

「お気の毒でした。」それからちょっと口ごもった。「あなた。私がここへ現われたとき滑稽(こっけい)ではなかったかしら。如来の現われかたにしては、少しぶざまだと思わなかったでしょうか。思ったとおりを言って下さい。」

「いいえ。たいへん結構でした。御立派だと思いましたよ。」

「ほほ。そうですか。」如来は幾分からだを前へのめらせた。「それで安心しました。私はさっきからそれだけが気がかりでならなかったのです。私は気取り屋なのかも知れませんね。これで安心して帰れます。ひとつあなたに、いかにも如来らしい退去のすがたをおめにかけましょう。」言いおわったとき如来はくしゃんとくしゃみを発し、「しまった！」と呟いたかと思うと如来も白象も紙が水に落ちたときのようにすっと透明になり、元素が音もなくみじんに分裂し雲と散り霧と消えた。

僕はふたたび蒲団へもぐって尼を眺めた。尼は眠ったままでにこにこ笑っていた。恍惚(こうこつ)の笑いのようでもあるし、侮蔑(ぶべつ)の笑いのようでもあるし、無心の笑いのようでもあるし、役者の笑いのようでもあるし、諂(へつら)いの笑いのようでもあるし、喜悦の笑いのようでもあるし、泣き笑いのようでもあった。尼はにこにこ笑いつづけた。笑って笑って笑っているうちに、だんだんと尼は小さくなり、さらさらと水の流れるような音とともに二寸ほどの人形になった。僕は片腕をのばし、その人形をつまみあげ、しさいにしらべた。浅黒い頬は笑ったままで凝結(ぎょうけつ)し、雨滴ほどの唇は尚(なお)うす赤く、けし粒ほどの白い歯はきっちり並んで生えそろっていた。粉雪ほどの小さい両手はかすかに黒く、松の葉ほど細い両脚は米粒ほどの白足袋を附けていた。僕は墨染めのころものすそをかるく吹いたりなどしてみたのである。

めくら草紙

なんにも書くな。なんにも読むな。なんにも思うな。ただ、生きて在（あ）れ！

太古のすがた、そのままの蒼空。みんなも、この蒼空にだまされぬがいい。これほど人間に酷薄（こくはく）なすがたがないのだ。おまえは、私に一箇の銅貨をさえ与えたことがなかった。おれは死ぬるともおまえを拝まぬ。歯をみがき、洗顔し、そのつぎに縁側の籐椅子（とういす）に寝て、家人の洗濯の様をだまって見ていた。盥（たらい）の水が、庭のくろ土にこぼれ、流れる。音もなく這（は）い流（なが）れるのだ。水到（みずいた）りて渠成（きょな）る。このような小説があったなら、千年万年たっても、生きて居る。人工の極致と私は呼ぶ。

鋭い眼をした主人公が、銀座へ出て片手あげて*円タクを呼びとめるところから話がはじまり、しかもその主人公は高（こう）まいなる理想を持ち、その理想ゆえに艱難辛苦（かんなんしんく）をつぶさに嘗（な）め、その恥じるところなき阿修羅（あしゅら）のすがたが、百千の読者の心に迫るのだ。そうして、その小説にはゆるぎなき首尾が完備してあって、——私もまた、そのような、小説らしい小説を書こうとしていた。私の中学時代からの一友人が、このごろ、洋装の細君をもらったのであるが、それは、狐なのである。化けているのだ。私にはそれがよくわかっているのだけれども、どうも、可哀想で直接には言えないのだ。狐は、その友人を好いているのだもの。けだものに魅こまれた友人は、私の気のせいか、一日一日と痩せてゆくようである。私は、そしらぬふりして首尾のまったく一貫した小説に仕立ててやり、その友人にそれとなく知らせてやったほうがよいのかもしれぬ。その友人は、「人生四十から。」という本を本棚にかざってあるのを私は見たことがあって、自分の生活を健康と名づけ、ご近所のものたちもまた、その友人を健康であると信じているようである。もし友人が、その小説を読み、「おれは君のあの小説のために救われた。」と言ったなら、私もまた、なかなか、ためになる小説を書いたということにならないだろうか。

けれども、もう、いやだ。水が、音もなく這い、伸びている様を、いま、この目で、見てしまったから、もう、山師は、いやだ。お小説。百篇の傑作を書いたところで、それが、私に於いて、なんだというのだ。(約三時間。)私は眠っていたのではないのだよ。そうだ。おまえの言葉を借りて言えば、私は、思いにしずんでいたのである。

私は、枕草紙の、ペエジを繰る。「心ときめきするもの。——雀のこがい。児あそばする所の前わたりたる。よき薫物たきて一人臥したる。唐鏡の少しくらき見いでたる。云々。」私、自分の言葉を織ってみる。「目にはおぼろ、耳にもさだかならず、掌中に掬すれども、いつとはなしに指股のあいだよりこぼれ失せる様の、誰にも知られぬ秘めに秘めたる、むなしきもの。わざと三円の借銭をかえさざる。（われは貴族の子ゆえ。）ましろき女の裸身よこたわりたる。（生きものの、かなしみの象徴ゆえ。）わが面貌のたぐいなく、惜しくりりしく思われたる。おまつり。」もう、よし。私が七つのときに、私の村の草競馬で優勝した得意満面の馬の顔を見た。私は、あれあれと指さして嘲った。それ以来、私の不仕合せがはじまった。おまつりが好きなのだけれども、死ぬるほど好きなのだけれども、私は風邪をひいたといつわり、その日一日、部屋を薄暗くして寝るのである。

ああ、それで何枚になった？（私はお隣りのマツ子ということし十六になる娘に、私の独白を筆記させていたのである。）マツ子は、人差し指の先を嘗めて、一枚二枚三枚四枚、それから、ひいふうみい三行です、と答えた。もう、いいのだ。ありがとう。マツ子から五枚の原稿用紙を受けとり、一枚に平均、三十箇くらいずつの誤字や仮名ちがいを、腹を立てずに、ていねいに直して行きながら、私は、たった五枚か、とげっそりしていた。むかし、*江戸番町にお皿の数をかぞえるお菊という幽霊があった。なんどかぞえてもかぞえても、お皿の数が一枚だけ、たった一枚だけ、たりないのである。私には、その幽霊のくやしさが、身にしみてわかった。

　こんどは、寝ながら、私ひとりで筆をとって書いてみた。

　いま、私の寝ている籐椅子のすぐちかくに坐って、かたわらの机に軽くよりかかり「非望」という文芸冊子を、あちこち覗き読みしているこのお隣りの娘について少しだけ書く。

　私がこの土地に移り住んだのは昭和十年の七月一日である。八月の中ごろ、私はお隣りの庭の、三本の夾竹桃にふらふら心をひかれた。欲しいと思った。私は家人に言いつけて、どれでもいいから一本、ゆずって下さるよう、お隣りへたのみに行かせた。家人は着物を着かえながら、お金は失礼ゆえ、そのうち私が東京へ出て*袋物かなにかのお品を、と言ったが、私は、お金のほうがいいのだ、と言って、二円、家人に手渡した。

　家人がお隣りへ行って来ての話に、お隣りの御主人は名古屋のほうの私設鉄道の駅長で、月にいちど家へかえるだけである。そうして、あとは奥さまとことし十六になる娘さんとふたりきりで、夾竹桃のことは、かえって恐縮であって、どれでもお気に召したものを、とおっしゃった。感じのいい奥さまです、ということである。あくる日、すぐ私は、このまちの植木屋を捜しだし、それをつれて、おとなりへお伺いした。つやつやした小造りの顔の、四十歳くらいの婦人がでて来て挨拶した。少しふとって、愛想のよい口元をしていて、私にも、感じがよかった。三本のうち、まんなかの夾竹桃をゆずっていただくことにして、私は、お隣りの縁側に腰をかけ、話をした。たしかに次のようなことを言ったとおぼえている。

「くには、青森です。夾竹桃などめずらしいのです。私には、ま夏の花がいいようです。ねむ。百日紅（さるすべり）。葵（あおい）。日まわり。夾竹桃。蓮（はす）。それから、鬼百合（おにゆり）。夏菊。どくだみ。みんな好きです。ただ、木槿（もくげ）だけは、きらいです。」

私は自分が浮き浮きとたくさんの花の名をかぞえあげたことに腹を立てていた。不覚だ！　それきり、ふっと一ことも口をきかなかった。帰りしなに、細君（さいくん）の背後にじっと坐（すわ）っている小さな女の子へ、

「遊びにいらっしゃい。」と言ってやった。娘は、「はあ。」と答えてそのまましずかに私のうしろについて来て、私の部屋へはいって、坐った。たしかに、そんな工合（ぐあ）いであったようである。私は、多少いい気持ちで夾竹桃などに心をひかれたのをくやしく思っていたので、その木の植えかた一さい家人にまかせ、八畳の居間でマツ子と話をした。私には、なんだか本の二三十ぺエジ目あたりを読んでいるような、at home な、あたたかい気がして、私の姿勢をわすれて話をした。

あくる日マツ子は、私のうちの郵便箱に、四つに畳んだ西洋紙を投げこんでいた。眠れず、私はその朝、家人よりも早いくらいに寝床から脱けだし、歯をみがきながら、新聞を取りに出て、その紙きれを見つけたのだ。紙きれには、こう書いていた。

「あなたは尊いお人だ。死んではいけません。誰もごぞんじないのです。私はなんでもいたします。いつでも死にます。」

私は、朝ごはんのときに、家人へその紙きれを見せ、あれは、きっといい子だから、毎日あそびによこすよう、お隣りへおねがいして来い、と言いつけた。マツ子は、それから毎日、かかさず、私の家へ来た。

「マツ子は、いろが黒いから産婆さんにでもなればよい。」と或る日、私がほかのことで怒っていたときに、言ってやった。そんなに醜くは黒くはないのだけれども、鼻もひくいし、美しい面貌ではない。ただ、唇の両端が怜悧そうに上へめくれあがって、眼の黒く大きいのが取り柄である。姿態について、家人に問うと、「十六では、あれで大きいほうではないでしょうか。」と答えた。また、身なりについては、「いつでも、小ざっぱりしているようじゃございませんか。奥さまが、しっかりしていますものですから。」と答えた。

私は、マツ子と話をして居れば、たまたま、時を忘れる。

「私、十八になれば、京都へいって、お茶屋につとめるの。」

「そうか。もうきまってあるのか。」

「お母さまのお知り合いで大きいお茶屋を、しているおかたがあるんですって。」お茶屋というのは、どうも、料亭のようであった。父が駅長をしていても、そうしなければ、ならないのかなあ、そうかなあ、と断じて不服に思いながら、

「それでは女中じゃないか。」

「ええ。でも、——京都では、ゆいしょのあるご立派なお茶屋なんですって。」

「あそびに行ってやるか。」

「ぜひとも。」ちからをいれていた。それから、遠いところを見ているような眼ざしで、ぼんやり呟いた。「おひとりきりでおいでなさいね。」

「そのほうがいいのか。」

「うん。」袖のはしをつまぐるのをやめて、うなずいた。「大勢さんだと、私の貯金が割合と早くなくなってしまうから。」マツ子は私に、あそばせるつもりであった。

「貯金がそんなにあるのか。」

「お母さまが、私に、保険をつけて下さっているの。私が三十二になれば、お金が何百円だか、たくさん取れるのよ。」

また、ある夜、私は、気の弱い女は父無児（ててなしご）を生むという言葉をふと思い出し、あんなに見えても、マツ子は、ひょっとしたら弱いのじゃないのかしらと気がかりになって、これは、ひとつ、マツ子に聞いてみようと思った。

「マツ子。おまえは、おまえのからだを大事と思っているか。」

マツ子は家人の手伝いをして、隣りの六畳の部屋でほどきものをしていたのだが、しばらく、水を打ったように、ひっそりなった。やがて、

「ええ。」

と答えた。

「そうか。よし。」私は寝返りを打って、また眼をつぶった。安心したのである。

このあいだ、私は、マツ子のいるまえで、煮えたぎっている鉄びんを家人のほうにむけて投げつけた。家人は、私のびんぼうな一友人にこっそりお金を送ろうとして手紙を書いているのを、私は見つけ、ぶんを越えた仕儀はよせ、と言った。家人は、これは私のへそくりですから、と平気な顔で答えた。私は、かっとなり、「おまえの気のままになってたまるか。」と言い、鉄びんを天井めがけて、力一ぱいに投げつけた。私はぐったりなって、籐椅子に寝ころび、マツ子を見た。マツ子は、鋏（はさみ）をにぎって立っていた。私を刺すつもりであったろうか。家人を刺すつもりであったろうか。私は、いつでも刺

されていいのだから、見て見ぬふりをしていたが、家人は知らなかったようである。

マツ子のことについて、これ以上、書くのは、いやだ。書きたくないのだ。私はこの子をいのちかけて大切にして居る。

マツ子は、もう私の傍にいないのである。私が、家へ、かえしたのである。日が暮れたから。

夜が来た。私は眠らなければならないのだ。これでまる三日三晩、私はどのような手段をつくしても眠れず、そのくせ、眠たくて、終日うつらうつらしているのだ。このようなときには、私よりも、家人のほうが、まいってしまって、私のからだをお撫で下さい、きっと眠れると思います、と言って声たてて泣いたことがある。私は、それを、試みたが、だめであった。そのときの私の眼には、隣村の森ちかくの電燈の光が薊の花に似ていたのを記憶して居る。

私は、いま、眠らなければいけない。けれども、書きかけた創作を、結ばなければいけない。私は寝床の枕元に原稿用紙とBBBの鉛筆とを、そなえて寝た。

毎夜、毎夜、*万朶の花のごとく、ひらひら私の眉間のあたりで舞い狂う、あの無量無数の言葉の洪水が、今宵は、また、なんとしたことか、雪のまったく降りやんでしまった空のように、ただ、からっとしていて、私ひとりのこされ、いっそ石になりたいくらいの羞恥の念でいたずらに輾転している。手も届かぬ遠くの空を飛んで居る水色の蝶を捕虫網で、やっとおさえて、二つ三つ、それはむなしい言葉であるのがわかっていながら、とにかく、摑んだ。

夜の言葉。

「ダンテ、――ボオドレエル、――私。その線がふとい鋼鉄の直線のように思われた。その他は誰もない。」「死して、なおすすむ。」「長生をするために生きて居る。」「蹉跌の美。」「Fact だけを言う。私が夜に戸外を歩きまわると、からだにわるいのが痛快にからだにこたえて、よくわかるのだ。竹のステッキ。（近所のものはムチと呼んでいるのを、おれは知って居る。）これがないと、散歩の興味、半減。かならず、電柱を突き、樹木の幹を殴りつけ、足もとの草を薙ぎ倒す。すぐ漁師まち。もう寝しずまっている。朝はやいのだから。泥の海。下駄のまま海にはいる。歯がみをして居る。死ぬことだけを考えてる。男ありて大声叱咤、（だらしがねえぞ。しっかりしろ！）私つぶやいて曰く、（君は、もっとだらしがなくて、心配だ。）船橋のまちには犬がうようよ居やがる。一匹一匹、私に吠える。芸者が黒い人力車に乗って私を追い越す。うすい幌の中でふりかえる。八月の末、よく観ると、いいのね、と皮膚のきたない芸者ふたりが私の噂をしていたと家人が銭湯で聞いて来て、（二十七八の芸者衆にきっと好かれる顔です。こんど、くにのお兄さまにお願いして、おめかけさんでもお置きになったら？　ほんとうに。）と鏡台のまえに坐り、おしろいを、薄くつけながら言った。（もう一年、否、もう半年はやかったなら！）軒のひくい家の柱時計。それがぼんぼん鳴りはじめた。私は不具の左脚をひきずって走る。否、この男は逃げたのだ。精米屋は骨折り、かせいで居る。全身を米の粉でまっしろにして、かれの妻と三人のおとこの鼻たれのために、帯と、めんこのために、努めて居る。私、（おれだって、いま、こう見えていても、げんざい精出して居るじゃないか。肩身のせまい思い、無し。）精米の機械の音。」「佐藤春夫曰く、悪趣味の極端。したがってここでは、誇張されたるものの美が、もくろまれて居る。」――「文士相軽。文士相重。ゆきつ、戻りつ。――ねむり薬の精緻なる秤器。無表情の看護婦があらあらしく秤器をうごかす。」

始発の電車。

夜が明け、明け放れていっても、私には起きあがることができないのだ。このように、工合のわるい朝には、家人に言いつけて、コップにすこし、お酒を持って来させる。もう起きて歯をみがかなければいけないという思いは、これは、しらじらしくて、かなしいものだ。そんなとき子供は、「おめざ。」を要求する。私にとっては、厳粛なるお酒を、嘗めながら、私は、庭を眺めて、しぶい眼を見はった。庭のまんなかに、一坪くらいの扇型の花壇ができて在るのだ。そろそろと秋冷、身にたえがたくなって来たころ、「庭だけでも、にぎやかにしよう。」といつか私が一言、家人のいるまえで呟いたことのあるのを思い出した。二十種にちかき草花の球根が、けさ、私の寝ている間に植えられ、しかも、その扇型の花壇には、草花の名まえを書いたボオル紙の白い札がまぶしいくらいに林立しているのである。

「ドイツ鈴蘭。」「イチハツ。」「クライミングローズフワバー。」「君子蘭。」「ホワイトアマリリス。」「西洋錦風。」「流星蘭。」「長太郎百合。」「ヒヤシンスグランドメーメー。」「リュウモンシス。」「鹿の子百合。」「長生蘭。」「ミスアンラアス。」「電光種バラ。」「四季咲ぼたん。」「ミセスワン種チュウリップ。」「西洋しゃくやく雪の越。」「黒龍ぼたん。」――私は、いちいち、枕元の原稿用紙に書きしるす。涙が出た。涙は頬を伝い、はだかの胸にまで這い流れる。生れて、はじめての醜をさらす。扇型の花壇。そうして、ヒヤシンスグランドメーメー。ざまを見ろ。もう、とりかえしがつかないのだ。この花壇を眺める者すべて、私の胸の中の秘めに秘めたる田舎くさい鈍重を見つけてしまうにきまって居る。扇型。扇型。ああ、この鼻のさきに突きつけられた、どうしようもないほど私に似ている残虐無道のポンチ画。

お隣りのマツ子は、この小説を読み、もはや私の家へ来ないだろう。私はマツ子に傷をつけたのだから。涙はそのゆえにもまた、こんなに、あとからあとから湧いて出るのか。

否とよ。扇型、われに何かせむ。マツ子も要らぬ。私は、この小説を当然の存在にまで漕ぎつけるため、泣いたのだ。私は、死ぬるとも、巧言令色であらねばならぬ。鉄の原則。

いま、読者と別れるに当り、この十八枚の小説に於いて十指にあまる自然の草木の名称を挙げながら、私、それらの姿態について、心にもなきふやけた描写を一行、否、一句だにしなかったことを、高い誇りを以って言い得る。さらば、行け！

「この水や、君の器にしたがうだろう。」

注（作品名の下に初出を示す）

葉（「鷭」昭和九〈一九三四〉年四月）

九頁　撰ばれてあることの…　ヴェルレーヌ（一八四四〜九六）の詩「智慧Ⅴの8」の文言。ヴェルレーヌはフランスの象徴派を代表する詩人。破天荒な人生とデカダンな作風で知られる。太宰が参照したのは堀口大学『ヴェルレエヌ』（東方出版、昭和二年）か『ヴェルレエヌ研究』（第一書房、昭和八年）であろう。

九頁　ノラ　ノルウェーの戯曲家イプセン（一八二八〜一九〇六）の代表作、『人形の家』（一八七九年）のヒロイン。自我に目覚めたノラは妻や母の立場を捨てて家を出て行く。女性解放運動の象徴的な存在となった。

一〇頁　その日その日を…　以下の三つの断章は、太宰の旧制弘前高等学校時代の習作「彼等と其のいとしき母」（「細胞文芸」昭和三年九月）からの抜粋。

一三頁　水到りて渠成る　宋代の禅宗語録、『碧巌録』「第六則　雲門日日好日」の(頌　評唱)に見える成句。朱子(儒学者)、范成大(詩人)などにも用例がある。水が流れればおのずと溝ができる、つまり自然の摂理に従えば物事は進行していく、の意。「めくら草紙」(本書三七九頁)にも同じ引用があり、「このような小説があったなら、千年万年たっても、生きて居る。人工の極致と私は呼ぶ」とされている。

一三頁　「哀蚊」　太宰の旧制高校時代の習作。「弘高新聞」(昭和四年五月一三日)に発表。同じ太宰の習作、「地主一代」(「座標」昭和五年五月)にも挿入されている。ここでの引用も含め、三者の間には本文の異同がある。

一三頁　「雛」　芥川龍之介の短編小説「雛」(「中央公論」大正一二〈一九二三〉年三月)のこと。明治の開化期、主人公の少女の家(商家)が没落し、大切にしていた雛人形を売却することになる。売る前に父と共にもう一度それを見たおぼろな記憶が、老女の回想体によって綴られていく。

一三頁　半玉　芸者の見習い。玉代(遊興の料金)が半額であることからこの名がついた。

一四頁　一生鉄漿をお附けせずに　「鉄漿」はお歯黒のことで、歯を黒く染める化粧。既婚女性の風習で、ここでは、生涯嫁に行かなかった事実を指す。

一四頁　富本　浄瑠璃の一派である富本節のこと。寛延元(一七四八)年、常磐津節から独立し、富本豊志太夫(のちの豊前掾)が興した。

一四頁　縮緬の縫紋の御羽織　「縮緬」は絹織物の一種。縮ませる加工処理をして、独特の細かい皺(縮み)をつくり出した織物。「縫紋の羽織」は、家紋を糸で縫った羽織のこと。

一四頁　老松やら浅間やら　いずれも浄瑠璃の曲目。「老松」は菅原道真の好んだ梅と松の精が現れ、舞を舞う。「浅間」は、起請文や誓紙を燃やすとその煙の中から愛人の霊が姿を現すという趣向。

一五頁　草双紙　江戸時代中期以降、庶民向けに出版された、絵とひらがなを中心とする娯楽本の総称。

一五頁　八百屋お七　菅専助『伊達娘恋緋鹿子』(安永二〈一七七三〉年)をはじめ、浄瑠璃、歌舞伎のヒロインとして知られる。火事になれば恋人(吉三)に逢えるとそそのかされて放火し、火刑に処せられたお七の悲恋の物語。

一七頁　芸術の美は…　「逆行」所収「盗賊」の中に同じ文言がある(本書二三七頁)。

一七頁　「死ぬ？　死ぬのか君は？」　太宰の習作「学生群」(「座標」昭和五年九月)所収「五　彼等(C)敗残者」からの引用。ただし本文には手が加えられている。

一八頁　小作争議　小作農民(地主から土地を借りて農業を営む農民)が小作料の契約をめぐって地主に対して起こした争い。大正末期から昭和初期に頻発した。

一九頁　無産階級　労働者、貧農など、資産を持たず、資本家や地主に搾取される階級のこと。

一九頁　ウルトラ　Ultra(英語)。過激で飛び抜けていることを示す当時の流行語。転じて、左翼急進主義、小児病（次注参照）の意味でも用いられた。

一九頁　小児病（キンデルクランクハイト）　共産主義の用語。マルクス主義を振りかざし、革命を観念的に捉える未熟な発想を、レーニン（次注参照）が『共産主義における〈左翼〉小児病』（一九二〇年）で批判してから一般化した言い方。

二〇頁　レーニン　レーニン（一八七〇〜一九二四）。ロシアの革命家、政治家。ソビエト社会主義共和国連邦の初代指導者。

二一頁　われは山賊　「逆行」所収「盗賊」に「われは盗賊」という文言があり（本書二三五、二三九頁）、小市民の生活に闘いを挑む芸術家の決意が語られている。

二一頁　メフィストフェレス　ゲーテ（一七四九〜一八三二、ドイツの詩人、劇作家、小説家）の長編戯曲、『ファウスト』（一八〇八〜三三年）に登場する悪魔の名。主人公ファウストを誘惑し、死後の魂の服従を条件に、人生のあらゆる快楽や悲哀を体験させる契約を交わす。

二二頁　教練（きょうれん）　学校の授業として行われた軍事教練（戦闘訓練）のこと。

二二頁　十六魂（たましい）　津軽（つがる）方言で、気が多い、移り気、の意。

二二頁　病む妻や…　太宰の自筆句帖『亀の子』に同一の句がある。昭和六年頃の作。

二三頁　“Nevermore”　二度と〜しない、の意。前節とのつながりから、「二度と裏切らないでくれ」の意にもとれる。ポオ（一八〇九〜四九、アメリカ合衆国の詩人、小説家）の「大鴉（おおがらす）」（物語詩、一八四五年）にこの一節が見えるが、ポオの詩に触発されたヴェルレーヌの詩「NEVERMORE」を踏まえている可能性がある。堀口大学『ヴェルレエヌ研究』(既出、三九三頁)を参照したものか。

二三頁　空の蒼く晴れた日ならば…　昭和七年一一月頃に執筆された太宰の未定稿に「ねこ」があり、ほぼ同一の内容。「ねこ」のエピグラフには「ダマッテ居レバ名ヲ呼ブシ／近寄ッテ行ケバ逃ゲ去ルノダ／――かるめん」とある。「かるめん」については「猿面冠者」の、メリメに関する注(四一四頁)を参照。

二五頁　チェホフ　チェーホフ(一八六〇～一九〇四)。近代ロシアを代表する戯曲家、小説家。太宰は「斜陽」(昭和二二年)をはじめ、生涯にわたってその影響を受けた。

二五頁　ドストエーフスキイ　ドストエフスキー(一八二一～八一)。一九世紀ロシアを代表する小説家。

二五頁　ネルリ　ドストエフスキーの長編『虐げられし人々』(一八六一年)に登場する孤児の少女の名。純粋でけなげな生きざまが共感を誘った。

二九頁　春ちかきや?　自筆句帖『亀の子』に、「亀の子われに問へ春近きや」の句がある。

二九頁　サフォ　サッフォーは古代ギリシアの女性詩人(紀元前七世紀末～前六世紀初)。サッポーとも表記。太宰が参照したのはオーストリアの劇詩人、グリルパルツェル(一七九一～一八七二)の戯曲『サッフオー』(一八一八年)。青年フォアンに失恋したサッフォーが崖から投身する悲劇を描いている。

思い出（「海豹（かいひょう）」昭和八〈一九三三〉年四～七月）

三二頁　がちゃ　津軽方言、オガチャ（お母さん）の略。

三三頁　たけという女中　太宰の『津軽』（昭和一九年）に登場する「たけ」と同一モデルの女性。本名越野（こしの）タケ。

三三頁　地獄極楽の御絵掛地（おえかけじ）　寺の絵解き説経に用いた掛軸。太宰の郷里の青森県金木町（かなぎまち）（現五所川原市（ごしょがわらし））の雲祥寺（うんしょうじ）（曹洞宗（そうとうしゅう））に、該当する「十王曼荼羅（じゅうおうまんだら）の図」が実在する。

三八頁　受持訓導（うけもちくんどう）　担任の教師。「訓導」は、正規の免許状を持った教員のこと。

四〇頁　フランネル　柔らかい毛織物。通称「ネル」。軽くて温かく、イギリスから輸入されたのをきっかけに一気に広まった。綿のネルと区別して「本ネル」ともいう。

四〇頁　襦袢（じゅばん）　和服用の肌着。

四二頁　活動写真　映画の旧称。無声映画からトーキー（有声映画）に切り替わり、この語は次第に使われなくなった。

四二頁　山中鹿之助（やまなかしかのすけ）　山中幸盛（ゆきもり）の通称。戦国時代、山陰の尼子（あまご）氏の旧臣として家の再興を企て、秀吉の協力を得て毛利（もうり）氏と闘った。小瀬甫庵（ほあん）の『太閤記（たいこうき）』（寛永三〈一六二六〉年）以来その武勇が広く知られ、明治以降も講談等を通して、少年たちの英雄であった。

四三頁　**「鳩の家」**　「読売新聞」での連載を受け、大正四(一九一五)年に刊行された少年少女小説。不幸な境遇に育った少女が、育ての親である乳母への愛情を失わず、艱難辛苦を経て裕福になったあと、思い出の地、青森県の浅虫温泉に孤児院を建てる物語。作者の佐藤紅緑(明治七〈一八七四〉~昭和二四〈一九四九〉)は『あ、玉杯に花うけて』(大日本雄弁会講談社、昭和三年)などで知られる少年小説作家。太宰と同じ津軽出身で、浅虫温泉は太宰にもなじみが深い。

四三頁　**かっぽれ**　明治時代に流行した、俗謡に合わせた滑稽な踊り。

四三頁　**河原乞食**　役者、芸能人を蔑む呼称。芸能を披露して米銭を得る者を、河原にいる物乞いに譬えた表現。

四三頁　**「牛盗人」**　和泉流能狂言の曲名。牛を盗んだ父の命乞いをする息子を美談として扱う。

四三頁　**「皿屋敷」**　旗本青山主膳の侍女お菊が主家秘蔵の皿を割ってしまい、井戸に身投げしたという伝説が浄瑠璃の演目となり、さらには大正五年、岡本綺堂(明治五〈一八七二〉~昭和一四〈一九三九〉)が「番町皿屋敷」としてこれを舞台化。江戸っ子の気っぷのよさに焦点を当て、二代目市川左団次と二代目市川松蔦の好演もあって大当たりした。

四三頁　**俊徳丸**　謡曲「弱法師」、説経節「しんとく丸」などの登場人物として知られる。盲目の美形の法師が親子の対面を果たして帰郷する、俊徳丸伝説が素材になっている。

四四頁　**白熊の…**　当時の記録映画「日本南極探検」(Mパテー商会、明治四五年)か。白瀬矗中尉が南極探検隊に同道した記録として話題になった。

四五頁 **虫おくり祭** 田から害虫が退散することを願い、村人が集まって松明(たいまつ)を点(とも)し、鉦(かね)や太鼓を鳴らしながら虫に見立てた人形を追う行事。

四五頁 **「奪い合い」** 在京青森県人誌「陸野の友」(大正一〇年八月)に、太宰の長兄津島文治(つしまぶんじ)が同名の戯曲を発表している。中学(旧制)卒業後も勉学を続けたい跡取り息子と、息子の進路を快く思わぬ県会議員の父との対立を描く。

四六頁 **あれは紀(き)のくに…** 「かっぽれ」(既出、三九九頁)の歌詞として知られる。

四六頁 **蘭蝶(らんちょう)** 新内節(しんないぶし)(浄瑠璃の一流派)の名曲。太鼓持ちの蘭蝶が遊女此糸(このいと)に入れあげ、蘭蝶の妻が此糸に別れてくれと懇願するのを立ち聞きした蘭蝶は心中を決意する。

四七頁 **不可飲(ふかいん)という薬** 福井対関堂発売の外用塗薬として実在。

五三頁 **中学校へ受験して合格をした** ちなみに太宰は大正一二年に明治高等小学校を卒業し、旧制青森中学校(現県立青森高等学校)に入学している。

五三頁 **羅紗(ラシャ)** 厚手の毛織物。一六世紀にポルトガル語のラーシャ(raxa 毛織物)から転じた。

五五頁 **私のうちの赤い大屋根** 太宰の金木町の生家の宅地は六八〇坪。高い煉瓦塀(れんがべい)を周囲に張り巡らせ、赤い大屋根は当時、一〇キロメートル四方から臨むことができたという。明治四〇年に棟上(むねあ)げされ、六男(兄の夭折により実質四男)の太宰はこの家で生まれ育った最初の子。現在は太宰治記念館「斜陽館」として五所川原市が管理。二〇〇四年、国の重要文化財に指定された。

六〇頁　月穿潭底　唐の高僧、雪峰義存禅師（八二二〜九〇八）の言と伝わる。「月穿潭底水無痕（月は潭底を穿てども水に痕なし）」。月は池に影を落とすが、その月影が水に跡を残すことはない。「動」と「静」を超越した無心の境地を述べたもの。

六〇頁　三界唯一心　仏教語。三界（欲界、色界、無色界）すべての現象は心あってのもので、唯一存在するのは心だけである、という意味。

六〇頁　おれはいま土のしたで蛆虫とあそんでいる　永井荷風『珊瑚集』（大正二年）に収録されている、ボードレール（一八二一〜六七、フランスの詩人）作「死のよろこび」（『悪の華』所収）には、死者が蛆虫と対話する場面が登場する。この詩は『珊瑚集』の冒頭を飾っていたこともあり、広く親しまれていた。

六四頁　同人雑誌　太宰は中学時代、活版同人雑誌「蜃気楼」（大正一五〜昭和二年、全一二冊）を主宰し、級友たちと創作を発表し合っていた。菊池寛、芥川龍之介の影響が顕著で、中央文壇への野心がうかがえる。

六九頁　「けだものの機械」　未詳。横光利一『機械』（昭和六年）をイメージしたものか。

六九頁　「美貌の友」という翻訳本　モーパッサン（一八五〇〜九三、フランスの小説家）作、広津和郎訳『美貌の友（ベラミイ）』（原作一八八五年、天佑社、大正一一年）。

七〇頁　ある露西亜の作家の名だかい長編小説　ロシアの小説家トルストイ（一八二八〜一九一

〇)作、『復活』(一八九九年)のこと。裕福な青年貴族ネフリュードフは帰省した田舎の叔母の家で、小間使いのカチューシャに惹(ひ)かれ関係を持つ。妊娠し、自暴自棄になった彼女は売春婦に身を落とし、殺人事件に巻き込まれる。裁判の陪審員をしていたネフリュードフはシベリア流刑となった彼女を追い、聖書に救いを求める。この作を島村抱月(しまむらほうげつ)の芸術座が大正三年に帝国劇場で上演、松井須磨子(まついすまこ)がカチューシャを演じて評判となる。「カチューシャかわいや/別れのつらさ」に始まる「復活唱歌」もレコード発売され、記録的な売り上げを残した。太宰も少年時代に大きな影響を受けたものと思われ、同時代の読者もまたこの一節から、以下の女中みよとの恋愛に『復活』を投影して読んだものと思われる。

七二頁 高等学校 旧制高等学校。現在の大学の前期教養課程にあたる。

七四頁 なげし 長押(なげし)。和室の室内の柱と柱の上部を水平に繋ぐ、化粧部材のこと。

七四頁 金色の二つの蝙蝠(こうもり) 紙巻煙草(かみまきたばこ)「ゴールデンバット」の外箱のデザイン。人気を博し、のちに「金鵄(きんし)」と改称された。

七六頁 海岸の温泉地 モデルは青森県の浅虫温泉。太宰は幼時から家族で何度かこの温泉で保養している。

魚服記 (「海豹」昭和八〈一九三三〉年三月)

八四頁　**魚服記**　太宰自ら、「魚服記」は上田秋成『雨月物語』巻二「夢応の鯉魚」の翻案であるとことわっている(「魚服記に就て」、「海豹通信」昭和八年三月)。本書「解説」を参照。

八四頁　**ぼんじゅ山脈**　梵珠山。津軽半島に実在。

八四頁　**義経が家来たちを連れて**　源義経に関しては古くから、東北地方北部一帯で広く入蝦伝説(北海道を経て大陸に渡り、モンゴル帝国の太祖チンギス・ハンになった、という伝説)が広まっており、津軽半島にはそれに由来する地名もいくつか残されている。

八四頁　**一畝歩**　約一〇〇平方メートル。

八四頁　**馬禿山**　太宰の郷里、金木町の東部に「マハゲ山」と呼ばれる山があり、近くの沢に「藤の滝」と呼ばれる滝も実在する。

八六頁　**春の土用から秋の土用にかけて**　「春の土用」は立夏(五月六日頃)の直前一八日間、「秋の土用」は立冬(一一月七日頃)の直前一八日間。

八八頁　**鬼子**　荒々しく、強く、野生的な子供のこと。

八九頁　**三郎と八郎というきこりの兄弟**　十和田湖、田沢湖、八郎潟を中心に、東北地方に広く伝わる三湖伝説を踏まえる。八郎がイワナを一人で食べてしまったために大蛇に変じ、兄弟が別れ別れになってしまった、という内容。

九三頁　**たけなが**　固い和紙を細長く切ってたたみ、元結(髪の根っこを束ねた紐)の上に装飾用として結ったもの。

九二頁　くろいめし　玄米（げんまい）を炊いたご飯。

九二頁　かてて　混ぜ合わせて。

九三頁　天狗（てんぐ）の大木を伐（き）り倒（たお）す音が…　以下、「響いて来たりするのであった」までの部分は、柳田國男『山の人生』（郷土研究社、大正一五〈一九二六〉年）に該当する記述がある。

列車　（「サンデー東奥」昭和八〈一九三三〉年二月一九日）

九六頁　梅鉢工場　梅鉢安太郎（うめばちやすたろう）が明治中期に堺（さかい）市内に創設した梅鉢鉄工所のこと。昭和一一年に梅鉢車輛（しゃりょう）株式会社、昭和一六年に帝国車輛工業株式会社に改称し、日本を代表する鉄道車両メーカーとなった。

九六頁　C五一型　C51形蒸気機関車のこと。鉄道省が大正八（一九一九）年に開発、一九二〇年代から三〇年代にかけ、主要幹線の主力機関車として活躍した。「シゴイチ」の愛称で知られる。

九七頁　内福（ないふく）　見かけよりも裕福であること。

一〇〇頁　或る国と戦争を始めていた　第一次上海事変（しゃんはいじへん）（一九三二年一～三月、中華民国の上海共同租界（そかい）で起きた日中両軍の衝突）か。

一〇〇頁　或る思想団体　日本共産党、日本共産青年同盟の外郭団体である学生運動組織か。当時、モップル（国際赤色救援会）、反帝同盟などが大学ごとに「班」を構成していた。

地球図（「新潮」昭和一〇〈一九三五〉年一二月）

一〇三頁　**伴天連**（バテレン）　キリスト教の宣教師、神父。キリスト教が日本に伝来した当時、ポルトガル語 padre（パードレ、「神父」の意）に漢字を当てて生じた語。

一〇三頁　**ヨワン・バッティスタ・シロオテ**　ジョバンニ・バッティスタ・シドッチ（一六六八〜一七一四）。イタリア人。イエズス会の宣教師。江戸時代中期に布教活動で日本に潜入して捕らえられ、牢死（ろうし）した。新井白石（あらいはくせき）（後述、四〇六頁）の取り調べの記録『西洋紀聞（せいようきぶん）』（正徳五〈一七一五〉年執筆）によって広く名が知られるようになった。

一〇三頁　**切支丹屋敷**（キリシタンやしき）　「切支丹」はキリスト教（カトリック）ないしはその信者のこと。ポルトガル語を模した「キリシタン」の語が一六世紀に一般化し、以後「切支丹」と表記されるようになり、幕府によって禁制の切支丹を収容する屋敷が江戸小石川（こいしかわ）に設置された。

一〇三頁　**キレイメンス十二世**　ローマ教皇クレメンス一一世（在位一七〇〇〜二一）のこと。「十二世」とあるのは典拠の『西洋紀聞』の誤記を踏襲したものか。

一〇三頁　**ヤアパンニア**　日本のこと。オランダ語、ポルトガル語などにおける日本の呼び名を当時、日本語で表記したもの。

一〇三頁　**ヒイタサントオルム**　Vitae Sanctorum。ローマ字日本文で殉教者の行状を記した書、『サントスの御作業』(加津佐学林、天正一九〈一五九一〉年)を指すか。

一〇三頁　**デキショナアリヨム**　Dictionarum。『日葡辞書』ほか、当時の宣教師の学林から刊行された辞書を指す。『日葡辞書』の場合、ローマ字の日本語を見出し語に、ポルトガル語で意味を記した。

一〇三頁　**ペッケン**　中国の北京。

一〇三頁　**カレイ**　ガレー船。オールを用いて人力で漕ぐ舟。

一〇三頁　**ヤネワを経て、カナアリヤに**　どちらもアフリカ大陸北西沿岸にあるカナリア諸島の地名。

一〇三頁　**ロクソン**　フィリピンのルソン島。呂宋と表記され、江戸時代の鎖国より前は東南アジアにおける日本の交易の拠点でもあった。

一〇四頁　**大隅の国**　現在の鹿児島県東部。

一〇四頁　**さかやき**　江戸時代以前の成人男性の髪形で、頭髪を剃った部分。

一〇六頁　**通事**　通訳のこと。江戸時代、平戸、長崎に置かれた。のちに登場する「大通事」は中国語の通訳を務めた長、稽古通事は見習い期間中の通訳を指す。

一〇六頁　**新井白石**　明暦三(一六五七)〜享保一〇(一七二五)。江戸時代中期の政治家、朱子学者。六代将軍徳川家宣、七代将軍家継のもとで幕政を司り、「正徳の治」と呼ばれる治政を行った。『西洋紀聞』(既出、四〇五頁)は鎖国下の西洋研究の書として著名。

一〇七頁　**蛮語**　ここではポルトガル語、オランダ語、スペイン語のこと。後出「蕃字」も同じ。

一〇八頁　**ひがごと**　まちがい、あやまり。

一〇八頁　**榻**　寝台、長椅子。

一一〇頁　**ヲヲランド鏤版**　「ヲヲランド」はオランダ。「鏤版」は版木に文字や図を刻むことで、出版、刊行の意。

一一〇頁　**チルチヌス**　circinus(ラテン語)。意味は以下に登場する「パッスル」(passer オランダ語)、「コンパス」(compasso イタリア語)に同じ。製図用の、円を描く道具のこと。

一一三頁　**大地、海水と相合うて…**　以下は新井白石『西洋紀聞』中巻冒頭からの引用。

一一三頁　**デウスがハライソを作って…**　「デウス」(Deus)は神。「ハライソ」(paraiso)は天国。「アンゼルス」(angelus)は天使。「アダン」、「エワ」は人祖、アダムとイブのこと。

猿ヶ島　(「文学界」昭和一〇〈一九三五〉年一二月)

一一五頁　**胡麻石**　花崗岩のこと。胡麻粒のようなまだらがある。

一一四頁　**白手袋の男**　巡査。国家権力の象徴として用いられている。

雀こ（「作品」昭和一〇〈一九三五〉年七月）

三八頁　井伏鱒二 小説家（明治三一〈一八九八〉〜平成五〈一九九三〉）。太宰の小説創作の師匠。「雀こ」をめぐり、太宰とやりとりがあった。井伏の「釣鐘の音に関する研究　4」（「あらくれ」昭和八年七月）には、太宰が「雀こ」執筆の際に依拠した、川合勇太郎『津軽むがしこ集』（東奥日報社、昭和五年）に関する記述があり、そのことがわかる。

三八頁　知らへがな 「知らへ」は知らせる、の意。知らせようかなあ。

三九頁　方図 方角。ここでは、遊んでいる子供たちの一方の組のこと。

三九頁　はにやす 固有名詞。地名もしくは屋号か。

三九頁　女くされ、おかしじゃよ 「女くされ」は女性の蔑称。女なんか、指名するのはおかしいよ、の意。

三〇頁　心根っこわるく 意地悪く。

三一頁　うたて遊びごと たちの悪い遊びごと。

三一頁　大幅こけるどもし…足えへんでば 「大幅こく」はわがままに振る舞う、の意。「大幅こけるどもし」は、わがままに振る舞うことができるのだけれども。「足えへんでば」は足りないですよ、の意。

一三一頁　**くるめんば被(かぶ)らねで**　「くるめん」は女性がかぶる頭巾(ずきん)。防寒用の頭巾をかぶらないで、の意。

一三一頁　**たかまど**　固有名詞。地名か。

一三一頁　**かそぺないはでし**　「かそぺない」はみすぼらしい。みすぼらしいからさ、の意。

一三一頁　**やしめて**　卑しめて。

一三一頁　**悪だまなくこ**　「まなく」は目。「こ」は接尾語で、小さいものを示す。意地悪な目つきで、の意。

一三一頁　**タキは、わらわさ、なにやらし、こちょこちょと言うつけたずおん**　タキは子どもたちに何やらコソコソと言いつけたそうだ。

一三二頁　**にくらにくらて笑い笑い**　「にくらにくらて」は、ニヤニヤと笑うさま。嘲笑(ちょうしょう)的な意味を含む。

一三二頁　**とっけらとして**　きょとんとして。ぼんやりとして。

一三二頁　**人魂みんた眼(まなく)こ**　人魂のような(不気味な)目。

一三二頁　**もくらもっけの泣けべっちょ**　「もくら」はのっそりとして行動が鈍いさま、「もっけ」はガマ蛙(がえる)。愚鈍(ぐどん)で行動が鈍い者をののしる言葉。のろまな泣き虫。

一三三頁　**きずきずと叫びあげたとせえ**　「きずきずと」は荒々しく、乱暴に。荒々しく叫び声をあげたとさ。

一三三頁　マロサマの愛ごこや　「愛ごこ」は可愛い子。可愛いマロさまよ。

道化の華　〈「日本浪曼派」昭和一〇〈一九三五〉年五月〉

一三五頁　ここを過ぎて悲しみの市　ダンテ（一二六五〜一三二一、イタリアの詩人、哲学者）の『神曲』（「地獄篇」第三曲）に、主人公が詩人ウェルギリウスの霊に導かれ、地獄の門をくぐる場面があるが、その門の銘文にある文言。森鷗外、上田敏、生田長江の訳文それぞれと部分的に一致しており、太宰が三種の訳文を合成した可能性がある。

一三五頁　園を水にしずめた　太宰の心中体験が踏まえられている。昭和五年、大学に入学した太宰は一一月に銀座のバーの女給、田辺あつみと知り合い、直後に鎌倉腰越町の海岸で心中をはかった。あつみは絶命、太宰は鎌倉七里ヶ浜の恵風園療養所に入院した。

一三六頁　「私」という主人公の小説　本作の発表は昭和一〇年だが執筆は昭和八年で、同じく昭和八年に執筆されたことから、「思い出」を指すか。

一三七頁　袂ケ浦　鎌倉七里ヶ浜の地名。太宰の心中現場に近いが、小説と違い、投身ではなく、海岸での服薬であった。

一四一頁　ロダンのバルザック像　フランスの彫刻家ロダン（一八四〇〜一九一七）は文芸家協会の依頼に応じ、一八九八年に七年の歳月をかけて同国の小説家バルザック（一七九九〜一八五〇)の像を完成した。ガウンをまとったその姿は異様なもので、当時は依頼主に引き取りを拒否され、ロダンも終生これを外に出さなかったが、死後パリで除幕され、高く評価された。

一四一頁　**或る直截な哲学**　マルクス主義を中心とする革命論のこと。続く「すべての芸術は社会の経済機構から放たれた屁である」という発想も、唯物史観に基づいている。

一四六頁　**行動隊のキャップ**　たとえば太宰の心中事件のあった昭和五年は、武装闘争「川崎メーデー事件」のあったことで知られている。大学の学生組織を通し、当時非合法組織であった共産党の指導のもと、「行動隊」と称して街頭活動が行われていた。「キャップ」は地区班のリーダーのこと。

一四九頁　**紺絣の袷**　「紺絣」は紺に白い絣(模様)のある木綿の織物。「袷」は裏地のある着物。

一四九頁　**籐椅子**　籐(ヤシ科のつる)で編んだ、弾力のある椅子。

一四九頁　**ボヴァリイ夫人**　フランスの小説家、フローベール(一八二一~八〇)の代表作。平凡な生活を送る人妻エマが、不倫や借金によって追い詰められ、人生に絶望して自殺する物語。一八五七年に発表され、フランスの自然主義文学を代表する傑作として知られる。

一五〇頁　**ジャケツ**　ジャケット(上衣)のこと。

一五一頁　**美しい感情を以て、人は、悪い文学を作る**　フランスの小説家、ジッド(一八六九~一九五一)の『ドストエフスキー論』(一九二三年)の中の言葉。文言が共通していることから、太宰が参照した書は、武者小路実光、小西茂也訳『ドストエフスキー』（日向堂、昭和五年）と考えられる。

一五八頁　**サナトリアム**　結核などの治療のため、長期滞在する医療施設。空気のよい高原や海浜にあった。

一六八頁　**旅籠**　宿のこと。

一六五頁　**恥かしい病気**　性病のこと。

一七〇頁　**ミネルヴァ**　古代ローマの知恵、芸術の女神。知恵の象徴として知られ、梟を付き従えていたとされる。

一七一頁　**木炭紙**　木炭を用いてデッサンするための専用の紙。表面に凹凸の加工がある。

一七三頁　**講談**　江戸時代の辻講釈に発する大衆的な口承文芸。『太平記』などに題材を借り、明治時代にはその内容を記載した講談本が人気を博した。やがて最初から文章として書かれる講談も出現し、大衆文学の一翼を担った。

一七四頁　**幇間**　宴席、座敷で客の機嫌をとり、座を盛り上げる男性のこと。相手に迎合し、おもねる人物を譬えることもある。

一九〇頁　**モダンボーイ**　主に大正末期から昭和初期にかけ、都会の風俗の先端にいることを気取っていた若者たちを指す。

一九三頁　**ポンチ画**　西洋風の滑稽な風刺画。

一九七頁　**魚籃**(ぎょらん)　釣った魚を入れておく容器。

一九七頁　**パラソル**　婦人用の日傘。

二〇一頁　**バイロン**　イギリスの詩人(一七八八～一八二四)。イギリスのロマン主義を代表する。

猿面冠者　(「鸛」昭和九〈一九三四〉年七月)

二〇六頁　**猿面冠者**　猿のような顔をした若者。豊臣秀吉の若い頃のあだ名とも言われ、立身出世をめざす自尊心の象徴として用いられる。

二〇六頁　**露西亜**(ロシヤ)**の詩人の言葉**　ロシアの文学者、プーシキン(一七九九～一八三七)の韻文小説、『エヴゲニー・オネーギン』(一八二五～三三年発表)の一節。太宰の引用はメレシュコオフスキイ、中山省三郎訳「プウシキン——主題的批評」(「新文学研究」第六輯、昭和七年五月)を踏まえたもの。ただし「そもさん」「いやさて」など、太宰によって付加された文言もある。野心に満ちた若者オネーギンが、一度そでにした女性、タチアナと再会して求愛し、手ひどく振られてしまう物語。ちなみに小説の後半に、「わたしがあなたにお手紙を書くそのうえ何をつけたすことがいりましょう」という、タチアナの書簡が引用されているが、この箇所は米川正夫訳『エヴゲーニー・オネーギン』(叢文閣、大正一〇〈一九二一〉年、岩波文庫版、昭和二年)を踏まえたものか。主人公オネーギンの倨傲(きょごう)は、第一章冒頭のエピグラフ「生くることにも心せき、感ずることも急がるる」という文言に集約されているが、この一節について、友人の檀一雄は、「これ程〔太宰自身が〕鍾愛した太宰治の言葉は、ほかにはない」と証言している(『小説 太宰治』六興出版社、昭和二四年)。

二〇六頁 ハロルドのマント 「ハロルドのマント羽織った莫斯科っ子」という文言は『エヴゲニー・オネーギン』第七章二四節の一節で、タチアナがオネーギンに振られた後、愛する彼の部屋に入り、彼の蔵書を目のあたりにし、結局彼が流行を追う軽薄な才人に過ぎなかったことを理解し始める場面に登場。当時ロシアの若い知識人の間でイギリスの詩人、バイロン(既出、四一三頁)の『チャイルド・ハロルドの巡礼』(一八一二〜一八年)が流行し、「バイロニズム」が一世を風靡していたことを風刺しての言。

二〇六頁 ムイシュキン公爵の言葉 ドストエフスキー(既出、三九七頁)の『白痴』(一八六八年)の主人公の言葉(第一編一〇章)を踏まえる。ムイシュキン公爵は、世間を知らず、純粋で善良な人物として設定されている。

二〇七頁 メリメのつつましい述懐 フランスの小説家メリメ(一八〇三〜七〇)の代表作『カルメン』(一八四七年)の主人公ドン・ホセの、「猫と女は呼ぶと逃げるが呼ばないときにやって来る」という科白を指す。この言葉は太宰の未定稿「ねこ」のエピグラフに掲げられ、さらに「葉」にも取り入れられている。

二〇七頁 芸術家のコンフィテオール 「コンフィテオール」は告白、の意。「放してくれ!」という文言はボードレール（既出、四〇一頁）『巴里（パリ）の憂鬱』（一八六九年）の中の言葉。ただし太宰は、『富永太郎詩集』（私家版、昭和二年八月）第三部「芸術家の告白祈禱（コンフィテオール）」の一節から引用している。

二〇七頁　“Nevermore”　「葉」の同語の注（三九六頁）を参照。

二〇九頁　自鬻（じいく）の生活　「鬻」は養う、の意。自立した生活。

二〇九頁　文芸復興　昭和八〜一一年にかけ、プロレタリア文学の退潮、既成大家の復活などの動きがあり、あらたな商業文芸雑誌の創刊が続くなど、文壇では「文芸復興」が叫ばれた。芥川賞、直木賞の制定（昭和一〇年）に象徴されるように、新人のデビューがジャーナリズムから待望される状況にあった。

二一一頁　「ヘルマンとドロテア」　一七九七年に刊行された、ドイツの文豪、ゲーテ（既出、三九六頁）の恋愛叙事詩。題名は主人公の男女の名前。

二一一頁　哭泣（こっきゅう）　声を上げて泣くこと。哭は弔（とむら）いの礼の意。

二一六頁　ゲエテ　「葉」の「メフィストフェレス」の注（三九六頁）を参照。小説『若きウェルテルの悩み』（一七七四年）が一世を風靡（ふうび）し、ドイツロマン派の先駆けとなった。

二一六頁　ゴリキイ　ゴーリキー（一八六八〜一九三六）。ロシアの小説家。

二一七頁　「オネーギン」　「露西亜（ロシャ）の詩人の言葉」の注（四一三頁）を参照。

二一九頁　ブルウル氏という英人の教師　太宰の旧制弘前高等学校時代の英作文の教師にG. P.

Bruhlという人物がおり、太宰は英作文を得意にしていた。作中に登場する英作文はいずれも実在し、ブルウルの赤字の評が書き込まれている。

三〇頁　ボオルド　黒板。

三〇頁　罫紙　碁盤の形に罫が引いてある紙。原稿用紙に用いた。

三〇頁　葛西善蔵　明治二〇(一八八七)～昭和三(一九二八)。津軽出身の、自然主義系統の小説家。生活の困窮と芸術への精進を私小説を通して追求し続けた。太宰はこの郷里の作家を尊敬し、のちに『善蔵を思う』(昭和一五年)を書いている。

三三頁　バイロン　「ハロルドのマント」の注(四一四頁)を参照。

三三頁　シルレル　シラー(一七五九～一八〇五)。ゲーテと並び称される、ドイツ古典主義時代の詩人。『群盗』(一七八一年)はシラーが若き日に発表した第一作目の戯曲。伯爵の息子が放蕩を繰り返し、盗賊に加わる物語。

三三頁　ダンテ　「道化の華」の「ここを過ぎて…」の注(四一〇頁)を参照。九歳の時に、同い年の女性、ベアトリーチェへの恋心を綴った詩を書いたと言われる。のちに詩文集『新生』に編纂され、『神曲』と並ぶ代表作となった。

三三頁　「鶴」　太宰が旧制弘前高等学校在学中に主宰した同人誌、「細胞文芸」が題材になっている。太宰はこの雑誌に自伝小説「無間奈落」を連載し、創刊の折、「細胞文芸を読まずば近代人にあらず」と記したポスターを街の電柱に貼って回ったことが知られている。

三三五頁　**カツレツ**　肉にパン粉の衣を付けて揚げた料理。「カツ」のこと。西洋の調理法 cutlet から来た言葉で、本来は「カツ」とは異なるものだが、多量の油を用いる日本的な形式が定着した。

三三五頁　**エンサイクロペジア**　encyclopedia(英語)。百科事典のこと。

三三六頁　**クライスト**　ドイツを代表する劇作家(一七七七〜一八一一)。

三三六頁　**ファウスト**　「葉」の「メフィストフェレス」の注(三九六頁)を参照。

三三六頁　**ペンテズイレエア**　クライストが一八〇六年に発表した悲劇『ペンテジレーア』のこと。

三三八頁　**ジューノー**　ローマ神話の女神、ユーノ(Juno ラテン語)のこと。ジュノー(Juno 英語)、ジュノン(Junon フランス語)などとも表記。女性の結婚生活を守護する女神で、主に結婚、出産を司る。

三三八頁　**アイリス**　ギリシャ神話に登場する虹の女神、イリスのこと。「アイリス」は英語表記(Iris)に従った読み方。

三三〇頁　**「野鴨(のがも)」**　イプセン(既出、三九三頁)が一八八四年に発表した戯曲。晩年の神秘主義的傾向を反映した作品。

三三〇頁　**「あらし」**　イギリスの劇作家、シェークスピア(一五六四〜一六一六)が晩年、最後に完成させた作品。

三三〇頁　炬火　薪を束ねて立て、火を点した灯火。松明（たいまつ）やかがり火のこと。

逆行　（「文芸」昭和一〇〈一九三五〉年二月）

三三四頁　講堂　東京帝国大学の安田講堂のこと。安田財閥の寄付により、大正一四（一九二五）年に竣工した。

三三四頁　菊花（きっか）の御紋章かがやく高い大きい鉄の門　東京帝国大学の正門のこと。

三三五頁　大名のお庭　東京帝国大学は明治一八（一八八五）年以降、文京区本郷の旧前田藩邸跡地（文部省用地）に移転した。藩邸の池は現在、「三四郎池（さんしろういけ）」として親しまれている。

三三六頁　金口の煙草　口にくわえる部分が金紙で巻いてある巻き煙草。高級品。

三三六頁　日本一のフランス文学者　辰野隆（たつのゆたか）（明治二一〈一八八八〉～昭和三九〈一九六四〉）がモデルか。東京帝国大学文学部仏蘭西（フランス）文学科で大正九年から昭和二三年まで教鞭（きょうべん）を執り、日本のフランス文学研究を主導するかたわら、多くの後進を育てた。

三三六頁　日本一の詩人と日本一の評論家　たとえば大正一四年の東京帝国大学仏蘭西文学科の進学者に、詩人の三好達治、評論家の小林秀雄がいる。

三三七頁　フロオベエル　「道化の華」の「ボヴァリイ夫人」の注（四一一頁）を参照。

三三七頁　モオパスサン　「思い出」の「「美貌の友」という…」の注（四〇一頁）を参照。モーパッサンは自然主義の小説家。フローベールに師事。『女の一生』(一八八三年)等で知られる。

三一七頁　聖アントワンヌの誘惑　一八七四年に刊行されたフローベールの作品。聖者アントワーヌの精神遍歴を幻想的に描いたものだが、時代はロマン主義から自然主義への転換期にあり、一八四五年に着想された第一稿を友人に読ませたところ、酷評を受け、発表を断念したという。

三一七頁　刳礫(こたく)　「刳」は抉る(えぐる)、「礫」は裂く(さく)、の意。

三一八頁　ボオドレエル　文脈上、フロオベエルと書くべきところを誤記した、とする説と、あえてボオドレエルと表記したとの説がある(ボードレールについては既出、四〇一頁参照)。ちなみに太宰は『晩年』の執筆にあたって辰野隆『ボオドレエル研究序説――詩人の態度』(第一書房、昭和四年)の影響を強く受けたと言われている。

三二〇頁　自然主義ふうに　「自然主義」は一九世紀の西洋に興った文学流派。本来は科学的に、正確に、写実的に、の意味だが、ここでは暴露的に、の意。

三二〇頁　カフェ　大正末期から昭和初期にかけ、女給(じょきゅう)が酌(しゃく)をして洋酒を飲ませた飲食店。都会のモダニズムの象徴として流行した。

三二一頁　ニイチェ　ニーチェ(一八四四～一九〇〇)。ドイツを代表する実存主義の哲学者。

三二一頁　ビロン　不詳。あるいはバイロン(既出、四一三頁を参照)か。

三二一頁　春夫　佐藤春夫(明治二五〈一八九二〉～昭和三九〈一九六四〉)。詩人、小説家。「逆行」

発表後、太宰が師事し、芥川賞の選考についてほか、さまざまなやりとりのあったことで知られる。

二四二頁 **鷗外** 森鷗外(文久二〈一八六二〉~大正一一〈一九二二〉)。明治大正期を代表する文豪。「女の決闘」(昭和一五年)で、太宰は鷗外への敬意を記している。

二四三頁 **活動役者** 映画俳優。当初、無声映画を「活動写真」(既出、三九八頁)と称した。

二四三頁 **束髪** 女性が日常的に手間をかけずに結える髪形。明治以降に一般化した。

二四三頁 **カブトビイル** 明治三一年から昭和一八年まで製造されていた和製ビールの商品名。

二四三頁 **モスリン** ふんわりとして柔らかい毛織物。

二四五頁 **三白眼** 黒目が上方に片寄り、左右と下部の三方が白目になっている目。しばしば凶相とされる。

二四九頁 **日本チャリネ** 「チャリネ」は草創期の日本のサーカスの別称。明治一九年に来日したイタリアの「チャリネ曲馬団」が評判になったことから用いられるようになった。「日本チャリネ」は明治三二年に設立、日本各地を巡業し、曲馬や軽業などの演目で人気を博した。

二五〇頁 **メリヤス** 機械による編み物。ニットのこと。伸縮性にすぐれる。

二五〇頁 **金襴** 地に金糸などで紋を織り出した、派手で豪華な織物。

二五〇頁 **カアバイト** カーバイトランプ。カーバイトは炭化カルシウムのこと。水を加え、アセチレンガスを発生させ、燃料として用いる。

二五二頁　燕尾服を着た仁丹の鬚のある太夫　「燕尾服」は男子の夜会用の礼服。後ろの裾がツバメの尾のように二つに分かれていることからこの名がついた。「仁丹」は、森下南陽堂が明治三八年に売り出した口内清涼剤。礼服姿の男性をデザインし、商標としていた。その広告は広く庶民に定着し、髭の形が「仁丹髭」と称されるようになった。「太夫」は芸能に携わる人の称号。

二五二頁　藺　イグサ科の多年草。茎を畳表、花むしろ、笠、草履などに用いた。

二五三頁　アレキサンドル大王と医師フィリップ　『尋常小学国語読本』巻十第二課の表題。アレクサンダー大王（紀元前三五六〜前三二三）は、古代ギリシャ、マケドニア王国の王。世界征服者として、ギリシャの最大版図を築き上げた。王が病に倒れたとき、看病する医師フィリップとの信頼関係を示す逸話が描かれている。

彼は昔の彼ならず　（「世紀」昭和九〈一九三四〉年一二月）

二五六頁　孟宗竹　日本の竹の中でもっとも大きく育つ種で、筍を採るために広く栽培される。

二五七頁　霧島躑躅　ツツジ科の園芸植物。観賞用に栽培される。

二五七頁　南天燭　メギ科の常緑低木。球形の小さな赤い実を付ける。

二五八頁　**菜葉服**　労働者の着る作業服。

二五八頁　**矢絣模様の銘仙**　矢羽根の模様の絹織物。銘仙は絹織物の中では比較的安価で丈夫なので、実用的な和服に用いられた。

二五八頁　**店子**　借家人のこと。

二五八頁　**ホープ**　煙草の銘柄。昭和六～一五年にかけて発売された。戦後一般化した同名の煙草とは種類が異なる。

二五九頁　**久留米絣**　福岡県久留米市産の、紺の堅牢な綿織物。男性の普段着に用いられた。

二六一頁　**熨斗袋**　祝儀など、金銭を贈る際に用いる紙袋。

二六三頁　**枝折戸**　小枝や竹を用いた、簡単な庭用の木戸。

二六八頁　**ロンブロオゾオやショオペンハウエルの天才論**　ロンブローゾ(一八三五～一九〇九)は、イタリアの精神科医。『天才と狂気』(一八六四年)等の著作で知られる。ショーペンハウアー(一七八八～一八六〇)はドイツの哲学者。悲観的な厭世思想で知られ、主著『意志と表象としての世界』(一八一九～四四年)に、「天才について」述べた断章がある。

二七一頁　**プーシュキン**　プーシキン。「猿面冠者」の「露西亜の…」の注(四一三頁)参照。

二七四頁　**紬**　絹織物の一種。絹を使ったものの中では丈夫で安く、主に普段着に用いられた。

二七六頁　**オポチュニスト**　opportunist(英語)。日和見主義者、ご都合主義者のこと。

二七七頁　**れいの赤**　共産主義者のこと。

二八二頁　一白水星　占星術における九星の一つ。北の方位、冬の季節を示す。

二八四頁　猩々緋　赤紫色。

二八七頁　青年という小説　明治四三(一九一〇)年に発表された、森鷗外(既出、四二〇頁)の長編小説。地方から上京した小説家志望の青年が、さまざまな人々と関わりながら内面的に成長を遂げていく物語。

二九〇頁　弁慶格子　弁慶縞のこと。経糸、緯糸の色を変え、幅広の碁盤目の模様を織りだしたもの。歌舞伎『勧進帳』などで知られる、山伏姿の弁慶の衣になぞらえた名称。

二九一頁　兵古帯　男性用の帯。幅広の帯をしごいて二巻して後ろで結ぶ。普段着に用いる。

二九二頁　沖の鷗に潮どき聞けば　「沖揚げ音頭」(ニシン漁の際に歌われる作業歌)の一節。

二九三頁　ヴァンピイル　ヴァンパイア(vampire 英語)。吸血鬼。

二九四頁　紺絣の単衣　「紺絣」は、「道化の華」の「紺絣の袷」の注(四一一頁)を参照。「単衣」は春から秋に用いる裏地のない着物。

二九四頁　ちゃぶだい　和室で使う、脚のついた木製の食卓。明治以降に、家族で囲む食卓として普及した。

三〇一頁　ブルウズ　blouse(フランス語)。仕事着、作業着のこと。

三〇七頁　龍駿　すぐれた人材。「龍」は英才の意。「駿」はすぐれた馬から転じて、逸材、の意。

三〇七頁　麒麟児　傑出した才能を持つ若者のこと。「麒麟」は、古代中国で理想の治政に現れるとされる伝説上の動物。

ロマネスク（「青い花」昭和九〈一九三四〉年一二月）

三〇九頁　神梛木村（かなぎむら）　モデルは太宰の出生地、青森県北津軽郡金木村か。ちなみに「惣助（そうすけ）」は、祖父以前の太宰の祖先が歴代名乗ってきた通り名でもある。

三一〇頁　慈姑（くわい）の模様の綿入れ胴衣（どうぎ）　「慈姑」はオモダカ科の多年草で、地下茎を食する。その地下茎をあしらった中国伝来の模様のこと。古風な出で立ちが強調されている。「胴衣」は寒い季節に着物と襦袢（じゅばん）の間に重ね着する下着のこと。

三一一頁　たみのかまどはにぎわいにけり　仁徳（にんとく）天皇の御製歌（ぎょせいか）「高き屋に登りて見れば煙立つ民のかまどはにぎはひにけり」（『新古今和歌集』）を踏まえる。ただしこの歌は『古事記（こじき）』『万（まん）葉集（ようしゅう）』に記載はなく、仁徳天皇の治世をたたえる、後世の創作であるとも言われている。

三一六頁　天平時代（てんぴょう）　「天平」は元号（七二九〜七四九年）。聖武（しょうむ）天皇の治世で奈良時代の最盛期。

三一八頁　吐月峯（とげっぽう）　煙草盆（たばこぼん）（喫煙に用いる道具一式を載せる容器）の中にある、竹でできた灰吹き。煙草の吸い殻を吹き落とすのに用いる。

三一九頁　都々逸（どどいつ）　江戸時代後期から明治にかけ、庶民の間で流行した俗謡。七七七五音を基本に、世俗的な情感を言葉にし、節を付けたもの。「ザンギリ頭をたたいてみれば、文明開化の音がする」など。

三二三頁　**大川**（おおかわ）　隅田川（すみだがわ）の、吾妻橋（あずまばし）から下流の別称。

三三三頁　**詩経**（しきょう）　中国最古の詩集。「書経（しょきょう）」「易経（えききょう）」「春秋（しゅんじゅう）」「礼記（らいき）」と並ぶ、儒教（じゅきょう）の経典。五経の一つ。

三三五頁　**洒落本**（しゃれぼん）　江戸中期以降の戯作（げさく）のジャンル。遊里の会話を中心に、滑稽味を持ち味とした。

三三五頁　**ほほ、うやまってもうす**　元は、つつしんで申しあげます、の意。歌舞伎の口上に用いられたことに発して、戯作の決まり文句に転用された。

三三五頁　**「人間万事嘘は誠」**　江戸時代後期の洒落本『人間万事虚誕計（にんげんばんじうそばっかり）』（初編、式亭三馬、文化一〇〈一八一三〉年、後編、滝亭鯉丈、天保四〈一八三三〉年）を踏まえたものか。ただし、小説の筋、内容は異なっている。『日本名著全集　滑稽本集』（同全集刊行会、昭和二年）に収録。

玩具（「作品」昭和一〇〈一九三五〉年七月）

三五〇頁　**縮緬**（ちりめん）　「葉」の「縮緬の…」の注（三九五頁）を参照。ここでは絹織物の皺（しわ）が祖母の皮膚の皺に呼応。

陰火（「文芸雑誌」昭和一一〈一九三六〉年四月）

三五三頁　真紅の表紙に黒いハンマア　ソビエト革命を表象する、マルクス主義関係の理論書をイメージした表現。

三五四頁　ももだち　袴（はかま）の左右両脇の縫い止めの部分。つまんでたくし上げることを「ももだちをとる」と言い、機敏な動作をする時に用いる表現。

三五五頁　庫裡（くり）　寺院で、本堂とは別に、住職や家族が生活する場所。

三五八頁　ヴァレリイ　ヴァレリー（一八七一～一九四五）。フランスの詩人、小説家。日本でも戦前から堀口大学の訳詩集『月下の一群』（大正一四〈一九二五〉年）などを通し、広く親しまれていた。

三五八頁　プルウスト　プルースト（一八七一～一九二二）。フランスの小説家。大作『失われた時を求めて』（一九一三～二七年）の作者として、この時期の日本でも新時代を代表する小説家として知られていた。

三五九頁　十三人目の椅子　北欧神話では、一二人の神が祝宴を開いていた折に、招かれざる一三人目の客が乱入したために殺人事件が起こり、ラグナロク（終末）が訪れたとされる。

三六八頁　ストリンドベリイ　ストリンドベリ（一八四九～一九一二）。スウェーデンの劇作家、小説家。特に近代演劇の創始者として知られる。文脈は代表作『令嬢ジュリー』（一八八八年）を踏まえたものか。伯爵家の令嬢ジュリーは婚約を破棄され、別の女性と婚約中の使用人ジャンと駆け落ちをはかる。

三七一頁　夫人間ノ浮生ナル…一期ナリ　蓮如（浄土真宗）の「御文」（書き残した手紙）の中の「白骨」として知られる著名な一節。人の世の無常を説いたもので、浄土真宗の葬儀などで拝読される。

三七一頁　夫女人ノ身ハ、五障三従トテ…女人ヲバ　前注と同じく蓮如の「御文」にある一節。女性の身の罪深さを説く。

三七三頁　この蟹や。何処の蟹。百伝う。角鹿の蟹。横去う…　『古事記』の「応神記」に登場する歌謡。「角鹿」は敦賀の国。「百伝う」は「角鹿」にかかり、敦賀の遠さを示す。「横去う」は横に進み続けて、の意。

めくら草紙（「新潮」昭和一一〈一九三六〉年一月）

三七九頁　円タク　「一円タクシー」の略。市内ならば一円均一という料金システムで、大正の終わりから昭和一〇年前後にかけ、全国に広まった。

三八〇頁　心ときめきするもの　『枕草子』第二六段の一節。

三八一頁　江戸番町に…　「番町皿屋敷」（「思い出」の「皿屋敷」の注〈三九九頁〉を参照）の内容を踏まえる。

三八三頁　袋物　袋に入れた菓子などのこと。

三八七頁　万朶の花　多くの枝に咲き誇っている花のこと。

三八九頁　文士相軽　「文人相軽」に同じ。文学者は自尊心が強く、互いに相手を軽んじる傾向がある、ということ。「文士相重」はその逆の意味の造語。

三八九頁　おめざ　「おめざめ」の略。子供が目が覚めたときに与える菓子などのこと。

注の作成にあたっては、主に次の文献を参照した。

- 松村明他校注、日本思想大系35『新井白石』（岩波書店、一九七五年）
- 渡部芳紀『太宰治　心の王者』（洋々社、一九八四年）
- 相馬正一「「雀こ」論」（「太宰治研究」1、一九九四年）
- 花田俊典『太宰治のレクチュール』（双文社出版、二〇〇一年）
- 山内祥史『太宰治の年譜』（大修館書店、二〇一二年）
- 安藤宏『太宰治論』（東京大学出版会、二〇二一年）

なお、櫛引洋一氏より津軽弁の解釈にあたってご助言を頂いた。

（安藤宏）

解　説

安藤　宏

太宰文学の最高峰

『晩年』(昭和一一〈一九三六〉年六月、砂子屋書房)について、吉行淳之介が、短文だが興味深いコメントを残している。

〈太宰治の「晩年」を読んだときのおどろきは、今でも記憶にあざやかである。そこに溢れている妖しい感覚におどろくと同時に、「そこまで言ってしまっていいものか」というおどろきを、随所に感じた。自分の精神の恥部を、そこに並べられている錯覚に陥ったものだ。〉〈太宰治のエッセンスは、すべて「晩年」一巻の中に集まっている、と私は勝手に考えている。それらの作品は、むしろ散文詩に近い。そして、以後の作品は、それらを散文の形でときほぐしたもののようにおもえる。〉

(「無題」、『太宰治全集　月報11』昭和三三年八月、筑摩書房)

一般に吉行は太宰と縁が薄く、資質も異なる作家と思われているので意外な気もするが、実に的確な洞察だと思う。これに関連して思い浮かぶのが、吉行ほか、大江健三郎、奥野健男、開高健、武田泰淳、中村真一郎の座談会(「現代文学と太宰治」、「文学界」昭和三五年六月)だ。いずれも戦後文学を主導した錚錚(そうそう)たるメンバーだが、奥野をのぞけば、やはり太宰についてほとんど発言したことのない文学者ばかり。しかし太宰のひそかな影響——吉行の言うところの〈自分の精神の恥部〉のごときもの——をそれぞれの言葉で語っていてまことに興味深い。そしてここでもやはりメンバーの多くが、太宰のもっともすぐれた小説として挙げているのは「人間失格」でも「斜陽」でもなく、『晩年』なのである。

実はこれは、太宰について研究を続けてきた私自身の実感でもあって、仮に第一創作集の『晩年』だけで終わっていたとしても、おそらく太宰は文学史に大きな足跡を残す作家になっていたのではないかと思う。ひとたびこうした水準からスタートしてしまった小説家はまことに不幸でもある。以後の作品の多くは、『晩年』でデビューしたことのエクスキューズにすら見えて来てしまうのだから……。

観念に先取りされた「死」

ちなみに太宰自身は『晩年』について、次のように語っている。

〈私はこの短編集一冊のために、十箇年を棒に振った。まる十箇年、市民と同じさわやかな朝めしを食わなかった。私は、この本一冊のために、身の置きどころを失い、たえず自尊心を傷つけられて世のなかの寒風に吹きまくられ、そうして、うろうろ歩きまわっていた。〉〈百篇にあまる小説を、破り捨てた。原稿用紙五万枚。そうして残ったのは、辛うじて、これだけである。これだけ。原稿用紙、六百枚にちかいのであるが、稿料、全部で六十数円である。〉〈けれども、私は、信じて居る。この短編集、「晩年」は、年々歳々、いよいよ色濃く、きみの眼に、きみの胸に浸透して行くにちがいないということを。私はこの本一冊を創るためにのみ生れた。きょうよりのちの私は全くの死骸である。私は余生を送って行く。〉

（「「晩年」に就いて」、「文藝雑誌」昭和一一年一月）

別のところではまた次のようにも述べている。

〈「晩年」は、私の最初の小説集なのです。もう、これが、私の唯一の遺著になるだろうと思いましたから、題も、「晩年」として置いたのです。〉

（「他人に語る」、「文筆」昭和一三年二月）

実はここにいう〈遺著〉という物言いにはよほどの注意が必要だ。多くの人はこれを作者自身の度重なる自殺未遂に結びつけて考えようとする。だが、創作の内容と実生活の「死」の意思とはあくまでも別物である。たしかに『晩年』は〈死のうと思っていた〉（「葉」、本書九頁）という一節から始まるし、作中にはさまざまな「死」のイメージが見え隠れするのも事実だろう。しかしそれらはあくまでも「生」を照らし出すために観念に先取りされたカタストロフィーなのであって、あえてそのような〝終末〟を言葉で演じてみせる自己劇化(ドラマ)にこそ、『晩年』の真骨頂があるのではないだろうか。この書を成した以上、残された時間はすべて〈余生〉に過ぎぬのだ、と言い切ってみせる、その強固な自尊心(プライド)をこそ読み取っておくべきなのではないかと思う。

〈自尊心〉のドラマ

まことに〈自尊心〉の一語こそは『晩年』を貫くキーワードでもある。この世に生まれ落ちた以上、自分の真価を一刻も早く知りたい、自身の存在意義を確かめたいと願う、青春期固有の心情。それはまた、太宰がこの時期こよなく愛した、プーシキンの『エヴゲニー・オネーギン』のエピグラフ、〈生きることにも心せき、感ずることも急がる〉という文言（本書四一三～四一四頁の注を参照）の意味するところでもある。

〈えらくなれるかしら。その前後から、私はこころのあせりをはじめていたのである。私は、すべてに就いて満足し切れなかったから、いつも空虚なあがきをしていた。〉（「思い出」、本書六三頁）

〈彼等のこころのなかには、渾沌と、それから、わけのわからぬ反撥とだけがある。或いは、自尊心だけ、と言ってよいかも知れぬ。しかも細くとぎすまされた自尊心である。どのような微風にでもふるえおののく。侮辱を受けたと思いこむやいなや、死なん哉ともだえる。〉（「道化の華」、同一五六頁）

〈いまのわかいひとたちは、みんなみんな有名病という奴にかかっているのです。少しやけくそな、しかも卑屈な有名病にね。〉（「彼は昔の彼ならず」、同二七〇頁）

このように、『晩年』における〈自尊心〉は、常に挫折か成就――ゼロか一〇〇か――

の二者選択を迫られるまでにデフォルメされている。その意味でも〈撰ばれてあること の／恍惚と不安と／二つわれにあり〉という「葉」冒頭のエピグラフ（ヴェルレーヌの詩集『智慧』「Vの八」からの引用、本書九頁）は象徴的だ。未知の人生におびえる不安と、その不安をあえてみずからの特権として信ずる倨傲と。この両者を往復する精神のドラマは、まさしく青春の本質そのものでもある。

だが、こうしたときめきは、〈自尊心〉がひとたび満たされてしまった瞬間、須臾にして霧消してしまうことだろう。それは永遠に未達の到達概念でなければならぬのであって、現実には常に挫折が宿命づけられている。「葉」に通底する〈憂鬱〉の感覚、「列車」の〈私〉の〈堪らない気持〉（本書一〇一頁）、「地球図」の〈シロオテ〉の〈かなしい眼〉（同一〇四頁）、「彼は昔の彼ならず」における〈へんな自矜の怠惰〉（同二七五頁）……。用いられる言葉、展開される主題はさまざまだが、それらを越えて、『晩年』所収作はそのいずれもが、〈ひしがれた自尊心〉（「道化の華」、同一三六頁）の表象としてあったのではなかったか。

〈二十五歳を越しただけ〉の〈老人〉

〈自尊心〉の屈折は、たとえそれが実生活の卑近な事実――太宰にあっては生家・肉親への愛憎――として語られたとしても、普遍的な共感を得られることはないだろう。〈絶対の孤独と一切の懐疑。口に出して言っては汚い〉（「逆行」、本書二四一頁）――それが『晩年』を貫く掟である。素朴に〝事実〟を告白するのではなく、ただ〈ひしがれた自尊心〉という悲哀の感覚だけを象徴化してみせていくということ――そのためには、悲劇をあらかじめ確定したものとして観念に先取りしてしまうことが有効であるにちがいない。

「逆行」の冒頭に注目してみることにしよう。

〈老人ではなかった。二十五歳を越しただけであった。けれどもやはり老人であった。ふつうの人の一年一年を、この老人はたっぷり三倍三倍にして暮したのである。〉〈老人の永い生涯に於いて、嘘でなかったのは、生れたことと、死んだことと、二つであった。死ぬる間際まで嘘を吐いていた。〉

（「逆行」、本書二三二～二三三頁）

死を前にした二五歳の老人――観念としての〝晩年〟――はこのようにして誕生したものなのだった。その際、ここにいう〈嘘〉が、実は小説家のつむぐ、創作のメタファーでもあるという事実は重要だ。〝事実〟を告白するのではなく、小説家として〈荒唐無稽〉な〈嘘〉をもって世に戦いを挑み、矢折れ、刀尽き、なおかつ最後まで虚勢を張り続けるダンディズムにこそ、『晩年』の真骨頂があるのである。

〈人は弱さ、しゃれた言いかたをすれば、肩の木の葉の跡とおぼしき箇所に、射込んだふうの矢を真実と呼んでほめそやす。けれども、そんな判り切った弱さに射込むよりは、それを知っていながら、わざとその箇所をはずして射ってやって、相手に、知っているなと感づかせ、しかも自分はあくまでも、知らずにしくじったと呟いて、ほんとうに知らなかったような気になったりするのもまた面白くないか。〉

（「もの思う葦」、「日本浪曼派」昭和一〇年八月）

『晩年』に展開されている方法を巧みに示唆する文言であると言ってよい。

〈その葉は散るまで青いのだ。歯の裏だけがじりじり枯れて虫に食われているのだが、それをこっそりかくして置いて、散るまで青いふりをする。あの樹の名さえ判ったらねえ。〉

（「葉」、本書一七頁）

〈つねに絶望のとなりにいて、傷つき易い道化の華を風にもあてずつくっているこのもの悲しさを君が判って呉れたならば！〉
（「道化の華」、同一七五頁）

それにしても『晩年』にはこうした心ときめくような〈ふり〉や〈道化〉、〈出鱈目〉や〈ポオズ〉が、なんと多く満ち満ちていることか。

だが、ここで一つの疑問が浮かぶ。〈道化〉や〈嘘〉を駆使することと、それが意図的な演技であることまでをもことさらに読者に伝えることとは次元が異なるのではないだろうか。後者はあくまでも作者の舞台裏の戦略なのであって、本来、〈そこまで言ってしまって〉はいけない（吉行淳之介）はずのことだからだ。

自意識過剰と詩情と

「道化の華」は、作者の〈僕〉が作品の進行をしばしば中断し、内容を注釈していく〝舞台裏〟の小説である。〈僕〉は作中人物たちが〈道化〉を演じる意図や必然性を彼らに代わって読者の〈君〉に説明し、あるいはまた小説自体の〝失敗〟までをも告白してみせる。こうしたメタ・レベルの告白によって——あるいはまた、〈君が判って呉れたならば！〉という呼びかけによって——読み手は太宰を本当に理解しているのは自分だけだと思い込んでしまう。実はそれこそが作者の巧妙な計略であったかもしれないのだけれども……。

近代という時代を支配した〝客観〟信仰の中で、あるいはまた、客観をよそおう情報の洪水の中で、われわれは個々の情報が、そもそもどのような意図と成り立ちをもって発信されているのかというメタ・レベルの〝本音〟に飢えている。求められているのは、内容そのものよりも、むしろ内容にまつわる背景——プライベートな〝本音〟——なのだ。それはまた、時代を経て、太宰がネット社会の孤独の体現者として、今日、あらたな支持を広げつつあるゆえんでもある。

何が書けないのか、という〝本音〟を打ち明けていく「道化の華」の〈僕〉は、饒舌を繰り返すうちに、しまいには何が〝本音〟かすらわからなくなってきてしまう。「小説の書けない小説家」の自意識にがんじがらめになってしまうのだ。読者を誘い込もうとする巧妙な計略と、それに付随して生じる、合わせ鏡を見るような自意識過剰の煉獄と。両者のきわどい均衡にチャレンジし、そのギリギリの接点を描き出して見せたのが、「猿面冠者」という作品である。小説を作りながらわざと壊して見せ、あるいは壊さざるを得なかったゆえんを説き明かしていく、まことにスリリングな実験作であると言ってよい。

「道化の華」から「猿面冠者」へ、「猿面冠者」から「玩具」へ。プロットを切り刻む語り手の自意識はより一層その強度を増し、「玩具」の後半に至ると、ついには断片化した文章の集積と化してしまう。だが結果的に、それが一個の散文詩に姿を変えていく事実——正確に言うと、そのプロセスが示されているという事実——がまことに興味深い。小説のプロットを切り刻んでいく果てに、「小説」とは対極をなす「詩」の論理が立ち現れる。張り詰めた自意識のはざまに、あるいはその背後に、リリックな詩情が立ちのぼるのである。その意味でも『晩年』を散文詩に譬えた冒頭の吉行の言は適評だろう。

巻頭の「葉」は、まさにこうした流れの集大成をなすものでもある。歌仙になぞらえ、三六の断章が「付け」と「転じ」のリズムによって見事なイメージ連鎖を形づくっていくのである。近代文学史の中でも特異な光彩を放つ、珠玉の散文詩だと言ってよいだろう。

詩情は、常に失われた世界への郷愁と不可分の関係にある。たとえば「雀こ」は雑誌発表の段階では、「玩具」の末尾に付されていたのだった。自意識過剰のその極致に、意識の遠い彼方から、音楽的なリズムによって整序された方言詩（散文詩）の世界が立ち現れる。詩情、という点で言えば、「魚服記」の幻想性も、「思い出」の叙情も、この創作集の中で、見事なハーモニーを奏でている。たとえば少女スワ(「魚服記」)のせつなく哀しい運命は、柳田國男の『山の人生』の引用(本書四〇四頁の注を参照)や東北地方の伝説の導入の効果もあって、民間伝承の世界へと我々をいざなってくれるし、「思い出」のそこはかとないユーモアもまた、ノスタルジックなペーソスに満ちている。われわれはそこにいわく言いがたい〝なつかしさ〟を感じるのだが、実はこれは、先に述べた、めくるめくような自意識のドラマといささかも矛盾するものではない。創作集全体を見渡したとき、近代的自我が解体していくそのはざまに、現実には存在しないが、それゆえにこそ誰にとっても共通の〝ふるさと〟が、共同幻想として立ち上がってくるのである。

それにしても『晩年』の中にはなんと豊かなユーモアと笑いが満ち満ちていることか。かつて柳田國男は虚偽を嫌う儒教的な武士の倫理に対し、農民の、笑いに満ちた「嘘」の文化を対比し、非功利的な〈古風な田舎のウソ〉の持つ価値が当代の文学に失われつつあることを批判してみせた(『不幸なる芸術』昭和二八年、筑摩書房)。その意味では「思い出」をはじめ、『晩年』で繰り広げられていく〈嘘〉や〈出鱈目〉や〈道化〉の数々は、村落共同体の伝統を思わせる、独自の系譜に連なるものでもある。中でも秀逸なのは、「ロマネスク」だろう。所収三編の主人公たちは、いずれも「仙術」「喧嘩」「嘘」の修行を積み、功利的な現実に反逆し、その荒唐無稽さゆえに、それぞれ哀しい挫折を遂げていく。ただし「嘘の三郎」だけは、他の二編とやや性格を異にしているようだ。他の主人公たちは自身の修行の意味に無自覚であるのに対し、三郎だけは結末で〈嘘〉の意義を自覚し、小説家として三人の宿命を世に書き残すことを宣言するのである。それまで三郎は何を書いても〈嘘〉に見えてしまうという自意識に苦しんでいたのだが、〈私たちは芸術家だ〉という宣言と共に一編は大団円を迎える。〈嘘〉をめぐる小説家の自意識と物語創造の至福と。それは「魚服記」「地球図」「猿ヶ島」を書く物語作家と、「道化の華」のような「小説の書けない小説家」を演じる作者とのきわどい接点だ。この両者が緊張関係を繰り広げていく様態にこそ、『晩年』の尽きることのない魅力があるのだと思う。

「太宰治」の誕生

太宰は『晩年』以前に数多くの習作を残しているが、それは文字通りの「習作」であって、いくつかの例外をのぞき、完成度自体は決してほめられたものではない。大学に入った後も、「学生群」「地主一代」などの長編が相次いで中絶しているのだが、内容は生家・肉親へのすねや甘え、自身の出自へのコンプレックスなどに満ちており、研究的な関心を別にすれば、実際、読むに堪えぬものである。すでに齢二三歳であったことを考えると、太宰は一般に言われる「早熟の天才」からは懸け隔たった存在であったと言わなければならない。それが、最後に習作を発表した昭和五年から二年余を経て、昭和八年二月にはじめて「太宰治」の筆名で「列車」を発表したときから、突如、『晩年』の作者に変貌してしまうのである。一体この「空白の二年」の間に何があったのだろうか。

先の自作解説で、太宰は五万枚に及ぶ原稿用紙を破り捨てたと述べているが、おそらく一番のポイントは、「何を書いてはいけないのか」を自得していくプロセスにこそあったのではないだろうか。〈わざとその箇所をはずして射ってやって、相手に、知っているなと感づかせ〉ること(「もの思う葦」、前掲)、あるいはまた、〈散るまで青いふりをする〉(「葉」、前掲)ということ。単に書かないのではなく、何が書けないか、を間接的に示唆していく暗示表現にこそ、太宰的話法の誕生の秘密が隠されていたのである。

一方でまた、本書の注をご覧頂ければおわかりのように、太宰はこの間、ギリシャ神話、古事記、ダンテ、さらにはボードレール、ジイドに至るまで、古今東西、実に多くの作品を血肉化して見せている。勤勉な努力家、という太宰像は実はあまり知られていない一面なのだが、こうした絶えざる修練によって、それまでの卑近なすねと甘えの心理は、現実を生きる憂悶(ゆうもん)にまでとぎすまされ、象徴化されていくことになったのである。

単行本『晩年』が刊行されたのは昭和一一年六月だが、実際に所収作が雑誌に発表されたのは昭和八年から刊行までの三年間。しかも発表された時期と、実際に書かれた時期も一致していない。『晩年』の一五作のうち、「めくら草紙」を除く一四編は、実際には本格デビュー以前の昭和七年の夏から九年の晩秋までの二年余のうちにすでに完成していたのである。師匠だった井伏鱒二の「解説」(『太宰治集』上、昭和二四年、新潮社)、および井伏宛の太宰の書簡(昭和八年一月一八日)などによれば、太宰はこの間、気に入った作品はハトロンの大袋に入れ、そうでない習作は自称「倉庫」に保管していたという。自伝小説「東京八景」(「文学界」昭和一六年一月)には、毛筆で紙袋に「晩年」と記し、昭和九年晩秋に〈二十数篇〉のうち〈十四篇だけ〉を選び出し、残りを書き損じの原稿と共に、〈行李一杯ぶん〉焼き捨てた、とある。紙袋は友人の檀一雄に預けられるのだが、その時期は太宰の「川端康成へ」(「文芸通信」昭和一〇年一〇月)などによれば、昭和一〇年の正月ごろであったようだ。

ここで興味を引くのは、所収作を書かれた順番に並べ替えてみれば、どのようなプロセスをたどって「太宰治」が誕生したのかという、その道筋が見えてくるのではないかという点だ。関係者の証言から個別に書き上げられていった時期を推定し、これを目次の構成と比べてみると、全体を統括する冒頭の「葉」をのぞき、実は目次の順位がほぼ、書き上げられた順位に一致していることが分かる。つまり創作集を順番に読み進めていくと、小説家として変化を遂げていったプロセスがたどれる形になっているのである。その意味でも興味深いのが、ほぼ中間に位置する「道化の華」だろう。このあたりから作風がいわゆる「自意識過剰の饒舌体」に大きく変わっていく。語り手が作中に登場し、「何が書けないか」を直接読者に語りかけていく形が多くなっていくのである。当初の「魚服記」「思い出」などのリアリズムから太宰的話法が誕生していくプロセスを、あらためてじっくり読み味わってみるとよいだろう。もちろん、それにこだわらず、創作集全体がどのようなハーモニーを奏でているか、という楽しみ方に徹してみるのも読者の自由である。

至福の文学修行の時は過ぎた。昭和一〇年の正月に「晩年」と大書した袋を檀一雄に託した翌月の二月、太宰は「逆行」を「文芸」に発表する。初めて文芸商業誌に自作が掲載され、原稿料を手にしたのである。だが、その「逆行」の冒頭は、〈ついに一篇も売れなかったけれども、百篇にあまる小説を書いた〉、〈二十五歳を越しただけ〉の〈老人〉の臨終なのだった。皮肉なことに「逆行」は第一回芥川賞候補になり、「太宰治」は新進作家として文壇にデビューするのである。〝晩年〟を観念に掲げることによって豊饒な文学世界を構築していた作者は、以後、一体どのようにして新進作家「太宰治」を演じればよいのであろうか。極端に言えば、以後の太宰の作品は、『晩年』の可能性をあるときは拡張し、またあるときは消費していった歴史であったように思われる。繰り返すなら、このような小説集から出発することになった作家は、まことに不幸であったと思う。

〔編集附記〕

一　本書は『太宰治全集』第二巻（筑摩書房、一九九八年）を底本とした。なお、以下に述べる表記整理ほか、全般にわたり安藤宏氏の助言を得た。

一　本文について、原則として漢字は新字体に、仮名づかいは現代仮名づかいに改めた。

一　読みにくい語や読み誤りやすい語には、適宜、現代仮名づかいで振り仮名を付した。底本にある振り仮名はそのままとしたが、直近に同じ語がある際は、初出箇所に付した場合がある。

一　送り仮名は原文通りとし、その過不足は振り仮名によって処理した。

例　明に　→　明（あきらか）に

一　本文中の「＊」マークは、巻末に注があることを示す。

一　本文中に、今日からすると不適切な表現があるが、原文の歴史性を考慮してそのままとした。

一　巻頭の口絵写真原版は、作者の肖像については日本近代文学館より、初版本については川島幸希氏より、『文筆』創刊号については安藤宏氏より、それぞれ提供を受けた。

（岩波文庫編集部）

晩年

2024年6月14日　第1刷発行

作　者　太宰 治

発行者　坂本政謙

発行所　株式会社 岩波書店
〒101-8002 東京都千代田区一ツ橋2-5-5

案内 03-5210-4000　営業部 03-5210-4111
文庫編集部 03-5210-4051
https://www.iwanami.co.jp/

印刷・精興社　製本・中永製本

ISBN 978-4-00-310908-3　　Printed in Japan

読書子に寄す

——岩波文庫発刊に際して——

岩波茂雄

真理は万人によって求められることを自ら欲し、芸術は万人によって愛されることを自ら望む。かつては民を愚昧ならしめるために学芸が最も狭き堂宇に閉鎖されたことがあった。今や知識と美とを特権階級の独占より奪い返すことはつねに進取的なる民衆の切実なる要求である。岩波文庫はこの要求に応じそれに励まされて生まれた。それは生命ある不朽の書を少数者の書斎と研究室とより解放して街頭にくまなく立たしめ民衆に伍せしめるであろう。近時大量生産予約出版の流行を見る。その広告宣伝の狂態はしばらくおくも、後代にのこすと誇称する全集がその編集に万全の用意をなしたるか。千古の典籍の翻訳企図に敬虔の態度を欠かざりしか。さらに分売を許さず読者を繫縛して数十冊を強うるがごとき、はたしてその揚言する学芸解放のゆえんなりや。吾人は天下の名士の声に和してこれを推挙するに躊躇するものである。このときにあたって、岩波書店は自己の責務のいよいよ重大なるを思い、従来の方針の徹底を期するため、すでに十数年以前より志して来た計画を慎重審議この際断然実行することにした。吾人は範をかのレクラム文庫にとり、古今東西にわたって文芸・哲学・社会科学・自然科学等種類のいかんを問わず、いやしくも万人の必読すべき真に古典的価値ある書をきわめて簡易なる形式において逐次刊行し、あらゆる人間に須要なる生活向上の資料、生活批判の原理を提供せんと欲する。この文庫は予約出版の方法を排したるがゆえに、読者は自己の欲する時に自己の欲する書物を各個に自由に選択することができる。携帯に便にして価格の低きを最主とするがゆえに、外観を顧みざるも内容に至っては厳選最も力を尽くし、従来の岩波出版物の特色をますます発揮せしめようとする。この計画たるや世間の一時の投機的なるものと異なり、永遠の事業として吾人は微力を傾倒し、あらゆる犠牲を忍んで今後永久に継続発展せしめ、もって文庫の使命を遺憾なく果たさしめることを期する。芸術を愛し知識を求むる士の自ら進んでこの挙に参加し、希望と忠言とを寄せられることは吾人の熱望するところである。その性質上経済的には最も困難多きこの事業にあえて当たらんとする吾人の志を諒として、その達成のため世の読書子とのうるわしき共同を期待する。

昭和二年七月